ullstein

JULIA ROGASCH, geboren 1983, wohnt mit ihrem Ehemann und ihren Töchtern in Hannover. Daneben ist die Nordseeinsel Sylt die Heimat ihres Herzens und Inspiration für ihre Bücher. Schon als Kind schrieb sie erste Geschichten. Beruflich ging sie zunächst andere Wege, lernte nach dem Abitur Drogistin und verkaufte Autos für ein Autohaus, für das sie heute im Marketing arbeitet. Inspiriert vom Leben als Mama mit Job und ihrer großen Leidenschaft für Sylt und emotionale Romane, griff sie ihren Kindheitstraum vom Schreiben auf, und das erste Buch entstand. Es folgten weitere Sylt-Romane über die Liebe, das Glück, Schicksal, Familie und Freundschaft.

Von Julia Rogasch sind in unserem Hause außerdem erschienen:
Winterzauber in der kleinen Teestube am Meer
Der kleine Wintermarkt am Meer

JULIA ROGASCH

Winterträume in der *kleinen Manufaktur* am Meer

Ein Sylt-Roman

Ullstein

Besuchen Sie uns im Internet:
www.ullstein.de

Originalausgabe im Ullstein Taschenbuch
1. Auflage Oktober 2023

Umschlaggestaltung: zero-media.net, München
Titelabbildung: © FinePic®, München
Gesetzt aus der Quadraat Pro powered by *pepyrus*
Druck und Bindearbeiten: CPI books GmbH, Leck
ISBN 978-3-548-06818-3

Für Greta. Unsere Beste.

Kapitel 1

Alea schlenderte durch den liebevoll eingerichteten kleinen Laden in der Hamburger Innenstadt, den sie eben erst entdeckt hatte. Draußen in den Straßen funkelte bereits die Weihnachtsbeleuchtung gegen das düstere Regenwetter an, während hier drin ruhige Farben und schlichte Gemütlichkeit im skandinavischen Stil vorherrschten. Die Vasen und Windlichter, handgefertigten Kissen und Patchwork-Decken strahlten so viel Behaglichkeit aus, dass Alea sich sofort wohlfühlte. Nur eine Sache fiel ihr negativ auf: Es gab kaum echte Kerzen.

Sofort musste sie an Martje denken. Für einen Moment schloss sie die Augen und träumte sich in die warme Stube ihrer Tante Martje und deren zauberhafte Kerzenmanufaktur *Dünenglanz* in Braderup auf Sylt. Rief sich die herrlichen Aromen in Erinnerung. Martjes Kerzen dufteten nach Glück für die Seele, und sie sahen auch so aus.

Alea befand sich gedanklich sofort wieder in ihrer Kindheit, hörte ihr gemeinsames Lachen und verspürte die innere Ruhe und die prickelnden Glücksgefühle, die diese Erinnerungen in ihr auslösten.

Schon früh hatte Martje Alea in die Kunst der Kerzenherstellung von Hand eingeweiht. Sie hatte ihr beigebracht, wie die verschiedenen Düfte auf die menschlichen Sinne wirkten, wie sie ineinandergriffen und sich ergänzten und wie man sie verarbeitete und optimal kombinierte. Und schnell hatte Alea selbst Duftkreationen gezaubert, die so harmonisch und fein abgestimmt wirkten, als stünde jahrelange Recherche dahinter. Ihr gelang es, immer den perfekten Moment abzupassen, um die ätherischen Öle oder Parfüms dem Wachs hinzuzufügen, sodass sie sich bestmöglich entfalten konnten.

»Ist bei Ihnen alles in Ordnung?«, riss eine freundliche Stimme mit einem sympathischen dänischen Akzent Alea aus ihren Gedanken. Eine Verkäuferin blickte sie sorgenvoll an, als Alea die Augen öffnete, doch sie lächelte ihr beruhigend zu.

»Es sieht einfach alles so wunderschön aus«, bemerkte Alea. »Da bin ich in Erinnerungen versunken.«

»Gefällt Ihnen der Hygge-Stil?« Die Frau lächelte, als Alea nickte.

»Sehr! Aber warum gibt es keine Kerzen?«, sprach Alea ihre Überlegungen aus.

»Das ist wohl gerade ein Trend. Natürlich muss man sich mit den elektrischen Lichtern weniger Gedanken machen und kann sie beruhigt brennen lassen. Aber wenn Sie mich fragen, darf man die Sicherheit nicht an erste Stelle setzen, sonst verpasst man so viel Schönes. Also um Ihre Frage vollständig zu beantworten: Ich bin momentan noch in Verhandlung mit Händlern und habe noch nicht den geeigneten Lieferanten gefunden. Ich arbeite mit vielen zauberhaften Kleinunternehmen zusammen. Da weiß man dann wenigstens, was in den Produkten enthalten ist.«

»Das klingt wunderbar, da wünsche ich Ihnen viel Erfolg bei der Suche und den Verhandlungen. Ich werde auf jeden Fall wiederkommen«, versicherte Alea, während sie das Kerzenglas zur Kasse trug, das sie als Weihnachtsgeschenk für Martje ausgesucht hatte. Die Frau lächelte und reichte ihr zusätzlich zu ihrer Tüte ein

Kärtchen mit dem Namen des Ladens und den wichtigsten Kontaktdaten sowie Öffnungszeiten.

»Das freut mich. Sie sind jederzeit herzlich willkommen.«

Alea griff nach beidem und trat mit einem letzten Gruß hinaus auf die vom Regen feuchte Straße. Sie hatte nur noch zehn Minuten, bis sie sich mit ihrem Freund Christopher zum Mittagessen treffen wollte, und musste sich beeilen.

In diesem Moment spürte sie, wie ihr Handy in der Jackentasche vibrierte. Hastig ließ sie das Visitenkärtchen in die Tüte hineingleiten und zog das Smartphone hervor. Auf dem Display leuchtete eine Nummer mit Sylter Vorwahl auf. Doch es war nicht die ihrer Tante Martje, schließlich hatte sie diese eingespeichert, und somit wäre ihr Name zu lesen gewesen.

Irritiert nahm sie den Anruf entgegen.

»Nordseeklinik Westerland, Sylt«, meldete sich eine Stimme am anderen Ende und ließ Alea das Blut in den Adern gefrieren. »Sie sind der Notfallkontakt von Martje Christiansen. Wir müssen Ihnen leider mitteilen, dass Frau Christiansen eben bei uns eingeliefert wurde. Es geht ihr den Umständen entsprechend gut. Sie ist stabil, doch wir müssen sie vorerst zur Beobachtung hierbehalten.«

Die Frau am anderen Ende sprach so schnell, dass Alea gar nicht in die Verlegenheit kam, antworten zu müssen. Der Schreck lähmte sie und ließ sie nicht mehr klar denken.

Martje war Aleas engste Bezugsperson. Die Schwester ihrer Mutter hatte selbst keine Kinder. Aber sie war Aleas Patentante, und während Aleas Eltern sowohl privat als auch beruflich in ihrem Job als Handelsvertreter für Stoffe gerne und viel gereist waren, hatte Alea in ihrer Kindheit viel Zeit bei Martje verbracht. Die Zeit auf Sylt war wunderschön gewesen und hatte Alea unvergessliche Momente und Erinnerungen beschert.

Martje hatte sie stets mit Herzenswärme empfangen und sich trotz ihrer Arbeit immer Zeit für ihre Nichte genommen. In dieser vertrauten Atmosphäre war es Alea leichtgefallen, mit ihrer Tante über all ihre Geheimnisse, Träume und so manche Liebe zu sprechen. Sie standen sich sehr nah, und die Nachricht ihres Unfalls traf Alea völlig unvorbereitet, obwohl sie natürlich wusste, dass Martje sie als Notfallkontakt angegeben hatte. Ihr Magen krampfte, und ihr war speiübel.

»Ein Spaziergänger hat Frau Christiansen am Watt vor Braderup gefunden. Sie hatte einen Kreislaufzusammenbruch und ist infolgedessen gestürzt. Dabei hat sie sich den Arm gebrochen und ist mit dem Kopf aufgeschlagen. Ihr kleiner Hund hat tapfer neben ihr ausgeharrt und durch aufgeregtes Bellen auf sich aufmerksam gemacht. Nur deshalb hat der Spaziergänger einen Umweg genommen, Frau Christiansen entdeckt und sofort einen Krankenwagen gerufen.«

Alea zitterte. Angst um ihre geliebte Tante, gemischt mit Erleichterung darüber, dass Martje nun in guten Händen war, überwältigte sie. Dass ihre so vitale Martje einen solchen Schuss vor den Bug erhalten hatte, erschütterte sie.

Ein unbedachter Tritt, ein unvorsichtiger Moment, eine achtlose Sekunde konnte alles verändern. Auch wenn Martje offenbar Glück gehabt hatte, stellte die Situation ihr Leben auf den Kopf.

»Sie wird sich schonen müssen und sollte dringend einen Gang zurückschalten. Außerdem muss noch untersucht werden, was die Ursache für den Sturz gewesen ist«, erklärte die Dame weiter. Alea bedankte sich für die Information und versprach, sich später noch einmal zu melden.

Völlig kopflos hastete sie weiter in Richtung des Restaurants, wo sie sich mit Christopher treffen wollte. Eine feste Umarmung, ein paar tröstende Worte und Zuversicht. Das war, was sie jetzt von ihrem Freund brauchte. Die Zuversicht, die Martje ihr sonst immer gab.

Nur bei ihrer Tante auf Sylt hatte Alea in ihrer Kindheit ein Gefühl von Heimat empfunden. Bei ihr hatte sie sich sicher gefühlt, denn auch wenn sie ihre Eltern vermisst hatte, hatte sie viel zu lange deren berufliche Höhen und Tiefen miterleben müssen. Die Reisen, die Rastlosigkeit, die fehlende Beständigkeit aufgrund des wechselhaften Erfolges, das Risiko und schließlich das Scheitern, den schweren Kampf zurück nach oben. Sie hatten jegliches Familienleben für ihren Erfolg hintangestellt, hatten ihrer Tochter nicht den Halt und die Geborgenheit geben können, die sie sich so sehr gewünscht hatte.

Und obwohl Alea das Handwerk liebte, sich hatte ausleben können beim Kreieren neuer Kerzenkunstwerke bei Martje in der Manufaktur, hatte sie entschieden, dass ihr Leben anders verlaufen sollte. Dass sie Sicherheit wollte, eine Familie, einen Ort, den sie als ihren festen Rückzugsort sah. Wichtig war ihr auch ein regelmäßiges Einkommen, mit dem sie kalkulieren konnte, nicht das Risiko der Selbstständigkeit.

Und dann hatte sie Christopher kennengelernt. Sie teilten den Wunsch nach finanzieller Planbarkeit und dem Wissen, abgesichert zu sein. In ihm hatte sie den Menschen gefunden, der ihr diese Sicherheit geben konnte. Finanziell, aber vor allem menschlich.

Sie würden gemeinsam in Bayern ein neues Zuhause finden. Zwar hatte ihre Beziehung einige beschwerliche Monate überstehen müssen, in denen sie sich phasenweise weit voneinander entfernt hatten. Aber dann hatte sie, als sei es ein Wink des Schicksals, das Angebot von Christophers Eltern erreicht, dass er im Familienunternehmen in die Führungsriege aufsteigen sollte. Alea, die bisher in der Buchhaltung der Niederlassung des Unternehmens in Hamburg arbeitete, wo sie auch Christopher kennengelernt hatte, würde einen Posten im Hauptsitz in München bekommen. So würden sie sich keine Sorgen machen müssen und getrost nach Süddeutschland gehen können.

Sie hatten entschieden, das Angebot als neue Chance für ihre Beziehung anzunehmen und in die Heimatstadt seiner Eltern zu ziehen.

Jetzt war Ende November. Zum Jahresende wollten sie bereits ihre Zelte in Hamburg abbrechen. Alea war aufgeregt, wenn sie an die nächsten Wochen dachte. Würde sie den Anforderungen gerecht werden, denen sie sich als Frau an der Seite des Juniorchefs stellen musste?

Immer wieder überkam Alea neben Vorfreude und Neugier auch ein Anflug von Panik. Ihr Leben würde sich verändern. Doch jetzt musste sie erst einmal an Martje denken.

In Aleas Kopf rotierten die Gedanken, und sie verfluchte, dass sie nicht sofort ins Auto steigen und auf direktem Wege nach Sylt fahren konnte. Dann stoppte sie das Gedankenkarussell, indem sie sich selbst zwang, durchzuatmen. Ihr Atem kam zur Ruhe, was sie auch innerlich besänftigte.

Sie überlegte, warum sie eigentlich nicht gleich zu Martje starten konnte. Es war ein Notfall. Kein Job, keine Verpflichtungen und kein anstehendes Weihnachtsfest bei den Schwiegereltern in spe sollten sie davon abhalten, ihrer geliebten Tante nun zur Seite zu stehen.

Die Kerzenmanufaktur *Dünenglanz* war Martjes Lebensinhalt. Die Option, ein Plan könnte schiefgehen und das Glück sie verlassen, die zog sie nicht einmal in Betracht. Für Martje hatte es in allen Fragen nur Plan A gegeben: ihre geliebte Kerzenmanufaktur. Doch jetzt lag sie im Krankenhaus und würde vorerst keine Kerzen mehr gießen können. Jetzt war es an Alea, sich um sie zu kümmern.

Als sie sich zu Christopher an den Tisch setzte – zehn Minuten zu spät –, spürte Alea bereits seinen Unmut.

»Wo warst du denn so lange? Ich habe uns schon einmal etwas zu essen und Getränke bestellt«, begrüßte er sie. Sie mochte nicht, wenn er das tat, aber heute war es ihr egal.

»Tut mir leid. Martje hatte einen Unfall und liegt im Krankenhaus. Ich habe eben einen Anruf bekommen.« Jetzt endlich sah er Alea wirklich an, stand auf und nahm sie liebevoll in den Arm. Das tat gut. Sie ließ sich einen Moment in die Umarmung fallen und schmiegte sich an ihn, bis sie von der Bedienung unterbrochen wurden, die die Getränke brachte.

Seine Reaktion gab Alea Hoffnung, dass er Verständnis aufbrachte für ihre Entscheidung, nach Sylt zu reisen.

»Und jetzt? Hat sie irgendwelche Hilfe?«, hakte er nach, als sie sich am Tisch gegenübersaßen.

»Ich werde hinfahren, sehen, wie es ihr geht und wie es weitergehen soll, bis sie wieder ganz fit ist«, verkündete Alea und war beinahe erleichtert über die abermalige Unterbrechung, als der Salat gebracht wurde, den Christopher als Vorspeise bestellt hatte. Kurz herrschte Schweigen, dann sah Christopher sie an, und sein Blick war nun alles andere als liebevoll und fürsorglich.

»Und wie darf ich mir das vorstellen? Wann wirst du wieder hier sein?« Er war entsetzt. Nervös griff er nach seinem Handy und drehte es, die Ellenbogen auf den Tisch gestützt, in den Händen. Das tat er immer, wenn er sich aufregte. Als er sah, wie Alea ihn dabei beobachtete, legte er es beiseite. Zwischen seinen Augenbrauen entstand eine tiefe Furche.

»Das kann ich noch nicht sagen«, stellte Alea schulterzuckend fest. »Sobald Martjes Zustand stabil ist und ich abstimmen konnte, was aus dem Laden und dem Hund wird, mache ich mich auf den Weg zurück nach Hamburg.«

Skeptisch stocherte Christopher jetzt mit der Gabel in seinem Salat. Die Lippen aufeinandergepresst, die Stirn in Falten gelegt, blickte er auf den Teller. Alea sah es in seinem Kopf arbeiten.

»Alea, es ist mir sehr wichtig, dass wir Weihnachten dieses Jahr bei meinen Eltern verbringen. Mein Vater ist noch immer jeden Tag im Unternehmen. Auch sein Bruder wird da sein, der, wie du weißt, eine große Rolle im Unternehmen spielt. Auch für mich. Er wird mir alles zeigen, was ich für meinen Start wissen muss. Es ist unerlässlich, dass wir uns gut verstehen.«

»Ich wüsste nicht, warum das nicht so sein sollte. Was hat das mit Martje zu tun?«, fragte Alea.

»Dass du nach ihr schauen willst – okay. Ich hoffe nur, du kannst alles in ein paar Tagen regeln, zumal sie sicherlich einige Wochen nicht wird arbeiten können.« Er machte eine Pause. Alea schluckte, Christopher fuhr fort. »Nun könnte es problematisch werden, dass sie nie jemanden in die Abläufe in der Manufaktur eingearbeitet hat. Nur eins muss dir auch klar sein: Du kannst langfristig vor Ort nichts für sie tun. Die Manufaktur wird zunächst schließen müssen. Und für den Hund wird sich eine Lösung finden.«

Alea presste die Lippen aufeinander. Was er sagte, war ihr auch schon durch den Kopf gegangen, aber es ärgerte sie trotzdem. Würde die Manufaktur länger geschlossen bleiben müssen, würde jedoch auch Martjes Einkommen einbrechen. Sicher hatte sie etwas angespart. Aber Alea glaubte nicht, dass das dauerhaft reichen würde. Martje war nie verheiratet gewesen. Auf der Insel hatte sie viele Freunde. Alea hoffte, in ihnen Unterstützung zu finden, wenn sie wieder abreisen musste. Doch sie wusste selbst, dass diese Hoffnung auf sehr wackeligen Füßen stand, denn das garantierte noch keine Lösung für die Manufaktur.

Was Christopher zur kleinen Nala sagte, ließ Alea unkommentiert. Im Zweifel würde sie den Welpen so lange zu sich nehmen, bis es ihrer Tante wieder gut ging. Das sprach sie aber lieber nicht aus.

»Ich bin mir sicher, die Ärzte geben ihr Bestes, damit Martje wieder auf die Beine kommt«, beruhigte Alea mehr sich selbst als ihren Freund und nickte bekräftigend.

Christopher schienen ihre Worte nicht zu überzeugen.

Schweigend aßen sie ihre Vorspeise. Alea hatte den Eindruck, in Christopher brodelte es. Eine Bedienung räumte die leeren Teller ab, und Alea griff nach Christophers Hand. Er saß ihr gegenüber und hielt sein Glas fest umklammert. Die Anspannung war ihm anzusehen, und er erwiderte ihre Berührung kaum.

»Soll ich mitkommen? Vielleicht kann ich dir vor Ort helfen, alles zu regeln, und wir sind schneller wieder zurück?« Er presste die Worte hervor, so als müsse er ihr das höflichkeitshalber anbieten.

Alea schluckte. Das Wort »regeln« fiel ihr zu oft. Einerseits freute sie sich über das Angebot, andererseits klang darin auch ein gewisser Eigennutz mit. Er wollte das Problem möglichst schnell beseitigt wissen und hatte die Hoffnung, dass das schneller ging, wenn er sich darum kümmerte. Doch ihre Tante war kein Problem. Nein, auf diese Reise wollte sie sich lieber allein machen.

»Das ist nicht nötig, danke dir.« Er lehnte sich zurück und verschränkte die Arme, sein Blick war kühl. Bei allem Verständnis für seine Bedenken gegenüber ihrer Entscheidung stieg auch Ärger darüber in Alea auf, dass er so egoistisch war. Er wusste, dass Martje für sie wie eine Mutter war.

»Chris, du weißt, wie wichtig mir Martje ist. Ich muss zu ihr und sie sehen. Nur dann kann ich beruhigt zu deinen Eltern fahren«, sagte sie deshalb. »Stell dir vor, es wäre deine Mutter, die im Krankenhaus liegt.«

»Das ist was anderes«, sagte er schroff.

»Nein, das finde ich nicht.« Ihre Stimme klang entschlossen, und sie konnte ihren Ärger über seine Aussage nicht mehr ganz unterdrücken. »Und das weißt du ganz genau, Chris.«

»Wie du meinst«, entgegnete er kühl.

»Warum hast du so ein Problem damit, dass ich fahre?«

»Ich kenne Martje. Sie wird dir ins Gewissen reden, und wenn sie jetzt einen Grund hat, dich auch nur wenige Tage länger auf Sylt zu halten, um unsere Pläne hinauszuzögern, wird sie es versuchen. Wahrscheinlich wartet sie nur darauf, dich vor den nächsten Schritten in eine Zukunft als Paar zu warnen und sie dir auszureden. In ihrer Welt dreht sich doch alles nur um sie. Sie hat schließlich nie über gemeinsame Lebensentscheidungen mit einem anderen Menschen nachdenken müssen. Sie ist weltfremd, eine Träumerin, Alea.«

Alea war entsetzt. »Daher weht der Wind also.« Einen Moment lang starrte Alea ihren Freund fassungslos an. Dann hatte sie die Sprache wiedergefunden. »Gerade habe ich das Gefühl, dass du hier der Einzige bist, der nur an sich denkt. Ich finde deine Überlegungen vollkommen paranoid.« Verständnislos schüttelte Alea den Kopf. »Sie will doch nur, dass ich glücklich bin«, sagte sie, woraufhin er nur müde die Schultern zuckte.

Alea fragte sich in diesem Moment, in dem sie so viel Wut gegenüber ihrem Freund spürte, ob die Bedenken, die Christopher Martje unterstellte, womöglich auch die seinen waren.

War Alea mit der Entscheidung, nach München zu ziehen, vielleicht gar nicht so glücklich? Redete sie sich das selbst nur ein, weil es wie der einzige Weg schien, ihre Beziehung zu retten, und Christopher hatte dieses Gefühl ganz im Gegensatz zu ihr selbst bereits gespürt?

Dieser Gedanke lähmte jeden weiteren und rief Bilder der letzten Monate hervor, in denen es so viel Streit gegeben hatte zwischen ihr und Christopher.

»Wenn du solche Angst hast, dass Martje mit ihren Versuchen, mich vom Umzug abzuhalten, Erfolg haben könnte, dann soll es vielleicht wirklich so sein, dass ich ausgerechnet jetzt auf Sylt gebraucht werde, Christopher«, zischte sie und war selbst erschrocken, wie ernst sie das meinte.

Sie verbrachten das Essen in weiterhin unterkühlter Stimmung, und Alea ließ den größten Teil ihrer Bestellung zurückgehen. Sie hatte keinen Hunger mehr.

Dass Christopher sich so wenig verständnisvoll und nahezu boshaft zeigte, kränkte sie.

»Ich muss noch mal ins Büro. Wird spät heute«, erklärte er, nachdem er bezahlt hatte und sie das Restaurant verlassen hatten. Er küsste sie flüchtig auf die Wange und war schon halb im Gehen.

»Ich werde heute noch fahren«, sagte Alea. »Musst mich nicht nach Hause bringen. Ich nehme die Bahn.« Es konnte ihr, erst recht nach diesem ernüchternden Gespräch, nicht mehr schnell genug gehen, auf Sylt anzukommen. Christopher hielt kurz in seiner Bewegung inne und sah sie an, ohne dass sie den Ausdruck auf seinem Gesicht deuten konnte.

»Okay.« Die Stille, die plötzlich zwischen ihnen herrschte, war erdrückend und voller ungesagter Vorwürfe. »Wie du meinst. Dann eine gute Fahrt.« Er umarmte Alea mit einer erzwungenen Bewegung. Es fühlte sich für sie an, als träfen zwei Eisskulpturen aufeinander. Über ihre Haut zog ein Frösteln.

Alea drehte sich um und ging nach Hause, dankbar, dass sie

sich vorhin für die Bahn entschieden und nun noch etwas Zeit hatte, bevor sie ins Auto steigen und sich auf den Verkehr konzentrieren musste. Tränen standen in ihren Augenwinkeln. Zu viele Emotionen sprudelten gerade in ihr hoch wie in einem übervollen Gefäß, in das jemand eine Brausetablette geworfen hatte.

Sie horchte in sich hinein, und es fühlte sich so richtig an, diese Entscheidung für Martje getroffen zu haben, dass sie sich nicht länger über Christophers Reaktion ärgern wollte. Endlich hatte sie wieder eine gemeinsame Perspektive für ihre Beziehung gesehen. Jetzt warf sie das Gefühl nach diesem Gespräch wieder deutlich zurück. Aber der Auslöser ihres Streits war Aleas Sorge um ihre Tante, und ob diese angebracht war, das stand für sie nicht zur Debatte.

Sie wischte sich die Tränen von den Wangen, straffte die Schultern und konzentrierte sich auf die Vorfreude auf ein paar Tage auf Sylt.

Zu Hause angekommen, zog sie ihren Koffer aus der Ecke neben dem Kleiderschrank hervor. Noch ehe sie weiter über das Gespräch mit Christopher nachgrübeln konnte, legte sie Kleidung für ein paar Tage hinein. Dann suchte sie im Bad alles zusammen. Sie verstaute vorsichtig ihr Geschenk für Martje und schloss den Koffer. Anschließend hievte sie ihn das Treppenhaus hinunter und in den Kofferraum ihres Autos. Sie koppelte das Handy mit den Lautsprechern des Wagens und öffnete eine Playlist, bevor sie den Motor startete und sich auf den Weg Richtung Autobahn machte.

Mit dem Klang ihrer Lieblingslieder und jedem Kilometer, den sie hinter sich ließ, fühlte es sich leichter an, nach Sylt zu fahren. Trotz aller Sorge um ihre Tante war da auch Zuversicht. So beunruhigend es war, dass es Martje nicht gut ging. Mehr, als in ihrer Nähe zu sein und jederzeit für sie, die Manufaktur und Nala da zu sein, konnte sie gerade nicht tun, und genau das würde sie, solange Martje sie brauchte.

Sie war stolz, ihr Vorhaben durchgesetzt zu haben, ungeachtet des heftigen Gegenwindes. Vielmehr hatte sie diesen schroffen Unmut ihres Freundes für sich zu einem Rückenwind gedreht, der sie erst recht in ihrer Entscheidung bestärkt hatte. Das Unverständnis darüber, dass Christopher es ihr mit seiner eingeschnappten Art zusätzlich schwer machen wollte, wuchs.

Sie hatte zugestimmt, seine Zukunftspläne mitzutragen, nach München zu gehen und dort im Familienunternehmen zu arbeiten. Jetzt war er an der Reihe, einen Schritt auf sie zuzugehen, fand sie.

Vom Autozug aus rief sie noch einmal im Krankenhaus an. Man sagte ihr, dass derzeit noch einige Untersuchungen nach der notwendigen Operation des gebrochenen Armes anstanden, Martje am Abend aber Besuch empfangen könnte, weil die Operation gut verlaufen war.

Alea lehnte sich im Autositz zurück und ließ die Weite auf sich wirken. Das Grau des Himmels vermischte sich mit dem des Meeres zu einer stahlgrauen Ton-in-Ton-Komposition. Anders als in Hamburg, wo sich oft drückend graue Regentage aneinanderreihten und einen zu verschlucken drohten, schien eine Schlechtwetterlage hier am Meer selten lange anzuhalten. Zwischen Wolken, die sich beinahe bedrohlich über das Wasser legten, blitzte hin und wieder die Sonne durch und ließ die kleinen Wellenberge auf dem Wasser wie Diamanten glitzern.

Weiter entfernt sah Alea, dass sich eine dunkelgraue Regenwolke soeben über dem Norden der Insel entlud. Die parallel auftretenden Sonnenstrahlen sorgten für einen farbenprächtigen Regenbogen, der sich von List bis zur Mitte der Insel erstreckte.

»Am Ende des Regenbogens wartet ja bekanntlich ein Schatz«, flüsterte Alea und überlegte, dass Martjes Haus sich etwa dort befinden könnte, wo dieses Naturschauspiel den Boden zu berühren schien.

Schon der Anblick der Insel aus der Ferne sorgte bei Alea dafür, dass sie ein Gefühl von Heimkommen verspürte. Sylt würde immer wie ein Zuhause für sie sein, dafür hatte Martje all die Jahre mit ihrer Wärme und Herzlichkeit gesorgt.

Die Insel mit ihrem herben Charme, der Natur und dem ständigen Wechselspiel aus Regen, Sonne und Wind empfand Alea als einmalig. Auch und gerade im Winter liebte sie die Insel, auf der Gemütlichkeit einen hohen Stellenwert hatte. Dennoch war es diesmal anders hierherzureisen.

Die kribbelnde Euphorie, die sie sonst auf den letzten Metern bis zum Verlassen des Autozuges empfand, war heute nicht da. Mit der Ankunft auf Sylt war auch die Situation greifbarer geworden und der Kloß in ihrem Magen schwerer. Die Angst um Martje ließ ihr Herz krampfen.

Die schwierige Entscheidung, was mit der Manufaktur geschehen würde. Die Überlegung, ob Martje sich in nächster Zeit weiterhin um Haus und Hund würde kümmern können. Und eine undefinierbare, schwelende Angst, dass sich ihre Tante durch diesen Vorfall verändert haben könnte, etwas von ihrer positiven Einstellung und ihrer Lebensfreude einbüßen würde, weil sie erfahren hatte, wie schnell das Leben einem einen Strich durch die Rechnung machen konnte.

Der Regenbogen leuchtete zart, aber wunderschön in all seinen Farben und gab Alea plötzlich wieder neue Hoffnung. Martje hatte sich schließlich noch nie unterkriegen lassen, wieso sollte sie jetzt damit anfangen?

Kapitel 2

Alea fuhr vom Autozug und lenkte den Wagen direkt in Richtung Braderup. Die Schwester hatte ihr zugesagt, dass sie ausnahmsweise nach achtzehn Uhr noch zum Krankenhaus kommen durfte. So konnte sie Martje nach der Operation so viel Zeit wie möglich lassen, um sich etwas zu erholen, sie aber dennoch kurz sehen.

Nur wenige Meter hinter Martjes Haus begann das Watt.

Neben der Kerzenmanufaktur betrieb Martje eine kleine Pension mit nur zwei Zimmern. Die Lage war einmalig schön und bot jegliche Möglichkeiten. Wenn man die Ruhe suchte, kam man dort voll auf seine Kosten. Wollte man zum rauschenden Klang der tosenden Wellen spazieren gehen, war man per Fahrrad oder Auto innerhalb weniger Minuten auf der Westseite der Insel in Wenningstedt oder Kampen, wo sich weite Strände am offenen Meer befanden.

Die unvergleichliche Natur, endlose Spaziergänge – all das besaß für Alea schon immer eine Zauberkraft, mit der dieser Ort ihre Akkus auflud. Das schicke Leben in Kampen, die teuren Boutiquen und feinen Restaurants hingegen brauchte Alea nicht. Die waren nie ihre Welt gewesen.

Auch Martje machte sich nichts daraus und konnte diesem

ganzen Schickimicki-Kram, wie sie es nannte, nichts abgewinnen.

Alea kam vor Martjes Haus an. Nervös parkte sie ein, hob ihren Koffer aus dem Auto und blieb einen Moment lang auf dem mit Natursteinen gepflasterten Weg stehen, der zur Manufaktur führte.

Das Friesenhaus war schon jetzt liebevoll weihnachtlich geschmückt. Grüne Tannenkränze mit roten Schleifen zierten die Fensterläden, eine Girlande war über der rot gestrichenen Eingangstür mit den zwei kleinen ovalen Fenstern angebracht. Die Kerzenwerkstatt mit angeschlossenem Laden befand sich im Erdgeschoss, direkt daneben. Rechts und links neben der Tür war jeweils ein Eisenfenster mit Rundbogen eingelassen. Martje hatte darin abends flackernde Windlichter stehen.

Die Fassade aus rotem Backstein wirkte warm und stand für Alea für ein Gefühl von Heimat und Heimeligkeit. Dieses Mauerwerk unter dem atmosphärischen Reetdach hatte etwas von einem Zuhause aus einem Märchenland.

Ein von Martje handgeschriebener Zettel hing im Fensterglas der Ladentür.

Bin sofort zurück! Machen Sie es sich doch solange auf der Bank gemütlich, stand da. Alea seufzte. Sie schaute zur weißen Holzbank, die neben der Einfahrt stand. Darauf lagen einladend zwei große Outdoor-Sitzkissen, ein Geschenk von Alea an Martje. Neben der Bank stand ein großes, weihnachtlich dekoriertes Windlicht. Sie sah Martje vor sich, wie sie hier, den Hund auf dem Schoß, den Blick auf ihre Manufaktur gerichtet, ein paar Momente der Ruhe genoss. Sie wünschte sich nichts mehr, als dass Martje dort ganz bald wieder sitzen würde.

Alea besaß einen Schlüssel zum Haus und schloss die Tür auf. Als Erstes würde sie einen Blick in die Manufaktur werfen. Den

Koffer ließ sie einfach solange draußen stehen. Sofort empfing sie der Duft aus Aromen von Vanille über Rosen und eine sanfte Zitrusnote bis hin zu Zimt und Anis – ein zarter Vorgeschmack auf die Weihnachtszeit. Alea sog ihn tief ein, wie ein wohltuendes Elixier.

Sie betrat den Raum und war sofort angekommen. Knarzend quittierte der Boden jeden ihrer Schritte, als Alea durch den Verkaufsraum lief. Liebevoll arrangierte Kerzen in verschiedensten Formen, Farben und Duftrichtungen waren fein säuberlich in weißen Regalen aufgestellt. Sie waren mit handgeschriebenen Schildern versehen, die nicht nur die klangvollen Namen wie *Heimatliebe*, *Winterwunder* oder *Weihnachtslicht* verkündeten, sondern auch mehr über ihre Inhaltsstoffe, ihren Duft und dessen Wirkung erzählten. Zusätzlich enthielten sie Tipps zum Gebrauch der Kerzen. So zum Beispiel, dass der Docht nach Gebrauch gekürzt werden sollte, um die Brenndauer zu verlängern und Ruß zu vermeiden. Flammen sollte man eher ersticken, als sie auszupusten. Außerdem pries Martje darauf ihre neuste Erfindung an, hölzerne Dochte, die beim Abbrennen für ein angenehmes Knistern sorgten und deshalb auch den liebevollen Namen *Knisterdocht* trugen. Sie schufen in jedem Wohnzimmer eine Atmosphäre, wie sie sonst nur ein Kamin herbeizaubern konnte.

Zusätzlich gab es eine Auswahl an passenden Kerzenständern oder Windlichtern für jede Kerzenform und -größe. Damit Untergründe durch große Hitze keinen Schaden nahmen, bot Martje handgefertigte Untersetzer in Herzformen und maritimen Motiven an.

Alea bewunderte eine weiße Holzbank, die mitten im Laden stand und als Präsentationsfläche für Weihnachtsartikel genutzt wurde. Weiße, grüne und rote Adventskerzen, versehen mit vierundzwanzig Ziffern, die mit Abbrennen der Kerze schmolzen, sowie einige Blechdosen voller Kerzen in Form von Muscheln und kleinen Weihnachtsbäumen fielen Alea auf.

Am Verkaufstresen stapelten sich mehrere Unterlagen und kleine Körbe mit Teelichtern darin. Martje verwendete hier Glas als umweltfreundliches Behältnis für die Lichter anstelle der Aluminiumhüllen. Dazu verschiedene Nachfüllvarianten. Diese goss sie in Silikonformen und bot sie ohne Gefäß drum herum an. In Körben, die mit feinem Papier ausgelegt waren, waren sie einsortiert und wurden zum Verkauf angeboten. Alea lächelte. Sie liebte besonders die Lichter, die nach dem Abbrennen liebevolle Botschaften preisgaben, die Martje in die Kerzen eingearbeitet hatte. Jedes für sich war eine Überraschung. Nur ihre Tante wusste, welches herzliche Wort sich am Ende zeigte.

Neben der Kasse lag Martjes rosafarbene Brille, die sie während der Arbeit oft an einem Band um den Hals trug und nur bei Bedarf aufsetzte. Es wirkte, als sei sie nur eben unterwegs und käme jeden Moment zurück.

Im Regal hinter dem Tresen lagerten einige verpackte Geschenke mit Namenskärtchen daran. Es waren Bestellungen, die noch abgeholt werden mussten. Aleas Blick ging zur Werkstatt. Dort standen zwei Muschelformen, in die bereits das cremefarbene Wachs gegossen und der Docht gesteckt worden war. Sicher hatte Martje sie gerade aushärten lassen wollen, als sie zu ihrem Spaziergang aufgebrochen war. Alea seufzte.

Die Manufaktur so zu sehen schmerzte sie. Schnell griff sie nach einem leeren Blatt Papier und verfasste eine Notiz. *Leider vorübergehend geschlossen. Im Notfall:* Darunter schrieb sie ihre Handynummer. Sie ging zur Tür, nahm den Zettel von Martje ab und hängte den neuen auf.

Dann trat sie hinaus, zog die Tür hinter sich zu und schloss sie wieder ab. Sie nutzte nicht die Verbindungstür vom Laden zum

Hausflur, sondern ging außen herum zur Eingangstür der Wohnung und der Pension auf der Seite des Hauses. Auf dem Weg nahm sie ihren Koffer mit.

Um die Haustür hatte Martje ebenso eine Girlande aus Tannengrün, geschmückt mit roten Schleifen, angebracht. Zwischen Haustür und Giebelspitze befand sich ein größeres und darüber noch ein kleines Fenster. Das größere führte bei Errichtung des Hauses wohl zum Speicher auf dem Dachboden. Heute lag dort Martjes Schlafzimmer. Direkt unter der Giebelspitze, hinter einem kugelrunden kleinen Guckloch-Fenster und nur erreichbar über eine steile Holztreppe auf den Kriechboden, war früher Aleas Zimmer gewesen. Alea hatte den Raum unterm Dach seit ihrer Kindheit geliebt. Direkt am Fenster hatte ihr Bett gestanden, sodass sie von dort aus einen fantastischen Blick gehabt hatte. Das *Traumzimmer* hatte sie es genannt. Dieser Ort war urgemütlich. Das kleine Fenster ließ nur ein wenig Licht in den behaglichen Raum unterm Reetdach und gab dem Zimmer eine einmalige Atmosphäre.

Aus dem Briefkasten neben der Tür ragten bereits ein paar Briefe und Prospekte heraus. Alea leerte ihn. Eine handschriftliche Nachricht auf einem losen Zettel fiel ihr auf.

Nala ist erst einmal bei mir (nebenan). Keine Sorge, sie hat in meinem Hund Karl beste Gesellschaft. Er tröstet sie, wenn sie Heimweh hat, und teilt schon Körbchen und Napf mit der charmanten jungen Dame. Felix. Eine eher rudimentäre Skizze eines Hundes war danebengezeichnet.

Alea schmunzelte. Die Art der Mitteilung gefiel ihr und zeigte, dass Nala in liebevollen Händen war. Unter dem Text stand eine Handynummer, dazu der Name *Felix Asmussen*.

In einem von Martjes Nachbarhäusern lebte also ein Felix. Eine Adresse stand nicht dabei. Wenn sie erfahren wollte, wo genau Nala war, müsste sie diesen Mann anrufen.

Zuerst würde sie aber zu Martje ins Krankenhaus fahren. Sie wollte mit ihr sprechen, bevor sie weitere Schritte unternahm.

Sie schrieb Christopher eine Nachricht, dass sie gut angekommen war.

Schön. Allerdings ändert das nichts daran, dass ich mir deutlich die Frage stelle, ob wir auf dem richtigen Weg sind,

kam zurück. Alea stockte und wählte seine Nummer. »Christopher?«

»Ja?«, klang es abweisend.

»Was soll das heißen?«

»Das solltest du dir denken können. Nach all den Streits der letzten Monate dachte ich, dass unsere Beziehung nun oberste Priorität hat, wenn wir das wieder hinbekommen wollen. Das scheine nur ich so zu sehen.«

»Moment, meinst du, ich habe mir ausgesucht, dass Martje der Unfall geschieht?« Aleas Puls war innerhalb von Sekunden hochgeschossen.

Christopher schwieg, was Alea beinahe zur Weißglut brachte. »Keine Antwort also? Hallo?« Schweigen. Alea nahm dies ernüchtert zur Kenntnis. »Okay. Mehr habe ich dazu nicht zu sagen. Du ja offenbar auch nicht.«

»Nein.« Christophers Antwort machte sie sprachlos.

»Tschüss«, war das Einzige, was sie noch hervorbrachte. Dann legte sie auf. Sie musste dringend zum Meer!

Noch hatte sie die warme Jacke und die Boots an, sodass sie direkt starten konnte.

Alea zog noch eine Mütze und einen Schal aus der Seitentasche des Koffers, den sie zunächst in den Hausflur gestellt hatte, und lief los.

Die Stille am Watt auf der um diese Zeit bestimmt kaum besuchten Seite der Insel versprach ihr ein paar Momente für sich, in denen sie ihre aufgebrachten Gedanken sortieren und sich für die nächsten Tage sammeln konnte.

Die unvergleichlich schöne Wohnstraße entlang lief Alea Richtung Watt. Hier wechselten sich riesige Grundstücke, auf denen selbst die imposanten Luxusvillen beinahe verloren wirkten, mit kleinen alten reetgedeckten Häusern von Insulanern ab.

Imposante Friesenwälle säumten die Grundstücke. Die Hecken waren jetzt im Winter kahl, sodass man hier und da die Häuser sehen konnte. Einige Wälle waren jedoch mit der Kriechkiefer bepflanzt, die auch zu dieser Jahreszeit den perfekten Sichtschutz wie auch eine Barriere dem Wind gegenüber bot. Die Pflanzen waren mittlerweile zu riesigen, ineinander übergehenden Kugeln angewachsen. Sicher waren sie schon einige Jahre alt und ebenso von nahezu unbezahlbarem Wert, wie vieles in diesem außergewöhnlichen Ort.

Von manchen Häusern konnte Alea deshalb nur das Reetdach und die kleinen Gaubenfenster im Obergeschoss sehen. Es wirkte, als duckten sich diese Häuser vor neugierigen Besucherblicken weg und kuschelten sich in einen Garten aus Kiefern und Heckenrosen.

Vereinzelt entdeckte man auf Sylt noch sogenannte Rundgiebel, wie ihn das Nachbarhaus von Martje hatte. Sie legten sich wie ein kleines Dach direkt über die Haustüren. Eine Bauart, die selten geworden war.

Alea erinnerte sich daran, dass der illegale Abriss eines solchen Hauses vor einiger Zeit auf Sylt für Furore gesorgt hatte. Sie hatte mit Martje darüber gesprochen, weil ihre Tante so glücklich darüber war, dass ihr Nachbarhaus, trotz einer Modernisierung in den letzten Jahren durch die neuen Besitzer, die Alea noch nicht kannte, nach wie vor die Ursprünglichkeit friesischer Bauweise verkörperte.

Alea betrachtete die Häuser, die viele kleine Besonderheiten hatten. Friesengiebel mit historischen Jahreszahlen über der Tür und Holzverzierungen. Es gab Scheunentore, ursprünglich, alt, heute als großer Fensterladen genutzt, hinter dem sich eine gigantische Glasscheibe verbarg, die einen großartigen Weitblick über die Heidelandschaft zwischen Braderup und Kampen sowie das Wattenmeer bot. Alea konnte sich kaum sattsehen an dem Anblick und träumte sich in eins dieser Häuser.

Es war ruhig um diese Zeit, nahezu gespenstisch. Aber das war eine Momentaufnahme dieser Tage. Je näher es auf Weihnachten zuging, desto mehr Feiertagsgäste würden für ein paar Tage hier einziehen. Alea stellte sich vor, dass Familienmitglieder zusammenkamen, die sich sonst selten sahen, sich in den großen alten Häusern versammelten und gemeinsame Zeit verbrachten. Das war etwas, das ihr fehlte. Familienzeit. Würde sie das in Christophers Familie finden? Sie hatte so sehr darauf gehofft, es sich so sehr gewünscht, aber inzwischen keimten Zweifel in ihr.

Am Ende der Straße erreichte Alea einen Pfad, der zu einem traumhaften kleinen Strandabschnitt auf der Wattseite führte. Hier war, auch wenn Flut herrschte, das Meer ruhig und rollte in leichten, leise rauschenden Wellen an Land. Über Bohlenwege gelangte man in die Braderuper Heide und auch hinunter ans Wasser.

Bereits jetzt hatte Alea das Gefühl, dass die Luft ihrer Atmung guttat. Die Sylter Luft reinigt von innen und stellt die Abwehrkräfte neu auf, sagte Martje immer. Besonders am Meer könne der Mensch das Meersalz und die Mineralien aus dem Wasser dank der Feuchtigkeit der Luft besonders gut aufnehmen. Scharfe Winde, ein Auf und Ab der Temperaturen und die hohe Sonneneinstrahlung forderten den Körper heraus und stärkten ihn.

Alea lächelte, als sie daran dachte, und trat auf den Steg, drehte sich langsam einmal um sich selbst. Sie genoss den Blick über die Braderuper Heide, schaute auf die Rückseite der Häuser in direkter Wattlage, weiter bis ans Wasser. Wie Alea vermutet hatte, war es hier menschenleer. Sie fand sich allein inmitten der wunderschönen Natur aus Heide, vereinzelten sturmschiefen Kiefern und stetig sanft säuselndem Wind wieder. Die wenigen Sonnenstrahlen, die sich durch die Wolkendecke kämpften, untermalten die besondere Atmosphäre.

Sie lief den Weg hinunter bis zum schmalen Sandstrand.

Am Wasser angekommen, atmete sie tief durch und schloss für einige Sekunden die Augen. Wie eine wohltuende Melodie klang das Rauschen der Wellen mit dem Wind an ihr Ohr.

Alea wollte gerade losgehen und einige Meter am Wasser entlanglaufen, als ein dumpfes Geräusch aus Richtung des Holzstegs sie aufhorchen ließ. Sie schnellte herum und sah, dass dort jemand gestürzt war. Sofort musste sie wieder an Martje denken. Kurzerhand machte sie kehrt und lief eilig hinauf, um dem Mann zu helfen. Bei genauerem Hinsehen erkannte sie hinter ihm einen Hund.

»Ist alles in Ordnung?«, rief sie gegen den Wind und war erleichtert, als der Typ einen Daumen emporreckte. Sie erwiderte diese Geste, ging aber dennoch weiter auf ihn zu.

»Danke, geht schon wieder«, erklärte er, als sie vor ihm stand, er sich den Sand von der Kleidung klopfte und die Wollmütze richtete. Verdutzt schaute er sich um. »Ich hab einen Moment nicht hingeguckt, und dann war es schon zu spät.« Er machte einen ernsthaft erschrockenen Eindruck und sah dabei sympathisch verwirrt aus. »Dabei dachte ich immer, ich kenne hier jeden Dünengrashalm und könnte die Stege auch mit verbundenen Augen entlanglaufen.« Bedauernd hob er die Schultern. In der Hand hielt er, fest umklammert, eine Hundeleine. Auf den nächsten Blick erkannte Alea sogar mehrere. Erst jetzt sah sie auch den zweiten Hund. Hinter einem Stein, der neben dem Bohlenweg lag, lugte am Ende der einen Leine eine zweite kleine Hundenase hervor.

Der Mann klopfte dem hellbraunen Hund neben sich tätschelnd den Rücken, kniete sich dann hin und sprach mit sanfter Stimme zu dem zweiten Tier, das sich offensichtlich vor Schreck versteckt hatte.

»Hey Süße, entschuldige! Alles ist gut, du kannst wieder rauskommen! Ich passe jetzt besser auf, versprochen!« Gerührt davon, wie er mit dem Tier redete, lächelte Alea. In diesem Moment tapste ein kleiner Mischlingswelpe, geduckt, aber schwanzwedelnd, hinter dem Stein hervor. Die glänzenden Locken an den für den kleinen Hund viel zu lang wirkenden Ohren ließen ohne Frage einen Cockerspaniel erkennen. Verblüfft ging Aleas Blick zu dem Hund, dann wieder zu dem Mann und zurück.

»Nala?«

»Sie kennen den Hund?« Jetzt war er es, der überrascht aussah. Er blickte Alea direkt in die Augen, und dabei fiel ihr etwas auf, was sie noch nie bei einem Menschen gesehen hatte: Er hatte zwei verschiedenfarbige Augen. Das eine Auge war blau, das andere grün.

Als er fragend die Brauen hob, merkte Alea, dass sie gar nicht geantwortet hatte. »Nein, also ja, bisher nur vom Foto. Aber mit ihrem kleinen herzförmigen Muster auf dem Rücken ist sie bestimmt einmalig.« Ihr ging durch den Kopf, dass auch dieser

Mann mit den unterschiedlichen Augenfarben etwas Einmaliges hatte. »Dann sind Sie Felix?«

»Der bin ich, ganz genau. Und das ist Karl, mein Hund.« Er deutete auf den braunen, etwa kniehohen Terrier-Mix. »Sozusagen jetzt der coole Onkel von Nala. Aber bitte lass uns doch Du sagen.«

»Gerne, ich bin Alea! Was für ein toller Onkel. Ich bin Martjes Nichte. *Sie* ist sozusagen meine coole Tante.« Alea lächelte. »Ich habe deine Nachricht im Briefkasten von Martje gefunden und hätte dich jetzt auch bald angerufen, wollte mich nur mal kurz durchpusten lassen und dann mit Martje sprechen«, stellte Alea sich vor.

»Das gibt's ja nicht!« Er hatte die erschrockene Nala auf den Arm genommen und fuhr sich mit einer Hand durch die Haare. »Und ich schreibe noch, dass Nala bei uns gut aufgehoben ist. Das machte wohl grad nicht unbedingt den Eindruck«, stellte er zerknirscht fest.

»So ein Sturz kann passieren«, bemerkte Alea. »Ich bin nur froh, dass dir dabei nichts passiert ist.«

Er lachte, und Alea fielen die charmanten Fältchen um seine Augen auf, die davon zeugten, wie gern er das tat. Sie gaben ihm etwas Unbeschwertes. Mürrische Leute bekamen keine Lachfältchen. Martje hatte sie auch. Als Kind hatte Alea sie immer Martjes Sonnenstrahlen im Gesicht genannt.

Kurz dachte sie an Christopher. Bei ihm hatte sie in den letzten Wochen oft bemerkt, dass statt der Lachfältchen die Sorgenfalte auf seiner Stirn sich immer mehr ausprägte. Er war eher der nachdenkliche, analysierende Typ. Außerdem hatten auch ihn die kräftezehrenden Monate voller Streitigkeiten in ihrer Beziehung gefordert.

»Und dir tut wirklich nichts weh?«, erkundigte Alea sich.

»Nein, alles bestens. Jetzt steht einem Spaziergang am Meer nichts mehr im Wege.«

»Die beiden freuen sich schon«, stellte Alea mit Blick auf den aufgeregten Hund mit dem Namen Karl fest. »Was ist Karl für eine Rasse?«

»Ein Jagdterrier-Jack-Russell-Mix«, erklärte Felix.

»Ein hübscher Kerl«, lobte Alea und streichelte den Hund, der dankbar mit der Rute wedelte.

»Das hört er gern, ja«, stimmte Felix lachend zu. »Aber ich habe deinen Weg unterbrochen. Kommst du noch mal mit runter zum Wasser?«

Zögerlich schaute Alea über den Strand. Sie verspürte ein schlechtes Gewissen Christopher gegenüber. Sie konnte doch nicht mit einem wildfremden Typen nach der erstbesten Begegnung am Meer entlangspazieren. Auch wenn er den Hund ihrer Tante bei sich hatte, kam es ihr nicht richtig vor. Deshalb hielt Alea es für besser, zunächst den Rückzug anzutreten.

»Nein, für den Moment habe ich genug Seeluft geschnuppert und bin schon spät dran. Wenn ich mich jetzt nicht auf den Weg mache, lassen sie mich nicht mehr zu Martje. Aber es freut mich, dass wir uns zufällig getroffen haben. Ich hätte mich wegen Nala wie gesagt sowieso gemeldet. Wir müssen ja schauen, wie es weitergeht mit Martje.«

»Also sie kann gerne erst mal bei uns bleiben. Wir freuen uns, und ich glaube, wenn ich nicht gerade über meine eigenen Füße stolpere, fühlt sich die kleine Dame auch bei uns ziemlich wohl.« Er grinste schief.

»Davon bin ich überzeugt! Das ist superlieb, danke.« Alea lächelte. »Außerdem hat sie sich ja auch als ganz hervorragender Rettungshund erwiesen, für den Fall der Fälle.«

Einen Moment behielt er sich sein Grinsen noch, bevor seine Miene sorgenvoller wurde. »Wie geht es denn Martje?«

Alea hob unsicher die Schultern. »Das kann ich noch gar nicht sagen. Zuletzt habe ich vom Autozug aus mit dem Krankenhaus telefoniert. Sie sagten, es stünden einige Untersuchungen an, rund um die Operation des Armes, die heute Nachmittag stattfand, dann könnte ich zu ihr. Noch weiß ich nicht, was das Ergebnis davon war.«

»Richte ihr doch bitte ganz liebe Grüße aus und sag ihr, sie soll sich wegen Nala überhaupt nicht stressen.«

»Danke! Das wird sie sehr beruhigen.«

»Eben! Ich kenne sie doch.«

»Das stimmt. Woher kennt ihr euch denn eigentlich?«

»Ich wohne nebenan. Zeitweise zumindest. Das Haus gehört meinem Vater. Es ist unser Ferienhaus, das wir immer mal wieder nutzen. Ich am liebsten zu dieser Zeit, wenn es noch ruhig ist und man wenig Trubel begegnet.«

»Ach, dann seid ihr die neuen Nachbarn, die das wunderschöne alte Friesenhaus renoviert haben – Martje hat mir davon erzählt. Wie schön. Und das mit dem Trubel verstehe ich. Da müssen wir uns bisher zeitlich immer verpasst haben.«

»Ganz genau die! Und schade, dass es bisher nie geklappt hat.« Er lächelte, und Alea wich seinem Blick aus und streichelte Karl.

»Aber sicher hast du so kurz vor Weihnachten auch andere Pläne, als Hundesitter zu spielen, oder?«, hakte Alea nach.

»Ehrlich gesagt, nein«, war seine offenherzige Antwort. »Weil ich dieses Jahr mindestens bis über die Festtage sowieso hier auf Sylt bleiben will, habe ich sofort zugesagt, als es darum ging, wer den Welpen an sich nimmt. Das passt mir wirklich.« Er nickte bekräftigend und streichelte dem Hund liebevoll über das Fell. Nala, noch immer auf seinem Arm und sichtlich beruhigt, hatte die Augen geschlossen und schien die Streicheleinheit zu genießen.

»Martje ist sicher sehr dankbar für deinen Einsatz. Ich würde mich noch mal bei dir melden, wenn ich bei ihr war, okay? Da ich ein paar Tage in Martjes Haus wohnen werde, laufen wir uns da bestimmt sowieso über den Weg.«

»Das würde mich sehr freuen, Alea. Bis bald!« Noch einmal lächelte er, mit unzähligen Lachfältchen um seine zweifarbigen Augen, und ging dann den Bohlenweg entlang hinunter zum Strand. Auf dem letzten Treppenabsatz angekommen, ließ er Nala wieder frei laufen.

Als Alea sich gerade umgedreht hatte, um auch weiterzugehen, hörte sie ihn rufen.

»Heile angekommen!« Er deutete mit beiden Händen auf sich selbst, lachte, und Alea erwiderte sein Lachen, während sie einen Daumen emporreckte und dann noch einmal winkte.

Auf dem Weg zurück zu Martjes Haus schwankte sie zwischen einem vergnügten Grinsen über das nette Zusammentreffen und einem sorgenvollen Magengrummeln wegen Martje. Und obwohl sie diesen Felix ja gar nicht wirklich kannte, gab ihr diese kurze Begegnung ein gutes Gefühl. Nala war bei ihm ganz bestimmt gut aufgehoben.

Aber das war es nicht nur. Dieser Typ war ihr unheimlich sympathisch. Die Art, wie er über sich selbst lachte, gefiel ihr, und sie spürte, dass sie sich insgeheim bereits auf ein Wiedersehen mit dem Mann mit den verschiedenfarbigen Augen freute.

An Martjes Haus angekommen, ging sie noch einmal in die Manufaktur und holte die Brille ihrer Tante. Dann brachte sie ihren Koffer ins Wohnzimmer. Sie würde Martje fragen, ob die Gästezimmer aktuell vermietet waren oder ob sie in einem davon unterkommen konnte. Gerade war aber auf jeden Fall niemand dort, wie sie an den Schlüsseln erkannte, die allesamt am Schlüsselbrett hingen. Auch im Terminkalender, der darunter lag, war kein Eintrag. So, wie es aussah, hatte sich schon länger kein Gast mehr in der Pension eingebucht. Alea wollte mit Martje klären, ob jemand anreisen würde und sie noch etwas vorbereiten oder dem Gast absagen müsste.

Sie ging in Martjes Schlafzimmer und packte ein paar Kleidungsstücke in eine Tasche. Aus dem Badezimmer nahm sie noch einige Hygieneartikel mit und legte Hausschuhe und ein gemütliches Wolljäckchen dazu. Außerdem steckte sie ein Foto von Nala ein, welches sie bei Martje auf dem Nachttisch fand.

Dann stieg Alea ins Auto und machte sich auf den Weg zum Krankenhaus.

Kapitel 3

Die kahlen Wände des Krankenhausflurs wirkten auf Alea wie ein Tunnel, der ihre Gedanken nur auf Martjes Gesundheit lenkte. Während ihr der Geruch nach Desinfektionsmittel beißend und kalt in die Nase zog und sie Menschen begegnete, die Betten vor sich herschoben, in denen Kranke lagen, wuchs das mulmige Gefühl in ihrem Bauch.

Sie wollte sich nicht vorstellen, dass Martje ernsthaft angeschlagen und womöglich auch erst einmal auf ständige Hilfe angewiesen war. Das passte so gar nicht zu ihrer umtriebigen Tante, die wie ein Wirbelwind durch ihr Leben rauschte und sich kaum durch etwas bremsen und erst recht ungern helfen ließ.

Alea hoffte, dass sich auch dieses Mal Martjes volle Energie entfalten und sie wieder auf die Beine bringen würde. Ihre Eigenschaften könnten zu einer schnelleren Genesung führen. Nichts anderes durfte sein.

Als Alea die Tür mit der Nummer acht erreichte, hielt sie einen Moment inne. Sie holte tief Luft und versuchte, ihren rasenden Puls zu beruhigen, was ihr nur schwer gelang.

Zaghaft klopfte sie an. Genau in dem Moment wurde die Tür von innen geöffnet. Alea zuckte erschrocken zusammen, als sie in das verzweifelte Gesicht einer Krankenpflegerin blickte.

»Hallo«, begrüßte sie Alea mit einem verkrampften Lächeln,

sichtlich darum bemüht, sich ihren Unmut nicht anmerken zu lassen.

»Guten Tag, Alea Groneberg mein Name«, erwiderte Alea und lugte an der großen, kräftigen Frau vorbei. »Ich möchte zu Martje Christiansen«, fuhr sie fort, woraufhin die Frau ihr einen vielsagenden Blick schenkte und mit dem Kopf schräg hinter sich deutete. Alea wusste sofort, was Sache war. Zu gut kannte sie Martjes Sturheit, die manchmal ihr riesengroßes, gutmütiges Herz verbarg.

»Dann hatten wir telefoniert. Moin. Vielleicht können Sie sie überzeugen, dass sie wenigstens heute lieber im Bett bleiben sollte.« Matt hob sie die Schultern. »Ich kann sie ja nicht zwingen.« Sie verzog die Mundwinkel. »Ich bin jetzt die Böse.« Dann legte sie halb die Hand vor den Mund. »Am Ende aber die, die sie irgendwann vom Boden auflesen muss, wenn sie sich doch überschätzt hat. Und die sich den Rüffel vom Chef anhören darf, warum sie nicht aufgepasst hat.« Nun war ihr Blick fast beleidigt. »Dabei bin ich ja auch interessiert daran, dass sie möglichst bald wieder ihre Kerzenmanufaktur eröffnen kann. Darum bin ich doch so streng mit ihr.« Jetzt lächelte sie sogar, und ihre Mimik war liebevoll und verriet ihre eigentlich herzliche Art hinter der energischen Fassade und der Frustration.

»Ich spreche noch mal mit meiner Tante«, sicherte Alea der Frau zu, und ein Anflug von Skepsis und Dankbarkeit zog über deren Gesicht. Dann schob sie sich, nach einem letzten resignierten Blick auf Martje, an Alea vorbei und bog in ein anderes Zimmer ein.

»Liebes?« Erleichtert stellte Alea fest, dass ihre Patentante wie immer klang. Sie freute sich, sie zu sehen.

»Martje! Was machst du denn für Sachen? Ich habe mich so erschrocken!«

Alea ging auf das Bett zu, auf dessen Kante Martje thronte, als sei nie etwas gewesen. Sie war bunt und fröhlich gekleidet, hatte die kurzen grauen Haare ordentlich frisiert und wirkte, als sei sie gerade im Aufbruch. Einzig das Pflaster auf ihrer Stirn und der Gips um den linken Arm deuteten auf den Zwischenfall hin, der sie ins Krankenhaus gebracht hatte.

»Jetzt fang du auch noch an«, murmelte sie.

»Martje!« Alea deutete durch den Raum. »Ich gehe davon aus, dass es schon einen Grund gibt, warum du hier bist, hab ich recht?«

»Der eine sagt so, der andere sagt so«, kam es prompt. Sie zeigte auf die Tür. »Der Feldwebel da eben will mich am liebsten für immer ans Bett fesseln«, zischte sie und schüttelte theatralisch den Kopf.

Alea musste schmunzeln. »Hey«, sagte sie deeskalierend und legte Martje den Arm um die Schultern. »Du weißt selbst, dass das nicht stimmt und dass sie das nicht macht, um dich zu quälen. Im Gegenteil.«

Martje musterte Alea skeptisch. »Bist du jetzt auf meiner Seite oder auf der dieser Schwarzmaler im weißen Gewand hier im Hause?« Alea antwortete nicht, sondern schaute Martje nur mit schief gelegtem Kopf an und strich ihr über den Rücken. »Schön, dass du da bist, Liebes!« Ehrliche Freude sprühte aus Martjes Blick.

»Ich muss doch wissen, was los ist. Und ich hab dir ja versprochen, dass ich *immer* da bin, wenn du mich brauchst.«

»Das weiß ich, mein Schatz.« Sorgenvoll schaute sie sie an. »Was sagt denn dein Christopher dazu, dass du ihn allein lässt? Oder ist er auch da?«

Alea schüttelte den Kopf und hob matt die Schultern. »Nein, ist er nicht.«

»Und er ist auch *not amused* über den Hilferuf der schrulligen Tante von der Insel, hab ich recht?« Martje blickte besorgt.

»Milde formuliert, trifft es das wohl ganz gut, ja.«

»Es tut mir leid«, sagte sie. »Ich hätte nie verlangt, dass du alles stehen und liegen lässt für mich.«

»Alles gut, Martje.« Alea lächelte. »Ich will hier sein.«

»Meine Gästezimmer sind aktuell übrigens beide frei«, erklärte Martje. »Da kannst du also schlafen und für die Zeit wohnen, in der du hier bist.«

»Prima! Das freut mich. Reisen denn noch Gäste an? Dann kümmere ich mich darum.«

Martje winkte ab. »Da musst du dir keine Gedanken machen. Wenn überhaupt, wird ein Zimmer erst kurz vor Weihnachten benötigt. Da bin ich ja längst wieder da.« Verschmitzt grinste Martje. »Aber ich denke eher, dieses Jahr kommt gar keiner mehr. Ich hab das ein wenig heruntergefahren derzeit.« Sie lächelte. »Mit Nala und der Manufaktur habe ich so viel um die Ohren.«

»Verstehe.«

»Wie geht es denn meinem Hundekind?«

»Hervorragend!« Alea strahlte. Als sie an Felix dachte, formten ihre Lippen ein zartes Lächeln. Unter Martjes wissendem Blick meinte Alea zu spüren, wie sie rot wurde.

»Das habe ich nicht anders erwartet. Der junge Mann von nebenan ist ein Goldschatz«, erklärte Martje. »Ich habe sofort gewusst, dass meine Kleine gut bei ihm aufgehoben ist.«

»Ich war kurz am Strand, da habe ich ihn getroffen, wie er mit den beiden Hunden spazieren gegangen ist. Das wirkte sehr harmonisch.« Alea dachte an den Sturz von Felix und konnte sich ein Grinsen nicht verkneifen.

»Alles klar?« Martje schaute Alea an, doch diese drehte sich weg. Sie erinnerte sich an das Foto und zog es aus der Tasche.

»Natürlich. Ich musste nur an eine Situation denken. Hat nichts mit Nala zu tun. Hier, ein Foto deiner Süßen! Felix lässt jedenfalls ausrichten, dass sein Karl deine Nala liebevoll aufgenommen hat und bereits Körbchen und Futter mit ihr teilt.« Bestätigend nickte Alea.

»Felix ist ein Schatz«, wiederholte Martje, lächelte dankbar und strich liebevoll über das Foto. »Die zwei sind sozusagen mein Rettungsteam.«

Verblüfft schaute Alea ihre Tante an. »Was hat denn Felix damit zu tun?«

»Er ging mit Karl spazieren, als meine kleine Nala Alarm geschlagen hat. Weil Felix dann schnell Hilfe holte, landete ich wohl rechtzeitig hier, bevor mir die Zehen abgefroren sind.«

»Ach.« Alea war erstaunt, und dieser Felix wuchs innerhalb von Sekunden noch einmal mehr in ihrem Ansehen. »Er war das? Davon hat er gar nichts gesagt. Ein Schutzengel offenbar! Wegen Nala musst du dir jedenfalls gar keine Sorgen machen. Ich werde schauen, wie es mit mir und dem Tagesgeschäft in der Manufaktur so klappt und wieweit ich den Nachbarn mit Nala nach ein paar Tagen entlasten kann.«

»Danke dir.« Martje schaute nachdenklich. »Mir ist es schon etwas unangenehm, Nala wie selbstverständlich bei Felix zu lassen. Irgendwann wird er auch wieder abreisen. Ich weiß gar nicht – er ist schon länger hier. Offenbar allein. Sein Vater hat mal erwähnt, er habe eine Freundin. Die ist aber nicht dabei, soweit ich weiß. Da wird er sicher demnächst zurückfahren wollen.«

»Hm.« Arglos zuckte Alea mit den Schultern.

»Wäre es für dich in Ordnung, das mit ihm einmal zu besprechen? Sonst muss ich mich um eine andere Lösung kümmern.«

»Klar. Ich habe ihm schon gesagt, dass ich mich noch einmal melde, wenn ich bei dir war. Ich kläre das mit Felix.« Alea spürte schon beim Gedanken daran ein zartes Flimmern im Bauch, das sie tunlichst im Keim ersticken sollte. Er hatte eine Freundin – und sie Christopher. Auch wenn sie gerade nicht davon sprechen konnte, glücklich vergeben zu sein. Sie schluckte. »Meinst du nicht, es wäre besser für dich, wenn du deine Beine einmal hochlegst?«, fragte Alea.

»Wieso?« Martje tat beiläufig.

»Martje!«

»Nein, wirklich. So dramatisch, wie die alle das hier darstellen, ist es gar nicht. Mir geht es wieder gut. Das war nur ein kleiner Aussetzer. Dass das gleich in so einem ollen Bruch enden muss, ist natürlich ärgerlich. Vielleicht hab ich einfach nicht richtig geguckt. Wenn man alt wird, ist das halt so!« Sie zuckte beiläufig die Schultern.

»Schon, aber es war ein großes Glück, dass Nala da war.«

Martjes Gesichtsausdruck wurde weich. »Sie war sowieso mein großes Glück in den letzten Wochen. So war ich nie mehr allein in meinem Lädchen. Sie fehlt mir hier sehr! Aber ich hoffe, ich muss nicht so lange hier sein.«

»So lange, wie es sein muss, meine Liebe. Wirklich! Ich brauche dich noch! Nala braucht dich, und auch die Insel kann auf gar keinen Fall auf dich verzichten. Und jetzt erklär mir doch bitte noch einmal genau, was eigentlich passiert ist und was sie hier noch mit dir vorhaben. Gibt es außer dem gebrochenen Arm schon erste Diagnosen? Die Schwester hat am Telefon nur gesagt, es müsse noch einiges abgecheckt werden.«

»Ach.« Martje lächelte matt und zog die Augenbrauen hoch.

»Nein, nichts ach!«, beharrte Alea.

»Also verzichten muss in meinen Augen niemand auf mich. Wenn es nach mir ginge, wäre ich längst wieder in meinem Geschäft und zöge Kerzen.«

»Ich weiß. Das wäre mir auch am liebsten. Erst mal müssen wir nun aber schauen, dass du wieder richtig fit bist. Und bitte, sei nicht so hart mit den Pflegerinnen hier, und mach ab und zu das, wozu sie dir raten. Für alles andere bin ich jetzt da, und du musst dir keine Sorgen machen.«

»Du kannst auch nicht ewig hierbleiben. Sicher ruft dein Job. Und vor allem dein Freund! Der wird dich nicht lange entbehren wollen.«

Nachdenklich nickte Alea und rang die Hände. Drückend kam ihr der Gedanke daran, was sie Martje erzählen wollte. Jetzt aber, wo Martje so klein und zart vor ihr saß, auf dem Rand des Krankenhausbettes, auch wenn die sich größte Mühe gab, unverwüstlich zu wirken, da fiel es ihr doppelt schwer, ihrer Tante zu sagen, dass sie bald weit wegziehen wollten.

Andererseits hatte sie ihrer Tante noch nie etwas vormachen können. Jeder Blick und jedes Zucken um die Mundwinkel verrieten sie heute noch.

»Leli?«

Dieser Name, den nur Martje verwendete, zauberte eine vertraute Nähe, so als sei sie wieder Kind. Und das fühlte sich in Martjes Gegenwart nach viel Geborgenheit, Träumen und Abenteuer an. Auf Sylt übermannten sie all die Erinnerungen an die Zeiten hier. Und die Bilder, wie sie früher mit Martje darüber gesprochen hatte, irgendwann zu ihr auf die Insel zu ziehen, wirkten, als seien sie gestern erst gezeichnet worden.

»Du kennst mich einfach zu gut«, setzte Alea an, woraufhin Martje bedeutungsschwanger nickte, ihre Hausschuhe abstreifte und sich tatsächlich wieder auf ihr Bett legte, dessen Rückenlehne hochgestellt war.

Alea zog sich einen Stuhl neben sie und griff nach der zarten Hand ihrer Tante.

»Die ist ja eiskalt«, stellte sie fest, woraufhin Martje Aleas Hand sanft drückte.

»Mir fehlen meine Kerzen. Die Wärme, mein Zuhause.« Dann senkte sie den Blick. »Und vielleicht habe ich auch ein wenig Angst.«

Alea zuckte innerlich zusammen. »Angst? Nein, die musst du nicht haben.«

Martje deutete in das Zimmer. »Nun, wenn ich den Leuten hier glauben darf, muss ich schon ein wenig besorgt sein. Ich gebe mich immer so resolut, aber in Wirklichkeit beunruhigt mich das alles ebenfalls, und ich bilde mir ein, wenn ich nur nicht zulasse, dass alle anderen mehr daraus machen, dann war es auch nicht mehr als ein dummer Stolperer. Außerdem warte ich noch auf deine Antwort.« Sie zog einen Mundwinkel hoch.

Alea holte tief Luft, und dann sagte sie es einfach: »Christopher und ich wollen zu seinen Eltern ziehen. Die Entscheidung steht noch nicht lange, und ich wollte es dir unbedingt persönlich sagen. Sein Vater hat ihm eine neue Position angeboten. Das Unternehmen seiner Eltern läuft besser denn je. Der Onlinehandel boomt, Verpackungen werden benötigt wie nie zuvor. Es zeichnet sich ab, dass es so weitergehen wird, zumal sich seine Firma auf Nachhaltigkeit spezialisiert hat. Christopher hat nun genug Erfahrungen außer Haus gesammelt, um in die elterliche Firma zurückzukehren, und er kann das Angebot unmöglich ablehnen. Wir können direkt an der Firma im Haus seiner Eltern wohnen. Sein Traum geht in Erfüllung.« Abwartend schaute Alea ihre Patentante an. Sie hatte gemerkt, dass ihre eigene Stimme unsicher und dünn klang, als sie ihre Pläne vorstellte. Martje presste die Lippen aufeinander, senkte den Blick und nickte.

»Das freut mich für ihn«, sagte sie dann. »Er scheint seinen Traum wirklich zu leben.«

»Ja, es ist eine Riesenchance für Christopher, und ich will ihn unterstützen. Wie du weißt, kriselte es im letzten Jahr ein wenig bei uns. Diese Möglichkeit erschien uns wie ein Wink des Schicksals.« Alea lächelte unsicher. »Wir standen in Hamburg vor der Entscheidung, uns eine größere Wohnung zu suchen, zu bauen oder was auch immer. Da kam das Angebot, in das Haus seiner Eltern zu ziehen, wie gerufen. Sie verkleinern sich und benötigen die Nähe zur Firma in absehbarer Zeit nicht mehr unbedingt. Zumindest, wenn Christopher noch mehr Aufgaben und Verantwortung in der Firma übernimmt und der Senior sich nach und nach zurückziehen kann. Wir wollen schon zum Jahresende umziehen.« Alea hob kurz die Schultern. »Mama und Papa sind meistens sowieso auf Mallorca. Auch wenn ich mir das anders wünsche, werden sie wohl nicht wieder in meine Nähe ziehen.«

»Wenn es sich für dich richtig anfühlt, dann verfolge diesen Weg«, sagte Martje, und hinter diesen Worten stand mehr, als sie wörtlich aussprach.

»Du findest es falsch, oder?«

»Das steht mir nicht zu. Wenn du aber meine Meinung hören willst?«, setzte sie an, machte dann eine abwartende Pause.

»Keine Meinung ist mir wichtiger«, gestand Alea. Im Hinterkopf hatte sie die kränkenden Worte von Christopher, die rund um ihren Aufbruch gefallen waren.

»In dem, was du sagst, höre ich immerzu nur ›er‹, ›ihm‹, ›seine Zukunft‹ und ›sein Traum‹. Meinst du nicht, da kommt etwas zu kurz? Alles, was ›deins‹ ist? Deine Pläne, deine Träume. Wo bleiben die in ›eurer‹ Planung? Sind es nicht vielmehr die Visionen von Christopher, die du da unterstützt?«

Alea schaute Martje nachdenklich an. Diese Gespräche waren es, die Christopher gemeint hatte. Martje hatte das Talent, Alea die Augen zu öffnen und sie Dinge erkennen zu lassen, die sie vorher nicht gesehen hatte. Was ihre Tante sagte, stimmte, musste sie sich in diesem Moment eingestehen.

Meist ging es in ihren Überlegungen für die Zukunft darum, das zu tun, was Christopher sich überlegt hatte, den Weg zu verfolgen, den seine Eltern ihm vorgezeichnet hatten. Natürlich war ihr der Gedanke auch bereits gekommen. Oft hatte sie sich gefragt, ob das, was sie vorhatten, das war, was sie sich immer für ihr Leben gewünscht hatte. Anfangs war sie sich dessen sicher gewesen.

Das Haus, in das sie ziehen wollten, und die finanzielle Sicherheit, die die Zukunft im elterlichen Betrieb vor Ort Christopher bieten würde, wären die perfekte Basis für ihre gemeinsame Zukunft. Aber seit sie so viel stritten, und besonders seit seiner Reaktion auf ihren Aufbruch, hatten die Zweifel zu wachsen begonnen.

Aber Martje erkannte wie so oft genau den Fleck auf Aleas Herzen, den ihre Vernunft versuchte, zu überdecken. Die leisen Träume, den vorsichtigen Wunsch, sich von Geld und Sicherheit zu lösen, sich endlich zu befreien – diesen Fleck, der ihr Angst machte und sie doch lockte.

Sie hatte gemeinsam mit Martje früher so viele Träume gesponnen, in denen sie in einem Beruf tätig sein würde, in dem sie so glücklich war, dass es sich niemals nach Arbeit anfühlte. Dass sie etwas tat, was sie erfüllte, ganz gleich, ob es zu Wohlstand führte.

Martje hatte immer gesagt, dass es automatisch so sein würde, dass man glücklich werde, wenn man der Arbeit nachging, die einem von Herzen Freude machte. Man würde gut sein in dem, was man tat, weil man es liebte. Der Lohn dafür würde sich von selbst ergeben. Und dass das doch eine Form von Sicherheit war, die unersetzlich wäre.

Irgendwann, je besser sie das Leben ihrer Eltern verstanden hatte, war dann jedoch die finanzielle Sicherheit zu einem ihrer höchsten Ziele angewachsen und hatte die Zufriedenheit abgelöst. Nein, vielmehr war sie für Alea zur Grundlage dieser Zufriedenheit geworden. Aber hatte sie aus lauter Sicherheitsliebe ihr wahres Glück aus den Augen verloren? War das, was sie inzwischen ihr Glück nannte, gar nicht das, was sie sich in Wirklichkeit wünschte? Und allem voran: War Christopher das längst klar gewesen? Hatte er deswegen so auf ihre Abreise reagiert, weil er wusste, wie empfänglich sie dieses Mal für Martjes Überzeugungen war? Hatte er die Unzufriedenheit in Alea gespürt und gehofft, sie selbst würde sie nicht bemerken?

All diese Gedanken schossen Alea durch den Kopf, und sie meinte fast, Schwindel zu verspüren, hier auf Martjes Bettkante. Erst jetzt, wo sie darüber nachdachte, wurde ihr klar, dass, was Martje hier tief in Aleas Innerem anpikste, nur allzu oft der Anlass für die schlimmen Streite zwischen Alea und Christopher gewesen war.

Während sie immer wieder vorsichtig versucht hatte, sich Freiheiten zu nehmen, ihrer Kreativität den Vorrang zu geben, hatte Christopher stets an ihre Vernunft und den Wunsch nach Planbarkeit appelliert, der ihnen beiden doch so wichtig war und den eine gemeinsame Zukunft ihnen geben würde. Dass ihre Entscheidungen und die nächsten Schritte die Basis für genau das Familienleben bilden könnten, wonach sie sich doch so gesehnt hatte.

Das Gefühl, dass irgendwas fehlte in ihrem derzeitigen Leben, hatte sie nach diesen Diskussionen immer wieder in den Hintergrund geschoben. Bis es wieder gewachsen und es erneut zum Streit gekommen war.

Sie und ihre Bedürfnisse hatten sich erneut verändert, und er hatte dafür gesorgt, bewusst oder unbewusst, dass sie es bis heute nicht bemerkt hatte. Die Beharrlichkeit, mit der Christopher für sie beide an seiner Version der Zukunft festgehalten hatte, hatte sie daran gehindert, zu erkennen, wie sie sich ihre eigene vorstellte.

Erst jetzt wurde ihr bewusst, wie groß ihr Drang danach war, dieses lästige Sicherheitsdenken endlich abzustreifen.

Alea antwortete ihrer Tante nicht, sondern senkte nur den Blick. Plötzlich kam ihr wieder in den Sinn, was die nette Verkäuferin in Hamburg gesagt hatte: »Man darf die Sicherheit nicht an erste Stelle setzen, sonst verpasst man so viel Schönes.«

Martje drückte ihre Hand. »Auch wenn ich es nicht für notwendig halte, dass du hier deine Zeit verbringst, um auf deine alte gebrechliche Tante aufzupassen«, sagte sie, und Alea knuffte sie liebevoll, »so bin ich fest davon überzeugt, dass ein paar Tage hier an der See dir guttun werden. Egal, wie es danach für dich weitergeht. Diese Insel hat eine Magie, wie du ja weißt. Ein Spaziergang am Meer, ob Westseite oder Watt, hat schon immer Wunder bewirkt und den Kopf von so manchem Grübelnebel befreit.« Verschmitzt lächelte sie, und Alea nahm sie in den Arm. »Das Meer trägt jeden Gedankenballast mit sich fort und gibt dir Rückenwind. Glaub mir!«

»Ich bin tatsächlich froh, hier zu sein«, sagte Alea. »Auch wenn mir andere Umstände lieber wären.« Sie strich Martje liebevoll über den Arm. »Was sagen denn nun die Ärzte?«

Martje rollte mit den Augen. »Ich bin hier offenbar auf ein sehr gewissenhaftes Team gestoßen.« Die Wortwahl den Ärzten gegenüber war bereits ein wenig milder, wie Alea erleichtert feststellte.

»Nur gut, Martje, nur gut.«

»Meinst du?« Bestimmt schüttelte Martje den Kopf. »Ich halte deren Bemühungen für deutlich übertrieben, wenn du mich fragst. Klar, wegen des Armes kommt jetzt und später auch zu

Hause jemand zu mir und macht Übungen mit mir. Für die Muskulatur und so. Das sehe ich ein.« Sie machte eine Pause. »Aber ich verstehe nicht, warum sie so ein Drama machen. Mir geht es doch wieder gut. Bis auf den Arm.«

»Was sagen sie denn, was sie noch untersuchen wollen?«

»Sie wollen untersuchen, ob mein Herz in Ordnung ist. Der Blutdruck ist wohl zu niedrig. Sie müssen sichergehen, dass das nicht an einem schwachen Herzmuskel liegt. Oder einer Herzklappe, die nicht einwandfrei funktioniert. Sie wollen noch ein EKG schreiben und prüfen irgendwelche Laborwerte, die was über eine Herzschwäche aussagen sollen. Sie wollen wohl sichergehen, dass organisch alles in Ordnung ist.« Martje schüttelte den Kopf. »Dabei hab ich ihnen schon erzählt, dass ich einfach ein bisschen viel um die Ohren hatte und vielleicht mal vergessen hab zu frühstücken. Hab ihnen auch versprochen, kürzerzutreten. Das sagen sie ja immerzu. Ich soll nicht so viel arbeiten, mich nicht anstrengen und Stress vermeiden. Den Arm kann ich ja so oder so nicht einsetzen. Da werde ich automatisch weniger tun.« Verständnislos zuckte sie die Achseln. Alea bemerkte, dass es besser wäre, wenn sie Freitagfrüh bei der Visite dabei wäre, um die Einschätzung der Ärzte aus erster Hand zu hören. Ihre Tante neigte zu sehr dazu, alles zu verharmlosen.

»Unbewusst habe ich das mit dem Runterfahren der Vermietung sowieso bereits getan. Seit einiger Zeit hab ich die Zimmer nicht mehr an Feriengäste vergeben. Nur in Ausnahmen. Da habe ich doch manchmal selbst gemerkt, dass es mir zu viel wurde.« Martje zuckte betont lässig die Schultern.

»Verstehe«, murmelte Alea. Dies war die Erklärung für den leeren Kalender und die vage Planung rund um die Festtage.

»Aber weißt du, was ich ganz sicher sagen kann? Ich bin am entspanntesten, wenn ich in meiner Manufaktur bin. Die Vorstellung, dort nicht stehen zu dürfen, bereitet mir weitaus mehr Stress als jeder Kunde und so mancher Auftrag.«

In Martjes Augen erkannte Alea eine Mischung aus Wut, Enttäuschung und ganz großer Liebe zu ihrem Beruf. »Niemand wird verlangen, dass du gar nicht mehr in die Manufaktur zurückkehrst.«

»Das wäre ja noch schöner!« Empört zog Martje ihre Hand weg.

»Aber eine Zeit lang etwas pausieren oder zumindest weniger arbeiten wird wohl notwendig sein.« Alea sprach aus, was Martje natürlich überhaupt nicht gerne hörte.

»Ich glaube kaum, dass es mir besser geht, wenn ich weiß, dass es nicht weitergeht mit der Manufaktur. Und das wird es nicht, wenn ich ›kürzertrete‹«. Sie setzte das letzte Wort mit ihren Händen in Anführungsstriche. »Ich kann ja nicht dauerhaft auf halber Flamme werkeln.« Trotzig verschränkte Martje die Arme. »Schon allein die Bestellungen, die vorbereitet sind und rausgegeben werden müssen. Die Leute reisen ab und können nicht ewig darauf warten. Viele haben die Kerzen als Geschenk gekauft. Die brauchen das jetzt und nicht erst in ein paar Wochen.«

»Erst mal bin ich ja da. Wenn du mir sagst, was zu tun ist, erledige ich das. Damit du beruhigt wieder gesund werden kannst. Ich habe bereits meine Telefonnummer an der Ladentür hinterlassen. Wenn etwas Dringendes ist, können deine Kunden mich erreichen.«

Alea beobachtete, wie Martje ganz bewusst tief Luft holte und ihre Aufregung zügelte. »Das ist gut, Liebes. Im *Dünenglanz* habe ich außerdem mein ›Kochbuch‹, da steht alles drin zu jedem meiner Produkte. Das kann dir sicher eine Hilfe sein. Du hast früher schon so gerne darin gestöbert. Es ist so manche Kreation hinzugekommen, und wer, wenn nicht du, könnte meine Rezepte umsetzen?« Auf Martjes Gesicht zog ein dankbarer Ausdruck ein. »Du bist ein lieber Schatz, Alea. Aber lange wird dein Freund dich nicht entbehren können, wie ich ihn kenne.«

»So lange, wie ich hier gebraucht werde, bin ich da.«

Martje hob lächelnd die Augenbrauen, und Alea hörte die Worte, die Martje gar nicht aussprach, sondern nur dachte. Wenn es danach ginge, wie lange Martje sie hier brauchte, könnte sie für immer bleiben. Das hatte sie oft gesagt, bevor Alea in Hamburg Fuß gefasst und ihren Freund kennengelernt hatte. Seitdem hatte sie es nie wieder ausgesprochen, aber Alea wusste genau, dass es Martjes Traum war, sie auf Dauer in ihrer Nähe zu haben. Nicht nur, weil sie sie gerne bei sich hatte. Sie hatte immer gesagt, dass dieses blonde Mädchen mit den funkelnden blaugrünen Augen, die sie immer ein wenig an das Meerwasser im Sonnenschein erinnerten, hierhergehörte.

Alea hatte von klein auf die Natur, das Meer und den Wind geliebt und neben der kreativen Arbeit mit ihrer Tante so viele weitere Dinge, die Sylt ausmachten.

Kapitel 4

Alea rief auf dem Weg zurück nach Braderup noch ihre Eltern an und berichtete ihnen, was geschehen war, wie es Martje ging und dass sie selbst erst einmal bei ihr bleiben würde. Ihre Mutter war erleichtert und beteuerte immer wieder, wie dankbar sie für Aleas Einsatz war.

Gerade in Martjes Wohnung angekommen, klingelte ihr Handy. Es war ihr Freund.

»Hey, Chris«, begrüßte sie ihn, um einen festen Klang in der Stimme bemüht.

»Hallo, Alea. Wie geht es Martje?«

»Gut. Also, das sagt sie. Die Ärzte raten ihr dringend, sich ein wenig zu schonen. Außerdem checken sie gerade noch ihr Herz. Eventuell war das der Grund für den Zusammenbruch. Mir geht es übrigens auch gut, danke. Ich hoffe, dir auch?«, kommentierte sie die fehlende Nachfrage.

»Geht so, danke. Hast du denn mit ihr besprechen können, wie es weitergeht?«

Irritiert überlegte Alea. »Nun, so schnell geht das ja alles auch nicht. Ich kann froh sein, dass ich heute überhaupt noch zu ihr durfte. So kurz nach der OP muss sie noch unter Beobachtung bleiben. Abgesehen von den weiteren Untersuchungen zur Ursache des Kreislaufzusammenbruchs.«

»Die Manufaktur wird sie ja so bald noch nicht wieder eröffnen können, nehme ich an?«

»Nein, das stimmt. Das soll sie jedenfalls nicht in vollem Umfang. Wie ich sie kenne, wird sie aber, so schnell es geht, wieder in ihrem Laden sein.« Alea lachte. »Und wenn sie dabei einhändig ist.«

»Na dann. Sie ist alt genug. Lass sie doch.«

»Das ist sie, ja. Solange die Ärzte aber nicht ausschließen können, dass der Sturz organische Gründe hatte, bin ich nicht beruhigt. Ich kann nicht zuschauen, wie sie ihr Leben riskiert. Jetzt ging es gut, weil Nala da war. Aber was, wenn noch mal etwas passiert und die Hilfe zu spät kommt?«

»Klar, das kann immer passieren. Aber was willst du tun? Du kannst ja nicht ständig um sie herum sein.«

»Nein. Aber fürs Erste will ich bei ihr sein und sie unterstützen.«

»Wie lange soll das sein? ›Fürs Erste‹?« Die letzten Worte klangen spöttisch fordernd. Alea merkte, wie Wut in ihr aufstieg. Er wusste, was Martje ihr bedeutete und dass sie auch nicht hellsehen konnte. Sie war eben erst hier angekommen. Ein paar Tage würde sie schon brauchen, um die Lage richtig einschätzen zu können und einen Plan zu entwickeln.

»Sobald ich das abschätzen kann, bist du der Erste, der es erfährt«, antwortete sie, bemüht, keinen Streit zu beginnen. »In den nächsten Tagen kläre ich mit dem Nachbarn, wie es mit der kleinen Nala weitergeht, und so wird hier *step by step* alles besprochen.«

»Aha«, kam es kühl zurück. »Alea, wenn ich ehrlich bin, geht das gar nicht, was hier gerade abläuft«, schoss es dann aus ihm heraus.

»Chris, bitte«, setzte Alea an.

»Was? Deine ganze Aktion wird sicher keine Sache von ein paar wenigen Tagen sein.« Sein Tonfall war schlagartig wieder angespannt.

»Christopher, ich kann das doch nicht planen, ohne alle Fakten zu kennen.«

»Ach so? Es geht allerdings für uns mit großen Schritten auf eine neue Lebensphase zu. *Da* müssen wir schon ein wenig planen.« Ein schrilles Lachen folgte.

Alea merkte, wie der Zorn weiter in ihr hochkroch. »Ich weiß noch nicht, wie lange es dauert, bis ich zurück nach Hamburg fahre«, wiederholte sie abermals. Nachdruck lag in Aleas Stimme. Eine Pause entstand, die Alea nur schwer aushalten konnte. Sie zwang sich dazu, und ihre Lippe brannte mittlerweile, so fest biss sie darauf.

»Nun, da steht ja wohl auch unser geplantes Weihnachtsfest unter keinem guten Stern.« Was er sagte, klang beinahe lächerlich beleidigt.

»So weit würde ich noch gar nicht gehen«, wich Alea aus, bemüht, nicht direkt ihrer Wut Luft zu machen. Martjes Worte hallten in ihrem Kopf nach. »Da bin ich längst wieder zu Hause!«

»Alea.« Er sagte ihren Namen mit solcher Überheblichkeit, als meinte er, sowieso alles besser zu wissen. »Wenn Martje dich extra nach Sylt bittet, dann ist klar, dass du nicht in ein, zwei Tagen wieder zu Hause bist.«

»Also erstens hat Martje mich gar nicht nach Sylt gebeten. Das Krankenhaus hat mich informiert, und ich selbst habe entschieden, herzufahren, und zweitens bleibe ich genau so lange hier, wie es sein muss.«

»Du musst selbst wissen, was du tust«, bemerkte er spitz, und Aleas Wut war inzwischen so groß, dass sich ihre Finger in die Lehne des Sofas krallten, an dem sie Halt suchte.

»Lass uns ein andermal sprechen«, startete sie einen letzten Versuch, das Gespräch versöhnlich zu beenden, doch vergeblich.

»Verstehe«, war seine knappe Antwort, bevor er einfach auflegte.

Alea spürte, wie ihr Tränen der Wut über die Wange rannen. Das war immer so, wenn sie sich wahnsinnig aufregte. Alea horchte in sich hinein und spürte, dass es ihr weniger ausmachte, als es eigentlich sollte.

Es war wirklich Wut, keine Enttäuschung oder Traurigkeit, die sie fühlte. War es so, dass sie sich doch emotional so weit von ihrem Freund entfernt hatte, dass diese kurze Zeit seit dem Anruf des Krankenhauses bis hierher jede Basis für ihre Beziehung hatte verschwinden lassen? Oder war die Erkenntnis, die sie im Krankenhaus erlangt hatte, so weitreichend, dass sie alles zunichtemachte? Alea wusste nicht mehr, wo sie in ihrer Beziehung standen. Gab es noch eine Zukunft für sie?

Mitten hinein in diese trüben Gedanken kündigte ihr Handy eine neue Sprachnachricht an, und das, was Christopher ihr darin in scharfer Tonlage entgegenfauchte, war deutlich: »Mir ist schon seit deiner übereilten Abreise klar, dass das unser Ende ist. Nach dem letzten Jahr hielt ich unsere Pläne für eine Chance, zu retten, was hätte werden können. Aber jetzt weiß ich, wir sind am absoluten Tiefpunkt angelangt. Schade, dass du dich so egoistisch verhältst und nicht einmal darüber nachdenkst, wie es mir dabei geht. Ich stehe vor wichtigen beruflichen und familiären Schritten. Und mir ist klar geworden, dass wir diese offenbar kaum zusammen gehen können. Loyalität und Zusammenhalt habe ich mir anders vorgestellt.«

Vollkommen baff ließ Alea das Handy sinken. War das ein Schlussstrich per Sprachmitteilung? Passierte das gerade wirklich? Noch ehe sie sich selbst eine Antwort darauf geben konnte, tat Christopher dies und schickte ihr nach einigen Minuten eine weitere Sprachnachricht, die Alea vollkommen erschütterte.

»Leider ist ein Telefonat zwischen uns kaum noch ohne einen Streit möglich. Und da du ja gedenkst, noch länger auf Sylt zu verweilen, nun auf diesem Wege. Ich fürchte, das zwischen uns reicht für die Zukunft, die ich mir in Bayern vorstelle, leider nicht aus. Dass du so wenig Interesse daran zeigst, auch an meine Pläne zu denken, bei all dem, was du einfach so entscheidest, bestätigt mich nur noch darin, dass unsere Wege sich trennen müssen. Wir hätten das wohl doch viel eher schon beenden sollen. Ich bin sehr enttäuscht, aber ich sehe keine Chance. Tu, was du für nötig hältst, aber rechne nicht damit, dass ich auf dich warte.«

Alea starrte auf das Display, bis dies in den Stromsparmodus fiel und dunkler wurde. Dann aktivierte sie es wieder und hörte die Nachricht erneut. Sie wollte und konnte nicht fassen, dass es wirklich so war, dass Christopher diesen Schritt ging. Und während sie das Handy in ihrer Hand fixierte, wartete sie auf die Tränen voller Traurigkeit, die langsam doch kommen mussten, horchte, ob Wut oder Verzweiflung sich in ihrem Bauch zu einem brodelnden Gemisch formten, das jederzeit zu explodieren drohte. Aber da war nichts mehr, nicht einmal die Wut. Nur ein riesengroßes Fragezeichen inmitten dieser Leere.

Sie fand keine passende Antwort auf diese Ansage.

Am liebsten wäre sie direkt ans Meer gefahren. An den Ellenbogen, ganz bis zur Spitze, um sich die Gedanken aus dem Kopf wehen zu lassen und an dem strudeligen Punkt im Meer zu versenken, an dem sich die Ost- und die Westströme trafen. Denn genau so fühlte sich Alea – wie in einem Strudel.

Sie war verwirrt darüber, was diese Nachrichten mit ihr machten. Ihr fehlte jedes Verständnis für seine Reaktion, sie erkannte die Unverschämtheit in seiner Unterstellung, sie würde ohne ihn weitreichende Entscheidungen treffen. Aber es war ihr erschreckend gleichgültig.

Alea hatte Herz bewiesen für ein Familienmitglied, das sie jetzt nicht allein lassen wollte. Ein Mitglied ihrer Familie, vielleicht die einzige Person, die wirklich Familie für sie war.

Wahrscheinlich war das genau das Problem. In der Familie ihres Freundes drehte sich vorrangig alles darum, dass es dem *inner circle* gut ging, welcher sich auf Christophers Eltern und ihn beschränkte. Vielleicht hätte sie selbst irgendwann ein Teil davon werden können, doch dafür musste sie nach ihren Regeln spielen.

Sobald Pläne anderer die Zufriedenheit dieser Menschen infrage stellten, reagierte man schnell mit Unverständnis. Alea hatte das bisher ein wenig belächelt und damit leben können. Es war ihr vorgekommen, als sei das eine Art Familienzusammenhalt, der ihr bei ihrer eigenen Familie ja immer gefehlt hatte. Chris und seine Eltern waren ihr wie das Team vorgekommen, das sie sich mit den ihren immer gewünscht hatte.

Aber jetzt spürte sie, was Christopher damit für einen unangenehmen Druck aufbaute. Nicht genug, dass er Martjes Rolle in Aleas Leben nicht akzeptierte. Er wertete auch Aleas bewusste Entscheidung herab, sich hier auf Sylt für ihre Tante einzusetzen.

Er sah nicht die Herausforderung, der sie sich damit stellte, dass sie hier alles in die Wege leiten wollte, damit Martje erst einmal wieder Fuß fassen konnte trotz der gesundheitlichen Einschränkungen. Christophers Wutlevel war hoch. Vielleicht würde er sich wieder beruhigen, wenn der erste Ärger über ihre Pläne verflogen war. Aber eigentlich wollte Alea das nach dieser Reaktion gar nicht mehr.

Sie machte sich ein Abendessen, und ihre Gedanken kreisten darum, dass Christopher tatsächlich Schluss machte, weil sie nach Sylt gefahren war. Sie war fassungslos und wusste gar nicht, was sie auf seine Nachrichten antworten sollte.

Gerade als sie sich mit ihrem Teller Spaghetti an den Tisch gesetzt hatte, klingelte wieder das Telefon. Es war erneut Christopher.

»Ja?« Alea nahm das Telefonat an, obwohl sie wusste, dass es zu nichts führen würde.

»So geht das nicht, Alea«, polterte er drauflos. »Wie bitte wirkt das wohl auf mich, dass du Hals über Kopf abreist, dann gedenkst, so schnell auch nicht wiederzukommen, und nicht einmal auf meine Nachricht reagierst?«

Perplex klammerte Alea sich an ihr Handy. Die Art, wie er mit ihr sprach, gefiel ihr überhaupt nicht. »Christopher? Entschuldige, aber mir fehlen nach deiner Nachricht noch immer die Worte. Ich habe den Eindruck, du rufst mich besser erst wieder an, wenn du wieder in dem Ton mit mir reden kannst, in dem ich dir auch zuhören werde«, schoss sie zurück. »Wenn ich das richtig sehe, bist du es, der aus einer vollkommen überzogenen Reaktion heraus alles beenden will und mir wüste Nachrichten sendet. Oder habe ich das falsch verstanden?«

»Ach so! Überzogen also. Weißt du was?«, ging er völlig über ihren Einwand hinweg. »Ich hab den Eindruck, die Sache mit deiner Tante kommt dir ganz gelegen.« Christopher lachte. Es war kein freundliches Lachen, sondern ein höhnisch abschätziges. Fast schon hysterisch. Er hatte sich in Rage geredet. Aber das war längst keine Rechtfertigung dafür, dass er so mit ihr sprach und auf eine so abwertende Weise über Martjes Erkrankung redete. »Wer sagt mir denn, dass dir unsere Pläne nicht von Anfang an eine Nummer zu groß waren?«

»Wie bitte?« Alea konnte nicht fassen, was er ihr da an den Kopf schmetterte.

»Nun, mit deiner Euphorie scheint es nicht mehr allzu weit her zu sein. Es lässt sich gut rechtfertigen, wenn man diese Flucht ja nur mit den allerbesten Absichten antritt. Vielleicht ist alles nur halb so schlimm, aber diese Auszeit kommt dir ganz gelegen?«

Alea verschlug es die Sprache. Ein paar Sekunden sortierte sie ihre Gedanken und presste dann mühsam einen Satz hervor. »Wenn du das ernst meinst, habe ich keinen Bedarf mehr, jetzt weiter mit dir zu reden. Dann ist zwischen uns wirklich alles gesagt, Christopher.«

Kurz war es still, dann hörte Alea Christophers Sprachlosigkeit in Form lauten Atmens. »Tschüss«, kam es noch schroff, dann legte er auf.

Alea starrte fassungslos auf ihr Essen und verspürte vor lauter Wut keinen Appetit mehr. Stattdessen legte sie sich einfach ins Bett und war froh, vor lauter Erschöpfung, emotional und körperlich, schnell einzuschlafen. Sie wollte nicht mehr nachdenken.

Am Tag nach diesem erschreckenden Telefonat blieb Alea gar keine Zeit für Herzschmerz. Sie benötigte all ihre Kraft, um sich einen Überblick über alles zu verschaffen, was es in Martjes Manufaktur und ihrem Leben zu regeln galt. Sie fand sich gut ein im *Dünenglanz*. Die Manufaktur ließ sie vorerst geschlossen, gab nur auf telefonische Anfrage hin und wieder eine der dringenden Bestellungen heraus, die Martje bereits fertiggestellt hatte. Auch so hatte sie alle Hände voll zu tun, an alles zu denken, sich in die Abläufe einzuarbeiten und eine gewisse Routine zu entwickeln. Außerdem hatte sie einiges an Schriftverkehr für Martje zu erledigen und ein paar Besorgungen zu machen. Diese Ablenkung tat ihr gut.

Sie kam nicht einmal dazu, mit dem sympathischen Nachbarn zu besprechen, wie es mit dem Hund weitergehen sollte. Das musste sie unbedingt bald nachholen. Immer mal hatten sie sich von Weitem gesehen, wenn er zu einem Hundespaziergang aufbrach. Sein Umgang mit der kleinen Nala wirkte auf Alea sehr liebevoll, und sie war dankbar, dass sie diese Verantwortung neben der Manufaktur und allem Drumherum nicht auch noch tragen musste.

Auch der Donnerstag war ein arbeitsreicher Tag, deshalb entschied Alea sich dagegen, ein aufwendiges Abendessen kochen zu wollen, und besorgte stattdessen ein Baguette und dazu ein paar Dips für den Abend.

Mit den Einkäufen an ihrem Auto angekommen, kramte sie in ihrer Handtasche gerade nach dem Schlüssel, als sie neben sich jemanden ihren Namen sagen hörte.

»Alea?« Sie blickte in das freundliche Gesicht von Felix, der eine Flasche Bellini unter den Arm geklemmt hatte. Außerdem hielt er in den Händen einen Strauß wunderschöner Blumen, Chips und Hundefutter. Es sah aus, als bereite er einen Abend mit seiner Freundin und den Hunden vor. Vielleicht kam sie nach Sylt.

»Hey, Felix«, sagte Alea. »Was für ein Zufall! Ich habe vorhin mit Martje telefoniert. Ganz liebe Grüße an dich und nochmals vielen Dank!«

»Danke, gerne!«

»Sie bat mich, unbedingt mit dir zu besprechen, wie es mit Nala weitergeht. Ich wollte mich längst melden, aber es ist echt 'ne Menge Arbeit, die da grad auf mich einprasselt.«

Felix winkte ab. »Macht euch damit jetzt bloß keinen Stress. Karl und Nala sind ein wunderbares Team, und sie bedeutet für mich kaum Mehraufwand. Konzentriere dich ruhig erst auf alles andere, was organisiert werden muss. Das mit Nala können wir ja die Tage mal besprechen. Wie sieht es denn gesundheitlich aus bei Martje?«

»Also wenn es nach ihr geht, steht sie morgen wieder am Kerzenherd.« Alea schüttelte zaghaft den Kopf. »Sie ist unverbesserlich.«

»Das wäre zwar Weltklasse, aber auch ein bisschen schade«, bemerkte Felix, und Alea sah ihn verwirrt an. »Nun, dann wäre ich Nala ja schon wieder los«, antwortete er und grinste. »Ich meine das ernst, dass ich das gerne mache mit dem Pflegehund. Es ist schön, sie bei uns zu haben. Außerdem hatte ich mich darauf gefreut, dass wir uns womöglich öfter über den Weg laufen.« Nun wurde Alea rot. Seine Aussage kam unerwartet. Sie blickte auf den Blumenstrauß in seinem Arm und die Flasche Bellini. In diesem Moment klingelte sein Handy. »Entschuldige mich, ich muss los.«

»Kein Thema. Mach's gut, Felix.« Alea war ganz dankbar für diese Unterbrechung.

»Bis bald!« Mit diesen Worten machte er kehrt, nahm den Anruf an und ging mit langsamen Schritten auf ein Auto zu, einen dunkelgrünen, etwas in die Jahre gekommenen Geländewagen. Alea konnte Karl erkennen, der durch das Fenster herausschaute. Als Felix den Kofferraum öffnete, sah sie, dass auch Nala ihn schwanzwedelnd begrüßte. Felix hatte das Handy zwischen Schulter und Ohr eingeklemmt, legte den Strauß und die Sachen, die er eingekauft hatte, in eine Kiste im Auto, stellte diese auf die Rückbank und knuddelte die beiden Hunde liebevoll, bevor er den Kofferraum schloss. Am liebsten hätte Alea für Martje ein Foto gemacht, damit sie sah, dass sie wirklich beruhigt sein konnte.

Alea schaute Felix gedankenverloren zu und wirbelte ertappt herum, als dieser sich noch einmal zu ihr umdrehte. Hastig stieg sie auch ins Auto und tat beschäftigt, als lese sie etwas auf ihrem Handy. Dabei wartete sie nur einen Moment, bis sie auch den Motor startete.

Sie versuchte noch, im Vorbeifahren zu erkennen, ob eine Frau neben Felix saß, der Beifahrersitz war jedoch leer, wie sie, unerwartet erleichtert, zur Kenntnis nahm.

»Hallo? Hast du nicht grad genug Theater mit einem Mann gehabt?«, sagte sie zu sich selbst.

Sie stellte die Musik lauter und fuhr nun zu Martjes Haus in Braderup. Ihr ging durch den Kopf, dass sie sich noch dafür hatte bedanken wollen, dass er so besonnen reagiert hatte, als er Martje gefunden hatte. Das würde sie nachholen. Für diesen Einsatz würden sie ihm ewig dankbar sein.

Felix' Wagen stand schon vor dem Nachbarhaus, als Alea ankam. Schnell nahm sie die Sachen aus dem Kofferraum und ging ins Haus, wo sie alles in der Küche verstaute.

Dann betrat sie den Verkaufsraum und zog den Zettel mit den Notizen, die sie sich während des Telefonats mit Martje gemacht hatte, aus ihrer Tasche.

Außerdem griff sie nach dem Buch, dass Martje liebevoll »Kochbuch« nannte. Es war Gold wert. Martje hatte zwar mit ihr immer schon Kerzen gezogen und kreiert. Aber das, was Martje hier dokumentiert hatte, enthielt all die Mischungen, die sie bisher erfolgreich in der Manufaktur verkaufte und deren Zusammensetzung für das perfekte Gelingen genau so sein sollte, wie Martje sie bisher immer hergestellt hatte.

Einige der kleinen geflochtenen Körbe, in denen Martje auf Bestellung angefertigte Produkte für Kunden aufbewahrte, standen bereits mit deren Namen und den entsprechenden Bestellzetteln versehen auf einem Tisch im Nebenraum. Darüber hinaus lag dort auch die Liste mit allem, was noch fehlte.

Alea straffte die Schultern, rieb sich die Hände und schaute nach, ob die Produkte, die sie noch benötigte, bereits vorhanden waren oder ob sie für die offenen Vorbestellungen Kerzen anfertigen musste.

Ihr Herz klopfte aufgeregt. Es fühlte sich so anders an, hier ohne Martje an ihrer Seite zu stehen. Diesmal konnte sie nicht rechtzeitig eingreifen, wenn Alea einmal nicht weiterwusste. Martjes Produkte zeichneten sich dadurch aus, dass bei ihrer Herstellung auf Nachhaltigkeit geachtet wurde. Natürliche Duftstoffe ätherischer Öle und Wachs aus Raps oder Soja waren die Zutaten für die Kerzen. Außerdem legte Martje großen Wert darauf, dass die Gefäße aus Porzellan, Glas und Ton auch nach Abbrennen der Kerze gut weiterverwendet werden konnten. Hatte ein Kunde einen Wunsch zur Individualisierung, erfüllte sie auch diesen. Handgeschriebene Etiketten, passend zur Farbe des Wachses und Art des Gefäßes, rundeten die einzigartigen Werke ab.

Alea griff nach dem ersten Bestellzettel, den Martje in ihrer sorgfältigen Schrift geschrieben hatte.

4 Gartenkerzen stand darauf. Für diese besondere Kerzenform verwendete Martje etliche Stücke zerkleinerter Wachsreste unterschiedlichster Farben, die in weißes Wachs eingegossen wurden.

Alea hatte diese Kerzen schon als Kind geliebt, weil sie so bunt waren, dass sie schon beim Anschauen glücklich machten. Sie hatte immer ein paar davon mit nach Hamburg genommen und diese dann auf ihrem kleinen Balkon angezündet, wenn die Sehnsucht nach Sylt und das Vermissen ihrer Tante besonders groß gewesen waren. Die Kerzen waren ausschließlich im Außenbereich nutzbar, weil sie durch einen besonders dicken Docht stärker rußten als gewöhnliche Kerzen. Dank diesem waren sie jedoch auch bei Wind beständiger in ihrer Flamme. Von den Gartenkerzen hatte Martje noch ein ganzes Regal auf Lager. Es gab verschiedene Größen von klein bis riesengroß, von kreisrund und groß wie ein Fußball bis zur Form einer Fackel. Diese erste Bestellung war schnell gepackt. Die Kunden konnten kommen.

Weiter ging es mit einer Order über fünf *Sylt-Kerzen*. Die einfarbigen Kerzen in einem sanften Champagnerton, der nach oben hin in ein Weiß überging, trugen als Motiv die Insel-Silhouette, die mit großer Sorgfalt angefertigt und auf die Kerze geklebt war. Weil es auf Weihnachten zuging, war die kleine silberfarbene Insel mit einem zarten Goldschimmer überzogen, welcher im Licht glitzerte. Auch die hatte Alea schnell zusammengesucht und verpackt.

Das nächste Körbchen füllte sich mit verschiedenen Kerzen, die für Alea fast so lecker aussahen, als könne man direkt hineinbeißen. Kleine Küchlein in Cupcake-Form, mit großer Sahnehaube und Streuseln in Zuckerstangen-Optik, sowie Lebkuchen nachempfundene Kerzen, mit Zuckerguss-Wachs garniert und verpackt in einer »Keksdose«, waren ein wunderschönes Weihnachtsgeschenk. Es wunderte Alea nicht, dass sie gleich mehrere Körbchen mit diesen Kerzenmotiven packen sollte. Sie war froh, dass das Regal damit noch gut gefüllt war, denn sie konnte sich keinesfalls vorstellen, diese aufwendigen Kerzen als allererstes Produkt ohne Martjes Hilfe anzufertigen.

Während sie eine Bestellung nach der anderen packte, blieb sie immer wieder vor einem der Regale stehen und sah sich die Kerzen genauer an. Da gab es Exemplare in beigefarbenen Beton-Gefäßen, deren Oberfläche mit winzigen Muscheln versehen war. Sie trugen den Namen *Spaziergang am Meer*. Die Komposition aus Meersalz und Salbei mit einer holzigen Note, die Alea sofort erschnupperte, war wie ein Hauch Meeresbrise, der ins Wohnzimmer geweht wurde. Alea glaubte selbst hier drin, das Rauschen des Meeres zu hören und das Salz in der Luft auf den Lippen zu schmecken.

An anderer Stelle fand sie in passend knallpink eingefärbtem Wachs sinnlich, blumig duftende Kerzen mit dem Namen *Sylter Rose*. Davon gab es eine weitere Alternative, bei der in das Wachs

Rosenblüten eingegossen waren. Das sah besonders hübsch aus. Alea schloss die Augen und träumte sich in den Sommer, wenn auf den Friesenwällen die für die Insel typischen Heckenrosen ihre zahlreichen kräftigen Blüten öffneten und einen mit betörendem Aroma umarmten.

Ein Regalboden stand voll mit angenehm frisch und befreiend nach Eukalyptus und Kiefernnadeln duftenden Erkältungskerzen, während in einer anderen Ecke die weihnachtlichen Düfte versammelt waren.

Nach Tannenwald duftende Kerzen in Form kleiner Tannenbäumchen ließen Alea förmlich die piksigen Äste spüren, mit denen sie gemeinsam mit ihrer Tante den Jöölboom schmückte, die nordfriesische Alternative des Weihnachtsbaums. Sie sah sich die Zweige einzeln um das Holzgestell binden, sie mit rotem Schleifenband, rund um die geschnitzten Tiere und zwischen den selbst gezogenen Kerzen, befestigen und ihn in das große Fenster im Wohnzimmer stellen.

Da gab es Kerzen mit dem Namen *Winterträume*, die den Duft nach Vanille und Schokolade verströmten, oder die cremig-würzige *Lebkuchenzeit*, die Alea in Gedanken sofort vor Martjes warmem Backofen voller Friesenkekse sitzen ließ. Ein belebender Orangenduft in Verbindung mit weihnachtlicher Zimtnote mit dem klangvollen Namen *Weihnachtspunsch* ließ Alea beinahe das Wasser im Mund zusammenlaufen und brachte jedem, der eine solche Kerze kaufte, das Gefühl von Weihnachten ins Haus.

Mit ihren Produkten schaffte Martje zu jeder Zeit eine mentale Rückzugsmöglichkeit. Sie verströmten einen Duft, den man mit warmen Erinnerungen und einem Herzensort wie Sylt verband.

Die Zeit flog nur so dahin, und Alea merkte gar nicht, dass sie nicht ein einziges Mal auf die Uhr geschaut hatte, bis es bei einem Blick auf ihr Handy bereits achtzehn Uhr war. Alea freute sich, dass sie den größten Teil der Vorbestellungen abgearbeitet hatte und dann nur noch den Rest erledigen musste, bevor sie sich einmal genauer in der Kerzenwerkstatt umschauen und vielleicht sogar ein paar neue Kerzen ziehen könnte.

Wohltuend erschöpft ließ sie sich auf einen Stuhl fallen, der im hinteren Bereich des Ladens stand, als sie vor der Tür einen Schatten sah. Es war um diese Zeit bereits stockdunkel draußen, sodass sie nicht mehr erkennen konnte. Kurz bekam sie Angst, als sie plötzlich die Hundenase von Karl am unteren Fensterrand der Tür sah. Er war offenbar an der Tür hochgesprungen, an die in diesem Moment Felix klopfte und durchs Fenster sah.

Alea, die Hand vor Schreck noch immer auf der Brust, stand wieder auf, ging lächelnd zur Tür und schloss sie auf.

»Ihr seid es! Ich hab mich so erschrocken«, sagte sie und lachte erleichtert. Nala sprang schwanzwedelnd auf Alea zu.

»Das war nicht unsere Absicht«, entschuldigte sich Felix und deutete auf die Hunde. »Nach unserer Runde wollten die zwei dir aber unbedingt noch einen Besuch abstatten.«

»Soso!« Amüsiert grinste Alea und beugte sich zu den Hunden, die sich erfreut anschmiegten, als sie ihre Rücken streichelte. »Ihr wolltet mich also besuchen? Nun, ich habe hier gar nichts Spannendes für euch. Und in der Wohnung lauern auch nur ein Baguette und dazu ein paar Dips, die ihr nicht mögen werdet.« Alea zog einen Mundwinkel hoch.

»Na, da sei dir mal nicht so sicher. Aber zwischen *mögen* und *dürfen* gibt es ja zum Glück einen Unterschied.« Felix lachte.

»Ich verspreche euch, ich denke beim nächsten Einkauf auch an euch, falls ihr noch einmal vorbeikommen mögt. Heute gibt's nur Baguette bei mir.«

»Das trifft sich hervorragend«, stellte Felix fest, und Alea stockte kurz. Wollte er sich selbst bei ihr einladen?

»Eigentlich wollten wir fragen, ob du Lust hast, uns heute Abend bei unserem Abendessen Gesellschaft zu leisten. Dann könnten wir vielleicht besprechen, wie es mit Nala weitergeht. Ich hab verschiedene Käsesorten und Wurst besorgt. Wenn du magst, bring doch dein Baguette mit, und wir essen gemeinsam?«

Aleas Herz raste. »Oh«, stammelte sie. In ihrem Kopf stritten die Gedanken, ob das richtig oder falsch war, da hörte sie sich selbst wie aus der Ferne sprechen. »Gerne! Wartet einen Moment. Ich war hier sowieso gerade fertig. Ich gehe nur kurz hoch, hole meine Einkäufe und bin gleich wieder bei euch.«

»Wir freuen uns!« Er lächelte, trat einen Schritt zurück und wandte seinen Blick nicht von ihr ab, weshalb auch ihr Blick an dem Leuchten seiner Augen hängen blieb.

»Achtung«, rief Alea, als Felix geradewegs rückwärts auf einen Findling zusteuerte, auf dem der Name der Manufaktur eingemeißelt stand. »Nicht, dass du über den *Dünenglanz* stolperst«, warnte Alea mit einem Schmunzeln.

»Du musst denken, ich kann keine drei Schritte gehen, ohne dabei zu Fall zu kommen«, bemerkte Felix und raufte sich gespielt betroffen die Haare. Dabei grinste er auf diese so sympathische Art, auf die er über sich selbst scherzte, und Alea schüttelte lachend den Kopf.

»Hier ist's ja auch ganz schön finster, und es gibt ziemlich viele Stolperfallen«, gab sie zu.

»Du sagst es«, er grinste und zeigte bestätigend auf sie. Dabei hatte Alea den Verdacht, dass es nicht nur die Dunkelheit war, die ihn da beinahe zu Fall gebracht hatte.

Sie schloss die Tür wieder und schaute ihm nach, während sie Richtung Flur ging. Dabei stieß sie dumpf gegen eine Kante des Verkaufstresens und hatte den Eindruck, deutlich gezeigt bekommen zu haben, wie es Felix gerade ergangen war, als sein Blick auf ihr geruht hatte. Sie horchte in sich hinein und verspürte ein zartes Prickeln im Bauch.

Kurz dachte sie an Christopher. Doch es waren keine Gewissensbisse. Das letzte Telefonat war so herzlos gewesen, dass Alea sich ziemlich sicher war, dass es keinen Grund mehr für ein schlechtes Gewissen ihm gegenüber gab. Ganz grundsätzlich nicht, und schon gar nicht, weil sie einen harmlosen gemütlichen Abend bei Felix und den Hunden verbringen würde. Es würde ihr einfach guttun, weil es sie ablenkte und die ruhigen Abendstunden füllte, in denen sie sonst plötzlich doch Zeit hatte, über all das nachzudenken, was zwischen ihrem Ex – ja, vermutlich war er das nun wirklich – und ihr geschehen war, seit Martjes Sturz.

Noch immer war sie tief entsetzt über seine kränkenden Worte. Er war so uneinsichtig und boshaft. Vielleicht auch längst gleichgültig. Er hatte die Beziehung beendet. Sie war ihm keinerlei Rechenschaft schuldig.

»Felix und ich müssen schließlich besprechen, wie es mit Nala weitergeht«, murmelte sie vor sich hin. »Hat er doch gesagt. Außerdem hat er eine Freundin. Es ist einfach nur ein Termin zum Thema Hundesitting.«

Kapitel 5

In Martjes Wohnung angekommen, ging sie ins Bad, kämmte sich die schulterlangen blonden Haare, legte neues Make-up auf und zog eine andere Jeans und eine hellblaue Bluse an. Rosa Lipgloss rundete ihr Outfit ab. Warum war sie so nervös?

Das Baguette und die Dips holte sie aus der Küche, schlüpfte in ihre warme Jacke, verzichtete jedoch auf eine Mütze, damit ihre Haare nicht gleich wieder platt wurden, und wickelte sich stattdessen einen dicken Schal um den Hals.

Sie nahm noch einmal den Weg durch die Manufaktur, legte etwas Geld in Martjes Kasse und suchte eine Kerze aus, die sie Felix mitbringen wollte. Dann löschte sie alle Lichter und schloss von außen ab.

Mit klopfendem Herzen ging sie den von kleinen Lämpchen gesäumten Weg in Richtung des Nachbarhauses. Einladend warm leuchtend, empfingen sie neben der Haustür zwei Bogenfenster aus Eisen, die in die historische Backsteinwand des reetgedeckten Friesenhauses eingelassen waren. Die Eingangstür hatte im oberen Bereich ein rundes Fenster. Über der Tür befand sich jener Rundgiebel, den man beim Restaurieren des Hauses ganz wundervoll berücksichtigt und erhalten, allerdings ebenfalls mit einer Fensterscheibe versehen hatte. Wie ein auf dem Bauch liegender Halbmond leuchtete es über dem Eingang.

Mit Lichterketten verzierte große Buchsbäume in grob geflochtenen Körben flankierten die Tür. Es sah wunderschön aus. Ganz anders als das Haus von Martje in seiner Ursprünglichkeit ohne moderne Details. Und obwohl Alea gerade das an den Friesenhäusern so sehr schätzte, gefiel ihr, wie Tradition und Moderne an Felix' Haus kombiniert worden waren, auch sehr gut.

Sie erinnerte sich daran, dass sie das Haus früher schon gemocht hatte. Allerdings war es damals in einem längst nicht so guten Zustand gewesen. Viele Jahre hatte es zur Vermietung gestanden. Die alten Besitzer hatte Alea nie zu Gesicht bekommen.

Während sie noch in Erinnerungen schwelgte und das Haus bestaunte, hörte sie aufgeregtes Bellen. Offensichtlich hatte Nala bemerkt, dass Alea vor der Tür stand, und schlug Alarm.

Kurz darauf wurde bereits die Tür geöffnet, und Felix stand in der Öffnung. Ein angenehm holzig-würziger Duft strömte Alea entgegen, der ihr gefiel. Felix hatte wohl gerade noch einmal Parfüm aufgelegt.

Er fuhr sich durch die Haare und blickte entschuldigend an sich herunter. Trotz der Kälte draußen trug er Jeans und nur ein Poloshirt. Dazu war er barfuß. »Ich hab schnell geduscht, weil die Hunde mich kilometerweit gescheucht haben«, erklärte er. »Herzlich willkommen.« Er machte eine einladende Handbewegung. Alea wurde von der Wärme eines Kamins empfangen.

Positiv überrascht stellte Alea fest, dass das Haus zwar professionell und mit Sinn für klares Design eingerichtet war, gleichzeitig aber eine einladende Gemütlichkeit ausstrahlte. Felix gab den Räumen durch eine gewisse lässige Unordnung zusätzlich Leben. Zeitschriften lagen an verschiedenen Orten aufgeblättert da. Der Laptop stand auf dem Tisch, daneben unzählige Zettel und Fotos. Er deutete durch den Raum.

»Wenn ich geahnt hätte, dass die zwei dich heute schon einladen wollen, hätte ich natürlich rechtzeitig und viel gründlicher aufgeräumt.« Er hob entschuldigend die Hände.

»Alles gut«, sagte Alea lachend. »Du hast es wunderschön hier«, stellte sie anerkennend fest.

»Ich habe großes Glück gehabt, sagen wir es so. Mein Dad hat dieses Haus in der Hoffnung, dass er mit meiner Mutter hier einige unbeschwerte Zeiten verbringen kann, gekauft und ausbauen lassen.«

»Wow! Und liebt sie es etwa nicht?« Alea war eingetreten, und Felix nahm ihr die Jacke ab. Dabei streiften seine Hände ihre Schultern, und es fühlte sich für Alea sonderbar angenehm an. »Wie schade!«

Er hob die Schultern. »Sie hat es geliebt, doch.« Traurigkeit zog über sein Gesicht.

Alea erschrak. Er sprach in der Vergangenheitsform.

»Meine Mutter ist vor zwei Jahren gestorben. Es kam sehr plötzlich. Sie hat eine schlimme Diagnose bekommen, und dann ging alles ganz schnell.« Die Antwort kam direkt.

Alea senkte den Blick. »Das tut mir sehr leid.«

»Danke dir.« Er lächelte beruhigend. »Ich bin froh, dass ich diesen Ort habe und mein Vater das Haus behalten hat. Sooft es geht, bin ich jetzt halt hier.«

»Das ist großartig. Hast du denn eine weite Anreise?«

»Die Strecke von Stade nach Sylt ist überschaubar«, erklärte Felix.

»Stade? Ich komme aus Hamburg und habe Freunde in Stade. Ich mag den Ort.«

»Oh, die Großstadt! Aber ich mag Hamburg.«

»Hamburg ist toll, ja.« Für einen Moment spürte Alea ein flaues Gefühl in der Magengegend. Das, was sie mit Hamburg verband, lag gerade in Schutt und Asche.

Felix deutete Alea an, ins Wohnzimmer zu gehen, wo ein moderner Gaskamin eine wohlige Wärme verströmte. Er fügte sich perfekt in den Raum ein. Halbhohe, weiße Holzvertäfelungen an den taupefarbenen Wänden und cremefarbene Vorhänge schufen ein helles Ambiente und wirkten trotzdem gemütlich. Eine Sofalandschaft aus Möbeln mit hellen Stoffbezügen und einem riesigen Berg verschiedener Kissen vor einem überdimensionalen Fernseher bildete das Zentrum des Zimmers. Hinter ihr lagen vier runde kleine Bogenfenster, in denen Lampen standen. Der Fußboden aus geöltem Holz machte den Raum besonders heimelig. Bodentiefe Fenster zum Garten boten sicher tagsüber einen tollen Ausblick. Das Haus besaß eins der Scheunentor-Fenster, die Alea so liebte.

»Schaut ihr hier direkt aufs Watt hinaus?«, überlegte Alea, und Felix nickte. Sein Nicken war stolz und bewundernd. »Ja, mein Dad hat alle Register gezogen. Am Ende des Grundstückes gibt es sogar eine kleine Pforte, die zu einem Weg zwischen zwei Friesenwällen führt. Er ist wie ein Geheimweg zum Meer. Die Direktverbindung sozusagen. Ein paar Schritte sind es noch bis zum Watt, aber der Blick ist frei.« Er hob die Augenbrauen.

»Wow! Das ist fantastisch.« Alea war beeindruckt. »Und ich dachte, als Kind hätte ich hier alle Geheimpfade entdeckt.« Sie lachten.

»Tagsüber ist es tatsächlich unwirklich, auf der Terrasse zu stehen und den Blick zu genießen. Dazu das leichte Rauschen, wenn grad Flut ist. Diese ganz besondere Meeresatmosphäre. Seit ich denken kann, fahren wir nach Sylt. Mein Vater ist nun immer mal hier, wenn ihm in Stade die Decke auf den Kopf fällt oder er einsam ist.« Felix lachte auf, es klang jedoch traurig. »Überall hier liegt im Sommer der Duft der Heide in der Luft. Sogar Arnika wächst hier. Im Garten stehen traumhafte alte Kiefern. Dieser

Garten entschleunigt einfach sofort. Im Herbst hat meine Mutter mal die Hagebutten geerntet. Für Tee oder Marmelade. Mein Vater hat im hinteren Teil des Gartens einen Naturteich angelegt. Den mag ich besonders.«

»Solche Orte sind so wertvoll. Schön, dass ihr ihn habt. Mir geht es mit Sylt ähnlich. Ich war früher auch in jeden Ferien und manchmal auch dazwischen hier bei Martje und habe die Zeit geliebt«, gestand Alea. Sie dachte an das Gefühl der Einsamkeit, dem auch sie oft mit einer Reise nach Sylt entflohen war.

»Möchtest du etwas trinken? Einen Bellini auf Martjes baldige Genesung?«

»Klasse Idee!« Alea lächelte. »Willst du Baguette und Dips auch schon mitnehmen?«

»Danke!« Felix nahm die Sachen entgegen und verschwand in der Küche. Nala, die die ganze Zeit um Aleas Beine streifte, sprang an ihr hoch, und Alea vergrub ihre Hände in dem weichen Fell des Welpen. »Hey, Süße! Du kleiner stürmischer Wildfang. Du hast es ja gut hier. Wo hast du denn eigentlich deinen Freund gelassen?« Suchend blickte sie sich nach Karl um.

»Der ist fix und alle von seiner jungen Freundin«, erklärte Felix, der gerade wieder aus der Küche kam, mit einem breiten Grinsen im Gesicht und deutete mit dem Kopf hinter sich. In den Händen trug er ein Tablett mit Bellini, Baguette, Käse und Dips. Offenbar hatte er dies bereits vorbereitet und nur noch ihren Teil dazustellen müssen. »Er hat sich unter der Küchenbank zusammengerollt und macht den Eindruck, als wolle er sich keinen Meter mehr bewegen.«

»Der Arme«, lachte Alea, doch Felix winkte ab. »Das kann der ab. Eigentlich freut er sich ja über seinen Spielbesuch. Aber er ist halt nicht mehr ganz so jung wie die kleine Lady.« Er stellte das Tablett auf den Couchtisch, deutete auf das Sofa, und Nala folgte ihnen. »Setz dich doch.« Alea nahm in den weichen Kissen Platz. Dann fiel ihr ein, dass sie in ihrer Tasche ja eine Kerze von Martje hatte. Sie zog sie heraus.

»Als kleines Gastgeschenk«, sagte sie und stellte die große, schlicht hellgraue Kerze mit einer silbernen Sylt-Silhouette auf den Tisch. »Oh, wie lieb, danke!« Felix stand noch einmal auf, öffnete einen Schrank und holte ein Windlicht hervor sowie Streichhölzer. Er stellte die Kerze direkt in das Glas und zündete sie an.

Alea, die die oft belächelte Eigenschaft besaß, bestimmte Dinge »für gut« aufzuheben, um sie irgendwann zu einem passenden Zeitpunkt zu benutzen, gefiel, dass er die Kerze sofort anmachte. Das Windlicht war sehr schön. Überhaupt fielen Alea etliche geschmackvolle Details im Haus auf. Von der maritim-hanseatischen Deko über Bilder mit Strandmotiven und Raffrollos mit beigefarbenen Blockstreifen an den kleineren Fenstern hin zu einem Lesesessel mit einer kuscheligen Decke an der imposanten Fensterfront zum Garten.

»Passt wunderbar hierher! Danke.« Felix strahlte.

»Gerne.«

Nala hatte sich zu den Füßen von Felix und Alea zusammengerollt.

»Ich freue mich über die spontane Einladung«, sagte Alea und schaute Felix an, der gerade noch die Schälchen und das Baguette auf dem Tisch drapierte. Alea gefiel, wie locker er war und das Essen direkt hier am gemütlichen Sofa servierte.

»Schön, dass du Zeit hast«, sagte er und lächelte. »Sehr schön.«

Alea wich seinem Blick schüchtern aus. Es entstand eine Pause. »Martje wird erleichtert sein, wenn ich ihr endlich sagen kann, dass wir besprochen haben, wie es mit Nala weitergeht.« Da fiel ihr noch was ein. »Sie sagte, dass Karl und du diejenigen waren, die sie gefunden haben.«

Felix nickte zaghaft. »Das war ein Schreck, ja.«

»Du hast gar nichts gesagt, als wir bei unserem ersten Treffen darüber gesprochen haben. Ich kann kaum sagen, wie dankbar ich euch bin.«

»Das ist doch selbstverständlich.« Felix schaute sie an. »Ein Glück, dass ich grad dort war. Sie lag in einer kleinen Bucht am Wasser. Ein Ort, wo ich eigentlich nie bin. Ich hatte mich daran erinnert, dass meine Mutter dort ab und zu mit uns gewesen ist. An diesem Tag hatte ich irgendwie das Bedürfnis, dort mal wieder hinzugehen.«

»Was für ein Glück für Martje, ja.« Alea strich über Nalas Fell. »Wie lange bist du denn eigentlich hier?«, erkundigte sie sich.

Felix hob die Schultern. »Da ich von überall aus arbeiten kann, hab ich mich da noch gar nicht festgelegt.«

»Was machst du beruflich?«

»Ich habe eine Werbeagentur«, erklärte er. »Ich arbeite projektbezogen, manchmal ein paar Wochen durchgehend, und dann gibt's wieder Tage, da kann ich mir ein paar Stunden spontan freinehmen. Oft kommt mir nachts eine Idee, die ich dann direkt noch umsetze.« Er lachte.

»Klingt toll«, stellte Alea fest. »Ich bewundere Berufe, in denen man sich kreativ ausleben kann.«

Felix nickte lächelnd. »Bist du auch kreativ unterwegs?«

»Eher nicht, nein. Ich arbeite in einer Firma, die Verpackungen herstellt – in der Buchhaltung.« Alea verschwieg dabei, dass es sich um das Unternehmen der Familie ihres Freundes handelte, der gerade erst Schluss gemacht hatte mit ihr, weshalb sie ihren Job ganz sicher los war. »Nein, mein Beruf ist leider durchaus weniger kreativ«, gestand sie und grinste matt.

Felix hob die Handflächen und schüttelte gespielt ernst den Kopf. »Eine kreative Buchhalterin wäre für jedes Unternehmen wohl nicht unbedingt optimal, oder?«

»Ich denke nicht.« Alea schmunzelte.

»Aber bist du denn selbst auch gerne kreativ?«

Alea hob die Schultern. »Manchmal«, sagte sie und überlegte in diesem Moment ernsthaft, wann sie diese Seite ihrer Persönlichkeit wirklich auslebte. Eigentlich nur, wenn sie hier mit Martje in ihrer wunderbaren Kerzenmanufaktur werkelte. In ihrem bisherigen Leben in Hamburg war wenig Raum für Kreativität gewesen.

»Solange es dir in deinem Job nicht fehlt, ist ja alles gut«, sagte Felix.

»Stimmt.« Alea legte die Stirn in Falten.

»Martje habe ich bisher als unheimlich kreativ erlebt«, erklärte Felix. »Sie ist eine wahre Künstlerin.«

Liebevoll lächelnd stimmte Alea ihm zu. »Das ist sie. Sie ist mit so viel Herzblut dabei, und ich hab immer das Gefühl, dass sie mit jedem Artikel, den sie fertigt, ein Stück Wärme zaubert. Wortwörtlich.«

»Das hast du schön gesagt. Meine Mutter liebte Martjes Kerzen. Schon lange bevor wir das Haus hier bekommen haben. Ganz ehrlich? Wenn du sie gefragt hättest, was sie mit Sylt verbindet, wären das wohl auch die kleinen Kunstwerke deiner Tante gewesen.«

»Echt? Wie schön!«

»Wirklich. Die große Leidenschaft meiner Mutter waren besondere Dinge fürs Haus. Martjes *Dünenglanz* liebte sie sehr. Ich hätte ihr noch viele Jahre hier gegönnt.«

»Das glaube ich. Schön, dass du und dein Vater das Haus jetzt weiter nutzt. Sie würde sich freuen, oder?«

»Bestimmt. Vor allem im Winter, wenn der ganze Trubel hier Pause macht, genieße ich es sehr.«

»Grad dann ist es aber auch manchmal sehr lange sehr dunkel und einsam hier, oder geht dir das nicht so?« Noch während sie es aussprach, merkte Alea, dass das wie ein schlechter Anmachspruch klang.

»Nun, ich bin ja nie allein.« Er grinste, und Alea zuckte innerlich zusammen. Er hatte mit keinem Wort gesagt, dass er ohne Begleitung hierherfuhr. In diesem Moment kam Karl ins Wohnzimmer, und auf Felix' Gesicht breitete sich ein Lächeln aus. Er klopfte gegen sein Bein. »Oder, mein Freund? Wir gehen durch dick und dünn und jede noch so finstere Phase hier oben. *Partners in crime.*«

Ein bisschen zu laut lachte Alea auf, und Karl schmiegte sich verschmust an Felix' Bein. Nala sprang schwanzwedelnd auf und drängelte sich zwischen Karl und sein Herrchen. »Nala«, rief Alea empört, doch Felix winkte ab, als Karl bereitwillig Platz machte und wieder zu seinem Korb trottete. »Er teilt mich gern.« Jetzt erhielt auch Nala ihre Streicheleinheiten.

»Ich staune, dass sie beide gar nicht an das Essen gehen«, stellte Alea fest und deutete auf den niedrigen Couchtisch.

»Auch wenn wir hier 'ne echt lockere WG sind, gibt's Grenzen. Die akzeptieren sie. Aber bitte bedien du dich doch!« Er zeigte auf die Leckereien, und Alea griff zu.

»Und deinen Job kannst du ein paar Tage liegen lassen? Oder arbeitest du auch von hier aus?«

»Ja, ich hab keine Termine, sodass nur einige wenige Dinge anstehen, die ich auch von unterwegs erledigen kann«, antwortete Alea. »Ich hatte eh ein paar Tage Urlaub vor Weihnachten eingereicht, die ziehe ich jetzt einfach etwas nach vorne.«

»Perfekt. Martje ist sicher froh, dass du da bist.«

»Das denke ich, ja.«

»Sonst hat sie keine Verwandtschaft hier?«

»Nein. Nur meine Mutter, Martjes Schwester. Sie lebt auf Mallorca.«

»Mallorca? Auch schön!« Anerkennend nickte Felix.

»Meine Eltern waren, seit ich denken kann, mehr dort als zu Hause. Auch beruflich. Damals war ich oft hier bei meiner Tante. Sie ist wie eine Ersatzmama für mich. Sie und ihr *Dünenglanz* sind mein zweites Zuhause. Früher schon.«

Felix lächelte anerkennend. »Du sprichst sehr wertschätzend von Martje, das ist schön.«

»Sie ist die Beste. Deshalb ist es mir so wichtig, dass sie ganz schnell wieder auf die Beine kommt. Muss sie einfach! Nicht nur, weil es ohne sie in der Manufaktur nicht weitergehen kann«, sagte Alea traurig.

»Schmeißt sie den Laden wirklich ganz allein?«

»Ja, tatsächlich ist ihr Betrieb eine reine One-Woman-Show. Jetzt auch noch mit dem kleinen Wildfang an ihrer Seite.« Alea zuckte die Schultern. »Aber es scheint zu funktionieren. Also bis auf jetzt gerade. Martje wirkte bisher immer ganz zufrieden als Einzelkämpferin.«

»Da kann sie echt stolz sein. Hat sie denn nie darüber nachgedacht, den Laden weiterzugeben oder zumindest wen anders mit einzuarbeiten? Die Jüngste ist sie ja auch nicht mehr«, überlegte Felix. »Es wäre so schade, wenn es irgendwann nicht weiterginge mit der Manufaktur.«

»Das stimmt. Aber, nein, soviel ich weiß, hat sie in der Richtung nie was unternommen.« Nachdenklich schaute Alea auf das Glas in ihren Händen.

»Du sagtest, kreative Berufe faszinieren dich. Hast *du* denn nie Interesse daran gehabt, hier bei deiner Tante einzusteigen?« Die

Frage, mit der Felix sie konfrontierte, war so naheliegend wie abwegig zugleich für Alea und sorgte bei ihr für noch mehr Achterbahngefühl im Bauch, als dieser Abend mit Felix es ohnehin schon tat.

Nicht nur, dass es sie irritierte, wie gleichgültig es ihr war, dass Christopher womöglich aus allen Wolken fallen würde, wenn er wüsste, dass sie hier bei Felix im gemütlichen Wohnzimmer saß und derlei tiefsinnige Gespräche führte.

Zum ersten Mal dachte sie vollkommen ernsthaft über diese Option nach, die Felix da aufmalte, und war drauf und dran, in einer Unterhaltung mit einem fremden Menschen, den Weg, den sie an Christophers Seite eingeschlagen hatte, ernsthaft infrage zu stellen. Das brachte sie vollkommen durcheinander.

Es stimmte, dass sie die Zeit hier auf Sylt bei Martje und in der Kerzenwerkstatt genoss und in der Arbeit aufging. Konkret darüber nachgedacht, hier anzufangen, hatte sie aber nie – jedenfalls nicht, seit sie erwachsen war und diese Themen mehr waren als Kindheitsträumereien. Spätestens jedoch seit sie Christopher kennengelernt hatte.

Christopher und sie. Das war ein Gedanke, der ihr schon jetzt so weit weg erschien. Warum nur fühlte es sich so gut an, hier mit einem fremden Mann zu sitzen? Sie hatte doch gerade erst erfahren, dass der Neustart mit ihrem Freund, der ihrer Beziehung und den gemeinsamen Plänen noch so viel mehr Sicherheit geben sollte, geplatzt war. All die Sicherheit und Planbarkeit, die sie sich immer gewünscht hatte, waren mit einem Mal zunichte.

Sie hatte nichts mehr. Keine feste Beziehung, keinen Job, und sogar die Wohnung in Hamburg war bereits so gut wie aufgelöst und damit bereit zur Weitervermietung. Erst jetzt fiel ihr das auf, doch zu ihrer Verwunderung versetzte es sie keineswegs in Panik. Monatelang hatte sie sich durch Phasen in ihrer Beziehung gekämpft, in denen es ihr manchmal als einziger Ausweg erschienen war, aus ihrem Sicherheitsgerüst auszubrechen. Dann hatte sie sich am Ende doch wieder daran festgehalten. Und jetzt, da es endgültig eingestürzt war, bemerkte sie kaum, dass es ihr fehlte.

Während Alea tiefer in ihren Gedanken versank, spürte sie einen fragenden Blick von Felix. Sie hob den ihren und sah in diese faszinierenden unterschiedlichen Augen.

»Entschuldige. Das geht mich ja überhaupt nichts an«, ruderte er zurück.

»Oh, nein. Alles gut. Ich ... war nur in Gedanken«, gab sie zu, als sie bemerkte, dass sie ihm noch nicht geantwortet hatte. »Wir haben nie wirklich ernsthaft darüber gesprochen. Abgesehen von früher, als ich als Kind nur diesen einen Traum hatte, hier bei Martje zu wohnen.« Alea winkte ab. »Martje kennt mich und meinen riesengroßen Respekt davor, mit einer selbstständigen Arbeit meinen Lebensunterhalt zu bestreiten. Vielleicht hat sie es deshalb nie thematisiert. Auch ein Angestelltenverhältnis wäre in diesem Fall ja etwas anderes. Wir stehen uns so nah, dass ich über kurz oder lang vor der Entscheidung stünde, die Manufaktur zu übernehmen. Schon aus moralischen Gründen.«

»Verstehe ich. Es ist auch echt ein großer Schritt, komplett in die Selbstständigkeit zu gehen«, stimmte Felix ihr zu. »Das hat mich anfangs auch gefordert. Aber ich hab es als Chance gesehen und hatte Spaß an der Arbeit. Das hilft, macht natürlich die Fallhöhe aber auch besonders hoch. Bis heute überwiegt aber die Freude.« Er grinste und sah dabei aus wie ein kleiner Junge, der von seinem Traum, Fußballstar zu werden, erzählte.

»Schön. Ich hab Martje immer gerne geholfen, Kerzen zu ziehen und im Laden zu dekorieren. Das liebte ich – und ich meine, behaupten zu können, dass ich es auch ganz gut konnte.«

»Aber?«

»Nun, eine Leidenschaft ist zwar schön. Aber ich weiß nicht, ob das reicht, wenn man wirklich davon leben will. Ich könnte mir vorstellen, dass auch der Reiz abnimmt, wenn ein gewisser Druck dahintersteht. Wenn man etwas tun muss, macht es vielleicht weniger Spaß. Da ist es sicherer, ein Hobby auch als solches zu bewahren.«

»Sicherer ist das, ja. Aber deine Tante beweist, dass die Verbindung aus Leidenschaft und Beruf echt gut gelingen kann«, bemerkte Felix. »Wenn man sich darauf einlässt und wirklich genießt, was man tut, dann kann man das auch, wenn man damit seinen Lebensunterhalt verdient.«

»In Martjes Fall ging es wirklich gut. Das stimmt. Bisher jedenfalls.«

Felix schien zu spüren, dass Alea mit irgendwas kämpfte, und wechselte das Thema.

»Wir Werbeleute sind ja immer auf der Suche nach neuen Ideen. Für einen Hunde-Accessoires-Hersteller will ich eine Kampagne starten.« Er deutete in Richtung Küchentür, wo eben noch Karl verschwunden war. »Mein Model ist zwar für seine ausdauernde Ruhe bekannt und eignet sich hervorragend für jedes arrangierte Foto. Allerdings fehlt ihm für die Videos ein wenig der tapsige Babyfaktor.«

Alea grinste.

»Meinst du, dass ich ein, zwei Videos mit Nala am Strand drehen darf, bei denen wir ein neues Hundespielzeug vorstellen? Auch einige Fotos für einen Prospekt könnte ich mir gut vorstellen. Die würde ich mit Karl zusammen machen. Selbstverständlich bekommt sie als Lohn auch mindestens den neusten Spielball.« Felix' Augen leuchteten.

»Ich bin mir sicher, Martje hat nichts dagegen – und Nala bei dieser Entschädigung erst recht nicht.«

»Das wäre klasse! Nala wird auch nur mit uns spielen müssen und gar nicht mitbekommen, dass sie ein Filmstar wird.«

Alea lachte. »Das klingt entspannt! Martje wird stolz sein auf ihren Liebling!«

»Das freut mich.« Felix' Handy vibrierte, und obwohl er versuchte, es zu ignorieren, was ihm ihr gegenüber offenbar höflicher erschien, spürte Alea, dass es ihn nervös machte.

»Geh ruhig dran«, ermutigte sie ihn deshalb, und er stand auf, um mit dem Handy vor die Tür zu gehen. »Ich bin gleich wieder da. Entschuldige bitte.«

Alea winkte ab. Felix öffnete die Terrassentür und trat in die Dunkelheit. Ein eiskalter Windstoß zog ins Wohnzimmer, und Alea erschauderte. Sie war ganz froh, als er die Tür hinter sich zuzog und noch einige Schritte weiterging. Sie hörte seine Stimme gedämpft durch die geschlossene Tür.

Nala war sofort hinter ihm hergestürmt und lauerte neugierig an der Glasscheibe. »Süße, es ist so kalt! Bleib mal besser bei mir«, riet Alea ihr, und sie tapste wieder auf das Sofa zu, setzte sich dicht neben Aleas Bein, und Alea spürte den warmen, weichen Hunderücken an ihrer Wade. »Du bist echt ein süßer Schatz«, sagte Alea und streichelte dem Welpen über das seidige Fell. Sie hatte sich immer einen Hund gewünscht, aber ihre Eltern hatten dafür ja nie Zeit gehabt. Wenn Alea bei Martje gewesen war, hatte sie immer mit Nalas Vorgänger Billy gekuschelt und gespielt. Er hatte ihr den Abschied von Sylt immer doppelt schwer gemacht, bis er irgendwann in einem furchtbaren Moment vor ein Auto gelaufen war und die schweren Verletzungen nicht überlebt hatte.

Ein Ereignis, das nicht nur für Alea schrecklich gewesen war. Auch Martje hatte der Verlust ihres treuen Freundes hart getroffen. So hart, dass sie es erst jetzt, mit Nala, über sich gebracht hatte, wieder einen neuen Vierbeiner in ihr Leben zu lassen. Erst bei dieser kleinen zauberhaften Hundedame hatte es sich wieder richtig angefühlt, hatte sie Alea gestanden. Trotzdem hatte sie sich nie unterkriegen lassen.

Die eisige Kälte, die erneut in den Raum strömte, als Felix von draußen hereinkam, riss Alea aus ihren Gedanken.

»Du musst total durchgefroren sein«, stellte Alea fest, und Felix rieb sich die Hände.

»Diesen Winter ist es wirklich besonders frisch hier auf der Insel«, bestätigte er.

»Aber es ist auch besonders schön und gemütlich, wenn man drinnen sein darf.« Alea deutete durch den Raum. »Noch dazu in solch einer wundervollen Umgebung.«

»Freut mich, dass es dir gefällt. Die Inneneinrichtung haben wir meiner Mutter zu verdanken. Sie hat die kurze Zeit, die sie hier sein durfte, damit verbracht. Ich finde auch, dass das großartig gelungen ist, aber es ist trotzdem schön, das von jemand anderem zu hören. Ich befürchte, ich fände es toll, auch wenn es furchtbar wäre. Für mich sind das alles kleine schöne Erinnerungen an sie. Und auch für meinen Vater ist ein Teil von ihr noch irgendwie hier. In diesen Räumen kann man sie spüren.« Er nickte und wirkte für einen Moment nachdenklich. Wieder vibrierte sein Handy. Es war kein Anruf, sondern es schien eine Nachricht eingegangen zu sein.

»Wenn du noch zu tun hast, will ich dich keinesfalls von irgendwas abhalten«, sagte Alea.

»Nein, entschuldige. Ich hatte nur auf ein paar Infos gewartet. Die kamen ausgerechnet jetzt an.« Er legte das Handy ein Stück weiter von sich entfernt. »Das sind die Nachteile der Selbstständigkeit.«

Alea nickte.

Da kam Karl wieder aus der Küche, trottete dann in Richtung Haustür und signalisierte Felix, dass er rauswollte.

»Hast du noch Lust auf eine Runde mit den Hunden, oder ist es dir zu kalt?«, fragte Felix. »Sonst lass ich sie nur kurz in den Garten. Gelaufen sind sie heute ausreichend.«

»Ich freue mich über einen Weg an der frischen Luft, und ich muss ja ohnehin noch einmal hinaus.«

»Prima.« Er wuschelte Nala das weiche Fell. »Gerade die kleine Lady hier ist ja kaum müde zu bekommen. Ich glaube, so langsam wächst die Madam aus dem Welpenalter heraus und wird zu einer stürmischen Junghündin. Ich vermeide es zwar noch, die ganz langen Strecken mit ihr zu gehen, aber dafür umso mehr kurze Runden jeden Tag, um sie möglichst gut auszulasten.«

Sie standen auf und gingen zur Garderobe. Felix legte Alea ihre Jacke um, und diese fürsorgliche Geste in Verbindung mit der Nähe zu ihm fühlte sich angenehm an.

»Danke dir«, sagte sie. Als sie sich umdrehte, um nach ihrem Schal zu greifen, fiel ihr Blick auf einen Damenmantel und einen Seidenschal, der locker aus dem Ärmel des Kleidungsstückes hing. Kurz stockte Alea, rief sich dann aber in Erinnerung, dass es bei der Verabredung lediglich um eine nette nachbarschaftliche Geste und die Absprache wegen Nala gegangen war. Dabei spielte es keine Rolle, welchen Beziehungsstatus sie beide hatten. Vermutlich gehörte der Mantel seiner Freundin, von der Martje erzählt hatte.

Er zog sich ebenso an, und als er die Tür auch nur einen Spaltbreit geöffnet hatte, waren die Hunde bereits rausgestürmt und sprangen vor dem Haus auf und ab.

»Traust du dich zum Watt, oder ist es dir zu unheimlich im Dunkeln?«, fragte Felix und grinste frech.

»Ich behaupte, wer sich von wildfremden Männern mit süßen

Hunden in ihre Häuser locken lässt, hat vor nichts Angst. Vorausgesetzt, wir gehen nicht gerade einen dieser Geheimwege zwischen den Friesenwällen hindurch, die nur du kennst und wo mich niemals jemand finden würde.« Alea trat einen Schritt vor und deutete Felix an, ihr zu folgen.

Lachend tat er dies, und sie gingen die Straße entlang, die parallel zur Heidelandschaft am Watt lag.

»Dann lass uns am Ende der Straße dort vorne links zum Bohlenweg am Watt abbiegen.« Felix zeigte in die eben noch vollkommen dunkle Gegend, die mit jedem Schritt an Helligkeit gewann, weil sich die Augen an die Finsternis gewöhnten. Alea kannte sich hier aus, und trotz der Dunkelheit wirkte alles vertraut auf sie.

Felix pfiff nach den Hunden, die sofort herbeisausten. »Ich mache sie hier lieber an die Leine. Nachher eröffnen sie noch die Jagd auf ein Kaninchen, und wir finden sie nicht mehr wieder.«

»Gib mir Nala doch«, bot Alea an, und als Felix ihr die Leine reichte, berührten sich ihre Hände.

Einen Moment lang kribbelte es nach dieser Berührung auf Aleas Unterarm.

»Wir …«, setzte er an, und Alea traute sich nicht, ihn anzuschauen. Wollte er womöglich so etwas Ähnliches sagen, wie sie dachte? Gingen sie damit zu weit, hier im Dunkeln umherzuspazieren, während sie sich ja kaum kannten und er eine Freundin hatte? Oder entsprangen diese merkwürdigen Gedanken nur dieser Nervosität, die sie in seiner Nähe fühlte? »Wir haben die Handschuhe vergessen«, führte er seinen Satz fort. Alea war sich ziemlich sicher, dass das nicht als das ursprüngliche Ende seines Satzes geplant gewesen war. »Ich trage selten welche, aber dir ist vielleicht kalt?« Seine Fürsorge gefiel ihr jedoch und war ihr gerade viel lieber, als dass er Bedenken gegenüber der so vertrauten Situation äußerte, in der sie sich hier befanden.

»Das passt schon«, sagte Alea und dachte daran, dass gerade das eben angenehm gewesen war.

Je näher sie dem Watt kamen, desto lauter wurde das Rauschen des Meeres.

»Es ist Flut. Das Wellenrauschen, das von eurer Terrasse aus sicher wunderschön klingt, hat jetzt irgendwie etwas Unheimliches, findest du nicht?«, fragte Alea.

»Du musst keine Angst haben. Du hast ja uns drei dabei«, beruhigte Felix sie und schaute sie von der Seite an. »Wir kennen diesen Weg zu jeder Tages- und Nachtzeit in- und auswendig.«

»Danke!« Alea lachte. »Angst habe ich hier noch nie gehabt. Aber ich bin trotzdem froh, dass ihr hier seid.« Erleichtert, dass die Dunkelheit die Röte auf ihren Wangen verbarg, lächelte sie Felix an. Seine Augen funkelten im Schein einer Straßenlaterne.

Ein paar Schritte gingen sie schweigend nebeneinanderher. Es fühlte sich nicht falsch an, sondern wohltuend beruhigend und unerklärlich vertraut.

Felix' besonnene Art gefiel Alea. Nicht zuletzt seine Größe und die kräftige Statur untermalten die Ruhe, die er dabei ausstrahlte. Menschen wie er waren körperlich den meisten Leuten überlegen, was ihnen eine gewisse Gelassenheit verlieh. Eine Ruhe, die sie faszinierte und an die sie sich anlehnen wollte. Ein Wesenszug, der Alea schon immer an Männern gefiel.

Ihr Gespräch wirkte inspirierend auf sie. So als eröffne ihre Unterhaltung neue Horizonte. Gar nicht, indem er bewertete, was sie sagte, sondern einfach die richtigen Fragen stellte und ihr zuhörte. Er regte sie auf eine unaufdringliche Weise zum Nachdenken an, vermutlich sogar, ohne es zu beabsichtigen. Das fühlte sich gut an. Zwar kannten sie und Felix sich noch nicht so gut, als dass sie es wirklich beurteilen konnte. Aber dennoch kam es Alea so vor, als ruhe er in sich, und diese Ruhe übertrug sich auf sie.

Sie kamen am Weg an, der runter zum Watt führte. Hier zog ein noch weitaus heftigerer Wind vom Wasser her auf.

»Hier wird es jetzt wirklich dunkel. Ich glaube, wir sollten nicht ganz hinuntergehen«, überlegte Felix und grinste schief.

»Ein paar Schritte Richtung Wasser schaffen wir, oder?« Alea stellte die Taschenlampe an ihrem Handy an und lief unternehmungslustig voran. »Sag nicht, du hast Angst!«, reizte sie ihn über ihre Schulter hinweg.

»Okay«, kam es gedehnt von Felix, und er folgte ihr, ebenso mit dem Handylicht in der Hand. Die Hunde sprangen eilig voran. Das Rauschen des Meeres kam immer näher und konkurrierte mit dem Fauchen des Windes. »Wird da jemand übermütig? Angst? Ich doch nicht!«

»Aber pass gut auf die Stufen und etwaige Leinen-Fallen auf«, warnte Alea Felix.

»Ich weiß nicht, worauf du hinauswillst«, erwiderte Felix gegen den Wind, und sie lachten beide.

»Wir gehen nur bis zu dem Steg, schlage ich vor«, rief Alea. Kurz darauf blieb sie auf dem Bohlenweg stehen, der oberhalb des Strandes parallel zur Wasserlinie verlief, und hielt sich am Geländer fest. Felix stellte sich neben sie.

»Wow! Ich glaube, ich war selten im tiefen Winter im Dunkeln hier.« Alea ließ die Atmosphäre staunend auf sich wirken.

»Ich gebe zu, es gibt charmantere Momente, diesen Ort zu besuchen«, sagte Felix und rieb sich die Hände.

»Ja, ein wenig lauschiger habe auch ich es hier in der Tat schon erlebt«, bestätigte Alea. »Aber auch so hat es etwas Faszinierendes, den Naturgewalten zu lauschen. Lange sollten wir hier allerdings nicht verweilen, sonst liegen wir morgen beide krank im Bett.«

Alea spürte, wie Felix sie von der Seite anschaute und über

ihre so leichtfertige Aussage in einer Mischung aus Unschuld und Anzüglichkeit grinste. »Wer soll sich dann um die Hunde kümmern?«, fragte Alea deshalb eilig und versuchte, das Kribbeln in ihrem Bauch über diese zarte Flirtsituation zu ignorieren.

»Stimmt. Die Hunde. Und die Manufaktur«, ergänzte Felix. »Lass uns lieber wieder aufbrechen. Das klingt vernünftig.« Alea schaute ihn an, konnte aber nicht genau erkennen, ob er lachte. Sie verkniff sich ihr Schmunzeln und presste die Lippen aufeinander. Er pfiff nach Karl, der, wie Nala, an der langen Leine lief, und im Halbdunkeln erkannte Alea auch den Umriss von Nala, die ebenso zu ihnen zurückkam.

»Komm, mein Junge«, sagte Felix zu Karl und klopfte ihm den Rücken. Nala war in Aleas Nähe geblieben. »Bringen wir die Ladys mal wieder sicher nach Hause«, sagte Felix mit gönnerhafter Stimme. Noch im selben Moment musste Alea lachen, denn Nala hüpfte so mutig voran, dass Karl kaum hinterherkam.

»Soso! Da kommt Nalas Bodyguard aber ganz schön ins Schwitzen, wie mir scheint«, frotzelte Alea.

»Er ist immer in ihrer Nähe. Ihr Sicherheitsnetz im Hintergrund«, erklärte Felix, und es wirkte entschuldigend. »Unterschätz nicht, wie wichtig das ist. Er gönnt ihr lediglich jeden Freiraum, den so ein kleiner Wirbelwind braucht, um groß zu werden.«

»Okay, überzeugt! Das klingt gut und ist so viel wert«, murmelte Alea. Sie dachte daran, wie es bei ihr gewesen war bisher. Dass sie, egal um welche Lebenssituation es ging, immer genau dieses emotionale Sicherheitsnetz meinte zu benötigen und bisher nicht bekommen hatte. Stattdessen hatte sie sich ein eigenes Sicherheitsnetz aus Geld und Regeln aufgebaut und sich selbst damit alle Freiheiten genommen.

»Haben denn die Ärzte eine Andeutung gemacht, wie lange

deine Tante sich schonen muss? Ist doch sicher auch für deine Planung nicht unwichtig, ungefähr eine Zeit genannt zu bekommen.«

»Na ja, da bin ich mir gerade gar nicht so sicher. Aber nein, so recht können sie es noch nicht sagen. Ich will morgen bei der Visite dabei sein, um vom Arzt persönlich zu hören, was die Ergebnisse der bisherigen Untersuchungen waren. Ich vertraue Martje wirklich mein Leben an, aber wenn es um ihr eigenes geht, bin ich mir nicht sicher, ob sie es mit der Wahrheit so genau nimmt. Ich hoffe, dass sie bald entlassen werden kann, aber es wird mit Sicherheit noch einige Zeit dauern, bevor es weitergehen kann wie gewohnt. Das gefällt Martje natürlich nicht.« Alea hob die Schultern und hielt sie dort. »Die Sorge um ihren Laden wird für sie im Vordergrund stehen, wie ich sie kenne.«

»Schwierig. Wenn Menschen so sehr brennen für das, was sie tun, hat das nicht nur Vorteile. Das ist die Kehrseite dessen, worüber wir auch schon sprachen, als es um Leidenschaft und Beruf ging. Menschen, die ihren Traum leben, gehen im Zweifel viel eher auch einen Schritt zu weit, weil sie so sehr auf ihr Ziel fokussiert sind.«

»Aber soll man ihr Brennen löschen?«, überlegte Alea.

»Nein, wahrscheinlich nicht«, gab Felix zu. »Es wird wohl auch kaum gelingen.«

»Eben.«

»So wie ich sie bisher kennengelernt habe, ist es ihr Lebensinhalt, in der Manufaktur zu stehen und den Menschen mit ihren schönen Kerzen ein Lächeln auf die Lippen zu zaubern«, stellte Felix richtig fest.

»Absolut! Und damit hat sie ja auch etwas Wunderbares geschaffen. Früher dachte ich immer, dass es nicht sein kann, dass allein die Manufaktur und der Laden das sind, worum sich ihr Leben dreht. Neben den Hunden. Aber Martje hat nie so gewirkt, als fehle ihr irgendwas. Familie, Kinder, all das.«

»Ich kenne sie zwar nur als Nachbarin und längst nicht so gut wie du. Aber sie kam mir nie unglücklich vor. Da gebe ich dir recht. Wenn man hier lebt und ein so beliebtes Geschäft führt wie sie, dann hat man sicher eine solide Basis für eine gewisse Zufriedenheit im Leben. Klar, dass es ihr jetzt unfassbar schwerfällt, einen Gang zurückzuschalten.«

Ein paar Schritte gingen sie weiter durch die Dunkelheit und hingen ihren Gedanken nach.

»Martjes Ziel war es nie, möglichst viel Geld zu scheffeln. Sie möchte zufrieden leben. Ihr war es immer wichtig, etwas Gutes zu tun. Das war einerseits ihre unermüdliche Herzenswärme, mit der sie den Menschen begegnete, aber es sind auch ihre wunderbaren Kerzen, die den Leuten wahre Glücksmomente zaubern und mit deren Hilfe Martje ihre Wärme und ihr Feuer weitergeben kann. Da bin ich mir sicher.«

»Ein toller Gedanke«, stellte Felix anerkennend fest. »So gesehen lebt sie für sich genau das richtige Leben. Und es stimmt, ich persönlich kann mich nicht ganz frei davon machen, dass es bei mir auch oft monetäre Ziele waren, denen ich hinterhergerannt bin. Das nächste Projekt, der nächste Auftrag … Besonders hier auf Sylt wird mir bewusst, dass das längst nicht alles ist, weil ich mit verdammt viel Ruhe konfrontiert werde, die sich so viel besser anfühlt als all der Stress.«

»Die Zeit vor Weihnachten hier auf Sylt hat ihre eigene Magie«, bemerkte Alea.

»Ja. Ich möchte dieses Jahr die Festtage ohne jeglichen Trubel verbringen. Ich gönne mir grad so was wie ein paar Wochen Auszeit.« Er lächelte, dann bekam sein Gesicht einen nachdenklichen Ausdruck. »Manchmal muss man mal raus und nur für sich sein.«

»Das klingt sehr gesund. Aber auch ein wenig traurig.«

»Vielleicht.« Felix nickte und starrte auf den Boden. »Wenn es hier so leise und dunkel ist, kommt man jedenfalls viel zum Nachdenken. Und es gibt Zeiten, da braucht man genau das.«

»Ich muss zugeben, ich habe Respekt vor so viel Zeit allein.« Alea spürte, wie sie rot wurde, und ihre Äußerung war ihr schlagartig peinlich. Zum Glück war es so dunkel, dass Felix es nicht sehen konnte. Davon, dass er allein war, hatte er gar nichts gesagt. »Für sich zu sein« konnte viel bedeuten. Auch, dass seine Freundin oder Frau über die Festtage zu ihm käme und sie die Festtage gemeinsam und nur zu zweit hier in ihrem Ferienhaus auf Sylt verbringen. Aleas Herz zog sich zusammen, und sie kam sich sehr einsam vor. »Aber ich denke auch, dass das einem die Augen öffnen kann und beim Nachdenken hilft«, schob sie hinterher.

»Genau das ist es, was ich suche, glaube ich.«

Dann schwieg Felix, und Alea wusste nicht, wie sie sich verhalten sollte. Sie war sich sicher, tatsächlich etwas Falsches gesagt zu haben, weil er mit einem Mal so verändert wirkte. Sie fühlte sich unwohl in ihrer Haut. Die Stille, die sie nun beide umgab, tat ihr Übriges.

»Jedenfalls musst du dir zumindest wegen Nala keine Sorgen machen. Sie kann so lange bei uns bleiben, wie ihr es braucht.«

»Danke, Felix!«

Als sie vor der Tür seines Hauses angekommen waren, knuddelte sie Nala noch einmal. »Felix, sei mir nicht böse, aber ich muss ins Bett. Eine heiße Dusche und 'ne Mütze Schlaf brauche ich dringend, wenn ich morgen früh pünktlich zur Visite im Krankenhaus sein will.«

Felix lächelte verständnisvoll, und Alea spürte, wie sehr sie sich darüber freute.

»Klar. Erhol dich gut. Es war ein sehr schöner Abend.« Sein

herzlicher Blick war aufrichtig, und obwohl es hier in dem fahlen Licht der Straßenbeleuchtung und dem schneidenden Wind, der um die Ecke des Hauses fegte, wenig heimelig war, wurde es Alea ganz warm ums Herz.

»Das fand ich auch. Danke. Schlaf gut, Felix.«

Kapitel 6

Alea kam in Martjes Wohnung an und schloss die Tür hinter sich. Das Rauschen des Meeres, welches bis eben noch in der Ferne zu hören war, und der kalte Wind blieben draußen, und es war ganz still. Fast so, dass es Alea unangenehm war und sie sich wünschte, wenigstens das Tapsen der kleinen Pfoten von Nala zu hören. Dann aber dachte sie daran, wie glücklich der Welpe bei Felix und seinem Karl war, und schüttelte darüber den Kopf, dass sie so jammerig war.

Jetzt, wo sie die Manufaktur wieder öffnen wollte, bis feststand, wie es mit ihrer Tante weiterging, war so viel zu tun, dass sie dem kleinen Hund nicht gerecht werden würde. Alea überlegte, was genau eigentlich die Optionen waren.

Würde Martje wieder ganz die Alte werden, war alles in Ordnung, doch wenn sie ernsthaft kürzertreten oder das Geschäft gar ganz aufgeben müsste, dann würden sie sich eine Lösung überlegen müssen.

Alea konnte sich kaum vorstellen, dass es jemanden gab, der die Kerzenwerkstatt in Martjes Sinne weiterführen würde. Auch hier auf Sylt wurde echtes Kunsthandwerk genauso wie die Bereitschaft der Kunden, die entsprechenden Preise dafür zu zahlen, immer seltener. Dieser Entwicklung entgegenzusteuern war immer schon Martjes Ziel gewesen. Und so schnell gab ihre zähe, rüstige Tante nicht auf. Das wusste Alea, und darauf baute sie.

Während sie sich zum Schlafen fertig machte, wuchs in ihr ein unbändiger Wunsch, Martje dabei zur Seite zu stehen. Sie hatte keinen Zeitdruck mehr. Niemand erwartete sie, also was sprach dagegen, für Martje und ihre Manufaktur da zu sein, solange es nötig war?

Sie horchte in sich hinein und war erschrocken, wie wenig präsent dabei der Gedanke an ihre gescheiterte Beziehung mit Christopher war. Im Gegenteil. Es fühlte sich beinahe an wie eine Befreiung. Sie würde sich nicht mehr vor ihm oder seiner Familie rechtfertigen müssen, sondern konnte jede Entscheidung für sich allein treffen.

Der Gedanke irritierte sie, doch seit sie in den letzten Tagen immer wieder über Christophers Reaktion, sein Unverständnis und seinen Egoismus nachgegrübelt hatte, konnte sie nicht anders, als ihn zuzulassen.

Sie dachte an den Abend mit Felix. Er war so aufrichtig und herzlich, gab ihr das Gefühl, sie zu verstehen. Ungewöhnlich, wo sie ihn ja gerade erst kennengelernt hatte. Er sprach träumerisch und dabei doch reflektiert von seinem Leben. Schien sich von ihm treiben zu lassen, während er auf seine innere Stimme hörte und dabei dennoch nicht die Kontrolle verlor. Eine Eigenschaft, die sie bewunderte, wie sie gerade merkte, die ihr selbst aber so fremd war. Oder war sie ihr fremd geworden?

Wenn sie an die Zeit hier bei Martje dachte, blitzten Erinnerungen an die Tage auf, wo auch sie sich treiben ließ und den Überraschungen und Wendungen des Lebens offen gegenüberstand. Hier auf der Insel, wo sie eine Geborgenheit empfunden hatte wie sonst nie, hier hatte sie die Kraft und den Mut dazu gehabt. Je älter sie geworden war, desto weiter war diese Fähigkeit in den Hintergrund gerückt, die Zeiten der Einsamkeit und Unsicherheit hatten überwogen. Die Aufgaben, die das Leben ihr gestellt hatte, und die Verantwortung waren gewachsen, und sie hatte sich irgendwann ganz verändert.

Ja, sie würde sich ein Beispiel an Felix nehmen und die Dinge hier auf der Insel von nun an auf sich zukommen lassen, das war sie ihrer Tante schuldig.

In den Wochen, in denen Alea als Kind auf Sylt gewesen war, hatte sie oftmals ein Kunststück vollführt, indem sie das Jonglieren zwischen der Kerzenwerkstatt und einem Kind organisiert hatte, wenn Aleas Eltern mal wieder unterwegs gewesen waren und ihre Tochter zu Martje geschickt hatten.

Aber Martje hatte Alea nie das Gefühl gegeben, eine Belastung zu sein. Im Gegenteil. Immer, wenn sie hier war, hatte sie den Eindruck gehabt, dass Martje es genoss, sie um sich zu haben. Dieses Gefühl von Familie und Geborgenheit hatte Alea fest in sich verankert. Nicht wieder zurück nach Hamburg zu gehen fühlte sich deshalb auch nicht falsch für Alea an, sondern selbstverständlich und alternativlos.

Mit einem Lächeln auf den Lippen kuschelte sie sich unter die Decke und lauschte dem Wind, der an den Fensterläden rüttelte. So ganz allein in Martjes Friesenhaus hätte es unheimlich sein können, doch für sie war das hier ein Zuhause. Sie fühlte sich sicher und voller Zuversicht.

Alea nestelte nach dem Handy, das auf dem Nachttisch lag, um den Wecker auszuschalten, den sie gestern Abend vorsichtshalber noch gestellt hatte. Es war acht Uhr, und sie hatte wunderbar geschlafen. Doch jetzt wartete ein arbeitsreicher Tag auf sie.

Kurz dachte sie an Christopher und stellte erstaunt fest, dass sie erleichtert war, heute kein kräftezehrendes Gespräch mit ihm führen zu müssen. Heute würde sie sich ganz der Manufaktur widmen und natürlich Martje besuchen.

Alea rappelte sich aus dem gemütlichen, warmen Bett auf, machte sich fertig und entschied, zu Martjes Lieblingsbäcker in Keitum zu fahren. Seelenbalsam-Brötchen für ihre Tante wären das Richtige.

Ein Blick aus dem Fenster zeigte, dass eine warme Jacke dringend notwendig war. Die Kiefern im Garten bogen sich im starken Wind, der vom Watt her wehte. Dunkelgraue Wolken zogen eilig über den Himmel und wirkten, als warteten sie nur darauf, ein geeignetes Plätzchen zu finden, um sich ihrer Wassermengen zu entledigen. Alea hatte Glück und kam noch trockenen Fußes zu ihrem Auto, ehe sich ein Regenguss über Braderup ergoss, der seinesgleichen suchte. Bei diesen Wassermengen würde sie nicht weit kommen. Die Scheibenwischer hatten bereits im Stehen mit der Beseitigung der Flutwellen zu kämpfen, die da vom Himmel kamen. Also wartete Alea ein paar Minuten, ehe sie den Motor startete, und lauschte dem Prasseln der dicken Regentropfen auf ihrem Autodach.

Es war Freitag. Die Manufaktur würde mindestens heute noch geschlossen bleiben. Sie musste zwar noch einiges vorbereiten, aber sie hatte Zeit und wusste außerdem, dass sich das Wetter auf Sylt genauso schnell wieder zum Positiven wendete, wie es sich verschlechterte. Als es nur noch ein wenig nieselte, fuhr Alea los.

Beim Bäcker angekommen, hatte sie Glück, und der Regen hatte sich ganz verzogen. Sie hastete im Slalom um die Pfützen zum Eingang der Bäckerei, wo sie vom köstlichen Duft frischer Backwaren empfangen wurde. Hinter dem Tresen unterhielten sich zwei Mitarbeiterinnen mit angenehm nordischen Dialekt, während sie eifrig Gebäckstücke in die Körbe füllten. Im Hintergrund spielte Weihnachtsmusik. Alea bestellte ihre Brötchen, bezahlte und steckte die Tüte ein. Dabei fiel ihr Blick auf einen Flyer für einen lebendigen Adventskalender, der in verschiedenen Orten der Insel stattfinden würde. Einzelne Stationen waren darauf eingetragen. Bestimmten Läden war ein Datum zugeordnet, an dem sie ihr Handwerk oder ihre Produkte ausstellen würden. Alea studierte die Liste, und als sie den Nikolaustag entdeckte, erschrak sie. An diesem Tag machte der lebendige Adventskalender halt im *Dünenglanz* in Braderup. So jedenfalls war der Plan. Alea war unsicher, ob sie diesen einhalten konnte. Die Verkäuferin deutete auf den Flyer in Aleas Händen. »Das sollten Sie sich nicht entgehen lassen, wenn Sie bis dahin noch auf der Insel sind«, erklärte sie.

Nachdenklich schaute Alea sie an und nickte.

»Es nehmen zauberhafte kleine Läden daran teil. Wir freuen uns alle schon drauf! Hat doch noch immer seinen Charme, wenn unsere Leute mit ihren Geschäften ihre Kunstwerke präsentieren. Besonders vor Weihnachten findet man da so viele nette Geschenkideen.« Sie winkte abwertend ab. »Zu den großen Ketten laufen und irgendeinen Standardkram kaufen kann ja jeder, wenn Sie mich fragen.«

Alea gefielen die Einstellung der Frau und die liebenswert direkte Art. Sie sprach mit diesem so vertrauten nordischen Dialekt, dem Alea gerne lauschte und der ihr schon immer vorgekommen war wie eine freundschaftliche Umarmung.

»Das sehe ich genauso. Eine wundervolle Idee! Schönen Tag noch für Sie!«

»Bis bald«, verabschiedete sie die Frau und widmete sich dem nächsten Kunden.

Während der Fahrt zum Krankenhaus klarte der Himmel auf, und das Wetter wurde freundlicher. Sogar ein paar Sonnenstrahlen setzten sich erfolgreich durch, und der Wind blies die restlichen dunklen Wolken stetig beiseite. Alea genoss die Fahrt über die Insel, ihren Herzensort, der so viele zauberhafte Plätze bot. Er gab ihr Energie.

Alea drehte die Musik lauter und schmetterte einen Song mit, bis sie am Krankenhaus auf den Parkplatz fuhr, sich die duftende Tüte mit den Brötchen schnappte und sich auf den Weg zu Martjes Zimmer machte.

»Leli, Liebes!« Freude sprach aus Martjes wachen Augen. »Wenn ich dich sehe, geht es mir gleich viel besser«, sagte sie lächelnd und rollte mit den Augen. Sie hob theatralisch den gesunden Arm wie ein Gewichtheber und küsste sich auf die Muskeln im Oberarm.

Alea lachte. »Du wirkst echt nicht, als seist du angeschlagen. Das freut mich sehr!«

»Jetzt zeig doch mal, was du da Feines mitgebracht hast«, drängelte Martje und richtete sich im Bett auf, dessen Kopfende hochgestellt war. Offenbar war diese Bewegung ein wenig zu schnell, denn Martje schloss für einen Moment die Augen und sog zischend die Luft ein.

Alea zog sich einen Stuhl an Martjes Bett. »Hey, alles okay?«

»Geht schon wieder. Ich liege hier einfach zu viel rum und bewege mich zu wenig.« Sie winkte ab, doch an ihrer fahrigen Motorik erkannte Alea, dass das nur die halbe Wahrheit war.

»Deine Lieblingsbrötchen«, erklärte Alea nun, um das Thema nicht zu vertiefen, und tippte auf die Tüte, die sie ihrer Tante hinhielt.

»Oh, wie wunderbar! Quarkbrötchen! Du kennst mich gut. Köstlich«, schwärmte sie. Martje zog ein Brötchen aus der Tüte, biss hinein und schloss genießerisch die Augen. Es war herrlich, zu sehen, wie Martje sich das süße Brötchen auf der Zunge zergehen ließ, als sei es ein Fünf-Sterne-Gericht in einem der schicken Restaurants auf der Insel.

»Ein Hochgenuss. Wird Zeit, dass ich hier rauskomme und endlich wieder nach Lust und Laune schlemmen kann.« Sie lachte. »Du bist ein Schatz, dass du extra zu meinem Lieblingsbäcker gefahren bist.«

»Gerne doch.« Alea lächelte. »Ich muss dich etwas fragen. In der Bäckerei hing ein Flyer zum lebendigen Adventskalender«, setzte Alea mit klopfendem Herzen an.

Martje hob gespielt drohend den Zeigefinger. »Wenn die mich bis dahin hier nicht rauslassen, dann türme ich.« Entschlossen schob sie die Unterlippe vor. »Das lasse ich mir nicht nehmen!«

Alea grinste, obwohl sie wusste, dass die Aussage ihrer Tante kein Scherz war.

»Martje«, setzte sie an, doch diese unterbrach sie direkt.

»Liebes, dieser Adventskalender ist das Highlight für die Gäste der Insel. Und für uns Sylter auch. Da können wir uns so richtig beweisen.«

»Das verstehe ich. Ich hab auf dem Flyer gelesen, wer alles dabei sein wird. Ich liebe ja auch diese kleinen Läden mit den zauberhaften Kostbarkeiten.«

»Ich weiß«, sagte Martje und senkte den Blick. »Du hattest schon immer einen Blick für das Besondere.« Sie schaute auf ihre Hände, in denen sie noch immer die Tüte hielt.

»Das habe ich wohl von dir geerbt. Apropos Besonderheiten: Deine Bestellungen habe ich ganz gut im Blick«, lenkte Alea das Gespräch auf ein anderes Thema.

»Das freut mich, Liebes.« Dankbar lächelte Martje.

»Für einige Kerzen werde ich den Herd anwerfen müssen und hoffe, dass ich deinem Standard gerecht werden kann.«

»Da mache ich mir keine Sorgen«, beruhigte ihre Tante sie.

»Und Nala? Hast du sie mal gesehen? Ich kann mir vorstellen, dass sie sich bei Felix auch sehr wohlfühlt.« Martjes Augen bekamen einen sanften Glanz, doch auch das verschmitzte Lächeln um Martjes Lippen bemerkte Alea sehr wohl.

»Ihr geht es wunderbar. Sie tobt mit Karl herum und wirkt happy.« Bewusst ging sie nicht weiter auf den sympathischen Hundesitter ein.

»Schön. Sie fehlt mir so!«

»Das verstehe ich. Ich hoffe sehr, dass du bald wieder bei ihr sein kannst.«

»Und ich erst.«

»Was sagen denn die Ärzte? Gibt es inzwischen eine Prognose, wie es weitergehen wird?«, wollte Alea wissen.

»Wenn es nach denen geht, bleibe ich wohl bis über Silvester hier. Wenn nicht sogar bis Ostern!« Martje schüttelte energisch den Kopf. »Das können sie aber vergessen! Wäre ich zwanzig Jahre jünger, hätte mir jeder nur den Tipp gegeben, mal die Brille zu überprüfen. Jetzt machen sie so ein Theater! Im Alter ist das nun mal so. Da ist nicht alles immer selbstverständlich, und es kommen diverse Sorgen hinzu. Das nehme ich in Kauf. Ich werde ja deshalb nicht jetzt schon in ein Heim ziehen und meine Manufaktur an den Nagel hängen. Nur für den Fall, dass ich womöglich irgendwann noch mal umkippe.« Martje schüttelte den Kopf und sagte das in ihrer so gewohnt liebevoll spöttischen Art. Alea konnte ihr ihre Sturheit kaum übel nehmen. »Nee, nee! Noch lebe ich, und mein Leben ist auch längst nicht vorbei!«

»Ach, Martje. Das sagt ja auch niemand.«

»Leli, die Manufaktur ist mein Ein und Alles. Am liebsten würden die es hier sehen, dass ich mich direkt zur Ruhe setze. Aber das käme einem kleinen Tod gleich. Das mache ich keinesfalls. Du weißt, dass mein *Dünenglanz* mich am Leben hält.« Sie schaute ihre

Nichte mit flehendem Blick an. »Vertrau mir, Leli. Und lass mich bitte nicht hängen.«

Noch bevor Alea antworten konnte, kam in diesem Moment ein Arzt in Begleitung der resoluten Schwester herein, die Alea bereits am ersten Tag kennengelernt hatte.

»Oh, guten Tag. Mein Name ist Brugger. Ich bin der behandelnde Arzt.«

»Alea Groneberg. Ich bin die Nichte von Frau Christiansen.«

»Es freut mich, dass wir uns kennenlernen. Frau Christiansen, ist es für Sie in Ordnung, wenn Ihre Nichte bei der Visite anwesend ist? Sie erwähnten, dass sie sich in nächster Zeit um Sie kümmern wird. Vielleicht ist es da tatsächlich ganz gut, wenn auch sie hört, was der Stand der Dinge ist.«

»Natürlich, sie darf alles hören«, bekräftigte Martje und warf Alea einen durchdringenden Blick zu, der die unbedingte Bitte zu enthalten schien, jetzt bloß nichts Falsches zu sagen.

»Aktuell erfordern die Werte, die auf eine mögliche Herzschwäche hindeuten, eine weitere Beobachtung. Der Wert, der angibt, inwiefern eine Schwäche vorliegt, liegt im Grenzbereich. Hier müssen wir weitere Untersuchungen anschließen, um kein Risiko einzugehen. Daher würden wir Frau Christiansen gerne auf jeden Fall noch über das Wochenende hierbehalten.«

Alea hörte aufmerksam zu und tat so, als bemerke sie Martjes grimmigen Gesichtsausdruck nicht.

»Ich will mich hinsichtlich Frau Christiansens Kreislauf noch bei einem Kollegen absichern, der auch die Gefäße im Kopf checkt. Mit einer Herz-Kreislauf-Erkrankung oder Durchblutungsstörungen im Gehirn wäre, erst recht in ihrem Alter, nicht zu spaßen. Wenn sich da eine Diagnose bestätigt, muss diese medikamentös behandelt werden.

Für den Arm werden wir eine Reha verschreiben, die ambulant

durchgeführt werden kann. Der Arm heilt, aber Sie *müssen* auf die Bremse treten, auch, wenn wir nach dem Wochenende aufgrund besserer Werte Entwarnung geben dürfen und Sie dann auch zügig nach Hause entlassen können.«

Mit der Aussicht, das Krankenhaus in absehbarer Zeit verlassen zu dürfen, war Martje schon deutlich besser gelaunt, als Dr. Brugger das Zimmer wieder verließ.

Einem Impuls folgend, nahm Alea ihre kleine, zarte Tante in den Arm. Martjes Schultern entspannten sich, und Alea lächelte zufrieden.

»Was sagt denn nun eigentlich dein Christopher dazu, dass du dich hier noch länger um die alte Tante kümmern willst?« Martjes Stimme klang dünn, und sosehr sie sich auch darum bemühte, Alea nicht zu belasten, so schwang doch mit, wie schwer ihr fiel, was sie sagte. »Ich möchte keinesfalls, dass du meinetwegen Ärger hast, Liebes.«

»Das weiß ich. Aber das Gegenteil ist der Fall. Ich könnte nicht dankbarer sein, hier noch länger gebraucht zu werden«, gestand Alea und erntete ein empörtes Schnauben von Martje.

»Also wärest du ganz froh, wenn man mich hier weiterhin festhalten würde?«

»Nein, so habe ich das nicht gemeint. Aber auch wenn du hier rausdarfst, wirst du meine Hilfe noch eine Weile brauchen.« Alea machte eine kurze Pause. »Aber nicht nur deshalb bin ich froh, vorerst hier sein zu dürfen.«

»Aha?« Martje klang überrascht. Alea überlegte, wie sie ihr die Situation schildern konnte, ohne dass sie sich die Schuld für Christophers Verhalten gab.

»Christopher ist derzeit ein bisschen schräg drauf«, setzte Alea an. Martje machte zustimmende Laute und schaute sie nachdenklich an. »Das klingt nach einer Krise.«

»Ach, ja. Vielleicht«, druckste Alea herum.

»Und ich bin schuld«, bemerkte Martje genau das, was Alea nicht wollte.

»Keinesfalls! Wenn er sich ärgert, dass ich dir helfe, dann soll er bleiben, wo der Pfeffer wächst. Und wenn ich ehrlich bin, ist das, was zwischen uns ist, kaum mehr eine Krise. Eher ist es längst das Ende.«

»Ihr habt euch getrennt?« Martjes Stimme klang entsetzt.

Alea schluckte, denn aus dem Mund ihrer Tante hörte es sich noch einmal heftiger an als in ihren Gedanken. »Es sieht ganz danach aus, ja. Aber bitte versprich mir, dass das allein mein Problem bleibt und du dir keine Gedanken dazu machst, okay?«

»Ich kann nichts versprechen, was ich nicht halten kann«, gab Martje ungehalten zu.

»Du bist unverbesserlich«, murmelte Alea und musste lächeln. »Ganz aus heiterem Himmel kommt das alles nicht. Du weißt ja, dass der Haussegen viele Monate lang schon schief hing bei uns.« Alea hob matt die Schultern. »Ich denke, es ist richtig so. Trotzdem stürze ich mich jetzt erst mal in die Arbeit. Das macht mir Spaß und lenkt mich von meinem zickigen Ex-Freund ab«, sagte sie, und um das Thema endgültig zu wechseln: »Wollen wir nicht noch eine Runde vor die Tür gehen? Der Arzt hat gesagt, mäßige Bewegung und ein wenig frische Luft werden dir guttun.«

Martje stimmte begeistert zu, und so traten sie wenig später dick verpackt in Jacken, Schals und Mützen in die Außenanlagen des Klinikgeländes.

»Oh, wie mir das fehlt! Ich kann es kaum erwarten, das Meer nicht nur in der Ferne rauschen zu hören, sondern endlich wieder mit meiner kleinen Nala daran entlangzuspazieren. Und mit dir, Leli!« Sie griff mit beiden Händen nach Aleas Hand und drückte sie sanft.

»Das glaube ich. So, wie es aussieht, rückt das ja in greifbare Nähe. Vielleicht können wir am Wochenende sogar schon einen kurzen Ausflug an den Klinikstrand machen.«

»Du bist so stark. Nimm dir Zeit für dich«, sagte Martje. »Sylt wird dir helfen. Du musst nicht in jeder freien Minute zu mir kommen. Fahr lieber in der Pause mal zum Strand oder geh zum Watt runter.«

»Das mache ich ganz bestimmt. Und wir telefonieren auf jeden Fall.«

Es war so windig, dass Martje kalt wurde. Die Jacke, die sie dabeihatte, war einfach zu dünn. Sie machten schon nach wenigen Minuten kehrt, und Alea begleitete ihre Tante noch auf ihr Zimmer.

Alea legte ihr ein Buch auf den Nachttisch.

»Mach dir bitte keinen Kopf wegen der Kerzenwerkstatt. Was liegen bleiben muss, bleibt liegen. Das regeln wir hinterher gemeinsam.«

»Ich schaue, dass ich die Bestellungen schon fertigstelle, soweit ich das kann.« Dann dachte Alea an den Adventskalender. »Was genau hattest du denn für den Adventskalender geplant?«, wagte sie einen Versuch, noch einmal das Gespräch in diese Richtung zu lenken.

»Das hat doch noch Zeit«, winkte Martje ab. »Da bin ich längst wieder da.«

Alea verkniff sich einen Kommentar. Sie war nicht der Meinung, dass ihre Tante am Nikolaustag wieder voll im Einsatz sein könnte. Es war keine Woche mehr bis dahin und damit bei Weitem nicht ausreichend Zeit für eine vollständige Genesung.

Martje bemerkte Aleas Zögern. »Ich hab im Lager schon ’ne ganze Menge vorbereitet und mir ein paar feine Dinge ausgedacht. Wenn du magst, wirf da doch mal einen Blick drauf.«

»Da bin ich gespannt«, freute sich Alea. »Ich mache mich mal auf den Weg«, erklärte sie, stand auf, umarmte ihre Tante, und diese nickte.

»Danke, Alea.«

»Gerne, Tantchen. Und du überlegst, was du hier noch brauchst, damit ich es dir morgen mitbringen kann.«

»Bisher habe ich alles da. Für die paar Tage noch.« Verschwörerisch schmunzelte Martje und winkte ab. Alea schüttelte den Kopf.

»Bis später, Leli. Und versuch wirklich, mal abzuschalten.«

»Versprochen.«

Kapitel 7

Auf dem Weg zurück nach Braderup setzte Alea kurzerhand den Blinker und fuhr zur Westseite der Insel, nach Kampen. Sturm war aufgezogen, und es sah aus, als regne es bald. Sicher war es leer am Strand.

Das war genau das, was sie jetzt brauchte: ein weiter Strandabschnitt, Brandung, Wind, Wellen, laufen und sich den Kopf frei pusten lassen, ohne vielen Menschen zu begegnen. Die Anspannung auf das Meer hinauszurufen und zu fühlen, wie langsam wieder Platz im Kopf frei und klare Gedanken möglich wurden, würde ihr guttun. So würde sie die Ruhe wiederfinden, die sie jetzt brauchte. Allein beim Gedanken an die Atmosphäre dort beruhigte sich Aleas Puls, und sie realisierte, wie es dieser Insel mit all ihren Besonderheiten immer wieder gelang, sie zu beruhigen.

Schon viel zufriedener lenkte Alea ihren Wagen zu einem der Parkplätze, wickelte ihren Schal enger um den Hals, klappte den Kragen ihrer Jacke hoch und stieg aus. Sofort zerrte der Wind an der Autotür. Schnell schloss sie sie, verriegelte das Auto und stapfte, leicht gegen den starken Wind gelehnt, den Weg entlang über die Dünen. Weiter ging es auf einem Holzsteg. Auf einer Aussichtsplattform hielt sie kurz inne und blickte über den Strand. Sie schloss für einen Moment die Augen. Dann lief sie hinunter. Alea genoss, trotz der schwierigen Witterungsverhältnisse, diesen Spaziergang.

Nach ein paar Hundert Metern blieb sie stehen und atmete tief. Dunkelgrau und aufbrausend lag das Meer vor ihr, und die Wellen schlugen kräftig und unnachgiebig an den Strand. Es gab bereits eine hohe Abbruchkante. Alea konnte sich beim Anblick der rauen See gut vorstellen, mit welcher Macht sich das Wasser Jahr für Jahr weiter in das schmale Eiland fraß.

Sie bedauerte, dass es so war. Andererseits war dieses Umgebensein vom Meer das, was diese Insel ausmachte. Sie bot dem Gast auf der einen Seite Ruhe, aber hier auch das Tosen. Sylt präsentierte Weite, wann immer man diese brauchte, deren Atmosphäre jedoch am offenen Meer im kompletten Gegensatz zu der Stille auf der Wattseite stand.

Die Arme vor der Brust verschränkt, lief Alea in Richtung der Wasserkante und weiter gen Norden. Sie war geladen vor lauter Emotionen. Es fühlte sich an, als habe sie Energie, einmal bis zum Ellenbogen zu laufen, wo die Strömung des Wassers von der Westseite auf die der Wattseite im Osten der Insel traf und einen Wasserstrudel bildete. Darin würde sie all ihre Grübeleien versenken.

Der Wind blies immer stärker und zerrte an jedem der düsteren Grübelgedanken in ihrem Kopf, bis sie sich lösten. Was blieb, war das Nachhallen der Worte des Arztes. Martje brauchte Hilfe und vor allem Unterstützung in der Manufaktur. Alea wusste, dass Martje das nicht hören wollte und es sich vermutlich auch nicht mal so eben leisten konnte.

Martje war immer in dem Haus wohnen geblieben, welches im Unterhalt viel Geld kostete. Sie hatte Alea einmal anvertraut, dass jegliche Gewinne aus der Manufaktur in Instandhaltungen und die Pflege des Hauses flossen. Denn damit war nicht nur ihr Laden stets in einem guten Zustand, und das Geschäft konnte weitergehen, sondern auch ihr Zuhause war gesichert. Martje war bescheiden und kam gut über die Runden. Die Frage, wie weiteres Personal eingeplant werden konnte, würde eine Schwierigkeit darstellen. Sowohl finanzieller als auch emotionaler Art, denn bisher hatte Martje immer alles selbst in der Hand gehabt.

Das Vibrieren ihres Handys in der Jackentasche riss Alea aus ihren Gedanken. Mit klammen Fingern zog sie es heraus und zögerte einen Moment, als sie Christophers Namen auf dem Display sah. Das Netz war hier am Strand schwach und fiel immer wieder aus. Trotzdem nahm sie das Telefonat an und meldete sich verhalten. Sie konnte ihn am anderen Ende der Leitung kaum verstehen und musste selbst gegen den Wind anschreien.

»Ich bin grad am Strand, Christopher. Hier ist die Verbindung zu schlecht«, rief sie in einem kurzen stabilen Moment ins Telefon. »Ich melde mich, wenn ich wieder im Warmen bin, okay?«

»Alea?« Offenbar konnte er sie kaum verstehen. »Wir müssen reden. Es muss dann ja einiges organisiert werden. Ich glaube kaum, dass eine weitere Zusammenarbeit in der Firma möglich ist.« Knarzen erklang. »Also wie gesagt. Es ist dringend! Ich denke, da sind wir uns einig.« Dann legte er einfach auf.

Alea versuchte, den Kloß aus Wut und Ärger herunterzuschlucken, und steckte ihr Handy energisch in die Tasche. »Wie kaltherzig kann man sein«, schimpfte sie und lief weiter an der Meerkante entlang. »Mann!« Sie griff nach einem Stein, der im Sand lag, und schleuderte ihn, so weit sie konnte, ins Wasser. Es folgten weitere, begleitet von Flüchen.

Dann schaute sich Alea einmal um, ob jemand in der Nähe war. Sie spürte, dass die Wut so groß war, dass sie rausmusste aus ihrer Brust, bevor sie innerlich explodieren würde. Und als sie weit und breit keinen Menschen sehen konnte, schrie sie all ihren Zorn raus aufs Meer. Sie merkte, wie ihre Stimmbänder bebten.

Ihr Hals fühlte sich wund an, als ihr langsam die Puste ausging und sie wieder zur Ruhe kam.

Ihre Atmung war schnell und angestrengt, wie nach einem Lauf. Doch in ihrer Brust fühlte es sich wieder freier an. Mit nun besserer Laune setzte sie ihren Weg fort. Alea lief weiter und lauschte dem Rauschen des Meeres. Sie spürte den Wind, der ihr Haar in alle Richtungen zerzauste, und fing hier und da kleine Sonnenstrahlen ein, die den Weg durch die Wolken gemeistert hatten. Der Himmel zeigte eine Palette unterschiedlicher Grau- und Blautöne, die eine Vielfalt bot, die Alea nur dem Himmel über Sylt zutraute.

Und immer wieder gelangten goldene Strahlen auf den hellen Sand, was ein wunderbares Schauspiel war. Wie Spots auf einer Theaterbühne, deren Licht über das Stück flog. Hier sorgte einzig der Wind für die Bewegung. Sonst herrschte eine unaufgeregte Ruhe. Das war die Winterinsel-Stimmung, die sie so schätzte. So, wie auch in den Dörfern und Restaurants alles gemütlicher vor sich ging als zu den Hochzeiten des Tourismus im Sommer.

Alea drehte irgendwann ab und ging den Weg zurück. Sie war ziemlich durchgefroren. In einiger Entfernung, in Höhe des Bohlenweges, sah sie eine Frau, die wie sie aufs Meer schaute. Plötzlich hörte Alea einen ebenso markerschütternden Schrei, der ganz offensichtlich von der Frau kam. Diese breitete die Arme aus, ließ ihr Cape und ihre langen, blonden Haare im Wind wehen und wirkte, aus der Ferne betrachtet, ähnlich erleichtert wie Alea, als sie verstummte und das Tuch wieder um sich schlug.

Alea blieb stehen, wollte der Frau nicht die Intimität dieses Moments nehmen und lief erst weiter, als die Frau über den Dünenkamm verschwunden war. Obwohl sie die Frau nur aus der Ferne gesehen und sie kein Wort gewechselt hatten, spürte sie eine unerklärliche Verbundenheit gegenüber dieser Person, die ebenso ihr Seelenheil in dieser überwältigenden Natur suchte. Auch wenn der Wind scharf blies und das Gehen durch den Sand an einigen Stellen anstrengend war, hatte der Spaziergang seine wohltuende Wirkung entfaltet, und mit einem weitaus weniger gedankenschweren Kopf lief Alea zurück zu ihrem Auto.

Kaum saß sie im Innern, meldete ihr Smartphone eine eingehende Nachricht. Genervt und in der Erwartung, dass sie von Christopher kam, entsperrte Alea das Display und war überrascht, Felix' Namen als Absender zu lesen.

Lust auf ein Mittagessen? Ich könnte dich um 13 Uhr abholen. Karl, Nala und ich würden uns freuen.

Alea spürte, wie ihr Herz einen kleinen Hüpfer machte, als sie diese Einladung las. Sie schaute in den Rückspiegel und sah, dass ein kleiner Rotschimmer auf ihren Wangen erschienen war.

»Das muss die Kälte sein«, murmelte Alea, legte die Handflächen an ihr Gesicht und grinste ihr Spiegelbild verschwörerisch an.

Ich freue mich und bin um 13 Uhr startklar.

Sie tippte die Nachricht mit klammen Fingern und rieb sich dann die Hände vor der laufenden Lüftung des Wagens. Langsam wurde ihr wieder warm, und mit fröhlicher Miene fuhr sie nach Braderup. Eigentlich hatte sie ein wenig in der Kerzenmanufaktur arbeiten wollen. Die Aussicht auf ein Essen mit Felix erschien ihr jedoch so verlockend, dass sie die Arbeit auf den Nachmittag verschob. Das Telefonat mit Christopher konnte ohnehin warten.

In Martjes Haus angekommen, machte sich Alea einen heißen Tee. In ihrem Magen breitete sich ein flaues Gefühl aus. Sie war aufgeregt. Auch wenn sie darüber selbst ein wenig schmunzeln musste, machte das Date mit Felix sie nervös. Einerseits hatte so eine lockere Verabredung zum Essen ja nicht viel zu bedeuten. Andererseits wunderte sie sich schon, dass er sich mit ihr traf, wo es doch Zeichen dafür gab, dass er Weihnachten hier auf Sylt nicht allein verbringen würde. Möglich, dass er einfach nur interessiert daran war, zu erfahren, wie es Martje ging.

Während Alea den Tee ziehen ließ und der süße Duft nach Vanille und Sahne sich im Raum ausbreitete, machte sie sich vor dem Koffer ein Bild davon, was sie anziehen könnte, und fand ein Outfit. Dabei überlegte sie, was sie Felix auf die Frage, wie es mit Martje weitergehen würde, antworten sollte.

Vermutlich würde es genügen, wenn sie ihm versicherte, dass sie vorerst auf Sylt bleiben und Martje, was auch immer als Nächstes geschah, unter die Arme greifen würde. Sobald sie sich richtig in der Manufaktur eingearbeitet hatte, würde sie sich auch um Nala kümmern können, jetzt, da ihr Freund offenbar endgültig einen Schlussstrich unter ihre Beziehung und ihr bisheriges Leben zog und sie nicht nur Single und arbeitslos, sondern gewissermaßen heimatlos war.

Auch wenn sie wusste, dass Martje ihr zu jeder Zeit diese Heimat bieten würde, überkam sie mit einem Mal eine Panik. Angst davor, dass es Martje doch schlechter ging, Sorge vor dem, was kam, und das elendige Gefühl, sich beinahe in eine Zukunft mit einem Mann verrannt zu haben, der sich in dem Moment, wo sie ihn eigentlich brauchte, so herzlos zeigte.

Aleas Wangen glühten feuerrot. Und verzweifelt bemerkte sie, dass ihre Augen feucht wurden. Wie so oft kamen ihr die Tränen, wenn sie emotional neben der Spur war. Das konnte sie kaum steuern. So leider auch jetzt. Es war einfach zu viel auf einmal los bei ihr. In diesem Moment sah sie, dass ein Auto vor dem Haus vorfuhr. Anscheinend war Felix schon da.

»Mist!« Hektisch wischte Alea sich die Tränen aus den Augen und warf noch einen Blick in den Spiegel, der sie leider kaum beruhigte, denn ihr war ohne Zweifel anzusehen, dass sie geweint hatte. Nicht zuletzt die roten Flecken am Hals taten ihr Übriges.

Felix war ein paar Minuten zu früh da und wartete diskret. Alea lugte durch das kleine Fenster neben der Tür und sah, dass er ausgestiegen war und, angelehnt an sein Auto, auf sein Telefon schaute.

Alea sammelte sich kurz, stellte den Ton ihres Handys aus und warf sich eine Jacke über.

Dann trat sie zur Tür, atmete tief und öffnete sie.

»Hey, Alea!« Felix strahlte sie an und kam ihr entgegen, doch da verdunkelte sich seine Miene schlagartig. »Was ist los? Ist etwas mit Martje? Geht es ihr schlechter?«

»Was? Oh! Nein!« Hektisch schüttelte Alea den Kopf. »Es ist alles gut. Also halbwegs. Zumindest nicht schlechter. Im Gegenteil! Sie wollen sie sogar eventuell bald entlassen.«

»Ach?«

»Ja, ich bin wirklich zuversichtlich.«

Felix blickte sie von der Seite an, wandte den Blick dann wieder ab. Sie gingen auf sein Auto zu. Felix trat zur Beifahrertür und öffnete sie. Dann deutete er ihr an, Platz zu nehmen.

»Danke!« Er ging um das Auto herum zum Fahrersitz und stieg ebenso ein. Alea nutzte die Zeit, um sich eine Antwort zu überlegen auf seine Frage.

»Es sieht so aus, als sei dir ziemlich zum Weinen zumute. Das wirkt auf mich nicht gerade zuversichtlich?« Nun war sein Blick fürsorglich.

»Nein, das hat nichts mit Martje zu tun.« Sie seufzte. Da fiel Alea ein, dass sie bisher gar keinen Hund im Auto entdeckt hatte.

»Wo hast du denn deine beiden Securitys gelassen?«, wich sie dem Thema aus.

Felix lachte leise. »Sie wollten dich unbedingt auch sehen. Aber dann habe ich vorgeschlagen, dass sie sich eine nette Zeit zu zweit machen und wir sie mal ganz allein und in Ruhe lassen. Die sollen sich auch mal so richtig ungestört kennenlernen, finde ich.«

»Verstehe. Wie selbstlos von dir!« Alea grinste.

»Ich habe ihnen versprochen, dass wir es uns dann ein andermal zu viert gemütlich machen. Wenn du auch Lust hast, selbstverständlich.«

»Gemütlich klingt wunderbar.« Aleas Puls schnellte in die Höhe, denn das hier war ganz eindeutig ein Flirt.

Felix lenkte den Wagen aus dem Ort hinaus in Richtung Munkmarsch.

»Kennst du das kleine Restaurant in Munkmarsch direkt am Hafen?«

»Ich liebe es«, sagte Alea.

»Perfekt!«

Sie fuhren die Straße entlang, und im Radio lief leise Klaviermusik. Alea mochte diese Art von Musik, und für einen Moment drifteten ihre Gedanken ab in ihre Kindheit. Ihre Eltern waren zwar ständig unterwegs gewesen, jedoch erinnerte sich Alea daran, dass immer dann, wenn sie mal zu Hause gewesen waren, genau solche Töne durch ihre schicke Wohnung in Hamburg gezogen waren.

Ihr Vater besaß einen Flügel, und wenn er daran gespielt hatte, hatte Alea sich ganz leise ins Wohnzimmer geschlichen und seinem Spiel gelauscht. Er war immer so in die Stücke vertieft gewesen, dass er sie als Zuhörerin meist gar nicht bemerkt hatte. Aber das hatte sie auch nicht gewollt, denn dann hätte er aufgehört zu musizieren und sie zu sich auf den Hocker geholt und versucht, ihren kleinen Fingern die Tastenkombinationen beizubringen.

Sie liebte nur das Zuhören, selbst hatte sie kein Talent.

Sie hatte dann auf dem großen weißen Sofa hinter der Lehne gekauert und leise die Melodie mitgesummt. Manchmal hatte sie Texte gedichtet, die sie wie einen Song im Kopf zu den Takten sang, die ihr Vater spielte. Nie hatte sie sich aber getraut, die Worte in seiner Gegenwart laut zu formen. Sie erinnerte sich daran, dass es nur eine Person gab, mit der sie lauthals gesungen hatte, ohne sich dabei komisch zu fühlen. Das war Martje. Wenn sie früher gemeinsam in der Küche gestanden und dort Kerzen gezaubert hatten, war aus einem leisen Summen von Weihnachtsmelodien irgendwann ein lautes Singen geworden. Martje hatte jedes Mal begeistert eingestimmt.

Alea hatte das Singen bei der Arbeit entspannt und umgekehrt. Sie hatte sich bei der kreativen Tätigkeit, die sie so sehr liebte, befreit gefühlt. Und die Töne und Worte waren nur so aus ihr herausgesprudelt. Alea sah Martje und sie in Schürzen durch die Kerzenwerkstatt tanzen und schmunzelte darüber. So hatte sich Glück für sie angefühlt.

»Wo bist du denn?«

»Wie bitte?« Felix' Frage riss Alea aus ihren Gedanken. »Entschuldige. Deine Musik hat mich an früher erinnert. An meinen Vater an seinem Klavier.«

»Ist das jetzt so was wie ein Hinweis darauf, dass mein Geschmack extrem altmodisch ist?« Felix grinste Alea schief von der Seite an. »Ohne damit deinem Vater unbekannterweise zu nahe treten zu wollen.«

»Oh, nein!« Sie lachte. »Überhaupt nicht. Ich mochte es sehr, wenn er gespielt hat.«

Felix strich sich mit einer theatralischen Geste den imaginären Schweiß von der Stirn. »Glück gehabt! Und ich hatte kurz Angst, mich direkt disqualifiziert zu haben.« Er zuckte die Schultern. »Aber ich höre das tatsächlich gerne.«

»Ich auch. Schon immer.«

»Alles in Ordnung, Alea? Du wirkst bedrückt heute.« Felix' Blick von der Seite war liebevoll. Alea schluckte gerührt.

»Ach, es geht«, antwortete sie und machte eine Pause.

»Du musst mir nichts erzählen. Nur, wenn es dir guttut, will ich, dass du weißt, dass ich ziemlich gut zuhören kann. Wenn dir Ablenkung lieber ist, auch gut! Dann sag ich für heute nichts mehr dazu.«

»Danke, Felix«, sagte Alea.

Er schaute sie an, nickte kurz, lächelte dann und bog ab in Richtung des Restaurants. »Jetzt essen wir lecker und genießen erst mal was für die Seele.«

»Das klingt wunderbar!« Alea lachte.

Gemeinsam betraten sie das Lokal, das direkt am Wasser, mit Blick über das Watt vor Munkmarsch, dem Nachbarort von Braderup, lag. Der Duft von Bratkartoffeln und Butter zog Alea in die Nase, und die Vorfreude auf ein leckeres Mittagessen war geweckt.

Ein Mann in legerer Kleidung kam direkt auf sie zu.

»Moin! Schön, dass ihr da seid!« Er lächelte warmherzig und deutete auf einen Tisch am Fenster. »Euer Platz! Mit dem allerfeinsten Ausblick!«

Zuvorkommend rückte er Alea den Stuhl zurecht, und diese Geste wirkte in dieser so lockeren Kneipenatmosphäre direkt rührend.

»Danke«, sagte Alea, und Felix nahm ihr gegenüber Platz.

»Darf es schon was zu trinken sein?«

»Ich hätte gerne ein Wasser«, erklärte Alea, und Felix bestellte sich ein Alster.

Sie schauten in die Karte, die aus einer von Hand beschriebenen Schiefertafel bestand, und Alea fand sofort ein Gericht, welches sie bestellen wollte.

»Ich nehme den Lachs mit Bratkartoffeln«, erklärte sie, und Felix grinste.

»Genau meine Wahl!«

Die Getränke kamen, und schon bevor Felix seinen Wunsch äußerte, wusste der Mann, was sein Gast bestellen wollte.

»Für mich dasselbe«, sagte Alea, und der Kellner nickte und verschwand in der Küche. Es waren noch ein paar weitere Tische besetzt in dem kleinen Raum, und die Stimmung war entspannt und locker. Die Leute, die hierherkamen, kannten sich. Alles wirkte vertraut freundschaftlich. Offenbar waren viele Insulaner hier. Eine Frau zwei Tische weiter lachte so herzerfrischend über die Späße ihres Gegenübers, dass auch Alea und Felix sich ein Schmunzeln nicht verkneifen konnten, ohne zu wissen, worum es ging.

»Wie schön, dass du wieder lachen kannst«, sagte Felix. »Ich hab mir vorhin echt Sorgen gemacht.«

Alea spürte, wie sie leicht errötete, und nickte. »Entschuldige, als du kamst, war ich grad ein wenig neben der Spur.« Sie überlegte, wie sie ihm die verheulten Augen erklären konnte, ohne dass es so klang, als benötige sie Mitleid. Auch hielt sie Ärger über ihren Ex-Freund nicht für das beste Thema für ihr Date.

»Du musst dich für gar nichts entschuldigen. Eher ich, weil ich mich einfach so mit meinem Essen aufgedrängt habe.«

»Ach, Quatsch! Nein! Ich habe mich doch gefreut! Es ist nur grad alles ein wenig turbulent bei mir.«

»Das tut mir leid.«

»Aber Martje ist, zumindest in ihren eigenen Augen, auf einem guten Wege.«

»Das klingt schon mal beruhigend. «

»Ja ...« Alea senkte den Blick und presste angestrengt die Lippen aufeinander.

»Aber?«, hakte Felix nach.

Alea hob nachdenklich die Augenbrauen und atmete tief. »So gerne ich hier bin und mich um Martje und die Manufaktur kümmern will. Es ist eine Herausforderung, mal eben sein Leben umzustellen.«

»Verständlich.«

»Andererseits steht es für mich gar nicht zur Debatte, ob ich für Martje da sein will.« Energisch schüttelte Alea den Kopf. »Und eigentlich ist es auch nicht das, was mein Leben gerade umkrempelt.«

»Hast du denn schon einen Plan, wie das aussehen könnte? Das Für-sie-da-Sein.« Über den zweiten Teil ihrer Aussage ging er diskret hinweg, schien zu spüren, dass sie darüber jetzt nicht reden wollte.

Alea zog die Schultern hoch und ließ sie langsam wieder sinken. »Nein. Aktuell befinde ich mich noch im Stadium der Schockstarre.«

Felix lächelte liebevoll. »Dafür machst du einen erstaunlich guten Eindruck. Jetzt wieder zumindest.«

»Ich möchte Martje unbedingt helfen. Allein deshalb finde ich eine Lösung. Nur, dass der Arzt sagte, langfristig muss eine Unterstützung für Martje im Laden her, weil sie unbedingt auf die Bremse treten muss, das macht mir Bauchweh. Bisher gab es niemanden, der sie im *Dünenglanz* unterstützt hat. Da ist Martje ein wenig eigen.« Alea schüttelte kurz den Kopf, selbst erstaunt darüber, wie offen und frei sie mit Felix über das Thema sprach. »Jetzt lass uns aber das Essen genießen. Diese ganzen Sorgen können warten.« Die Speisen kamen und schmeckten beiden köstlich. »Es war eine hervorragende Idee, hierherzugehen. Danke dir«, freute sich Alea.

»Schön! So habe ich es mir gewünscht. Was steht denn heute bei dir noch an?«

»Ich muss ein paar Kundenbestellungen fertig machen. Manche stehen schon bereit, für andere muss ich wohl sogar noch einige Kerzen ziehen.«

»Oh, okay.«

»Ja, da bin ich auch ein bisschen aufgeregt. Es ist einige Zeit her, dass ich das letzte Mal am Herd stand. Ich habe das zwar immer gerne gemacht. Aber es ist schon eine andere Nummer, wenn es für Kunden ist und noch dazu Martje nicht hinter mir steht und im Zweifel einspringen kann.«

»Du schaffst das. Da bin ich mir ganz sicher.« Seine Aufmunterung tat Alea gut.

»Kann ich dir irgendwie helfen?« Er hob die Handflächen. »Vielleicht ist irgendwas noch einzukaufen oder zu transportieren, wobei ich dich entlasten kann oder so.«

Gerührt lächelte Alea. »Wie lieb, danke! Du hilfst mir mit Nala schon genug! Ich schaue mir mal alles an, und wenn ich nicht weiterweiß, komme ich auf dich zu.« Dann fiel ihr der Adventskalender ein. »Es wird sich sicher erst im Alltag in der Manufaktur zeigen, was Martje da Tag für Tag leistet. Außerdem ist Martjes *Dünenglanz* wohl am Nikolaustag hinter dem lebendigen Adventskalendertürchen. Kennst du den?«

Felix verneinte, und Alea berichtete ihm davon. »Klingt aber nach einer schönen Sache.«

»Das finde ich auch. Ich hätte es ja eher abgesagt, aber dann hätte sich Martje womöglich noch kurzerhand sofort selbst entlassen. Es bleibt mir also keine Möglichkeit, als die Sache in die Hand zu nehmen. Na ja, und da hätte ich tatsächlich eine Aufgabe zu vergeben: Wir suchen noch einen Nikolaus ...« Alea lachte, als sie Felix' überraschten Gesichtsausdruck sah.

»Okay! Ich lasse es mir durch den Kopf gehen!« Felix grinste. »Ich höre da heraus, dass du aktuell wirklich genug um die Ohren hast. Umso mehr schätze ich, dass du dir Zeit für unser Essen genommen hast.«

»Danke. Ich freue mich ja auch und möchte auch nicht den ganzen Tag nur am Herd stehen und Kerzen zaubern. Wie sieht dein Tag heute noch aus?«

»Ich wollte die Sonnenstrahlen, die am Nachmittag angekündigt sind, nutzen und mit einem Bekannten ein Probevideo von Nala, Karl und dem neuen Spielzeug drehen.«

»Wie schön! Ich bin gespannt. Ja, das Wetter bietet sich an.«

»Außerdem habe ich für die Arbeit noch ein paar andere Dinge zu erledigen. Da eignen sich Wintertage manchmal ganz gut für. Es ist früh dunkel, und kaum etwas lockt einen in den Abendstunden heraus.«

Alea nickte. Noch immer klang es so, als sei er allein auf Sylt. Alea war gespannt, ob sie bald mehr erfahren würde. Und gleichzeitig war ihr auch bewusst, dass es sie im Prinzip ja gar nichts anging. Zu gerne hätte Alea noch stundenlang mit Felix im Restaurant gesessen, so viel wollte sie über den sympathischen Mann erfahren. Aber sie musste heute auch unbedingt noch etwas in der Kerzenmanufaktur schaffen. Wenn sie morgen bereits eröffnen wollte, war heute noch genug zu tun.

Außerdem wollte Felix ja seine Aufnahmen machen und war dafür verabredet. Felix zahlte, Alea bedankte sich, und sie verließen das Lokal. Am Fuße der Treppe angekommen, deutete Felix in Richtung des Ortes und eines kleinen Sandstrands. Schiffe lagen im Hafen. Aus der Bootshalle hörte man geschäftiges Hämmern.

»Hier bin ich auch oft zum Sonnenaufgang. Der Hafen auf der linken Seite und etliche Vögel, die hier auf Fisch lauern, bieten eine besondere Kulisse am Morgen«, erklärte er. »Das Licht, die Stille – bis auf das Kreischen der Möwen –, herrlich!«

»Das stimmt. Ein schöner Ort! Vielleicht komme ich auch einmal hierher, wenn ich früh unterwegs bin.«

»Es lohnt sich. Wobei Braderup da ja ohne Weiteres mithalten kann. Dort ist es einfach unvergleichlich ruhig und ursprünglich. Das mag ich besonders gerne an diesem Dorf. Wenn man am Watt steht, hört man kaum die Straße. Das ist hier anders.« Felix legte seine Hand sanft auf Aleas Rücken, und diese ganz leichte Berührung sorgte für ein Kribbeln unter Aleas Haut, was sich angenehm neu und aufregend anfühlte. Scheu senkte sie den Blick, weil sie Angst hatte, ihre Augen würden Felix mehr verraten, als sie sollten. »Lass uns starten.«

Sie fuhren zurück, und Alea hatte den Eindruck, dass irgendwas sich verändert hatte. Felix wirkte nervös, fast nachdenklich, als sei er längst nicht mehr so locker wie eben noch beim Essen. Dafür, sich zu erkundigen, ob alles in Ordnung war, schien es Alea aber zu früh. Stand ihr das zu? Er schien sich solche Gedanken nicht zu machen, schließlich hatte er ihr vorhin eine ähnliche Frage gestellt. Ihr kam es aufdringlich vor, jetzt nachzuhaken, weil ihr Eindruck ja nur ein Gefühl war. Sie hatte schließlich geweint, und es wäre auch ungewöhnlich gewesen, wäre er komplett darüber hinweggegangen.

Als kurz vor der Ortseinfahrt sein Handy klingelte, das an die Freisprecheinrichtung des Autos gekoppelt war, lehnte er den Anruf ab. »Da kann ich zurückrufen«, sagte er nur, und sein Lächeln war schief. Sie hielten an und stiegen aus.

»Felix, ich hoffe, bis bald. Vielen Dank!« Alea lächelte unsicher.

»Gerne«, sagte Felix, und Alea spürte, wie sie innerlich erleichtert aufatmete. »Ich freue mich drauf, das Versprechen den Hunden gegenüber einzulösen, dass sie dich wiedersehen.«

Alea lachte. »Stimmt!«

»Super.« Felix lächelte.

Kapitel 8

Als Alea den Laden betrat, war das merkwürdige Bauchgefühl gegenüber Felix wieder verflogen. Sie ging vorbei an der bunten Wand, an der getauchte Kerzen in allen Farbvariationen hingen, betrat die Küche der Manufaktur und stellte sich Musik an. Glücklich sang sie mit und nutzte die Freude über das schöne Treffen mit Felix, um jeden Gedanken an ihre erst frische Trennung zu verjagen. Jetzt wollte sie sich ganz auf die Arbeit des Kerzenziehens oder Kerzentauchens konzentrieren.

In den Kesseln brachte Alea Sojawachs zum Schmelzen. Martje hatte ihr erklärt, dass dies besonders schadstofffrei war und so verbrannte, dass man länger etwas von den Kerzen hatte. Der Docht, den sie heute verwenden würde, war aus reiner Baumwolle. Er hatte die Aufgabe, später das Wachs so zu transportieren, dass es in der Flamme verdampfte.

Alea war, schon als sie die ersten zwei Dochte auf dem Halter verknotete, ganz im Moment, und es gelang ihr sofort, abzuschalten. Einerseits sorgte die Kerzenherstellung bei ihr für innere Gelassenheit. Gleichzeitig wusste Alea von Martje auch, dass eine gewisse Ruhe auch die Basis dafür war, dass das Handwerk gelang. Eile oder Hektik würden unweigerlich dazu führen, dass das wertvolle Unikat der handgezogenen Kerze missglückte.

Sie prüfte mit einem Thermometer die Temperatur des Wachses, das langsam so heiß geworden war, dass es losgehen konnte.

Kurz tauchte sie den Halter mit den zwei sorgfältig geknoteten Dochten in das heiße Wachs, ließ sie einige Sekunden dort und zog sie wieder heraus. »Lass dir Zeit. Der Docht muss sich vollsaugen, erst wenn er ›satt‹ ist, ist der erste Schritt getan«, hörte sie Martjes erklärende Stimme in ihrem Kopf. Das hatte sie geschafft. Nun konnte die erste Schicht trocknen.

Sobald das Wachs nicht mehr tropfte, musste sie noch einen weiteren Augenblick warten, bevor sie zum nächsten Eintauchen übergehen konnte. Sie hängte die noch nicht fertige Kerze dafür an den vorgesehenen Halter. Ein bügelartiges Gebilde, das die entstehenden Kerzen in gewisser Entfernung voneinander trocknen ließ.

Früher war es Alea oft passiert, dass sich Luftblasen gebildet hatten oder das Wachs von der Kerze abgerutscht und alle Arbeit umsonst gewesen war. Irgendwann hatte sie eine eigene Routine entwickelt und so souverän die kreativsten Kerzen kreiert.

Auch wenn es manchmal Monate dauerte, bis sie das nächste Mal bei Martje Kerzen anfertigte, waren die Handgriffe sofort wieder vertraut und gelangen auf Anhieb. Auch jetzt spürte sie, dass die anfängliche Aufregung umsonst gewesen war. Sie wusste, was sie hier tat, und die Arbeitsschritte gingen ihr leicht von der Hand.

So wiederholte sie den Vorgang so lange, bis ihre Kerze die gewünschte Größe hatte. Die Kerzen, die dick genug waren, nahm sie noch warm, aber nicht vollständig ausgehärtet vom Gestell und rollte sie auf der ebenen Arbeitsfläche so lange hin und her, bis sie gerade waren und eine glatte Oberfläche hatten. Anschließend hängte sie sie zum Durchtrocknen auf. Hierfür hatte Martje eine Art Loggia an der Rückseite des Hauses, in der weitere Haken vorhanden waren. Stolz reihte Alea dort ihre Werke auf. Und auch wenn sie bei jeder Kerze gleich vorgegangen war, waren sie doch alle unterschiedlich, und man sah ihnen an, dass sie von Hand gefertigt waren.

Alea genoss die Arbeit, bei der man so schnell ein Ergebnis sah, und sie war bereits nach wenigen Minuten wieder ganz im Flow. Als sie merkte, dass sie die ganze Zeit ein Lied vor sich hin summte, obwohl die Playlist bereits beendet war, wurde ihr bewusst, wie zufrieden sie in der Tätigkeit versank.

Und mit einem Mal verspürte sie auch den Drang, zu experimentieren. Zunächst hatte sie ein paar der Kerzen angefertigt, die ihr Martje aufgetragen hatte und für die es Kundenbestellungen gab. Sie hatte den Eindruck, dass ihr das ganz gut gelang, und so testete sie bald aus, was sie noch Schönes herstellen konnte.

Besondere Freude hatte Alea von jeher am Gießen von Kerzen gehabt, denn das bedeutete auch, dass sie mit Düften arbeiten konnte. Dazu wurden verschiedene Soja- und Rapswachs-Variationen in kleine verschließbare Gläschen oder dafür vorgesehene Silikonformen gefüllt und duftende Essenzen hinzugefügt.

Auch von dieser Art wollte Alea ein paar anfertigen.

Martje hatte immer Gläser bereits abgebrannter Kerzen auf Vorrat. Einige standen noch zur Reinigung an der Spüle. Während sie darauf wartete, dass die gezogenen Schmuckstücke auskühlten, machte sie sich an die Arbeit, wie Martje es ihr erklärt hatte. Sie füllte die Gläser mit heißem Wasser, bis sich das Wachs von den Wänden des Glases löste und schließlich an der Wasseroberfläche wieder abhärtete, wo man es problemlos entfernen konnte.

Dann stellte sie einige leere Gläser nebeneinander bereit und suchte sich die Zutaten zusammen. Ebenso alles, was sie zum Gießen der Kerzen benötigte.

Mittels eines kleinen Metallhalters, den man auf dem Rand des Gläschens auflegte, wurde der Docht fixiert. So würde er beim

Gießen nicht hineinfallen, später aufrecht in der Mitte der Kerze stehen und diese gerade und ebenmäßig abbrennen. Sie wollte sich auch an den Holzdochten probieren. Anders als die weichen aus Baumwolle, waren sie fest und ließen sich in kleine Metallfüße stecken, die man auf den Boden eines Gefäßes stellte und Wachs drum herumgoss. In zwei größeren Gläsern verteilte Alea jeweils drei Dochte. Die drei Flammen würden gemeinsam ebenfalls dafür sorgen, dass das Wachs gleichmäßig abbrannte.

Alea entschied sich, als Zusatz zu dem wollweißen Wachs, für einen Hauch Vanille-Öl. Dies war ihr Lieblingsduft. Sie legte eine bestimmte Anzahl an Sojawachsflocken in das Schmelzgefäß und erhitzte sie unter Rühren im Wasserbad, bis sie nach und nach flüssig wurden. Das Wachs wurde irgendwann durchsichtig, woran Alea erkannte, dass es bereit zum Gießen war. Ein Thermometer zeigte außerdem die Temperatur an, die sie im Blick behalten musste. Als die Temperatur des weichen Wachses genau den Flammpunkt des Duftöls erreicht hatte, den Punkt, an dem das Öl sein Aroma bestmöglich entfalten konnte, gab sie ein paar Tropfen Vanille-Öl hinzu und rührte um. Die Bewegung, untermalt mit dem angenehmen Aroma, erinnerte sie an viele gemeinsame Stunden hier in Martjes Werkstatt. Der süße Vanilleduft breitete sich nach und nach im Raum aus. Sie hatte den perfekten Punkt abgepasst und genau die Duftnote für die Kerzen erzeugt, die sie sich von dem Öl versprochen hatte. Alea verband mit dem Duft ein Gefühl von Wärme und Geborgenheit, die süße Erinnerung an die Zeit mit Martje. Die jeweiligen Temperaturen für die Flammpunkte der unterschiedlichen Öle hatte Martje in ihrem »Kochbuch« dokumentiert. Zuletzt fügte sie Perlmuttstaub für einen zarten Schimmer hinzu und füllte das Wachs dann konzentriert in die vorbereiteten Gefäße, ohne dass der Docht sich dabei auch nur bewegte.

Als das Wachs langsam aushärtete, aber noch leicht weich war, streute Alea einige getrocknete Rosenblüten zur Dekoration über die Kerze, die sofort ein wenig in das Wachs einsanken. Alea verspürte eine tiefe Zufriedenheit bei dieser Arbeit, die fast wie von Zauberhand gesteuert geschah.

Während sie die Kerzen goss, kam ihr die Idee, die Silikon-Herzform zu verwenden, um daraus ein paar Kerzen zu gestalten, die sie mit Mini-Muscheln verzieren würde.

Martje hatte unzählige Schalen in ihrer Werkstatt stehen, in denen sie vor allem kleine Herzmuscheln und Steinchen lagerte, die sie am Strand von Sylt, vornehmlich im Keitumer Watt, gesammelt hatte. Auch Alea hatte schon so manche Handvoll Muscheln mitgebracht, wenn sie vom Spaziergang gekommen war. Am Watt fand man winzig kleine Muscheln in riesigen Mengen. Fast wie Sand wirkten die Miniaturmuscheln, wenn man nicht genau hinsah. Martje kochte sie aus und ließ sie trocknen, um sie dann für ihre Kreationen zu verwenden. Über die Kerze gestreut, war das eine wunderschöne Dekoration. Hier und da verwendete sie auch mal ein Stück fein geschliffenes Seeglas als Zierde.

Als Alea zu den Gläsern mit den Muscheln ging, die in einem weißen Holzregal standen, fiel ihr Blick auf eine Holzkiste voller Austernschalen. Diese große Muschel hatte Martje in einem Beispiel bereits mit einem kleinen Docht versehen und mit hellem Wachs gefüllt. Winzige goldene Sprenkel im Wachs verliehen ihr etwas Edles. Fasziniert griff Alea nach einer Auster und nahm sie mit zur Arbeitsfläche.

Mit jedem Handgriff vertiefte sie sich mehr in die Arbeit, blendete alles andere aus – ihre Sorgen, ihre Ängste und die Zukunft, die so ungewiss vor ihr lag. Sie widmete sich ganz dem Gefühl, das sie beim Gießen erfasste, und ließ ihrer Kreativität freien Lauf.

Aus einer Dekorationskiste suchte sie sich eine glänzende Perle und legte diese in die Vertiefung der Muschel, platzierte auch hier einen Docht und goss anschließend das Wachs darüber. Würde das Wachs abgebrannt sein, käme das kleine Schmuckstück zum Vorschein.

Alea hatte von Kerze zu Kerze immer mehr Ideen, und sie probierte aus, wartete ihr Ergebnis ab und hangelte sich unbewusst von einer Kreation zur nächsten, wurde mit jedem Handgriff sicherer in dem, was sie tat. Die Zeit verging wie im Flug.

Als die kleinen Herzkerzen mit den Mini-Muscheln fertig und auch die Austern getrocknet waren, verpackte sie diese einzeln in Leinenbeuteln, die mit dem Schriftzug *Dünenglanz* in goldglänzenden Buchstaben versehen waren.

Sie wollte ausprobieren, ob sie einige ihrer Kunstwerke womöglich im Laden verkaufen konnte. Vielleicht waren sie sogar etwas für die Aktion am Nikolaustag. Vorher würde sie Martje je ein Exemplar mit ins Krankenhaus bringen, um ihre Meinung zu erfahren.

Als sie einen Moment innehielt und ihre Arbeit betrachtete, fiel Alea ein, dass sie im Lager hatte nachschauen wollen, was Martje für den lebendigen Adventskalender vorbereitet hatte. Beim Anblick der fein säuberlich in geflochtenen Körben sortierten Kostbarkeiten staunte Alea. Es verschlug ihr die Sprache. Spätestens jetzt wurde ihr wieder einmal bewusst, mit welcher unfassbaren Leidenschaft Martje ihr Handwerk betrieb und wie viel Liebe und Herzblut in jeder einzelnen Arbeit steckte. Der Anblick sorgte für schmerzhafte Gewissensbisse, dass sie angedacht hatte, den Kalender zu verschieben oder gar abzusagen.

Sie ging auf das Regal zu und entdeckte in einem der Körbe große Herzmuscheln, die mit Wachs gefüllt waren. Ein kleiner Docht steckte mitten in der Kerze. Daran befestigt war ein winziger Zettel mit einer handgeschriebenen Notiz. Es war nur jeweils ein Wort wie *Wärme* oder *Traum*, mehr hätte nicht auf das Zettelchen gepasst. Aber schon dieses eine Wort hatte so eine große Wirkung. Martje hatte das Wachs verschieden eingefärbt, und einige dieser kleinen Kunstwerke waren bereits in feine Organza-Beutelchen verpackt.

Offenbar waren dies Kerzen im Stil der Teelichter-Botschaftskerzen. Vermutlich hatte Martje das Wort direkt auf den Muschelboden geschrieben, und es würde sich offenbaren, wenn das Wachs herabgebrannt war. Das Zettelchen am Docht diente nur zur Identifizierung beim Kauf.

Ein weiterer Korb weckte Aleas Interesse. Darin waren gedrehte Schneckenhäuser der Strand- oder der Wellhornschnecke. Alea kannte sie von Strandspaziergängen, auf denen ihr Martje früher erklärt hatte, dass sich darin häufig der Einsiedlerkrebs einnistete.

Wie Alea nun sah, eigneten auch sie sich wunderbar für individuelle Kerzenkreationen. Martje hatte bereits damit begonnen, einige der kleinen Häuser mit Wachs und Dochten zu Kerzen umzufunktionieren. Messingfarbene Halter lagen dabei, da diese Kerzen aufgrund ihrer Form nicht eigenständig stehen konnten. Auch ein Körbchen mit Jakobsmuscheln sah Alea. Durch die flache Form ließen sich auch hieraus zauberhafte Kerzen gestalten, wie sie an einem Beispiel erkennen konnte. Am Rande der bereits fertig gegossenen Kerze in einem hellen Beigeton hatte Martje winzige Seesterne aus Wachs geformt. Diese Kerze würde ein wunderschönes Geschenk für Nordseeliebhaber sein.

Alles gab es auch mit kleinen weihnachtlichen Akzenten, wie Wachs in Grün, Rot, Silber oder Weiß, sowie mit Goldsplittern verziert, die man dem Wachs beifügen oder am Ende drüberstreuen konnte.

Einige Weihnachtsbaum-Silhouetten aus Wachsplatten waren auf das fast ganz getrocknete Wachs gegossener und gezogener Kerzen gesetzt worden, sodass sich ein wunderschönes, plastisches Muster ergab. Mit Goldstaub bepudert, und das weihnachtliche Funkeln war perfekt.

Alea hätte sich noch stundenlang in Martjes Lager umschauen können, fühlte aber, wie sie langsam müde wurde. Draußen rüttelte der Sturm an den hölzernen Fensterrahmen, und das Geräusch war ihr heute unheimlich.

Sie löschte das Licht in der Manufaktur und ging in Martjes Wohnung. So spät war es noch gar nicht, gerade einmal neunzehn Uhr, aber Alea kam es so dunkel vor wie mitten in der Nacht. Sie zog sich bequeme Kleidung und Wollsocken an, machte sich einen Mozzarella-Salat mit Tomaten, goss einen heißen Tee auf und schnappte sich die kuschelige Decke von der Sofalehne. Martjes Wohnzimmer war so gemütlich. Hier fand Alea es kein bisschen gruselig. Sie zündete ein paar Kerzen an, die sofort ein warmes Licht erzeugten und zusätzliche Behaglichkeit verströmten.

Alea schaltete den Fernseher ein, der die Stille um sie herum überspielte, und ließ sich vom Programm berieseln. Eine Situation, wie sie in Hamburg zur abendlichen Routine geworden war. Allerdings zu zweit.

Jetzt, wo sie endlich zur Ruhe kam, sickerte langsam die Tatsache in ihr Bewusstsein, dass ihre Beziehung offenbar wirklich beendet war. Und auch, dass Christopher vermutlich noch immer auf ihren Rückruf wartete. Sie seufzte. Besser, sie brachte es schnell hinter sich, dann wusste sie wenigstens genau, was Sache war, und konnte sich auf die Zukunft konzentrieren. Also griff sie nach ihrem Smartphone und wählte Christophers Nummer, die noch immer unter ihren Favoriten gespeichert war.

Während das Freizeichen erklang, versuchte sie, ihre Gefühle einzuordnen. So krass dieser Schritt der Trennung war, während sie ja gerade noch große Veränderungen für eine gemeinsame Zukunft geplant hatten, so wenig traurig war sie darüber. Eine ernüchternde Erkenntnis.

»Alea«, begrüßte Christopher sie mit tonloser Stimme.

»Hi, Chris.« Eine abwartende Stille war entstanden.

»Schön, dass du dich endlich meldest«, zischte er.

»Ich gebe dir recht, dass eine weitere Zusammenarbeit unter diesen Umständen nicht länger möglich ist. Da ich in München ja ein komplett neues Arbeitsverhältnis eingegangen wäre, was nun gar nicht erst zustande kommt, braucht es ja keine Kündigung. Was die Wohnung angeht, werde ich mich darum kümmern, dass sie, wie geplant, in die Vermietung geht, sobald du nach München gezogen bist.«

»Alles klar. Dann weiß ich Bescheid.« Das Gespräch zwischen ihnen verlief kühl und sachlich.

»Ich werde meine Sachen dann aus der Wohnung abholen. Schau du bitte nur, dass du all deine Dinge räumst, damit ich die Wohnung für die Mieter vorbereiten lassen kann.«

»Da mach dir keine Gedanken. Das wird zeitnah alles über die Bühne gehen. Und mit meinen Eltern bespreche ich, dass das Arbeitsverhältnis aufgelöst wird.«

»In Ordnung, danke. Dann … Mach's gut, Christopher.«

Sie legten auf, und Aleas Magen krampfte zusammen. Das Telefonat hatte sie aufgewühlt.

Sie wickelte die Decke fester um sich, zog die Knie an und kuschelte sich in die tiefen Kissen auf Martjes Sofa. Wie als gäbe ihr der flauschige Kokon Halt, wenn alles um sie herum in Bewegung schien.

Obwohl der Raum wunderbar gemütlich war und Alea sich auch trotz der nachhallenden Gedanken an das verstörende Telefonat und das Ende ihrer Beziehung halbwegs auf das Fernsehprogramm einlassen konnte, kroch nun immer wieder eine Schwere in Alea hoch, und sie kam sich einsam vor. Es war nicht Christopher, der ihr in diesem Moment fehlte, sondern ein Mensch, der sie in den Arm nahm und ihr versicherte, dass alles gut werden würde. Jemand wie Martje. Die Wohnung war verdammt leer ohne ihre Tante, vielleicht sollte sie einfach schlafen gehen.

War es die Erschöpfung, die nun einsetzte und sie so nach unten zog? Sicher würde am nächsten Tag alles schon ganz anders aussehen und die Welt wieder ein wenig heller erscheinen. Das hoffte sie zumindest, schaltete den Fernseher aus, stand auf, pustete die Kerzen aus und bemerkte dabei, dass auf dem Boden der letzten Kerze, die in einem Windlicht am Fenster stand, ein Spruch zum Vorschein kam: *Nichts geschieht ohne Grund*, stand dort.

Es war Martjes Handschrift. Wie passend dieser Spruch gerade war. Alea hatte noch nie gesehen, dass sich am Ende einer Kerze nicht nur ein Wort, sondern ganze kleine Weisheiten versteckten, und war begeistert von dieser filigranen Arbeit.

»Na, auf den Grund bin ich gespannt«, sagte sie und bewegte die Worte in ihrem Kopf. Nun, zuallererst hatte sie jetzt ganz unbeschwert Zeit, um für Martje da zu sein, doch ob das rechtfertigte, mit der Trennung nicht nur ihren Freund, sondern auch ihren Job los zu sein? Ihr bisheriges Leben in Hamburg fühlte sich gerade meilenweit entfernt für sie an. Alea seufzte.

Sie ging zum Fenster, um den Vorhang zuzuziehen. Alle anderen hatte sie vorher schon geschlossen. Der Ausblick ging rüber zum Nachbarhaus, in dem Felix wohnte. Im Erdgeschoss brannte noch Licht, wie sie von hier erkennen konnte. Sie sah, dass in der Einfahrt ein weiteres Auto stand. Offenbar hatte Felix noch Besuch. Neugier kroch in ihr hoch, die sie durch empörtes Kopfschütteln zu verscheuchen versuchte. Alea schloss den Vorhang und ging ins Badezimmer, um sich bettfein zu machen.

Wenige Minuten später lag sie hellwach im Bett des Gästezimmers. In ihrem Kopf kreisten Bilder der letzten Wochen. Alea krampfte innerlich zusammen. Als schaue sie einen Film, als wäre sie nicht unmittelbar an der Handlung beteiligt. Sie konnte nicht in das Geschehen eingreifen, und der Ausgang dieser Story war offen. Sie wusste nur, dass er meilenweit von dem entfernt war, was sie noch vor wenigen Tagen geplant hatte. Ihr Wunsch nach Sicherheit, nach dem Wissen, einen Plan für die Zukunft zu haben, war in seinen Grundfesten erschüttert worden.

Ihr kam es plötzlich vor, als fehle ihr die Luft zum Atmen. Sie konnte hier nicht liegen bleiben und sich dieser Machtlosigkeit hingeben. Also stand sie auf, trat zum Fenster und kippte es an. Sofort zog ein eiskalter Windzug durch den Raum, der ihr das Gefühl gab, wieder freier durchatmen zu können. Sie schloss die Augen, konzentrierte sich auf ihre Atmung und merkte, wie sich der Dunst aus ihrem Kopf langsam verzog. Wieder einmal tat ihr die Atmosphäre dieser Insel sofort gut und beruhigte sie mit ihrem Zauber.

Als Alea die Augen wieder öffnete, sah sie, dass im Obergeschoss des Nachbarhauses das Licht angegangen war. Felix schien ebenso zu Bett zu gehen. Alea war es ein wenig peinlich, dass sie so neugierig zu seinem Haus linste. Als sie jedoch sah, dass das Auto von vorhin noch immer vor der Tür stand, war es noch mehr, was sie spürte. Wie ein kleiner Hieb in die Magengegend fühlte es sich an, zu sehen, dass Felix Besuch über Nacht hatte. Das erklärte vielleicht, warum er gesagt hatte, dass er Weihnachten nicht allein sein würde.

Es stand ihr nicht zu, sich darüber Gedanken zu machen. Sie hatte selbst in ihrem eigenen Leben genügend auf die Reihe zu bringen. Da passte es nicht, dass sie direkt eine neue Baustelle eröffnete. Aber sie konnte nicht leugnen, dass ihr die Begegnungen mit Felix gefallen hatten. Sehr sogar. Sie seufzte. Normalerweise hätte Alea in solchen Momenten Martje angerufen. Ihre Tante war immer auch ihre Beraterin in allen Lebenslagen gewesen, und ihr Rat hatte Alea stets getröstet und weitergeholfen, doch im Moment hielt sie es nicht für richtig, ihre Tante mit ihren Problemen zu belasten, wenn sie selbst so viele Sorgen hatte.

Sie hatte auch Freundinnen in Hamburg, aber ihr Freundeskreis hatte sich mehr und mehr auf die Firma und auf gemeinsame Freunde mit Christopher verlagert. Das hatte sie nie als negativ wahrgenommen, aber jetzt schien es ihr unmöglich, sie um Rat zu fragen.

Da war ihre beste Freundin Laura. Allerdings befand sie sich gerade auf ihrer Rundreise durch Südamerika und war nur sporadisch erreichbar. Im Gegensatz zu ihr suchte Laura das Abenteuer. Vor einiger Zeit hatte sie im Spanienurlaub einen Mann kennengelernt, der aus Uruguay kam. Er lebte in den Tag hinein, lernte die Welt kennen, wie er es nannte, und hatte Laura gefragt, ob sie ihn begleiten wollte. Ihr zuliebe hatten sie in seinem Heimatland begonnen, das sie gemeinsam erkundeten. Laura hatte ein Sabbatical genommen und war einfach losgezogen.

So gerne Alea auch Verständnis für Lauras Entscheidung aufbringen wollte, konnte sie innerlich nur den Kopf schütteln über die Idee, dem geregelten Leben abzusagen und sich auf eine große Fahrt ins Blaue zu begeben. Noch dazu mit einem Mann, den sie anfangs kaum gekannt hatte.

Alea hatte sich Sorgen gemacht, doch Laura hatte betont, dass jeder Freund anfangs ein Fremder war und nur gemeinsame Erlebnisse Menschen einander näherbrachten. Sie hatte Alea versprochen, regelmäßig Nachrichten zu schicken, dass es ihr gut ging.

Jetzt bekam sie häufig Fotos von Sonnenuntergängen, vor denen ein Paar mit den Händen ein Herz formte, von riesigen Wasserfällen im grünen Regenwald und von regionalen Köstlichkeiten und Sehenswürdigkeiten und sogar Standortmeldungen – ein kleines Zugeständnis von Laura an das Sicherheitsbedürfnis ihrer Freundin.

Alea spürte ihr Glück, das hinter diesen Nachrichten steckte, und die Freude über die Eindrücke und Erlebnisse, doch die Sorge, dass Laura auf dieser Reise etwas zustoßen könnte, ließ sie nie ganz los.

Einem Impuls folgend, öffnete sie ihre Messenger-App und schrieb ihrer Freundin eine Nachricht. Natürlich war das kein Ersatz für ein Telefonat, aber für den Moment würde es auch genügen.

Hi, Lauri. Wollte nur mal hören, wie es dir geht.

Das war natürlich nicht alles, aber sie wollte ungern ihre derzeitige Situation in eine Nachricht packen.

Lauri, du fehlst mir,

tippte Alea weiter in ihr Smartphone und hoffte irrationalerweise, dass sie einen guten Moment erwischt hatte und ihre Freundin diesmal trotz der Entfernung und des Zeitunterschiedes ausnahmsweise doch direkt antworten würde. Erst hielt sie das Handy einige Minuten vergeblich in der Hand, doch als sie es gerade auf den Nachttisch gelegt hatte, leuchtete mit einem Mal das Display auf.

Liebes? Was ist los?

Alea musste lächeln. Ihre Freundin kannte sie in- und auswendig. Auch wenige geschriebene Worte verrieten sofort, dass etwas nicht stimmte.

Christopher hat Schluss gemacht,

schrieb Alea, und als sie diese Worte formulierte, liefen ihr mit einem Mal Tränen über die Wangen. Erst recht, als tatsächlich kurz darauf ihr Handy klingelte.

Abgehackt kam eine Begrüßung, die Alea kaum verstand.

»Lauri?«

»Hat der sie noch alle beisammen?« Offenbar war sie gerade aus einem Funkloch herausgetreten, und ihre Stimme klang nun klar und aufgeregt. »Wo bist du jetzt?«

»Bei Martje«, sagte Alea.

»Ah, das ist gut! Das ist das Beste! Shit, warum bin ich nicht bei dir.«

»Mach dir keine Gedanken«, versuchte Alea, sie zu beruhigen. »Er dreht so ab, *weil* ich bei Martje bin.«

»Ist der doof?« Alea schmunzelte matt bei Lauras direkter Art, ließ diesen Einwand jedoch unkommentiert.

»Wolltest du nicht zu Martje, um ihr von deinem Umzug zu erzählen?«

»Eigentlich schon. Aber der hat sich nun wohl erledigt. Unabhängig davon bin ich aber sowieso aus einem ganz anderen Grund hier.«

»Moment, Moment, Moment. Und der wäre? Muss ich mir etwa noch mehr Sorgen machen? Ich komme sofort zurück, wenn du mich brauchst.«

Gerührt schluckte Alea den Kloß aus Vermissen und Einsamkeit herunter. Schon Lauras Worte fühlten sich wie eine Umarmung an. »Ach was! Nein, bloß nicht! Schon okay. Martje liegt im Krankenhaus nach einem Sturz. Sie hatte Glück. Aber die Ärzte wollen noch klären, ob es wirklich nur aus einer Unachtsamkeit heraus passiert ist oder ob es andere, körperliche Gründe gibt, die behandelt werden müssen. Ich bin zu ihr gefahren und habe das Ende meiner Reise offengelassen.«

»Nein! Wie geht es ihr jetzt?«

»Wieder besser.«

»Und Christopher hat deshalb Schluss gemacht? Weil du deiner Tante hilfst?« Lauras Stimme überschlug sich beinahe. »Der hat ja wohl einen kompletten Dachschaden«, redete sich Laura in Rage. Genau das war es, was Alea heute Abend gebraucht hatte. Erleichtert atmete sie auf. Die unerschütterliche Solidarität, die Laura ihr entgegenbrachte, tat so gut, und Alea fühlte sich schon längst nicht mehr so einsam.

»Du weißt, ich bin, auch wenn ich nicht bei dir bin, immer in deinem Team!«, versicherte Laura.

»Danke, Lauri!« Alea seufzte. »Ich wusste, dass es das Beste ist, dich anzurufen!« Alea atmete tief. »Keine Ahnung, woher wir überhaupt den Optimismus genommen haben nach den vielen Streitigkeiten der letzten Monate. Aber es sollte wohl einfach doch nicht mehr sein mit uns.«

»Wenn dein Ex dich so behandelt, kann ich dir leider nur recht geben.«

Das Wort »Ex« klang noch so fremd. »Leider, ja«, murmelte Alea. »So kann ich mich hier aber wenigstens ganz den nächsten Herausforderungen stellen.«

»Und jetzt sitzt du allein in der Kerzenwerkstatt auf der winterdunklen Insel. Höchstwahrscheinlich regnet es, und der Wind kommt schräg von vorne? Vor deinem Bett klappert ein Holz-

Fensterladen unermüdlich gegen die Mauer, und es klingt wie im Gruselfilm?«, mutmaßte Laura, und Alea lachte leise.

»Nein, also zumindest das Wetter ist ganz nett. Wobei mir das am Abend sogar herzlich egal ist. Denn es ist wirklich so dunkel, dass man zu Hause am besten aufgehoben ist. Allein hier zu sein ist tatsächlich aber nicht unbedingt die Situation, die es leichter macht, eine Trennung via Sprachnachricht zu verarbeiten.«

»Via Sprachnachricht? Das wird ja immer besser! Der kann echt froh sein, dass ich so weit weg bin, sonst würde ich dem aber mal so was von klarmachen, was ich von dieser Aktion halte. Vollidiot!« Laura schnaubte erbost. »Obwohl – vielleicht starte ich einen Shitstorm im Internet gegen seine Firma? Da wird sein Papa aber gucken! Das kriege ich auch aus meiner Hütte hier hin, wenn ich immer mal wieder Netz habe.« Alea hörte quasi schon das Klackern der Tastatur im Hintergrund.

»Oh, danke, nein! Bitte nicht«, beruhigte Alea ihre Freundin. »Inzwischen haben wir auch noch einmal ausführlich telefoniert, das hat die Situation für mich eben so real werden lassen, dass ich unbedingt eine liebe Stimme brauchte. Aber das ändert nichts daran, dass ich der Meinung bin, dass er in Bayern bei seinen Eltern glücklich werden soll. Vielleicht ist es genau der richtige Zeitpunkt, dass es jetzt endgültig knallt, und nicht erst, wenn wir umgezogen sind und ich mein Leben für ihn umgekrempelt habe. Stell dir vor, ich müsste mich von dort aus um Martje kümmern. Undenkbar!«

»Das soll alles genau so sein! Zieh dein Ding durch! Wenn er noch zu Sinnen kommt, erkennt er selbst, wer da grad den Fehler macht. Und das geschieht ihm dann recht. Dann bist du weg. Und wenn doch noch Shitstorm-Bedarf besteht – ich stehe in den Startlöchern.«

»Ach, Lauri. Schön, dass es dich gibt. Auch wenn du grad so weit weg bist.«

»Im Herzen immer bei dir!«

»Jetzt geht's mir besser.«

»Das freut mich. Hab dich lieb, Alea!«

»Ich dich auch! Ich muss jetzt, glaube ich, auch dringend schlafen. Morgen will ich hier die Manufaktur rocken.«

»Und das wirst du ganz hervorragend tun, Liebes! Mach's gut und komm ein wenig zur Ruhe.«

»Ich versuche es! Bis bald!«

Kapitel 9

Hundegebell klang von draußen herein, und Alea öffnete schlaftrunken ihre Augen. Ihr Blick ging durch das nur wenig erleuchtete Zimmer, und für ein paar Sekunden fehlte ihr jede Orientierung. Sie hatte so lebhaft geträumt, dass ihr Raum und Zeit beim Aufwachen abhandengekommen waren.

Sie schaute durch das weiße Butzenfenster. Auch dahinter war es noch nicht richtig hell. Sie lag, mit dem Handy in der Hand, im Bett, und jetzt kam auch die Erinnerung an den gestrigen Abend, das Telefonat mit Christopher und anschließend Laura zurück. Sie musste währenddessen eingeschlafen sein, also schickte sie Laura eine liebe Guten-Morgen-Nachricht, die diese allerdings vermutlich erst in frühestens fünf Stunden lesen würde, und setzte sich auf.

Sie stellte die Füße auf den Holzboden, der, egal wie winterlich die Temperaturen rund um das alte Friesenhaus waren, nie kalt zu sein schien. Dann stand sie auf und ging zum Fenster. Alea spürte, wie die Kälte durch die etwas in die Jahre gekommenen Holzfenster kroch, und schauderte. Schnell schlüpfte sie in einen Bademantel und ging ins Badezimmer, wo die Heizung bereits für wohlige Wärme gesorgt hatte. Eine warme Dusche sollte den Grundstein legen für einen guten Start in den Tag. Sie spürte, wie das heiße Wasser ihre Lebensgeister weckte.

Schnell trocknete Alea sich anschließend ihre Haare, band sie zu einem Zopf und legte ein dezentes Make-up auf. Dann zog sie sich Jeans, Bluse und einen weichen Kaschmir-Cardigan an und ging in die Küche, um sich einen Kaffee und ein kleines Frühstück zuzubereiten.

Eine sogenannte Klöntür aus hellblau gestrichenem Holz, mit einem weiß gerahmten, rautenförmigen Fenster darin, führte aus der Küche nach draußen. Diese für die Gegend typischen Türen waren in der Mitte unterteilt, sodass man den oberen Bereich wie ein Fenster separat vom unteren Teil öffnen konnte. Im Sommer eignete sie sich hervorragend, um den ganzen Tag frische Luft hereinzulassen, ohne dass die kleine Nala ausbüxen konnte. Jetzt im Winter war das nicht möglich, zu rau war die Witterung um diese Zeit.

Alea holte Butter und Marmelade aus dem Kühlschrank. Dann schaute sie in das Fach, in dem Martje Brot lagerte. Leider fand sie dort nur einen bretthharten Laib, mit dem sie allenfalls eine Scheibe einschlagen konnte. Alea hatte nicht rechtzeitig daran gedacht, neues Brot zu kaufen.

Auch die Suche nach einem Joghurt oder Müsli verlief erfolglos. Alea seufzte. Sie würde wohl schnell zum Bäcker fahren, zog sich eine Jacke an, schlüpfte in die Stiefel und griff zum Autoschlüssel. Als sie durch die Tür trat, stutzte sie überrascht. Auf der Fußmatte lag eine Tüte mit dem Aufdruck ihres Lieblingsbäckers. Sie schaute sich um und sah, dass Felix' Auto da war. Ihn konnte sie nirgendwo entdecken. Verwirrt griff sie nach der Tüte und hob sie auf. Drinnen warf sie einen Blick hinein. Der süße Duft von Quarkbrötchen und frisch gebackenem Teig zog ihr in die Nase, und sie schloss genießerisch die Augen.

Alea drehte die Tüte, um zu schauen, ob sie irgendwo einen Anhaltspunkt auf den Gönner finden würde, wobei niemand anders als Felix infrage kam. Sie konnte jedoch keinen Hinweis finden.

Freudig überrascht hängte sie ihre Jacke wieder an den Haken und trat die Stiefel von den Füßen. Dann setzte sie sich nun also doch an den Tisch und kam direkt in den Genuss, sofort zu frühstücken. Die Brötchen schmeckten köstlich, und als sie aufgegessen hatte und sich noch eine zweite Tasse Tee aufgoss, rief sie erst einmal Martje an.

»Leli, wie hast du geschlafen?«, begrüßte sie ihre Patentante.

»Danke, hervorragend! Diese Stille hier ist unwirklich. Ich genieße das sehr! Ich hoffe, du kamst auch ein wenig zur Ruhe?«

»Hier kann man nicht schlafen«, machte Martje ihre Hoffnung zunichte. »Ständig will irgendeiner was von einem. Blutdruck messen, Fieber messen, schauen, ob du noch lebst.«

»Martje«, unterbrach Alea sie.

»Es ist ja, wie's is!« Alea hörte das Lächeln in ihrer Stimme. »Bisher konnten sie ihre Tour ja auch jedes Mal beruhigt fortsetzen, und ich konnte höchstpersönlich Entwarnung geben.«

»Gab es denn zwischenzeitlich etwa Zweifel daran, dass du noch lebst?« Aleas Frage klang ernsthafter, als ihr selbst lieb war.

»Der eine sagt so, der andere so. Wenn du mich fragst, kam ich mir zu jeder Zeit quicklebendig vor! Bis auf den Arm, der schmerzt einfach immer wieder höllisch. Die vertrauen nur eher ihrer Technik als meinen Aussagen, habe ich den Eindruck. Vielleicht bekommen sie auch mehr Geld, je mehr Medikamente sie in mich hineinpumpen.« Alea konnte das trotzige Achselzucken ihrer Patentante förmlich sehen. »Jedenfalls macht es den Anschein, dass es sich noch ein wenig in die Länge zieht, bis man mich hier wieder gehen lässt. Die Werte seien nicht zufriedenstellend, hat die Schwester heute früh verkündet.«

»Okay«, erwiderte Alea gedehnt. Diese Aussage von ihrer

Tante zu hören verwunderte sie. So schnell nahm sie es normalerweise nicht hin, wenn man ihr eine schlechtere Diagnose stellte, als sie es selbst tat.

»Das viele Wachsein in der Nacht hatte auch sein Gutes. Ich konnte mir viele Gedanken machen. Fest steht, dass ich dir keinen Kummer machen möchte. Wenn dir grad alles über den Kopf wächst, verstehe ich das. Es ist in Ordnung, Leli, wenn du die Manufaktur so lange, bis ich wieder fit bin, schließt. Häng ein Schild rein, dass ich wiederkomme, sobald es geht, und mach dich auf den Weg nach Hamburg, um deine Beziehung zu retten. Mit Felix rede ich, ob es für Nala Aussicht auf eine längere Betreuung gibt.«

Alea schluckte. Was Martje sagte, klang so abgeklärt, dass Alea es mit der Angst zu tun bekam.

»Kommt gar nicht infrage«, sagte sie schnell. »Ich bin da und bleibe auch erst mal. Da mach dir mal keine Gedanken.« Ihr war klar, dass es keinen Sinn hatte, in dieser Situation weiter nachzubohren. Ihre Tante würde ohnehin keine weiteren Informationen weitergeben, also nahm sie ihre Aussagen vorerst einfach hin, beendete das Gespräch und trank ihren Tee aus.

Nach dem Frühstück und den zwei Tassen Tee konnte es losgehen. Alea räumte die Küche auf und wollte gleich in den Verkaufsraum gehen. Vorher schrieb sie noch Felix eine SMS.

Herzlichen Dank für diesen wundervollen Start in den Tag!

Genau so hatte ich mir das vorgestellt –
wie schön, dass es geschmeckt hat.
Wünsche einen kreativen Tag,

kam zurück.

Bis hoffentlich bald.

Alea lächelte und spürte, wie sehr sie sich freute über die liebe Geste von Felix und über den kurzen Wortwechsel.

Bis später,

tippte sie noch und ging beschwingt in Richtung der Manufaktur.

Kurz nachdem sie alle Lichter angestellt und die Utensilien, die sie benötigte, auf dem Verkaufstresen zurechtgelegt hatte, stand auch schon die erste Kundin vor der Tür. Alea schloss die Eingangstür von innen auf und begrüßte die Frau, die direkt fündig wurde und sich eine Kerze als Geschenk einpacken ließ.

Im Laufe des Vormittags kamen einige Kunden vorbei, und dann betrat eine Frau die Manufaktur, die erst längere Zeit die Auslagen in den Schaufenstern angeschaut hatte.

»Herzlich willkommen«, begrüßte Alea die elegant gekleidete Dame. Sie war ungefähr in ihrem Alter, Anfang dreißig, vielleicht ein paar Jahre älter. Was auffiel, waren ihre ausgesucht edle Kleidung und der Duft eines Parfüms, welches sich sogar inmitten der Duft-Wunderwelt in Martjes *Dünenglanz* fein süßlich durchsetzte. Außerdem hatte sie so lange, dicke blonde Haare, dass Alea diese unweigerlich bestaunte. Sie wirkten, als könnte ihnen noch nicht einmal der Sylter Wind etwas entgegensetzen.

»Hallo. Wie schön, dass Sie da sind! Ich war mir gar nicht sicher, ob die Manufaktur derzeit geöffnet hat.« Sie trat auf Alea zu und rieb sich die Hände, während sie sich bereits umschaute.

»Ich bin für Sie da. Haben Sie einen bestimmten Wunsch?«, erkundigte Alea sich. Die Frau griff nach einem der weißen Einkaufskörbchen, die neben der Eingangstür standen.

»Danke, nein. Ich schaue mich erst einmal um. Ich komme sonst gerne auf Sie zu«, erklärte sie und ging schon in Richtung der Regale. Alea fiel die Anmut der Frau auf, während sie ihr hinterherschaute. Sie hatte so eine kerzengerade Haltung, dass Alea merkte, wie sie sich selbst ebenso weiter aufrichtete, als sie sich zu ihr umdrehte.

»Die Arbeiten sind fantastisch«, sagte sie und lächelte anerkennend. »Jede für sich ein kleines Kunstwerk!«

»Danke! Ich werde das Lob gerne an meine Tante weitergeben! Martje Christiansen führt die Manufaktur. Ich vertrete sie zurzeit.« Alea deutete auf die Kreationen aus Wachs, die in den Regalen standen. »Die Kerzen hat sie alle gezaubert.«

»Ich liebe es, wenn ein Geschäft diese Einzigartigkeit ausstrahlt und so individuell ist wie dieses«, schwärmte die Dame. »Ich kann mich kaum sattsehen an den vielen besonderen Dingen, die ich hier entdecke.« Wieder drehte sie sich den Regalen zu und stöberte weiter darin.

»Das freut mich sehr!«

Mit jedem Schritt wanderte ein weiteres Produkt in das Körbchen. Aufmerksam las sie sich die Beschreibungen der Kerzen durch. Irgendwann traten weitere Leute ein, und Alea verlor die Frau aus den Augen. Erst an der Kasse stellte sie fest, dass das Körbchen für ihre Ausbeute gar nicht mehr ausreichte. Sie hatte bereits ein weiteres zu Hilfe genommen.

»Eine tolle Auswahl! Darf ich irgendwas davon als Geschenk verpacken?«, bot Alea an.

Die Frau schüttelte den Kopf. »Nein danke. Das schenke ich mir alles selbst!« Sie lachte und nickte bestätigend.

»Das klingt großartig!«

»Schenken Sie sich auch manchmal selbst etwas?«

Alea überlegte kurz. »Sicher, so was wie einen leckeren Kaffee zwischendurch, oder mal ein Essen, das ich mir bestelle.«

»Schön! Was für die Seele muss es sein. Das ist wichtig.« Sie überlegte kurz. »Welches Kunstwerk würden Sie sich von hier denn selbst schenken?«

Erstaunt über diese Frage hob Alea die Augenbrauen. »Ja – tatsächlich hab ich hier einen Liebling. Dieses Geschenk wäre sogar für mich eine Überraschung. Die Botschaft jedes Lichtes bleibt nämlich bis zum Abbrennen geheim.« Sie deutete auf ein Teelicht.

»Die habe ich ja gar nicht entdeckt! Da nehme ich dann gleich auch noch eins mit«, freute sich die Dame. »Das hätte ich doch gerne verpackt!«

»Sehr gerne!« Den Karton, der allein schon schmuckvoll aussah, umwickelte Alea mit einem goldfarben gewebten Band. Alea steckte einen kleinen Tannenzweig in die Schleife und legte das Präsent in eine Tüte.

Hinter ihr hatte sich eine kleine Schlange gebildet, und Alea kam ordentlich ins Schwitzen.

»Bis bald«, verabschiedete sie sich von der netten Kundin.

»Ich würde mich freuen!«, rief die noch im Hinausgehen, bevor Alea sich dem nächsten Kunden zuwandte.

Bis zur Mittagspause hatte Alea alle Hände voll zu tun, und vor lauter Einpacken, Vorführen und Beraten kam sie mit dem Aufräumen kaum hinterher. Als sie mittags den Schlüssel in der Tür umdrehte, atmete sie durch.

Alea hob Geschenkpapier auf, das hinter dem Tresen auf den Boden gefallen war, rückte die Ware in den Regalen wieder zurecht und füllte einige leere Plätze auf. Zufrieden betrachtete sie ihr Werk, als ihr Blick durch das Fenster fiel. Felix stand vor seiner Tür und telefonierte. Einen Moment zu lange schaute sie ihn an, als er in ihre Richtung blickte. Ertappt drehte sie sich zur Seite, dankbar, dass er hoffentlich aus der Entfernung nicht sehen konnte, dass sie höchstwahrscheinlich rot anlief.

Kurz darauf klopfte er an die Ladentür. Alea öffnete.

»Hi, komm doch rein!«

»Hi, ich wollte mal hören, wie der erste Morgen in der Manufaktur gelaufen ist?«

»Oh, danke! Ich denke, ganz gut! Ich hatte wirklich tolle Begegnungen. Aber ich habe unterschätzt, was hier so los ist. Unfassbar, dass Martje das in ihrem Alter so problemlos macht.«

»Nun«, sagte Felix, brach dann aber ab, doch Alea konnte sich denken, was er sagen wollte.

»Ja, du hast recht, ganz problemlos offenbar nicht. Das zeigt sich ja gerade. Obwohl sie das niemals hören darf«, gab Alea zu.

»Oh nein! Keinesfalls!« Felix tat gespielt heimlich und machte das Zeichen, als verschließe er seine Lippen. Beide lachten gemeinsam. Das tat ihr gut. »Ich bin der Meinung, ein Spaziergang am Meer eignet sich ganz besonders, um neue Energie für anstehende Aufgaben zu schöpfen.«

»Das kann ich mir auch gut vorstellen«, sagte Alea. Allerdings spürte sie auch, wie ihr Magen knurrte. Sie hatte Hunger.

»Es ist zwar recht kalt draußen, aber wenn du Lust hast, Nala, Karl und mich auf unserer Mittagsrunde zu begleiten, freue ich mich.«

Kurz überlegte sie, was mit seinem Besuch war. Es klang nicht, als ob noch jemand mitkommen würde. Wenn man aber miteinander in einem Haus wohnte, war man sich sicher vertraut, und es war höchstwahrscheinlich kein Geschäftspartner oder so, der da nachts bei ihm war. Nachzufragen stand ihr nicht zu, und der Gedanke, mit ihm eine Runde zu drehen, war verlockend.

»Ich muss nur einmal kurz in die Wohnung und mir andere

Schuhe und eine dicke Jacke anziehen, dann bin ich startklar. Hier geht's ja erst um drei Uhr weiter.«

»Lass dir Zeit. Ich bin mit den Hunden vorm Laden, und wir starten, wenn du so weit bist.«

Er ging wieder vor die Tür, und Alea hastete in die Wohnung, checkte kurz ihr Spiegelbild und griff nach einer Jacke. Als sie in dickere Stiefel schlüpfte, hörte sie erneut ihren Magen grummeln. In der Küche lagen noch zwei Brötchen vom Morgen in der Tüte. Für einen kleinen Snack zwischendurch war eins hervorragend geeignet. Alea aß es schnell noch.

Gestärkt und mit guter Laune trat sie vor die Tür, wo Felix in ein kleines Training mit Nala vertieft war. Er übte geduldig und liebevoll mit ihr, dass sie an einem bestimmten Platz sitzen blieb, während er sich entfernte. Alea wurde warm ums Herz. Er war so konzentriert, dass er sie gar nicht bemerkte. Die Übung wollte noch kaum gelingen, immer wieder sprang Nala Felix schwanzwedelnd hinterher. Doch Felix konnte dem kleinen Fellknäuel nicht böse sein und versuchte mit stoischer Gelassenheit, einem Lächeln auf den Lippen und vielen Streicheleinheiten immer wieder, Nala davon zu überzeugen, sich an seinen Plan zu halten.

»Mit deinen Nerven wärest du ein perfekter Tiertrainer«, sagte Alea, und Felix drehte sich erschrocken um.

»Besonders erfolgreich wäre ich jedoch vermutlich nicht. Das wolltest du doch als Nächstes anmerken?« Er grinste breit und hob die Schultern.

»Ich finde, du machst das ganz großartig! Ist halt eine etwas eigensinnige kleine Dame, die Nala.«

»Freundlich, aber mit eigenem Kopf! Sie hinterfragt und diskutiert gerne.« Anerkennend klopfte Felix Nalas Rücken.

»Damit erinnert sie mich an meine Tante«, sagte Alea, und sie gingen los in Richtung der Straße, die zum Parkplatz am Wasser führte.

»Freut mich für dich, dass so gut zu tun war!« Ein aufrichtiges Lächeln folgte.

»Danke! Es ist mir echt eine Riesenhilfe, dass du dich um Nala kümmerst. Mit einem Welpen, der mir zwischen den Füßen herumwuselt, sähe der Arbeitstag ganz anders aus. Aber bald hab ich mich hier so eingearbeitet, dass ich mir auch die Hundebetreuung zutraue neben der Manufaktur.«

»Ich vermute, dass Martje sich mit der Manufaktur und der Kleinen vielleicht doch ein wenig viel zugemutet hat. So ganz ohne Unterstützung.« Felix sprach nicht weiter, hob nur vielsagend die Augenbrauen.

»Das ist möglich, ja.« Nachdenklich blickte Alea in die Ferne.

»Ich kann mich immer nur wiederholen: Mach du dir keinen Stress. Es geht ihr gut bei uns, und sobald du Luft hast, sag Bescheid. Wir können das auch Stück für Stück machen. Sie kann erst mal nur für ein, zwei Stunden rüberkommen, üben, wie man sich als Ladenhund verhält, und dann hole ich sie wieder ab.«

»Danke.« Alea war aufgefallen, dass er »uns« und »wir« gesagt hatte.

»Gibt es denn Neuigkeiten von Martje?«, erkundigte sich Felix.

»Ich habe den Eindruck, ihr wird gerade selbst bewusst, dass sie sich wirklich ein wenig schonen muss, auch wenn sie dafür unsere Hilfe braucht. Als ich heute früh mit ihr telefoniert habe, klang sie deutlich verändert. Vielleicht hat der Arzt noch einmal ein ernstes Gespräch mit ihr geführt. Und ich habe ihr versichert, dass ich im Moment gerne hier bin.« Alea verschwieg den Grund.

»Für dich sicher auch keine einfache Situation«, stellte Felix fest. »Wahrscheinlich musst du doch auch die nächsten Wochen in deiner Heimatstadt planen?«

»Ja, es stellt mich auch vor die ein oder andere Herausforderung. Aber ich bin zuversichtlich, dass das alles klappt.« Unsicher lächelte Alea. »Vor allem dank deiner Hilfe mit dem Hund.« Sie lächelte. Felix konnte nicht ahnen, wie wenig in Hamburg noch auf sie wartete.

Felix hob einen Stein hoch und drehte ihn in seiner Hand. »Ich genieße diesen kleinen Wirbelwind so sehr. Wenn ich ehrlich bin, will ich mir gar nicht vorstellen, dass mein alter Junge und ich bald wieder ohne sie sind.«

Alea legte die Hand wie eine Muschel an ihr Ohr und lauschte. Irritiert schaute Felix sie an. »Ich höre gerade aus Richtung Westküste eine ganze Ladung Felsen von Martjes Herz poltern!« Sie lachten und liefen dann ein paar Schritte einfach nebeneinanderher. Mittlerweile waren sie an dem kleinen Strandabschnitt in Braderup angekommen. Es war gerade Flut, und das Wasser plätscherte in sanften Wellen an Land.

»Hier stand ich so oft im Sommer und hab einen der fantastischsten Sonnenaufgänge um kurz vor sechs bestaunt«, begann Alea und deutete über das Wasser und die Heidelandschaft. »Das Farbenspiel hier am Morgen raubt mir manchmal den Atem! Der Himmel leuchtet pink, lila, orange – ich finde kaum Worte dafür!«

»Das stimmt! Ich liebe es auch sehr!«

»Als ich letzten Sommer davon ein paar Fotos machte, hüpfte plötzlich ein kleiner Minifrosch auf mich zu. Überall um mich herum waren Möwen. Der Frosch kroch unter die Tasche meiner Kamera. Als ob er da Schutz suchte. Es war so niedlich.« Felix lächelte bei Aleas Erzählung. »Auch, als ich die Tasche kurz anhob und woanders abstellte, folgte er mir. Erst als alle Möwen weitergezogen waren, nahm ich die Tasche, und der Kleine hüpfte Richtung Heide davon. Eine Begegnung, die mich irgendwie berührt hat.«

»Wie niedlich, ja! Da hat er sich bei dir sicher gefühlt.« Felix lächelte. »Ich bin mir sicher, so manche Person auf der Suche nach der großen Liebe hätte auch den Versuch gewagt, den Traumprinzen hervorzuzaubern, und dem kleinen Besucher einen Kuss gegeben.«

Alea lachte. »Vielleicht, ja. Daran hab ich in dem Moment gar nicht gedacht.« Alea schaute Felix an, um seine Lippen sah sie diesmal ein unsicheres Lächeln.

Alea merkte, dass er etwas sagen wollte, aber irgendwas schien ihn davon abzuhalten. In ihrem Kopf formten sich Fragen wie »Hast du denn deinen Traumprinzen schon gefunden?« oder »Hättest du den Frosch denn geküsst?«.

Und dann überlegte sie, warum er das wohl nicht fragte. Vielleicht war er zu höflich, und die Fragen erschienen ihm zu aufdringlich. Womöglich wollte er ihr aber die Gegenfrage auch nicht beantworten. Ihr gelang es ebenso wenig, das Thema konkret anzusprechen, sie hatte schließlich immer noch seinen Besuch über Nacht im Hinterkopf.

Andererseits konnte sie sich kaum vorstellen, dass er hier mit ihr am Strand entlangspazierte, während im Haus seine Freundin wartete.

»Willst du wieder zurück?«, riss Felix sie aus ihren Gedanken.

»Oh, nein, alles gut. Es ist so herrlich hier«, stammelte Alea.

»Du wirkst nachdenklich. Bist du mit den Gedanken schon beim nachmittäglichen Ansturm?«

»Mach mir keine Angst«, sagte Alea lachend, die Hände in die Hüften gestemmt, dankbar, dass sie damit um eine ehrliche Antwort herumkam.

»Also, falls ein Bus ankommt und du den Überblick verlierst, funkst du kurz ein SOS an mich, und ich springe ein.« Auffordernd nickte Felix.

»Und das kannst du?«

Jetzt war er es, der empört die Hände in die Hüften stemmte. »Hallo? Meinst du etwa nicht, dass ich den willigen Kunden mit meiner überaus charmanten Art so manches verkaufen kann?«

»Wie konnte ich das infrage stellen!« Alea lachte.

»Im Ernst! Ich krieg das schon hin. Also bevor du vor Schreck zweimal abschließt und mit langen Sätzen das Weite suchst – mein Laptop ist geduldig! Die Arbeit wartet auch bis heute Nacht auf mich.«

»Danke! Aber das soll ja so auch nicht sein«, bemerkte Alea.

»Die Stille hier macht unwahrscheinlich kreativ. Mir tun diese langen, dunklen Abende hier oft gut. Kaum etwas lenkt mich ab, draußen ist es unwirklich leise und finster. Da kann ich besonders fokussiert arbeiten.«

In dem Moment bellte Karl. Er hatte ein Stück Holz vor Felix abgelegt, und seine Laute waren offenbar die Aufforderung, mit ihm zu spielen. Mittlerweile hatte er die Hunde am Wasser abgeleint, und sie hatten vergnügt umhergetobt. Ergeben bückte sich Felix nach dem Holz, was auch Nala zum Anlass nahm, sich eine Alge zum Spielen zu suchen. Sie hüpfte wie wild darum herum und traute sich kaum, in das glibberige Grün zu beißen. Sie bellte aufgeregt.

»Soso. Kaum etwas lenkt dich also ab. Wie stellst du denn deine beiden Mitbewohner still in der Zeit?«

»Ich gebe zu, seit der kleine Wirbelwind eingezogen ist, ist es mit meiner abendlichen Arbeitseinheit an manchen Tagen nicht mehr allzu weit her. Aber auch das soll wohl so sein. Arbeiten kann man immer. Ein Welpe ist nur einmal ein Welpe. Ich denke so oft an die Zeit, als Karl so klein war, und im Rückblick war sie viel zu schnell vorbei.«

»Das glaube ich. Ich hab abends manchmal gedacht, dass es

so leise ist, dass ich dankbar wäre, Nalas kleine Pfötchen würden gleich um die Ecke tapsen.«

»Oh, dann sag Bescheid! Ich will sie dir nicht vorenthalten!«

»Nein, so meine ich das nicht.« Bedauernd schaute Alea zu den Tieren herüber, die schon wieder am Wasser spielten. »Sosehr ich mir immer einen Hund gewünscht habe, so wenig Erfahrung habe ich mit so einem vierbeinigen Freund. Das ist eine große Verantwortung, und grad, wenn er so klein ist wie Nala, sicher ein Fulltime-Job.«

Felix nickte und lächelte dabei sanft. »Das stimmt. Und weil dieser Job so viel Spaß macht und ich nebenbei auch noch helfen kann mit meinem Einsatz, genieße ich diese Zeit ganz besonders. Es sollte wohl so sein, dass ich ausgerechnet jetzt hier auf der Insel bin.«

»Unser Glück!« Alea lächelte. »Und wirst du zu Hause denn gar nicht vermisst?«, wagte Alea sich weiter vor, als sie es geplant hatte. Ihr Herz pochte kräftig, und sie traute sich nicht, Felix anzuschauen.

»Nein, das passt schon alles«, antwortete er ausweichend, und irgendwas an der Art, wie er sprach, kam Alea merkwürdig ernsthaft und dabei gleichzeitig auch liebevoll beruhigend vor.

»Würde es dir helfen, wenn ich Nala am Abend mal eine Stunde oder zwei vorbeibringe?«

»Oh, wie lieb! Aber meinst du nicht, dass sie das verwirrt und sie sich bei dir und Karl viel wohler fühlt? Ich treffe euch ja immer wieder mal vor der Tür. Das stillt die Sehnsucht.«

»Oder du kommst einfach vorbei, wenn du Sehnsucht hast. Also nach der Kleinen.«

Alea spürte, wie sie errötete bei dieser indirekten Einladung. Auch Felix war selbst ein wenig peinlich berührt von seiner Aussage, denn er schob schnell noch etwas hinterher. »Ich habe sehr oft abends auch nichts vor und arbeite bei Weitem nicht ständig. Und manchmal schmeckt ein Glas Wein zu zweit gleich viel besser.«

»Absolut, ja. Sehr gerne komme ich mal auf dein Angebot zurück. Die Abende hier können so lang sein.« Alea spürte, dass ein Flimmern in der Luft lag.

Felix' Handy klingelte. Er schaute kurz auf das Display, ging aber nicht dran. »Die Pausen hingegen sind viel zu kurz, wenn du mich fragst«, erkannte Felix und tippte auf seine Uhr. »Ich fürchte, wir müssen umkehren, damit du keinen Stress mit wartenden Kunden bekommst.«

»Oh!« Zustimmend nickte Alea. »Ich habe tatsächlich vollkommen die Zeit vergessen.« Sie machten kehrt und hatten gerade noch genügend Zeit für den Rückweg.

»Abschalten zu können ist ein gutes Zeichen und sehr gesund!« Er grinste breit.

»Auch richtig.« Alea überlegte, ob es auch der Anruf war, der Felix umkehren lassen wollte. Womöglich verlangte sein Besuch nach ihm, und er hielt dies für eine höfliche Art, den Spaziergang zu beenden. Einen Moment länger als notwendig ruhte sein Blick auf Alea, und sie spürte, wie sie fahrig wurde. Sie blickte auf das eisgraue Wattenmeer. »Ach, es ist einfach ein traumhafter Ort. Diese Ruhe ist wahnsinnig schön! Hier in der rauen Natur, im Wind, am Wasser verspüre ich irgendwie eine ganz große Zuversicht. Sylt ist wie ein Zufriedenheits-Booster für mich. Ich bin hier so gerne und gehe immer gestärkt zurück.«

»Das geht mir ähnlich. Mir hilft es, darüber nachzudenken, das Leben auch immer wieder neu auszurichten.« Felix nickte, den Blick aufs Meer gerichtet.

»Ja.«

Ihr Gespräch war mit einem Mal so tiefsinnig, dass die Frage danach, worüber er konkret nachdachte, naheliegend war. Wenn sie darauf aber eine Antwort verlangte, war klar, dass auch sie ihre Baustellen darlegen müsste. »Wo soll denn deine Reise hingehen? Planst du einen Kurswechsel?« Alea war nervös.

Felix nickte, die Lippen aufeinandergepresst, die Stirn in Falten. »Dass es den geben wird, ist mir schon seit einiger Zeit klar. Aber in welchem Umfang, das weiß ich grad nicht. Um das herauszufinden, bin ich nach Sylt gereist. Ein Jahreswechsel hier in aller Ruhe erschien mir als ein guter Weg. Viele lange Spaziergänge, und dank der beiden Hunde aber immer auch wieder Abschalten vom Dauer-Gedankenkarussell. Und vor allem der kleine Wusel Nala kam quasi genau im richtigen Moment zu mir.« Er lächelte. »Sie gibt mir eine Aufgabe, ohne mich zu sehr von mir selbst abzulenken.«

»Mir geht es auch so, dass es vor allem die Ablenkung rund um die Manufaktur ist, die mir gerade guttut. Die Sorge um Martje ist natürlich vorrangig. Aber mal so ganz rauszukommen aus dem alten Leben ist manchmal genau das, was man braucht.« Alea lachte. »Und dabei wusste ich das selbst bis vor Kurzem noch nicht einmal. Mein Leben war gerade dabei, mich ganz woandershin zu leiten als in den hohen Norden.« Selbst darüber überrascht, dass sie von sich aus das Thema auf den ursprünglich geplanten Umzug lenkte, zuckte sie die Schultern.

»Wo wollte das Leben dich denn haben?«

»In Bayern. Ungefähr am anderen Ende von Deutschland warteten die Firma meines Schwiegervaters in spe und ein Haufen Verantwortung und Verpflichtungen auf mich.« Schweigend sah Felix sie an. In einer Mischung aus Anspannung und Überraschung über ihre Offenheit presste er die Lippen aufeinander. In seinen verschiedenfarbigen Augen las sie die Frage, die sich bei ihren Andeutungen unweigerlich aufdrängte. »Und der Mann an meiner Seite, mit dem es in dieses neue Leben gehen sollte, der wartete bisher in Hamburg.«

»Jetzt nicht mehr?« Alea war sich nicht sicher, ob sie es sich einbildete, aber sie hörte ein zartes Zittern in seiner Stimme und sah so etwas wie ein Funkeln in seinen Augen.

Sie schüttelte den Kopf. Es fühlte sich merkwürdig an, mit Felix über Christopher zu reden. Aber nicht unbedingt falsch.

»Nein. Höchstens darauf, dass ich meine Sachen aus der Wohnung hole, vielleicht«, antwortete Alea, und es klang abgeklärter, als sie eigentlich war.

»Oh.« Betroffen hob Felix die Augenbrauen. »Eure Trennung ist also noch ganz frisch?«

»So frisch, dass wir gerade mitten in der Planung unseres Umzuges steckten, in der wir nun geradewegs in getrennte Weggestaltung umlenken, ja. Na ja, zumindest die gemeinsame Wohnung hatten wir sowieso schon rechtzeitig aufgelöst und schon fast vollständig geräumt.« Aleas Lachen war höhnisch.

»Das tut mir leid.« Es klang unsicheres Bedauern mit.

Alea lächelte schief. »Es kommt nicht aus ganz heiterem Himmel. Und vielleicht sollte es längst so sein, und er hat es nun nur eher erkannt als ich. Oder den Schritt gewagt. Vielleicht haben wir uns in irgendeinem wahnsinnigen Optimismus zeitweise überschätzt und die Zeichen übersehen.« Sie nickte. »Aber zum Glück komme ich kaum zum Traurigsein. Mein Auftrag, auf Sylt Martjes Lebenswerk am Laufen zu halten – all das lenkt mich gerade ganz gut ab.«

»Aber die Momente zum Nachdenken werden bestimmt kommen«, vermutete Felix.

»Ich hoffe, dass ich bis dahin einen Plan habe, wo meine Reise hingeht.«

Felix drängte sie nicht, weiterzuerzählen, und so gingen sie schweigend in Richtung der Häuser zurück.

Kapitel 10

Die geschäftige Stimmung in der Manufaktur am Nachmittag wurde untermalt von sanften Klängen einer Weihnachts-Playlist, die Alea auf einem mobilen Lautsprecher abspielte, den sie auf Reisen immer dabeihatte. Alea hoffte, dass die Kunden in dieser Wohlfühlatmosphäre womöglich doppelt gerne einkauften. Sehnsucht nach der gemütlichen Zeit wurde geweckt, und die Vorfreude auf kuschelige Stunden mit den Liebsten vor dem Kamin wuchs mit jeder Minute, die es näher Richtung Dämmerung ging.

Auch Alea würde diese Vorstellung gefallen, dachte sie sich, und bei dem Gedanken wurde ihr flau im Magen. Sie war gerade so weit entfernt von diesem Bild, das sie sich eigentlich für die Abende vor Weihnachten und, wenn sie ehrlich war, auch für ihr Leben weit über die Winterabende hinaus, vorstellte.

Und dann schob sich ein Bild vor ihr inneres Auge, das sie selbst irritierte und das auch durch leichtes Kopfschütteln nicht verschwand. Es war die Erinnerung daran, wie sie mit Felix in seinem Wohnzimmer saß. Die kleine, weiche Nala wie ein wärmendes Kissen an ihren Beinen, ein Glas Wein in der Hand und das angenehm interessante Gefühl, das seine Erzählungen in ihr auslösten. Und nicht nur das. Sie spürte dem Gefühl einer Gänsehaut nach, als sie an die wenigen Millisekunden dachte, in denen sie sich berührt hatten. So unauffällige, kurze Momente, die fast beiläufig geschahen, aber irgendwie, als sollten sie genau so passieren.

Sie war dankbar dafür, hier Felix getroffen zu haben. Sie hatte keine Ahnung, ob er eine Freundin hatte oder ob er auch nur ansatzweise ähnliche Gedanken über sie hatte, doch eigentlich war das auch nicht wichtig. Ihre Gespräche fühlten sich so gut an, obwohl sie sich noch gar nicht so lange kannten. Von Anfang an hatte eine besondere Vertrautheit zwischen ihnen geherrscht, und ihre Unterhaltungen waren so tiefsinnig und dabei wenig aufdringlich, sondern aufrichtig. Ein schönes Gefühl, was ihr jetzt, wo sie so in der Luft hing, half.

»Sie halten also jetzt hier die Stellung?«, krächzte plötzlich eine Stimme hinter einem der Regale hervor und riss Alea aus ihren Gedanken. »Moin!« Die ältere Frau, zu der die Stimme gehörte, kam um das Regal herum. Um ihre klaren, aufgeweckten Augen lagen unzählige Lachfältchen, sie war bis unter die Nase mit einem Wollschal umwickelt. Interessiert fragend schaute sie Alea an.

»Moin, ja, ich bin Alea Groneberg, Martje Christiansens Nichte. Ich bin angereist, damit es hier weitergehen kann mit dem *Dünenglanz*.«

»Das ist ja toll!« Anerkennend schaute sie Alea an. »Ich dachte schon, dass du mir irgendwie bekannt vorkommst, aber es ist so lange her.«

Verblüfft starrte Alea sie an.

»Wie schön, dass du hier bist.« Sie wickelte den Schal ab und legte die Hand vor den Mund. »Oh, ich bin einfach zum ›Du ‹ übergegangen. Aber ich kenne dich schon so lange. Und ich bin ja ein paar Jahre älter und würde gerne das ›Du‹ anbieten, wenn das in Ordnung ist.« Sie lächelte liebenswert. Alea mochte ihre markant rauchige Stimme sofort.

»Klar, aber verzeih mir bitte, ich weiß leider überhaupt nicht, woher wir uns kennen.« Unsicher lächelte sie.

»Das ist auch zu lange her. Ich bin Hedi, eine alte Freundin von Martje. Das letzte Mal warst du noch so klein«, verkündete Hedi und hielt ihre Hand etwa auf Kniehöhe.

»Ach! Dann habe ich schon sehr viel von dir gehört.« Alea erinnerte sich daran, dass Martje ihr vor einiger Zeit davon erzählt hatte, dass ihre alte Jugendfreundin Hedi ihren Mann verloren hatte. Sie lebte seit Jahrzehnten auf Teneriffa.

»Als mein Mann starb, habe ich gemerkt, dass Teneriffa ohne ihn nicht mehr dasselbe ist, und entschieden, in meine alte Heimat zurückzukehren. Und zu meinen Freunden.«

»Das heißt, du wohnst schon wieder hier?«

»Noch nicht ganz. Aktuell noch im Hotel. Grad war ich in Westerland, weil ich noch einige Dinge erledigen wollte, bevor ich meine alte Freundin Martje besuche. Da habe ich von ihrem Unglück gehört.« Sie hob die Handflächen. »Wir hatten letzte Woche noch telefoniert. Aber weil ich mich nicht verplappern und sie mit meiner Ankunft hier überraschen wollte, habe ich erzählt, dass ich nun ein paar Tage auf einer Schiffstour und nicht erreichbar bin.« Ihre Augen blitzten schelmisch, doch dann wurde ihr Blick traurig. »Sie wird mich ja wohl jetzt nicht auch noch im Stich lassen!« Beinahe empört stemmte sie die Hände in die Hüften.

»Niemals! Dafür liebt sie ihr Leben viel zu sehr.« Alea schluckte. »Nein, im Ernst, Hedi: So schlecht geht es ihr nicht. Zwar schauen die Ärzte noch ein wenig genauer hin. Aber erst mal ist es nur ein Sturz. Ein Armbruch. Das passiert schon einmal in ihrem Alter.«

»Das hat mein Mann auch immer gesagt«, dämpfte sie Aleas Hoffnung. »Ich mache mir große Sorgen um die Gute.« Ihre markante Stimme hatte einen schwachen Klang bekommen und sackte zum Ende ihres Satzes fast in das Unverständliche ab.

»Hey!« Alea ging um den Tresen herum und legte, wie aus einem Reflex heraus, den Arm um die Frau, die ganz zerbrechlich wirkte.

»Entschuldige, Alea. Aber weißt du, ich hatte mir gedanklich für uns so viel vorgenommen, jetzt, wo wir hier wieder zusammen sind.«

»Alles wird gut! Martje wird bald wieder fit sein, und dann kann es mit deinen Plänen weitergehen.«

Mittlerweile stand jemand zum Bezahlen neben Hedi.

»Ich halte dich nur auf, du hast hier viel zu tun. Liebes, ich komme bald wieder vorbei«, sagte diese, als ihr das auch auffiel. »Und verrat doch deiner lieben Tante noch nichts von meinem Besuch, ja?«

»Alles klar, meine Lippen sind versiegelt. Bis bald, Hedi!« Martje würde sich sicher freuen, wenn sie von Hedis Rückkehr erfuhr, dachte Alea sich.

Die restliche Zeit bis zu ihrem Feierabend verging wie im Flug, so drückten sich die Kunden die Klinke in die Hand. Alea war dankbar, als sie die Ladentür endlich schließen konnte, und freute sich darauf, bald die Beine hochzulegen. Während sie noch ein wenig aufräumte, rief sie Martje an.

»Hey, Leli! Wie war der Tag?«

»Großartig, Martje! Es war so viel los – unglaublich, was du da tagtäglich meisterst. Wie machst du das nur?«

Sie lachte müde auf. »Nun, ich würde gerne sagen, das klappt mit links! Obwohl mein derzeitiger Zustand wohl eine andere Sprache spricht. Aber es ist ja leider auch nicht jeden Tag so viel Trubel.«

»Wie geht es dir denn?«, ging Alea über Martjes Kommentar hinweg.

»So weit ganz gut. Doch so schwer es mir fällt, muss ich den Bedenkenträgern hier teilweise recht geben. Ganz die Alte bin ich noch längst nicht.«

»Ein Grund mehr, dass ich hierbleibe und mich um dich kümmere. So lange, wie du im Krankenhaus bleiben musst, schmeiß ich hier den Laden, und danach werden wir mal sehen, wie es weitergehen kann.«

»Du bist wirklich ein Engel, Leli. Mit Felix hab ich auch schon telefoniert, und Nala benimmt sich wohl prächtig!«

»Sie ist so süß. Und sie liebt Karl und Felix sehr, glaube ich.«

»Das sind aber auch zwei außerordentlich nette Jungs«, sagte Martje, und Alea hörte, wie sie abwartend lauschte.

»Das sind sie. Sehr nett, ja«, antwortete Alea und war sich sicher, dass ihre Tante das verzauberte Grinsen auf ihren Lippen durchs Telefon hören konnte.

»Leli, hier ist grad schon wieder jemand ins Zimmer gekommen, ich muss auflegen. Mach dir einen gemütlichen Abend! Bis morgen.« Sie verabschiedeten sich und beendeten das Telefonat.

»Sehr nett«, murmelte Alea leise zu sich selbst. Ihr Blick ging hinüber zu Felix' Haus. Es lag im Dunkeln. Er hatte von einem Termin gesprochen. Vielleicht war es eine Verabredung. Alea stellte sich vor, dass er mit seinem Besuch essen gegangen war, schüttelte den Gedanken jedoch schnell wieder ab.

Sie löschte das Licht im Laden und ging in die Wohnung hinauf, die gemütlich war, sie dennoch aber erdrückend still empfing. Martje hatte sie bereits angerufen, ihre Freundin Laura hatte die letzte Kurzmitteilung noch nicht geöffnet und war sicher unterwegs. Sie fühlte sich allein. Es erstaunte sie, wie gleichgültig sie offenbar ihrem Ex war, denn er meldete sich gar nicht. Aber dann fiel ihr auf, dass auch sie nicht den Drang hatte, mit ihm zu sprechen, und ihr Herz bei diesem Gedanken keinerlei Schmerz verspürte.

Alea griff nach dem Handy, um ihre Eltern auf den neusten Stand zu bringen. Sie waren erstaunt, dass ihre Tochter nun längere Zeit auf Sylt bleiben wollte, wo sie ja eigentlich geplant hatte, bald nach Bayern zu ziehen. Doch Alea war gerade nicht in der Stimmung, länger über Christopher zu sprechen, und vertröstete sie, das ein andermal zu erklären.

Sie entschied, sich etwas zu essen zu kochen und es sich dann mit einem Buch gemütlich zu machen. Die Schuhe tauschte sie gegen kuschelige Wollsocken und ging zu Martjes Bücherregal, um sich dort einen ihrer Romane auszusuchen. Ihre Tante und sie hatten denselben Lesegeschmack und liebten es, in Geschichten über die Liebe mit Happy-End-Garantie abzutauchen. Auch aus der Ferne hatten sie sich via Telefon wöchentlich zu ihren Lesefortschritten und Empfehlungen ausgetauscht.

Als sie vor dem Regal stand, fiel ihr Blick auf ein altes Fotoalbum. Es war eins mit Fotos aus ihrer Kindheit und von den Aufenthalten hier bei Martje im Haus, das erkannte sie am bunten Umschlag. Alea zog es hervor und legte es neben den Sessel auf den kleinen Tisch unter der Leselampe, um später darin zu stöbern.

Sie bereitete sich eine cremige Suppe zu, die dampfend auf dem Herd köchelte. Sie war das Gericht, das sie hier bei Martje schon immer gerne gegessen hatte und oft nach ihrem Rezept nachkochte, um auch in Hamburg ein klein wenig Sylt-Gefühl zu zaubern. Es war eine Kartoffelcremesuppe, zu der Martje Brotwürfel röstete und die sie mit ihrem sogenannten »Spezialgewürz«, einer Mischung aus Lorbeer und Muskat, würzte. Neben etwas Parmesan, den sie ebenfalls dazugab. Die Suppe schmeckte köstlich, und neben dem Gefühl von zweiter Heimat und Kindheit spürte Alea auch ein wenig Wehmut.

Undenkbar war für sie, dass sich hier in der Kerzenmanufaktur irgendetwas verändern würde. Das durfte einfach nicht sein. Dass sogar ihre Tante sich mittlerweile selbst eingestand, dass sie kürzertreten musste, war ein deutliches Zeichen dafür, dass ein Plan hermusste. Hedis Bedenken hatten Aleas Gedankenkarussell zusätzlich angestoßen.

Alea brachte die leere Schale in die Küche, nahm sich einen *Sylter Wintertee* mit ins Wohnzimmer, den sie schon in der Kanne hatte ziehen lassen, und setzte sich in den Lesesessel. Sie schlug die erste Seite des Fotoalbums auf. Das Bild zeigte Alea auf der Rückbank des Autos ihres Vaters. Sie strahlte über das ganze Gesicht und reckte beide Daumen in die Höhe. Unverkennbar sah sie durch die Heckscheibe den Autozug, auf dem das Auto stand. Alea war mit leuchtenden Augen auf dem Weg zu ihrer Tante.

Sie blätterte um, und da war ein Foto von ihr als ungefähr Neunjährige, wie sie, im Arm von Martje, auf der weißen Holzbank vor ihrem Friesenhaus saß. Der Himmel war blau mit einigen Schäfchenwolken. Ein bunter Kranz aus Blumen hing an der Haustür. Neben der Bank stand eine Schiefertafel, auf der mit Kreide das Wort *Dünenglanz* und ein Pfeil gezeichnet waren. Martje und sie trugen beide Schürzen, wie ihre Tante es bis heute bei der Arbeit tat. Sie lächelten, Arm in Arm, ein unschlagbares Team. Zu ihren Füßen lag der gute alte Billy.

Das Foto strahlte pures Glück aus, und Alea wusste, würde sie heute mit ihrer Tante wieder genau so ein Bild aufnehmen, würde der Betrachter dieselbe Verbundenheit spüren und die positive Energie erkennen, wenn sie zusammen waren.

Diese Fotos hatten ihre Eltern gemacht, die Martje das Album geschenkt hatten. Weiter ging es im Fotoalbum, und auf den nächsten Seiten waren Aufnahmen zu sehen, wie Alea in der Küche stand und Kerzen zog und goss. Auf einigen Bildern schob sie die Zungenspitze in den linken Mundwinkel, so, wie sie es bis heute tat, wenn sie hochkonzentriert bei der Sache war. Alea lächelte. Die Schürze vollgekleckst und die Wangen glühend rot, wirkte sie zufrieden versunken in ihre Tätigkeit. Auch die Kerzen, die bereits an der Arbeitsfläche standen und an einem Haken hingen und neben denen man sie auch fotografiert hatte, konnten sich sehen lassen. Die Fotos zeigten Alea beim Verpacken weihnachtlicher Präsente sowie bei scheinbar unbeobachteten Kuschelpausen mit Billy im Nebenraum der Werkstatt.

Mit jeder Seite stellte Alea fest, dass die Bilder eine beruhigende Zufriedenheit und das Gefühl einer glücklichen Kindheit ausstrahlten, auf die sie sehr stolz sein durfte. Das Geschenk, das ihre Tante ihr hier mit dem zweiten Zuhause auf Sylt gemacht hatte, war das Beste, was ihr hätte passieren können.

Wie ein indirekter Fingerzeig auf das Glück ihrer Kindheit und Jugend hier bei Martje kam es ihr in diesem Moment vor, dass sie ausgerechnet nach diesem Album gegriffen hatte. Als wolle ihr das Schicksal sagen, dass es keinen besseren Zeitpunkt gab, als Martje jetzt etwas davon zurückzugeben, was sie ihr für ihr Leben mit auf den Weg gegeben hatte. Alea wollte unbedingt für sie da sein. Hier auf Sylt und im *Dünenglanz*. Doch so romantisch und schön diese Vorstellung war, musste sie bei aller Euphorie auch darüber nachdenken, wie sie sich das Leben auf Sylt finanzieren wollte.

Martje lebte ein für sie gutes Leben und hatte ihr Auskommen. Sie hatte aber auch, wenn es darum ging, jemanden als Unterstützung einzustellen, oft betont, dass das finanziell nicht drin war.

Immerhin konnte Alea jetzt, wo Martje die Zimmervermietung vorübergehend eingestellt hatte, problemlos langfristig hier einziehen. Vielleicht wäre es nun, wo Alea mithalf, auch möglich, die Vermietung zumindest im kleinen Stil wieder aufzunehmen?

Martje hatte damals Geld für das Haus von ihren Eltern geerbt, während Aleas Mutter die großzügige Wohnung in Hamburg erhalten hatte. Sie hatten sie, als Alea ausgezogen war, vermietet, bis sie und Christopher dort eingezogen waren. Alea wollte sie nun untervermieten. Dies würde eine zusätzliche Einnahmequelle sein für sie.

Das Friesenhaus von Martje, in dem sich bis heute die Manufaktur befand, bildete nicht nur beruflich, sondern auch privat die Basis für Martjes Leben auf der Insel. Nach vielen Jahren war auch der Kredit für das Haus abbezahlt, der Martje lange auf Trab gehalten hatte.

Ohne Eigentum hier wäre ein Leben für sie auf der Insel wohl mittlerweile unerschwinglich. Allein die Kosten für eine Wohnung waren utopisch. Und da Martje weniger über Masse als vielmehr über Individualität ihr Geschäft bestritt, waren auch die Erträge ansehnlich, aber überschaubar.

Das Haus auf Sylt war jedoch auch im wahrsten Sinne des Wortes Gold wert. Realistisch betrachtet wäre sie auf einen Schlag äußerst wohlhabend, wenn sie das Haus verkaufte. Die Makler, weit über die Insel hinaus, rissen sich um derlei Objekte. Aber wenn Martje etwas kategorisch ausschloss, dann war es ein Verkauf dieses Hauses und eine Aufgabe ihres Lebenswerkes, was für sie immer mit dem Friesenhaus zusammenhängen würde. Deshalb nahm sie in Kauf, dass der größte Teil des Gewinns, den der Laden abwarf, in die Instandhaltung des reetgedeckten Hauses sowie die Versicherung lief, die aufgrund der erhöhten Brandgefahr durch die Bauweise und den stetigen Wind auf der Insel ungewöhnlich hoch war.

Martje lebte gut, aber bescheiden. Dieses Haus, leckeres Essen und ihre kleine Nala waren der Luxus, den sie sich gönnte. Große Rücklagen gab es nicht, abgesehen von der wertvollen Immobilie. Martje hatte für sich geplant, so lange weiterzuarbeiten, bis sie tot umfiel. Diese Einstellung passte zu ihr, und bis vor wenigen Tagen hatte Alea das nie infrage gestellt.

Jetzt dachte sie daran, wie Martje immer gesagt hatte, dass sie das Haus irgendwann erben würde. Alea schob diese Vorstellung weit weg. Sie konnte noch nicht einmal darüber nachdenken, dass Martje nicht mehr da sein würde, und war sich ziemlich sicher, dass sie das Haus dann allein deshalb schon verkaufen müsste, weil sie es nicht ertragen könnte, in jeder Ecke Martje zu sehen und zu vermissen. Sylt und dieses Haus würden ein anderer Ort sein ohne ihre Tante.

Die Vorstellung, mit irgendeinem gierigen Makler durch die Räume voller Erinnerungen zu gehen und ihm dieses Seelenobjekt zu überlassen, war aber auch entsetzlich. Alea spürte, dass das Schwelgen in diesem Familienalbum sie langsam eher runterzog, deshalb legte sie es beiseite.

Alea wechselte vom Sessel auf das Sofa, zündete sich dort eine Kerze an, und das flackernde Feuer und der sanfte Duft nach Kiefer sorgten für Behaglichkeit und dafür, dass sie zur Ruhe kam. Eine wohlige Wärme durchströmte ihren Körper und mit ihr eine Welle der Zuversicht. Die gemütliche Atmosphäre ließ sie immer müder werden. Sie blies die Kerze aus und wechselte vom Wohnzimmer ins Bad und bald darauf in ihr Schlafzimmer.

Unweigerlich fiel ihr Blick beim Schließen der Vorhänge auf das Haus von Felix, welches nur notdürftig erleuchtet war. Auch sein Auto stand nicht vor der Tür. Wohl aber das seines Besuches. Offensichtlich war drüben aber noch niemand wieder zu Hause.

Erst als Alea schon im Bett lag, wo sie noch ein paar Seiten gelesen hatte, über denen sie jedoch immer wieder eingenickt war, fuhr ein Auto vor. Zwei Türen wurden zugeschlagen, es folgte eine kurze Unterhaltung, und ein Motor startete erneut. Das eine Auto brauste rasant davon.

Alea war mit einem Mal hellwach, als ihr Handy eine Nachricht ankündigte. Sie kam von Felix.

Hey, war auch dein Nachmittag im Dünenglanz gut?

Danke, der Tag war super! Lieb, dass du fragst.

Das freut mich. Dann nun eine gute Nacht.
Bis morgen?

Dir auch! Bis morgen!

Alea lag im Bett und spürte ein kribbelnd gutes Gefühl im Bauch. Auch wenn die Nachricht von Felix eher sachlich war. Das kleine Fragezeichen hinter *bis morgen* ließ sie glücklich lächeln. Kurz schwenkte das angenehme Prickeln in Unwohlsein um, als sie an all die Dinge dachte, über die sie vorhin gegrübelt hatte.

Ihr Leben war bisher gradlinig verlaufen und nun ein wenig aus der Spur geraten. Der Plan, alles auf sich zukommen zu lassen, war noch nie ihrer gewesen. Zu viel Unerwartetes konnte geschehen. Vielleicht sollte sie sich aber viel eher auf das vorfreudige Prickeln einlassen als auf die Zweifel und Unsicherheiten. Sie dachte daran, wie sie sich schon als Kind immer gewünscht hatte, in Martjes Kerzenmanufaktur zu arbeiten. So schön dieser Traum sich angefühlt hatte, so schwärmerisch war er ihr dann viele Jahre aber auch vorgekommen. Wie ein unrealistischer Kindheitstraum, den man unmöglich wirklich in die Tat umsetzen konnte. Dabei hatte Martje ihr gezeigt, dass es sehr wohl möglich war, seinen Traum zu leben und damit ein zufriedenes Leben zu führen. Auch wenn dafür finanzielle Unsicherheit in Kauf genommen werden musste.

Der Duft der Kerzenkreationen ihrer Tante knüpfte an Aleas Kindheitsträume an und erweckte sie neu. Er rüttelte sie mit aller Wucht aus ihrem bisherigen Alltag auf, um weiterzuträumen in eine ganz andere Richtung.

Nicht zuletzt war da aber auch dieser Mann. Felix, der hier nebenan wohnte und dessen Nähe sich verdammt gut anfühlte. War es Schicksal, dass Martjes Erkrankung Alea gerade jetzt, wo sich ihr Leben beinahe Richtung Süden und weit weg von Sylt entwickelt hätte, hierherführte, wo auch Felix hier für eine gewisse Zeit wohnen wollte? Eine Auszeit, die er sich, wenn sie es richtig verstanden hatte, auch bewusst genommen hatte. Führte da das Schicksal wirklich die Fäden und rieb sich nun schon die Hände, weil sich ihre Wege tatsächlich gekreuzt hatten?

Sollten Martjes Situation und dieser Jahreswechsel womöglich der Grundstein für einen Neubeginn im Job sein und am Ende vielleicht auch der für eine neue Liebe?

Aleas Herz schlug so aufgeregt, dass an Schlafen nicht mehr zu denken war. Sie öffnete das Fenster einen Spaltbreit und ließ die frische salzige Luft herein.

Wenn Alea auf Sylt bleiben wollte, musste sie sich konkret überlegen, wie es darstellbar wäre, dass auch sie hier in Martjes Laden arbeiten würde und beide davon leben konnten.

Hierfür wäre ein neues Konzept notwendig. Auch wenn Martje sich mit Neuerungen schwertat, vermutete Alea, dass die Aussicht darauf, dass unter gewissen Umständen ihre Nichte hier leben könnte, Martje sicher zu Kompromissen veranlassen würde. Die

Alternative, so weiterzumachen wie bisher, würde sie langfristig ins Unglück stürzen.

Alea fand zwar, dass die Manufaktur so, wie sie war, genau richtig war und eigentlich nichts daran hätte verändert werden sollen. Dennoch musste die Ertragssituation bei zwei Personen, die davon auf Sylt leben wollten, optimiert werden. Wenn sie an den gestrigen Tag dachte, war sie ziemlich sicher, dass die Bekanntheit des *Dünenglanz* auf der Insel nicht das Problem war. Einheimische wie Gäste kannten und schätzten das Geschäft. Es musste eine andere, weitere Einnahmequelle geben.

Plötzlich dachte sie an den Besuch des Ladens in Hamburg, wo sie für Martje das Windlicht gekauft hatte. Die Verkäuferin hatte erzählt, dass sie mit kleinen Unternehmen zusammenarbeiteten. Was, wenn es Alea gelingen würde, einen Kontakt zu so jemandem herzustellen, der eine größere Abnahme von Martjes liebevoll gefertigten Kerzen garantierte und in seinem Laden verkaufen würde? So wäre eine sichere Quelle erschaffen, die regelmäßig kalkulierbare Mengen abnahm. Diese könnte sie mit ihrer zusätzlichen Arbeitskraft bedienen, und die Manufaktur würde in finanzieller Hinsicht profitieren. Alea war überzeugt, dass es auch in anderen Läden, die ein passendes Sortiment hatten, Kunden gab, die Artikel von Martje kaufen würden.

Eine weitere Idee von Alea war, Sylter Gasthäuser anzuschreiben und Kooperationsverträge mit ihnen zu schließen. Sie könnten ihre Kerzen zu günstigen Sonderkonditionen einkaufen und durch die öffentliche Nutzung der Kerzen und das Auslegen von Flyern zusätzliche Werbung für ihre Manufaktur machen. Gleichzeitig würden auch Martje und Alea im Laden die Visitenkarten der Restaurants auslegen und sie an Kunden weiterempfehlen.

Weil sie sowieso nicht schlafen konnte, griff sie noch einmal nach ihrem Handy und gab verschiedene Begriffe ein. Sie durchkämmte das Internet nach einem Markt für handgemachte Kunstwerke wie Martjes Kerzen. Dabei schaute sie nach Möglichkeiten auf der Insel und darüber hinaus.

Sie wollte die Inhaber der jeweiligen Geschäfte anschreiben und um einen persönlichen Termin bitten, bei dem sie ihre Produkte vorstellen und Bedingungen abklopfen konnte.

Mit dem Laden aus Hamburg startete sie. *Lykke Hjem*. Sie ließ sich den Namen übersetzen. Es bedeutete so viel wie: glückliches Zuhause. Das gefiel ihr und passte so gut zu dem schönen Geschäft. Sie rief als Erstes die Homepage auf, bekam dort aber die Nachricht, dass sich derzeit einiges im Umbruch befinde und sie Kooperationsanfragen aktuell nicht bearbeiten könnten.

Alea schaute also weiter. Sie stieß auf Ketten, die Kerzen und alles, was dazugehörte, in großem Stil verkauften. Außerdem fand sie überregionale Unternehmen für Dekoartikel und Wohnaccessoires. Manche waren in Aleas Augen zu modern und signalisierten, dass eher der Designername zählte als die von Hand liebevoll gefertigte Arbeit. Da passten Martjes Produkte nicht hin. Aber es gab einige Läden, deren Produktpalette von regionalen Kleinbetrieben, die mit individuellen Herstellungsverfahren arbeiteten, bedient wurde. Dass Dinge wie Martjes Kerzen offenbar einen Markt hatten, den es zu erschließen galt, beruhigte Alea und weckte gleichzeitig den Wunsch, sich näher damit zu befassen.

Auch der Gedanke an einen Onlineshop kam Alea. Sie wollte auch diesen unbedingt weiterverfolgen.

Schon ein Stück weit zuversichtlicher, legte sie das Handy wieder beiseite.

Als Alea gerade noch einmal zum Fenster ging, weil es doch viel zu kalt war, es über Nacht aufzulassen, sah sie Scheinwerfer und hörte draußen wieder ein Auto vorfahren.

Sie schaute vorsichtig durch den Spalt im Vorhang und hörte gedämpft eine Stimme aus der Freisprechanlage eines Telefons im Auto sprechen. Eine Person, dick in einen überdimensionalen Mantel eingehüllt und mit Mütze auf dem Kopf, stieg aus und lief auf das Haus zu, wo sich direkt die Haustür öffnete. Felix nahm sie zur Begrüßung kurz in den Arm, und beide verschwanden im Flur. Es sah für Alea wie eine klassische Versöhnungsszene aus, und mit einem Mal kam sie sich erneut unfassbar einsam vor. Alles in ihr krampfte zusammen, und sie hoffte, dass sie nicht so allein war auf der Welt, wie sie sich gerade fühlte.

Kapitel 11

Am Sonntag erholte sich Alea nur von dem aufregenden Eröffnungstag und verbrachte den Tag mit stundenlangen Spaziergängen und Lesen. Felix war sie gar nicht begegnet. Zwar hatte sie viel Zeit mit Grübeln verbracht, die wunderschöne Umgebung hatte ihr jedoch immer wieder Ablenkung und Beruhigung geschenkt. Sie fühlte sich am Abend gut erholt und perfekt gewappnet für den Wochenstart.

Der nächste Vormittag bot Alea keinerlei Gelegenheit, zu grübeln, weil sie unheimlich viel zu tun hatte. Bereits kurz nach Ladenöffnung erhielt sie eine riesige Lieferung für die Manufaktur. Der Spediteur stellte die Palette zunächst vor dem Laden ab. Das Wetter war gut, und so wollte Alea alles Stück für Stück ins Lager bringen und direkt ordentlich verstauen.

Heute hatte sie so viele Kunden, dass sie nicht dazu kam, neue Kerzen zu ziehen oder zu gießen. Sie war ausschließlich damit beschäftigt, Produkte aus dem Laden zu zeigen und vorzustellen und in kurzen Pausen einige der gelieferten Materialien ins Lager zu bringen. Sie blickte in zufriedene Gesichter, die mit den weißen Tüten mit hellrosa und goldfarbener Aufschrift *Dünenglanz* den Laden verließen.

Um den Kunden die Besonderheiten von Martjes Kunstwerken besser zeigen zu können und zusätzlich noch mehr Gemütlichkeit aufkommen zu lassen, hatte Alea einige ausgewählte Exemplare im Raum verteilt und sicher in Kerzengläsern verstaut aufgestellt und angezündet. So roch es nach den vergangenen Stunden im gesamten Raum nach den schönsten Düften. Alea fühlte sich beinahe wie auf einem Wintermarkt inmitten von Bratapfelständen, Glühweinbuden und Zuckerwatteverkäufern, einen Becher heißer Schokolade oder Honigmilch in der Hand.

Kurz vor der Mittagspause ging die Tür auf, und Felix kam herein. In der Hand hielt er einen Topf.

»Hey, Felix«, begrüßte ihn Alea.

»Hallo, Alea. Wow! Hier duftet es wie auf dem Sylter Wintermarkt – wie wunderbar.«

Er schloss die Augen und sog den Duft mit einem genießerischen Lächeln ein.

»Das stimmt! Hier war heute großes ›Weihnachtsduft-Tasting‹«, lachte Alea. »Es war grandios viel zu tun! Total klasse!«

»Klingt toll!«

»Darf es gleich in ein nächstes Tasting übergehen?«, wunderte sich Alea und deutete auf den Topf.

»Wenn du magst! Ich habe zu viel eingekauft und gekocht. Nun ist vom Essen was über. Es gibt eine asiatische Gemüsepfanne mit Reis. Hast du Hunger?«

»Oh, was für ein Glück! Auf jeden Fall! Heute Morgen musste es schnell gehen, und ich kam kaum zum Frühstücken.« Alea strahlte. »Aber ich habe noch ein wenig zu tun. Es ist noch eine halbe Stunde bis zur Mittagspause, und dann wurde vorhin Wachs geliefert, das ich noch ins Lager bringen und die Listen abgleichen muss, bevor mich heute Nachmittag wieder die Kunden überfallen. Es steht noch alles kreuz und quer vor der Manufaktur.«

»Ja, das hab ich bemerkt. Da kann ich doch helfen, oder?«

»Das wäre großartig«, freute sich Alea. »Danke!«, sagte sie schnell noch, bevor sie sich den nächsten zahlenden Kunden zuwandte.

Innerhalb weniger Minuten hatte Felix die restlichen Kartons ins Lager getragen und war schon dabei, den ersten Lieferschein abzugleichen. Alea freute sich, dass sie nichts mehr zu schleppen hatte, und über seine Gesellschaft. Während sie noch bediente, legte er ihr die mit Häkchen versehenen Unterlagen auf den Tresen und trat dann kurzerhand wie selbstverständlich neben Alea. Er schlug die gekauften und auf dem Tresen abgestellten Produkte in Papier ein und verstaute sie in Tragetüten, legte jeder Tüte einen Flyer für den Adventskalender bei, hielt ein wenig Small Talk und verzauberte vor allem die Kundinnen mit seinem Charme, während sie abkassierte.

Alea genoss ihren Auftritt als so gut eingespieltes Team.

Als sie endlich die letzten Kunden an diesem Vormittag verabschiedet und hinter ihnen die Tür geschlossen hatte, seufzte Alea tief. »Jetzt haben wir erst mal für zwei Stunden Ruhe. Hast du denn schon gegessen?«, erkundigte sich Alea.

»Danke, ja. Ich bin satt.« Er griff wieder nach dem Topf.

»Wollen wir in Martjes kleine Pausenküche nebenan gehen? Da steht auch ein Herd, und etwas Geschirr hab ich da auch schon gesehen. Wenn du magst, koche ich dir wenigstens einen Kaffee?«

»Da sage ich nicht Nein, gerne.« Felix folgte Alea in den gemütlichen Nebenraum.

»Setz dich doch«, bot sie an, nahm ihm den Topf ab und stellte ihn auf den Herd. Sie öffnete den Deckel, und der köstliche Duft zog ihr in die Nase.

»Hmmm! Wie lecker das schon duftet! Herzlichen Dank! Auch für deinen Einsatz! Du warst fantastisch.«

»Das freut mich doppelt.« Felix lächelte. »Wie war dein Vormittag?«

»Mein Tag war gut. Es war unsagbar viel zu tun, ich hatte kaum Zeit, mal Luft zu holen. Und bei dir?«

»Okay.« Die kurze Antwort ließ Raum für Spekulationen.

Alea war erstaunt, dass er mit einem Topf voller Essen bei ihr aufkreuzte, während er über den Sonntag offenbar einen Gast gehabt hatte. »Ich hatte Besuch. Lief nicht so richtig rund, aber wie du ja weißt, ein leckeres Essen hilft immer«, sagte er dann, und Alea, die gerade am Herd stand und Felix den Rücken zudrehte, schluckte. Sie hatte ein wenig Sorge vor der Erklärung, wer der Besuch gewesen war. Zu gut fühlte sich die Zweisamkeit mit ihm an, obwohl sie sich auf den freundlichen Umgang sicher nichts einbilden sollte. Felix war einfach ein netter Kerl.

»Dein Besuch hat sich also schon vor dem Essen wieder verabschiedet?«

»Es war besser so.«

»Da verpasst dein Besuch aber was.« Alea lächelte schief.

»Das hab ich eben erst gekocht. Jetzt fehlte mir aber doch der Appetit für die große Portion. Zu viel Chaos im Kopf.« Was er sagte, verwirrte Alea. Die Kaffeemaschine hatte den Kaffee für Felix aufgebrüht, und Alea servierte ihn.

»Wem sagst du das.« Sie rollte mit den Augen. Das Essen war warm, und Alea füllte sich einen Teller auf. »Jetzt esse ich dir hier einen vor«, sagte sie entschuldigend.

»Alles gut! Freue mich ja, wenn ich dir damit eine Freude machen kann.« Er wirkte geknickt.

»Alles okay, Felix?«

»Ich glaub, ganz ähnlich okay, wie es bei dir derzeit manchmal ist.« Sein Lächeln war schief.

»Verstehe«, sagte Alea, dabei war das nur die halbe Wahrheit.

Sie ahnte, dass er mit einer zwischenmenschlichen Beziehung kämpfte, wusste aber nicht einzuordnen, worum es genau ging.

»Entschuldige.« Zerknirscht starrte er auf seine gefalteten Hände, die Ellenbogen auf den Knien abgestützt.

»Hey, alles gut. Dir ist es doch vorgestern auch gelungen, mich wieder aufzupäppeln! Was ist denn passiert?« Ein langer Blick folgte, bei dem Alea an den verschiedenfarbigen Augen ihres Gegenübers hängen blieb.

»Es ist kompliziert. Hier zu sein tut auf jeden Fall gut«, sagte Felix dann, und um seine Lippen entstand ein erleichtertes Zucken, welches ein Lächeln andeutete. Felix sprach in Rätseln, wirkte aber traurig, und Alea hatte das Bedürfnis, ihn in den Arm zu nehmen, tat es jedoch nicht. Stattdessen stocherte sie still im Essen herum, als sei es ungenießbar.

»Das habe ich wohl total versaut«, riss Felix' Bemerkung sie aus ihrer Grübelei.

»Bitte? Nein! Es schmeckt großartig!«

Felix lachte leise. »Das freut mich, aber das meine ich nicht. Jetzt bist du auch schlecht drauf.« Er hob bedröppelt die Augenbrauen. Alea wollte ihn nicht anlügen. Es stimmte. Die Vermutung, dass er wegen einer anderen Frau so neben der Spur war, machte sie wirklich traurig. Außerdem vermutete sie ja auch, dass sie immerhin noch bei ihm übernachtet hatte, was sie mit einer Trennung gerade kaum in Einklang bringen konnte.

»Ich, also«, stammelte sie und suchte nach den richtigen Worten, als Felix aber aufstand. »Bleib doch noch«, bat sie ihn. »So ganz glücklich lässt mich dieses Treffen wirklich nicht zurück. Das gebe ich zu. Bis auf das Essen – das ist hervorragend!« Alea lächelte schief.

»Wenigstens das.« Schweigend senkte Felix den Blick. »Die Hunde müssen raus«, erklärte er, doch es wirkte vorgeschoben.

Alea schaute auf die Uhr. Es missfiel ihr, so auseinanderzugehen. »Ich hab noch Zeit. Wollen wir gemeinsam spazieren gehen?«

»Danke dir, aber ich wollte eine größere Runde laufen und werde mal zur Westseite fahren. Das brauche ich heute einfach. Nicht böse gemeint!« Es wirkte ehrlich, was er sagte, aber dennoch verursachten seine Worte Bauchweh bei Alea.

»Alles klar. Danke für das leckere Essen und deine Hilfe. Den Topf bringe ich dir nachher vorbei.«

»Das hat keine Eile. Bis bald, Alea. Bleib ruhig sitzen und iss in Ruhe auf. Ich geh durch den Flur raus.« Alea nickte und schaute Felix hinterher, der mit hängenden Schultern die Manufaktur durch die Seitentür verließ.

Das Gespräch ließ Alea völlig verwirrt, enttäuscht und auch ein bisschen wütend zurück.

Sie konnte nicht einschätzen, was in Felix vorging, ob er nun eine Freundin hatte oder getrennt war. Auch für sie fühlte es sich merkwürdig an, dass sie sich so frisch nach ihrer Trennung, innerhalb weniger Tage, schon wieder Gedanken über einen anderen Mann machte. Deshalb war sie froh, dass sie am Nachmittag viel zu tun hatte. Wenn sie nicht gerade Kunden bediente, verbrachte sie die Zeit damit, weitere Pläne zu schmieden, wie es mit der Kerzenwerkstatt weitergehen konnte, wenn sie sie mit Martje gemeinsam führte.

Sie formulierte ein paar Schreiben und stellte ein Paket aus verschiedensten Artikeln zusammen, das sie bei Bedarf als Muster an Interessenten verschicken konnte. Von gegossenen Kerzen mit Duft über die gezogenen Kerzen, passende Windlichter, Teelichter mit Botschaften und auch diverse Kerzenvariationen in Muscheln war alles dabei, um einen guten Überblick über das Sortiment des *Dünenglanz* zu geben.

Sie hatte Martje bewusst noch nichts von ihren Plänen erzählt. Schließlich hatte sie selbst keine Ahnung, ob sie mit ihrer Idee Erfolg haben würde, und was nützte es, Martje mit Dingen zu belasten, die noch gar nicht ausgereift waren. Wenn es erst so weit war, dass wirklich eine Aussicht auf eine Kooperation bestand, würde sie Martje davon überzeugen, dass das ein Weg war, wie es hier auf Sylt ganz anders – gemeinsam – und dennoch altbewährt weitergehen konnte.

Kurz vor Feierabend rief sie Martje an, um zu hören, wie die Lage war. »Leli, wie geht es dir?«, fragte Martje als Erstes. Sie musste lachen.

»Danke, mir geht es gut, aber diese Frage müsste ich eigentlich dir stellen, denn noch besser ginge es mir, wenn du wieder richtig fit wärst. Aber das kriegen wir schon hin.«

»Noch gebe ich diese Hoffnung auch nicht auf«, erklärte Martje, und Alea hörte das Lächeln in ihrer Stimme. »Und was macht meine kleine Nalamaus?«

»Der geht es immer noch gut«, antwortete Alea.

»Felix hat mir geschrieben, dass sie Fotomodell oder vielmehr Filmstar werden soll.« Anerkennend schnalzte Martje mit der Zunge. »Die kommt wohl noch groß raus! Ich hoffe nur, du handelst beizeiten eine angemessene Gage für meine Süße aus!«

Alea konnte Martjes Zwinkern problemlos vor ihrem inneren Auge sehen.

»Ist eine Unterkunft bei Felix und Karl nicht Lohn genug?«, fragte sie, und im selben Moment bereute sie ihre Worte.

»Da hast du auch wieder recht. Aber Liebes, was ist es, das dich so bedrückt, wenn wir von Felix reden? Vor ein paar Tagen hatte ich noch den Eindruck, deine Augen leuchten ein klitzekleines bisschen mehr, wenn ich seinen Namen erwähne.« In Martjes Stimme schwang ein sanftes Lachen mit. »Und wenn ich ehrlich bin, hat mir dieses Leuchten gut gefallen, aber jetzt klingst du bedrückt, wenn ich von ihm spreche.«

»Ach, Martje! Ich bin frisch getrennt. Felix unterstützt uns. Ich bin ihm einfach nur dankbar.«

»Oh, ich auch!«

»Siehst du!«

»Sehe ich, ja.«

»Mensch, Tantchen!« Sie rollte die Augen und lächelte liebevoll. »Dir kann ich ja sowieso nichts vormachen«, erklärte Alea, und ihre Tante schwieg nur abwartend. »Felix ist toll.«

»Absolut.«

»Wir haben so großartige, ehrliche Gespräche geführt. Er ist so inspirierend und glaubt an mich und meine Pläne. Das tut mir so gut. Ich erkenne mich selbst kaum wieder, so kurz nach dieser Trennung.«

»Das klingt fantastisch, mein Schatz.«

Alea nickte, obwohl Martje sie natürlich nicht sehen konnte. »Ja. Aber irgendwas ist da schiefgegangen. Du hättest ihn erleben sollen, als er heute Mittag bei mir war. Er hatte am Wochenende Besuch, ich weiß nicht, von wem, aber ich vermute, dass es seine Freundin war, und dieser Besuch ist dann wohl nach einem Streit abgereist. Als er danach bei mir war, ist er ganz unvermittelt aufgesprungen und wieder gegangen. Jetzt weiß ich nicht mehr, wie ich ihm gegenübertreten soll. Ich habe das Gefühl, etwas falsch gemacht zu haben.«

Kurz überlegte Martje. »Aha?« Es klang fragend beiläufig, fast ein wenig frech.

»Martje!« Alea presste die Lippen aufeinander.

»Was möchtest du jetzt von mir hören, Liebes?«, hakte Martje nach. »Du scheinst ihn zu mögen, und seine Gesellschaft tut dir gut, also sieh zu, dass du mit ihm sprichst!«

»Es wäre wahrscheinlich sehr unklug für uns beide, wenn wir uns sofort ins nächste Abenteuer stürzen. Einfach unvernünftig«, beharrte Alea.

»Liebes, erstens habe ich noch gar nichts von einem Abenteuer gesagt, sondern dir nur geraten, mit ihm zu reden. Aber wenn ich dir trotzdem einen Rat geben darf, dann ist es der: Aus Vernunftgründen sollte man niemals im Leben auf eine Liebe verzichten.«

»Was soll das heißen?« Alea konnte die Überraschung in ihrer Stimme nicht verbergen.

»Nun, dass es sicher ausgesprochen vernünftig ist, sich einen Mann direkt wieder aus dem Kopf zu schlagen, der nach einer Trennung noch an der Frau zu hängen scheint.«

»Eben!«

»Ja, aber das bedeutet nicht, dass es automatisch das Richtige ist. Du läufst auf der vernünftigen Schiene jedenfalls Gefahr, irgendwann allein dazustehen. Dann krallst du dich am Ende mit kleinkindartiger Trotzigkeit an die Dinge, die die Liebe in deinem Leben immer ersetzt haben, und klammerst dich an diesen Sinn.«

Alea legte irritiert die Stirn in Falten. »Hast du selbst erlebt, wie es ist, der Vernunft wegen die Chance auf eine Liebe ziehen zu lassen?«

Martje erwiderte ruhig: »Möglich. Und ich sage dir – es war saudumm!«

Alea fand es traurig, was Martje sagte. »Du hast mir nie erzählt, dass es mal solch einen Mann in deinem Leben gegeben hat.«

Martje schnaubte amüsiert. »Was hätte das verändert? Davon abgesehen, dass es den auch nie gab.«

Alea war verwirrt und wusste nicht, was sie sagen sollte.

»Was ganz anderes, bevor wir uns verabschieden: Nala braucht dringend eine gewisse Impfung. Ich hab Felix bereits vorgewarnt.«

Abwartend hob Alea die Augenbrauen. »Aha.«

»Ich wollte mich selbst darum kümmern, da ich fest davon ausgegangen war, dass ich schnell wieder zu Hause bin.« Sie seufzte theatralisch. »Das ist ja wichtig. Es wäre lieb, wenn du Felix einmal den Impfpass bringst. Er kümmert sich drum.«

»Da bin ich mir sicher.« Nervosität kroch in Alea herauf. »Dann werde ich das wohl tun.«

»Der Pass liegt in der Küchenschublade in einem gelben Umschlag. Alles andere weiß Felix.«

Nachdem sie aufgelegt hatten, suchte Alea nach dem Impfpass und wurde auch direkt fündig. Sie nahm all ihren Mut zusammen, um ihn Felix rüberzubringen. Nalas Gesundheit war Martje wichtig und durfte nicht durch irgendwelche Befindlichkeiten zwischen Felix und ihr infrage gestellt werden.

Es war schon dunkel, als Alea sich auf den Weg machte. Im Innern des Hauses brannte gemütliches Licht. Draußen duftete es nach verschiedenen Gewürzen. Offenbar kochte Felix gerade wieder. Alea überlegte kurz, ob sie überhaupt klingeln sollte. Womöglich war er nicht allein, und sie störte gerade. Es stand jedoch nur sein Auto vor der Tür. Noch bevor Alea entschieden hatte, ob sie den Impfpass nur in den Briefkasten werfen wollte, um ihm dann einfach parallel eine Nachricht zu schreiben, wurde ihr diese Entscheidung abgenommen, und die Tür ging auf. Es war zu Aleas Überraschung jedoch nicht Felix, der mit einer Schüssel voller Kochabfälle heraustrat, sondern ein älterer Herr, der aussah wie eine elegant ergraute, etwas kleinere Version von Felix.

»Oh!« Er fasste sich an die Brust.

»Oh, entschuldigen Sie bitte! Ich hoffe, ich habe Sie nicht erschreckt. Ich wollte zu Felix und gerade klingeln.«

»Guten Abend.« Der mit einem hochgekrempelten, weißen Hemd gekleidete Herr, der darüber eine fleckige Kochschürze trug, lächelte freundlich. Seine Stimme klang tief und charmant.

»Ich hoffe vielmehr, dass *ich Sie* nicht erschreckt habe.« Er schaute an sich herunter. »Ich sehe etwas ungewöhnlich aus. Aber ich koche gerade eine Kleinigkeit.« Mit einem Tuch, das er in der Hand hielt, wedelte er in Richtung der Küche.

»Das dachte ich mir schon. Es duftet nämlich hervorragend!«

»Danke! Wissen Sie, da kommt man seinen Sohn besuchen und findet außer ein wenig Prosecco, Bier und Chips nur Hundefutter in allen erdenklichen Variationen vor.« Er schüttelte den Kopf. »Deshalb habe ich gedacht, ich koche mal eins seiner Leibgerichte, damit mein Sohn etwas Vernünftiges isst.«

»Wie lieb!« Noch immer stand Alea mit dem Impfpass in der Hand da.

»Entschuldigen Sie, ich quassele so auf Sie ein. Dabei wollte ich eigentlich sagen, dass Felix gerade gar nicht da ist. Darf ich ihm etwas ausrichten?« Sein Blick fiel auf den Impfpass. »Oh nein, geht es Karl etwa wieder schlechter? Sind Sie die Tierärztin mit den Blutwerten?« Er drehte sich um und zeigte Richtung Wohnzimmer. »Eigentlich macht der Hund einen ganz fidelen Eindruck. Er schläft grad am Ofen. Er nutzt die Ruhe, wo die Kleine mal unterwegs ist. Der wird schon wieder fit!« Er grinste.

»Wie bitte?« Irritiert fragte Alea nach, weil sie nicht so recht wusste, was das bedeuten sollte. »Was hat er denn? Nein! Ich bin die Nachbarin.«

»Oh, entschuldigen Sie! Dann gehören Sie zu Nala?«

»So ungefähr, ja.«

»Karl ging es nicht besonders. Felix war mit ihm beim Tierarzt und hat ihn checken lassen. Die gaben erst mal Entwarnung, haben aber Blut abgenommen und wollen sich noch mal melden, wenn Auffälligkeiten in den Blutwerten erkennbar sind.« Er hob die Schultern. »Da dachte ich nun gerade, irgendwas stimmt doch nicht mit seinen Werten. Verzeihung.«

»Verstehe. Da hoffe ich, dass alles gut ist, aber leider kann ich dazu nichts sagen.« Alea tat es augenblicklich leid, dass sie die Zurückhaltung von Felix auf sich bezogen hatte. Sie hatte sich damit so wichtig genommen, dabei hatte er vielleicht ganz andere Sorgen und einfach keine Zeit gehabt, um sich bei ihr zu melden. Sie schämte sich und kam sich mit einem Mal sehr egoistisch vor.

»Ist das mit der Kleinen denn dann nicht viel zu stressig für Felix – und vor allem für Karl? Ich kann Nala jetzt auch gerne zu mir nehmen. Können Sie ihm das bitte ausrichten?«

Der Herr deutete hinter Alea. »Das können Sie ihm auch selbst sagen. Er kommt da gerade.« In diesem Moment bog sein Auto auf den Hof. Felix stieg aus, und mit ihm Nala. Sie sprang mit freudigen Sätzen auf Alea zu. Langsam folgte Felix dem jungen Hund. Er lächelte unsicher. »Das ist ja ein Empfang«, sagte er. »Ist was passiert?«

Alea schüttelte den Kopf. »Hallo, Felix. Oh, nein«, stammelte sie und fächelte unsicher mit dem Impfpass in der Luft herum. »Ich hatte nur von Martje den Auftrag bekommen, dir Nalas Impfpass zu bringen, weil wohl eine Impfung ansteht.« Alea hob die Schultern. »Da habe ich deinen Vater kennengelernt. Er sagte, dass es Karl nicht gut geht? Wenn es eine Entlastung für dich ist, kann Nala jederzeit zu mir. Sag mir das bitte ganz ehrlich, Felix.«

»Es ist alles in Ordnung.« Er kam auf Alea zu und griff nach dem Impfpass, ohne ihr in die Augen zu sehen. Aleas Brust fühlte sich eng an. »Ich kümmere mich drum. Karl geht es besser, zum Glück.« Nun hob er den Kopf und schaute Alea an. Der Blick aus seinen verschiedenfarbigen Augen fesselte sie sofort. Sein Lächeln war wieder da. Die Unsicherheit war ihm jedoch anzumerken. Nach dem letzten Gesprächsausgang und der anschließenden Funkstille war es sicher auch für ihn nicht einfach, nun die richtigen Worte zu finden.

»Also, ich weiß ja nicht, wie es euch geht, aber mir wird kalt«, meldete sich Felix' Vater zu Wort. »Außerdem verkocht mein Essen langsam. Ich bringe jetzt den Müll weg, und bis dahin könnt ihr euch ja überlegen, ob wir alle gemeinsam hineingehen und essen.« Mit diesen Worten verschwand er hinter einer Tür eines kleinen Häuschens. Alea hörte Mülltonnendeckel klappern.

»Martje meinte, du weißt Bescheid, was da nötig ist.« Alea deutete unbeholfen auf den Impfpass.

Felix nickte. »Ich bespreche das mit der Ärztin.«

»Ich gehe dann mal wieder«, sagte Alea. »Ich wünsche euch einen gemütlichen Abend. Den Gerüchen nach zu urteilen, wird es köstlich. Da ahne ich ja, woher du dein Kochtalent hast.« Alea hatte nur die unangenehme Stille mit einer lockeren Bemerkung überspielen wollen, dabei aber nicht bedacht, dass Felix' Vater wieder zurückgekommen war.

»Danke für das Kompliment! Dass sie dennoch mein Essen verschmähen, stimmt mich jedoch verdrießlich!« Alea zuckte ertappt zusammen, und der ältere Herr lächelte versöhnlich. »Ich habe genügend für drei Personen«, erklärte er mit einer einladenden Handbewegung.

Felix schaute Alea an, und diese versuchte, in seinem Blick zu lesen, was er dachte. Sie wollte ihn nicht überrumpeln, wollte, dass er entschied, ob sie bleiben oder gehen sollte. Felix jedoch machte nicht den Eindruck, seinem Vater antworten zu wollen. Alea hatte sogar das Gefühl, dass er die Einladung für eine gute Idee hielt. So deutete sie das zarte Zucken um seine Mundwinkel.

Nala hatte sich an Aleas Bein angelehnt hingesetzt und schaute Felix erwartungsvoll an.

»Die kleine Dame würde sich sehr freuen«, erkannte Felix' Vater. »Und ich mich auch. So lernen wir uns auch einmal kennen. Aber ich will mich nicht aufdrängen.«

»Das ist wirklich sehr freundlich, aber ...«, setzte Alea an, als Felix sie unterbrach.

»Ich würde mich auch sehr freuen, wenn du spontan Zeit hast.« Alea sah dem Beben seiner Lippen an, dass er mit diesen Worten über seinen Schatten gesprungen war, und wäre ihm vor Erleichterung am liebsten um den Hals gefallen. Es war, als sei das Eis, das sich seit dem letzten Gespräch zwischen ihnen gebildet hatte, an einigen Stellen aufgebrochen, und ein zarter Sonnenstrahl fand schon wieder hindurch, um noch die letzte Schicht aufzutauen.

»Dann ganz herzlichen Dank für die Einladung.« Alea lächelte unsicher und folgte ihrem Gastgeber in die Küche. Felix' Vater schenkte drei Gläser Champagner ein – seins enthielt nur einen winzigen Schluck –, stellte die Flasche beiseite und reichte ihnen je eins der vorbereiteten Gläser.

»Auf gute Nachbarschaft. Ich bin übrigens Hubertus.«

»Alea, freut mich, Hubertus!« Sie tranken einen Schluck, und Alea fühlte das prickelnde Sprudeln in ihrem Hals, was langsam in ihrem Bauch ankam und sich dort mit der wohligen Wärme vermischte, die Felix' Gegenwart in ihr auslöste.

»Meine Tante Martje kennst du dann aber bestimmt?«

»Selbstverständlich! Ich war entsetzt, zu hören, dass es ihr nicht gut geht. Ich hatte große Sorge, dass ihre zauberhafte Manufaktur schließen muss. Aber wie ich sie kenne, wird sie bald wieder auf den Beinen sein.« Er lächelte liebevoll.

Felix, der neben Alea stand, legte einfühlsam die Hand auf ihre Schulter, und diese Geste tat ihr gut.

Hubertus griff nach dem Deckel eines Topfes und schaute hinein.

»Können wir helfen?«, fragte Felix in Richtung seines Vaters.

»Nee, nee. Setzt euch mal hin.« Hubertus stellte Gläser, Teller und Schüsseln auf den Tisch und bereitete Besteck vor. Felix rückte Alea einen Stuhl zurecht.

»Danke.« Alea nahm Platz.

Dann ging Hubertus wieder in die Küche.

»Felix, ich wollte nur den Impfpass vorbeibringen. Es war nicht meine Absicht, mich hier bei euch einzuladen.«

»Es ist alles gut, Alea. Ich freue mich ja, dass wir wieder miteinander reden.«

Alea starrte auf das Glas in ihren Händen, während er sich neben sie setzte. »Es war auch nicht in meinem Sinne, dass wir das zwischendurch nicht mehr getan haben. Das weißt du auch, oder?«

Felix antwortete nicht, sondern schaute Alea nur tief in die Augen, und der Blick ließ ein Kribbeln über ihre Haut ziehen. Zu Aleas Verwirrung kam Felix ihr mit einem Mal ganz nah. Sie konnte seinen Atem an ihrer Wange spüren, als er leise sprach.

»Es ist mir egal, aus welchem Grund wir wieder reden. Und wenn es ein Impftermin deiner Hundenichte ist, der gar nicht wirklich ansteht.«

Irritiert schaute Alea ihn an. »Wie? Nala muss gar nicht geimpft werden?«

»Ich dachte eigentlich, du kennst deine Tante.« Seine Aussage war liebevoll gemeint, daran ließ sein Lächeln keinen Zweifel. »Nalas Impfungen sind komplett auf dem Laufenden.«

»Du meinst?« Alea wurde schlagartig feuerrot, was auch nicht wieder abebbte, als Hubertus zurückkam. Er schmunzelte, als er Alea sah, machte auf dem Absatz kehrt und ging zurück ins Wohnzimmer. »Ich glaube, ich hab noch was vergessen«, murmelte er und winkte über seine Schulter hinweg.

»Martje«, schimpfte Alea und atmete einmal tief durch. »Das gibt's doch nicht.«

»Sei ihr nicht böse«, bat Felix versöhnlich.

Es rührte Alea, dass Martje diesen kleinen Trick angewendet hatte. Allerdings änderte das nichts an der Tatsache, dass Alea eigentlich nicht hier an den Tisch mit Felix und seinem Vater gehörte, solange Felix' Beziehungsstatus ungeklärt war.

»Sie meinte es nur gut, ja«, stimmte Alea zu, als Hubertus wieder in den Raum kam. Er trug eine dampfende Suppenschüssel vor sich her.

»Es kann losgehen. Eine deftige Suppe. Wie ich finde, genau das Richtige bei der Kälte.«

Auf dem Tisch stand bereits frisches Brot, und Hubertus stellte die Terrine dazu und füllte auch gleich jedem etwas auf den Teller.

»Es duftet so köstlich. Herzlichen Dank für die spontane Einladung«, bedankte sich Alea.

»Da nich' für.« Hubertus breitete eine Serviette vor seiner Brust aus und klemmte sie kurzerhand in den Kragen. Felix grinste amüsiert.

»Oh, entschuldige«, stammelte Hubertus, schaute an seiner Brust herunter und blickte dann Alea an. »Ich hoffe, das ist in Ordnung?«

»Aber selbstverständlich!« Alea lachte und tat es ihm gleich.

Sie genossen die schmackhafte Suppe, und Alea unterhielt sich mit Felix' Vater so, als würden sie sich schon ewig kennen.

Die Zeit verging wie im Flug, und als Felix noch mal eine

Runde mit den Hunden rausgehen wollte, weil Karl unruhig wurde, war es schon so spät, dass Alea entschied, zu Bett zu gehen.

»Wärest du mir böse, wenn ich heute nicht mehr mitkomme? Ich würde deinem Papa helfen und muss dann ganz dringend schlafen.«

»Kein Thema! Klar. Aber du musst hier gar nichts machen. Ich bin ja gleich zurück, dann räumen wir zwei zusammen auf.«

»Kommt gar nicht in die Tüte! Erst lasse ich mich hier so fantastisch bewirten, und dann mache ich mich aus dem Staub?« Alea schüttelte lachend den Kopf.

Felix zog sich die Jacke an, und beide Hunde standen sofort parat. »Bis morgen, Alea. Ich habe mich gefreut.« Alea nickte.

»Ich mich auch, Felix.« Kurz blieben sie voreinander stehen, bis Felix sich zu Nala umdrehte und die Leine an ihrem Geschirr befestigte.

Alea trug die Suppenteller und die Schüssel in die Küche, wo Hubertus bereits die Spülmaschine einräumte.

»Stell das mal da oben drauf, das wasche ich per Hand«, erklärte er. »Danke dir.«

»Ich habe zu danken!« Alea ging wieder ins Wohnzimmer und sah, dass auf einer Fensterbank ein Bilderrahmen stand. Alea schaute sich um, Hubertus klapperte in der Küche mit dem Geschirr herum, war also abgelenkt. Kurzerhand trat sie näher an das Bild und warf einen Blick darauf. Es zeigte tatsächlich Felix und seine Freundin. Es war nur ihr volles, blondes Haar zu sehen. Sie küssten sich offenbar, und dieser Anblick war für Alea wie ein Hieb in die Magenkuhle.

»Alea?« Sie erschrak ertappt, als Hubertus nach ihr rief.

»Ja?« Schnell drehte sie sich um, als sie sah, dass er schon im

Türrahmen stand. Hubertus sagte nichts, senkte den Blick und trocknete weiter das Glas in seinen Händen mit dem Geschirrtuch ab. Dann ging er zurück in die Küche. Alea atmete tief ein und aus, bevor sie Felix in die Küche folgte.

»Felix hat sich sehr gefreut, dich zu sehen. Ich kenne meinen Jungen.«

»Ich hoffe das auch, ja.« Aleas Herz raste, so ertappt fühlte sie sich.

»Ich bin angereist, weil er einen miserablen Eindruck machte in den letzten Tagen. Ich hatte Sorge, dass seine Auszeit nach hinten losgeht, und musste nach ihm schauen. Dass ich fürchtete, er koche nicht, war nur ein vorgeschobener Grund für meine Bemutterung.«

»War es wegen Karl?«

»Das dachte ich, ja.« Hubertus stellte das Glas ab und sah Alea an. »Aber als er vorhin aus dem Auto stieg und ich seinen Blick sah, ahnte ich, dass nicht nur Karl der Grund für seine Stimmung ist.« Seine Mimik war vielsagend, unausgesprochen verstand Alea, dass es um Beziehungssorgen ging, die seinen Sohn plagten. »Seine Auszeit geschieht nicht ohne Grund. Ich habe ja noch nicht viel Gelegenheit gehabt, mit ihm zu reden, so verschlossen, wie er die Tage war. Es gibt da auch ein paar Dinge, die ich mit ihm besprechen muss, was mir schwerfiel bei seiner Schweigsamkeit. Ich hoffe aber, dass der Abend heute ihm geholfen hat. Dass du da warst, hat ihm gutgetan. Danke, Alea.«

»Das würde mich freuen. Danke, Hubertus«, stammelte Alea. »Ich glaube, es ist besser, ich gehe, bevor er zurückkommt. Dann habt ihr endlich Zeit zum Reden.«

Hubertus begleitete Alea noch zur Tür. »Ich würde mich sehr freuen, wenn wir uns bald wiedersehen.«

»Danke. Ich mich auch.«

Kapitel 12

Auf wackeligen Beinen ging Alea zurück zu Martjes Haus und versuchte einzuordnen, was Hubertus da angedeutet hatte. Aleas Besuch habe seinem Sohn gefallen in seiner Auszeit, die nicht ohne Grund geschah. Das würde Alea zwar freuen, passte aber nicht dazu, dass Felix sich nach einer Andeutung auf seinen Beziehungsstress so in sein Schneckenhaus zurückgezogen hatte.

Sie wollte sich lieber ablenken von ihrer Grübelei und ging ins Bad, zog sich einen bequemen Schlafanzug samt Hausschuhen an und klappte noch einmal ihren Laptop auf.

Sie hatte bei ihrem letzten Besuch bei Martje den Werbeflyer eines dänischen Unternehmens eingesteckt, der an einer Infowand im Krankenhaus gehangen hatte. Ihn holte sie jetzt aus ihrer Tasche.

Auf den ersten Blick ähnelte alles, was sie sah, enorm dem Laden in Hamburg, das gefiel ihr schon mal, und das Geschäft hatte ihre Aufmerksamkeit. Wie bereits auf dem Flyer zu lesen war, trug der Laden den Namen *Hygge Hjem*. Sie suchte im Netz danach.

Auf der Internetseite fand Alea einen Link für interessierte Kooperationspartner und las den Artikel. Es handelte sich um eine kleine dänische inhabergeführte Ladenkette. Die Betreiberin hatte vor einigen Jahren mit einem einzelnen kleinen Geschäft in Aarhus begonnen und so viel Erfolg gehabt, dass sie binnen kürzester Zeit in weiteren Städten in Dänemark und im Norden Deutschlands expandieren konnte. Jetzt hatte sie viel mehr Fläche, die sie nutzen wollte, um neue Produkte von regionalen Lieferanten aufzunehmen. Sie war Dänin, und in ihren Läden verkaufte sie Artikel, die das dänische Lebensgefühl *Hygge* vermittelten. Ein Gefühl von Geborgenheit, Behaglichkeit und das Genießen von Zeit mit Familie und Freunden.

Alea scrollte sich durch die verschiedenen Accessoires, von Kissen, Taschen und Decken über Geschirr und Utensilien für die Küche bis hin zu Windlichtern und Seifen. Das Sortiment begeisterte Alea sofort, wie bereits in dem Geschäft in Hamburg. Die Geschenkideen waren mit viel Liebe zum Detail und einem außergewöhnlichen Händchen für schöne Dinge gestaltet.

Alea fand, dass die handgemachten Produkte von Martje sich auf wunderbare Weise in das Portfolio des dänischen Ladens einfügen und hervorragend in die Regale passen würden. Die Bilder von üppig geschmückten Tannenbäumen und Lichterzauber, soweit das Auge reichte, erzeugten sofort Festtagsgefühle. Ihr Herz schlug schneller, als sie ihr E-Mail-Programm öffnete und ihre kurze Vorstellung der Kerzenmanufaktur individualisierte. Sie speicherte die Nachricht zunächst, weil sie noch ein paar Bilder aus Martjes Sortiment hinzufügen wollte, die diese kleine Bewerbung abrunden sollten, und klappte den Laptop zu. Darum würde sie sich morgen kümmern.

Alea musste »Baustelle für Baustelle« vorgehen.

Seufzend ließ sie sich in die Kissen sinken und dachte für einen Moment an Christopher. Seit ihrem letzten Telefonat herrschte Funkstille, und so einsam sie sich auch manchmal fühlte, sie vermisste ihn nicht. Natürlich würde sie irgendwann ihre Sachen aus ihrer Hamburger Wohnung holen müssen und alles für die Vermietung vorbereiten, doch das würde sich leicht organisieren lassen.

Sie ließ ihre Gedanken weiterschweifen, landete wieder bei Martje, der Manufaktur und ihrer beruflichen Zukunft, und dann, ohne dass sie es wollte, bei Felix. Ein Lichtblick und gleichzeitig eine neue »Baustelle«? Sie spürte, wie sie müder wurde, die Augen fielen ihr zu, sie dachte daran, wie sehr sie Felix mochte. Oder war es sogar mehr als das? Augenblicke später war sie eingeschlafen.

Als sie am nächsten Morgen im Geschäft alle Lichter angeknipst hatte und gerade die Tür aufschloss, sah sie Hubertus vor seinem Haus stehen. Er hatte die Hunde bei sich und steuerte auf den Weg Richtung Watt zu. Alea ging zur Tür, um sich bei ihm für den Abend zu bedanken.

Er sah sie direkt, als sie die Ladentür öffnete, und kam mit den beiden Hunden auf sie zu.

»Alea, guten Morgen!«

»Guten Morgen, Hubertus. Herzlichen Dank für den leckeren Abend! Ich habe mich sehr wohlgefühlt bei euch.«

»Das freut mich.« In diesem Moment zerrte Nala an der Leine, weil sie hinter dem Friesenwall von Hubertus' Haus eine Bewegung entdeckt hatte. »Nanu, sei mal nicht so stürmisch, junge Dame!« Hubertus lachte. »Die kleine Nala fordert mich ganz schön heraus«, bemerkte er. »Dass das knopfäugige Fellknäuel dermaßen lebendig ist, hatte mein Sohn mir verschwiegen.« Er strich sich theatralisch über die Stirn.

Alea lachte. »Das ist sie, aber ganz lieb dabei!«

Er winkte ab. »Sie muss mich nur anschauen, dann ist sofort alles gut!« Liebevoll tätschelte er den Rücken des Hundes, der wieder neben seinem Bein stand. »Ist ja auch erst mal nur für heute. Das werden wir wohl hinbekommen.« Nala wedelte mit der

Rute. »Felix musste aufs Festland. Ich denke, er wird abends wieder da sein, aber genau weiß ich es nicht. Er hätte sie auch mitgenommen. Aber ich bin ja da. Zum Glück geht es auch Karl wieder gut, sodass er beruhigt fahren konnte.«

»Bring sie mir doch nach dem Spaziergang«, bot Alea an.

»Echt? Ja, also, wenn dir das passt.«

»Selbstverständlich! Jederzeit gerne. Ich hab mich inzwischen gut genug eingearbeitet, dass ich das meistern sollte.«

Als eine Kundin den Laden betrat, verabschiedete Alea sich von Hubertus und folgte der Dame ins Warme.

»Herzlich willkommen!«

»Moin!« Die Dame lächelte. »Ich schaue mich erst einmal um.«

»Sehr gerne. Wenn Sie Fragen haben, bin ich da!«

»Danke.«

Die Kundin hatte sich bald ein paar Kerzen ausgesucht und zahlte, während weitere Leute in den Laden kamen. Das ging auf jeden Fall schon gut los.

Alea beriet, zeigte und verpackte etliche Kerzen und Lichter, die als Weihnachtsgeschenke gedacht waren, und spürte dabei eine wachsende kindliche Vorfreude auf die Weihnachtszeit. Dabei wusste sie gar nicht, was sie in diesem Jahr erwartete. Sie freute sich auf den Zauber und Glanz dieser Zeit, in der man zusammensaß, nach hektischen Wochen zur Ruhe kam und es sich gemütlich machte. Alles hier auf Sylt war festlich dekoriert, überall funkelten Lichterketten in den üppigen Kiefern und Buchsbäumen vor den Häusern. Erst recht der Einblick in geschmückte Wohnstuben, durch Butzenfenster, in denen Kerzen in Windlichtern flackerten, zauberte wohlige Sehnsucht nach Behaglichkeit im hohen Norden. Der Kontrast des rauen, stürmischen Wetters vor der Tür zur behüteten Wärme im Innern der heimeligen Friesenhäuser war einmalig.

Noch bis vor wenigen Tagen hatte sie sich im höchstwahrscheinlich verschneiten, hügeligen Bayern gesehen. Jetzt sah plötzlich alles ganz anders aus, und aus einer bergigen Kulisse war das flache Land geworden. Allenfalls Dünen gab es hier. Das bärbeißige Meer war allgegenwärtig. Es war keine fremde Welt, in die sie hier eingetaucht war, wie es in Bayern der Fall gewesen wäre, sondern ein Stück Heimat, das sie schon immer in ihrem Herzen trug. Ein Zuhause, das sie jetzt auf eine ganz neue Art erlebte, weil es womöglich ihr neuer Lebensmittelpunkt werden sollte.

Im Laufe des Vormittags brachte Hubertus Nala vorbei. Jetzt wuselte sie durch die Manufaktur und brachte so manchen Kunden zum Strahlen. Der liebe junge Hund war sofort zufrieden, wenn er nur Gesellschaft hatte.

In der Mittagspause wollte Alea einen Spaziergang in Kampen machen.

Dort angekommen, parkte sie auf dem Parkplatz des beliebten Cafés *Kupferkanne*. Ein magischer Ort, der durch künstlerische Gestaltung, eine einmalige Lage und herausragend leckere Kuchen zu Recht mit viel Ruhm bedacht wurde. Nala sprang begeistert aus dem Auto. Alea hatte ihr ein Geschirr umgelegt und eine lange Leine hineingehakt und ließ sie an jedem Strauch schnüffeln. Sie wählte nicht den Weg am Strand oder zu der wohl berühmtesten Gegend der Insel, rund um den Strönwai, der sogenannten *Whiskeymeile*, sondern die Straßen am Watt entlang, die durch ihre einmalige Lage faszinierten. Alea ging schon immer gerne die ruhigen Wege bis hin zum Wasser. Sie genoss die Aussicht auf einige der unbezahlbaren Prachtbauten hinter Friesenwällen und

Hecken der Sylter Rose und träumte sich in die Wohnzimmer dieser Traumhäuser.

Dabei verspürte sie keinen Neid, sondern eine ganz besondere Art der Faszination. Jedes dieser Häuser zeigte, dass Träume wahr werden konnten, auch wenn sie groß waren. Plötzlich war sie selbst näher an einem Traum, der anscheinend der ihre war, ohne dass sie sich dessen lange bewusst gewesen war.

Hätte man sie vor ein paar Wochen, im Büro oder in ihrer kleinen Wohnung, gefragt, ob sie sich vorstellen könnte, auf Sylt zu leben, sie hätte kopfschüttelnd gelacht. Auch wenn ihr Herz immer leise den Namen ihrer Tante geflüstert hätte, die sicher oft daran dachte, wie schön es wäre, wenn Alea ihre Kindheitsträumereien von damals umsetzen würde.

Sie ging zu ihrer Lieblingsbank, die malerisch unter einer Kiefer stand und von der aus sie einen großartigen Blick über die Heidelandschaft hatte, bis hin nach Braderup, wo die Manufaktur lag. Sie setzte sich und ließ den Moment der Ruhe und den Anblick der Weite auf sich wirken. Dabei streichelte sie das weiche Fell von Nala. Sie spürte eine tiefe Zufriedenheit. Was für ein großes Glück es doch war, hier sein zu dürfen.

Auf einem kleinen Trampelpfad gelangten sie durch die hügelige Heidelandschaft, in der verstreut einzelne Anwesen lagen, zu der Straße am Watt. Hier spazierten sie an Immobilien vorbei, hinter deren Fassaden Alea Prominente, Unternehmer, Schauspieler und Politiker vermutete, wenn auch nicht ausgerechnet heute. Viele der Häuser waren nur die Feriendomizile ihrer Besitzer. Auch heute waren kaum Autos vor den Häusern zu sehen.

Vorbei am wohl teuersten Häuschen Deutschlands, einem rund dreißig Quadratmeter großen reetgedeckten Haus, genannt *Waterküken*, das aufgrund der Lage nur hundertfünfzig Meter vom Watt entfernt einst für fast fünf Millionen Euro zum Verkauf gestanden hatte und wie in einen kleinen eigenen Deich eingebettet lag, weiter über einen von Holzpfählen gesäumten Steg, gelangte Alea ans Wattenmeer. Sie seufzte, wieder einmal überwältigt von der Aussicht, die sich ihr bot.

Links und rechts stand das Wasser im Schilfgras. Der Wind säuselte leicht durch die wintergrauen Gräser, ein Schwarm Vögel stieg in diesem Moment in die Luft. Es war ein atemberaubendes Schauspiel voller Bewegung und Kraft inmitten dieser unfassbaren Stille an diesem Ort.

Kurz hielt Alea inne und horchte den sich entfernenden Lauten der Vögel hinterher. Sie dachte daran, wie schön es wäre, hier mit Martje zu sein, und ging neben Nala in die Hocke. »Bald sind wir hier wieder mit Frauchen, kleine Maus. Darauf freue ich mich genauso wie du.« Der Hund schmiegte seinen Kopf an ihre Hand und genoss die Zärtlichkeiten. Ein Blick auf ihr Handy zeigte, dass sie guten Empfang hatte, also rief sie Martje an.

»Leli, mein Schatz. Wie war dein Tag bisher?«

»Danke! Der war gut. Es klappt bisher alles ganz hervorragend. Ich habe alles im Griff!«

»Daran habe ich keine Sekunde gezweifelt«, lobte Martje sie.

»Ich habe auch Nala nun bei mir.«

»Oh! Wie schön! Danke dir!«

»Ja, Felix bleibt natürlich als Back-up, aber ich will es wenigstens mal versuchen. Wie geht es dir?«

Martje stieß Luft durch die Lippen aus. »Weil ich heute Morgen ganz reizenden, im positiven Sinne überraschenden, aber auch sehr überwältigenden Besuch hatte, bin ich jetzt vor Aufregung sogar ein wenig müde.«

»Ach!« Alea ahnte, dass es Hedi war, die bei Martje gewesen war.

»Meine liebste Hedi ist tatsächlich wieder hier. Du Schlingel weißt es ja bereits! Ich freue mich so sehr! Mein Herz hat sich wahrscheinlich heute ein wenig überschlagen. Ein Glück, dass ich nicht direkt ohnmächtig wurde. Sonst hätten die meinen Aufenthalt prompt noch mal verlängert.« Martje lachte leise. »Sie hatte Sorge, dass mein malader Kreislauf das nicht verkraftet, und hatte extra ein paar Tage mit ihrem Besuch gewartet. Sie übertreibt natürlich mit ihrer Vorsicht!« Martje schnaubte. »Aber ich war froh, meinen Anblick in diesem Zustand erst mal selbst zu verdauen.«

»Ach, Martje!« Alea war empört. »Erstens übertreibst *du* maßlos, und zweitens ist Hedi ja deine Freundin. Ihr hattet euch sicher eine Menge zu erzählen, oder?«

»Das auch, ja. Sie hatte außerdem so viele Kekse mitgebracht, dass mir noch jetzt ganz schlecht ist vom Zuckerguss.«

»So muss das vor Weihnachten doch sein, oder?«

»Bei der Arbeit renne ich ja den ganzen Tag herum! Hier liege ich andauernd! Wenn es so weitergeht, kann ich mich bald hier herauskugeln. Dann scheitert mein Wiedereinstieg im *Dünenglanz* daran, dass ich nicht mehr durch die Eingangstür passe.«

»Na, bis es so weit ist, dauert es aber noch, meine Liebe«, besänftigte Alea ihre Tante. »Also mit dem Kugeln.«

»Jetzt habe ich jedenfalls doppelten, ach, dreifachen Antrieb: Du, Nala und Hedi warten da draußen auf mich! Und meine Manufaktur.«

»Wir freuen uns vor allem, dich gesund wieder zu begrüßen, und warten auch geduldig auf dich. Dann lieber ein, zwei Tage mehr.«

»Das weiß ich ja, ihr seid die Besten. Hedi ist übrigens ganz verzaubert von dir.«

»Wie lieb. Das freut mich sehr.«

»Und jetzt genießt du deine Mittagspause?«

»Genau. Nala und ich gehen ein wenig spazieren am Watt vor Kampen.«

»Ach, schön! Du ahnst gar nicht, was man hier in diesem Krankenhaus für eine Sehnsucht nach all diesen sonst so selbstverständlichen Orten entwickelt. Gerade stelle ich fest, dass es ein unheimliches Privileg ist, mittags mal kurz eine Runde ans Wasser zu gehen oder am Abend noch ein paar Schritte am Watt entlangzulaufen.«

»Das machen wir ganz bald alles wieder gemeinsam«, versprach Alea.

»Und du glaubst nicht, wie sehr ich mich darauf freue.«

»Gibt es irgendwas, was du für die nächsten Tage noch brauchst oder so?«

»Ich brauche nichts, danke! Genieß mal deinen Weg! Und mach dir abends keinen Stress. Tatsächlich möchte ich heute früh schlafen gehen.«

Sie verabschiedeten sich, und Alea ging den Steg zurück. Ihre Akkus waren aufgeladen. Fröhlich fuhr sie mit Nala zur Kerzenmanufaktur zurück. Sie hatte die komplette Mittagspause mit ihrem Ausflug gefüllt, und das war genau das Richtige gewesen.

Zurück in Braderup traf Alea im Vorgarten auf Hubertus, der mit Karl spielte. Er bot ihr an, Nala noch eine Weile mitzubeschäftigen. Nala sprang gleich auf Karl zu und vereitelte damit jeden etwaigen Versuch von Alea, Nein zu sagen.

Also schloss Alea allein die Manufaktur auf und machte sich an die Arbeit, die Regale aufzuräumen und schon ein paar neue Präsente zusammenzustellen. Sie zündete einige Duftkerzen an, die sofort eine Backstuben-Atmosphäre im Raum schufen, in der Vanillekipferl gefertigt wurden. Dazu stellte sie leise Weihnachtsmusik an und summte die Melodie eines Klassikers mit. Kleine Kerzen wanderten, gemeinsam mit passenden Windlichtern und anderen Dekorationsaccessoires, in kunstvoll verzierte Geschenkverpackungen.

Kurz bevor die erste Kundin den Laden betrat, war Alea fertig und bestaunte zufrieden ihr Werk.

Nach einem turbulenten und arbeitsreichen Nachmittag in Martjes Wohnung angekommen, zog Alea sich bequeme Kleidung und Wollsocken an und kochte sich zum Abend ein paar köstliche Nudeln mit Sahnesoße. Hubertus hatte Nala lange bei sich zum Spielen behalten, sodass sich der kleine Hund jetzt erschöpft auf dem Sofa zusammengerollt hatte und keinerlei Anstalten mehr machte, sich zu bewegen. Alea fühlte sich ähnlich, und sie kuschelte sich dazu.

Sie spürte, wie sich ihre Beinmuskeln prickelnd entspannten, so viel war sie heute umhergelaufen und hatte kaum eine Pause gemacht. Sie zündete sich eine Kerze an, die die Luft mit einem Hauch von Orange erfüllte und ein flackerndes Licht erzeugte. Alea fühlte sich wohl und spürte mit jedem langsamen Atemzug, wie sie auch innerlich zur Ruhe kam in dieser Umgebung, die schon immer ihre zweite Heimat gewesen war. Die Gesellschaft von Nala tat ihr Übriges. Passend dazu meldete sich in dem Moment ihre Freundin Laura mit einem Foto. Darauf zu sehen waren wunderschöne Kerzen, die mit Schriftzeichen versehen waren.

Hallo, Laura. Wie schön,

antwortete Alea.

Da klingelte ihr Telefon. »Hi! Ich hab diese Kerzen gefunden und sofort an dich gedacht. Wäre das nichts für dich? Damit könntest du das Sortiment von Martje noch ein wenig pimpen.«

»Super Idee! Wie sind die gemacht?«

»Das sind so Folien, die auf die fertigen Kerzen aufgebracht werden. Finde die Idee mega! Ich hab mal ein paar gekauft und schicke sie nach Sylt. Dann kannst du sie dir anschauen. Vielleicht ist das ja was für euch.«

Alea lächelte. »Du bist ja lieb! Danke! So toll, dass du immer an mich denkst.«

»Selbstverständlich! Immerzu! Hab nämlich riesengroße Sehnsucht nach dir! Du fehlst mir ganz schön, Engelchen. Nach unserer Rückkehr werde ich in Kiel nur das Nötigste auspacken und direkt durchstarten nach Sylt. Da kannst du dir schon mal sehr sicher sein!«

Alea lachte. »Da bitte ich drum! Und sammle gerne noch weitere Ideen für mich. Ich kann sie allesamt gebrauchen für meinen Neustart auf der Insel!«

»Heißt das, du bleibst echt da?« In Lauras Stimme klang gleichermaßen Faszination wie Aufregung. »Vor ein paar Wochen hab ich noch geheult bei der Meldung, dass du so weit von mir wegziehst! Dein neuer Plan ist mir deutlich lieber! Du landest in meiner Nähe und nicht Hunderte Kilometer entfernt im Süden! Hammermäßig!« Laura jubelte. »Das nenne ich mal Schicksal!«

Alea lachte und brachte Laura auf den neusten Stand.

»Da passiert ja echt viel bei dir«, erkannte Laura. »Dass dir mal so eben jeder doppelte Boden und auch noch das letzte Sicherheitsnetz geklaut werden, ist schon ein bisschen unfair.« Lauras Aussage fasste gut zusammen, wie es Alea ging. »Aber vielleicht muss das genau so laufen, Liebes! Manchmal muss man auf dem Weg zum Glück die verrücktesten Wendungen in Kauf nehmen, und erst am Ende zeigt sich, wofür der ganze Mist gut war!«

»Mhm.«

»Und was ist sonst so los auf Sylt? Oder arbeitest du den ganzen Tag?«

»Ich arbeite viel, besuche Martje und gehe spazieren. Ich liebe Sylt zu dieser Jahreszeit. Es ist nicht so überfüllt. Ganz anders als im Sommer. Nur die Insulaner und die echten Sylt-Liebhaber sind da und trotzen den eisigen Temperaturen und dem bitterkalten Wind.«

»Verstehe.« Laura schlotterte theatralisch. »Aber wirklich verlockend klingt das für mich grad nicht. Nicht böse gemeint!«

Alea lachte. »Das Wetter bei euch hat natürlich seine Vorzüge. Wobei ihr euch hier stundenlang gemütlich in einem der Friesenhäuser einkuscheln könntet.«

»Okay«, kam es gedehnt. »Aber Einkuscheln kommt hier auch nicht zu kurz, glaub mir.« Laura kicherte. »Und dem kleinen Hund von Martje geht es gut? Ist neben so 'nem Laden ja auch nicht so easy, oder?«

Aleas Blick fiel auf das schlummernde Wollknäuel. »Der geht es gut. Sie ist so lieb. Ich habe mit ihr aber auch tolle Unterstützung. Der Nachbar ist mir eine Riesenhilfe.«

»Und sonst?«

»So viel mehr Zeit bleibt mir im Alltag gar nicht«, sagte Alea entschuldigend.

»Das meine ich nicht. Wie der Nachbar sonst so ist, wollte ich wissen!«

»Ach!« Alea stieß Luft durch die Lippen aus. Die Pause, die entstand, hielt Laura mit aller Gelassenheit aus.

»Er ist nett«, murmelte Alea unverbindlich.

»Oje! Na dann!«

Alea bekam Felix gegenüber ein schlechtes Gewissen, denn die Beschreibung »nett« wurde ihm nicht im Entferntesten gerecht.

»Nein, er ist toll«, gestand Alea.

»Uhh! Er ist also toll? Das klingt ja gleich mal ganz anders und nach einem Grund mehr, da nicht allzu schnell deine Zelte wieder abzubrechen.«

»Ich bin für Martje hier, und das hat alleroberste Priorität«, grummelte Alea.

»Klar.« Laura lachte trocken auf. »Wie heißt er denn?«

»Felix. Tatsächlich finde ich ihn wirklich sehr sympathisch, allerdings ... es ist kompliziert. Und wie du ja weißt, jongliere ich gerne mit weniger Baustellen im Leben.«

»Offenbar dreht sich bei dir gerade so manches, meine Liebe. Wie auch immer das alles weitergeht – meiner Unterstützung kannst du dir jederzeit sicher sein!«

»Das weiß ich doch!«

Laura kicherte, und Alea hatte den Eindruck, ihre Freundin war nicht mehr allein.

»Lauri, wir telefonieren bald wieder!«

»Klar! Wir hören spätestens wieder voneinander, wenn das Paket angekommen ist. Oder wenn du mir Weiteres über den ›Mehr-als-netten-Nachbarn-mit-emotionalen-Baustellen-und-Sicherheitslücken-Potenzial‹ berichten willst.«

»Verbleiben wir so!« Alea lachte und legte auf.

Kapitel 13

Zu ihrer Runde mit Nala war Alea am nächsten Morgen zum Sonnenaufgang schon unterwegs. Sie war zu dieser frühen Stunde niemandem begegnet und genoss das Schauspiel, das der Himmel ihr an diesem Tag bot. Oberhalb des Strandes, wo gerade Ebbe herrschte, stand sie auf dem Bohlenweg. Zart schimmerte es am weit entfernten Horizont goldfarben. Das Licht spiegelte sich in den Rinnsalen im Watt. Die Sonne malte schon rosafarbene Wolken an den Himmel, die aussahen, als spiegele sich der Sandboden in Wellen am Firmament.

Kurz bevor die Sonne sich wirklich zeigte, erstrahlte alles in knalligem Pink, und als sie sich orange leuchtend aus dem Wasser erhob und sich ein Lichtkegel vor ihr wie ein goldener Teppich über das Meer legte, färbte sich alles drum herum in weichen Pastellfarben von Rosarot über Violett bis hin zu Hellblau. Die Heidelandschaft, die Häuser und der Steg, dessen Holz leichter Raureif zierte, leuchteten im Schein der Sonne.

In der Ferne hörte Alea Möwen schreien. Alea drehte sich und war erstaunt, in ihrem Rücken den Mond zu entdecken, der zeitgleich mit der aufgehenden Sonne noch am Himmel stand. Die Atmosphäre war umwerfend und ließ Alea demütig staunen. Sie legte sich wie Balsam auf ihre Seele und schenkte einen tiefen Frieden.

Leider war es ruhig in der Manufaktur, was Alea viel Gelegenheit bot, zu grübeln. Auch darüber, dass es schwierig sein würde, mehrere dieser Tage zu kompensieren, wenn zwei Leute von der Arbeit im *Dünenglanz* leben wollten.

Sie studierte die Bilanzen der vergangenen Monate und stellte ernüchtert fest, dass diese oftmals keinen Spielraum für zwei Mitarbeiter ließen. Sie bemühte sich darum, jeden Kunden, der hereinkam, so zu bedienen, dass man ihr die Anspannung nicht ansah.

War gerade niemand im Laden, wanderte ihr Blick über die so liebevoll dekorierten Regale. Es schmerzte, sie und die vorbereiteten Präsente zu sehen. Sie erinnerten sie schweigend glänzend daran, dass die gute Seele des Hauses fehlte und sie sicher ebenso betrübt wäre, wenn sie wüsste, wie leer es gerade im Laden war.

Alea überlegte, ob wohl zur selben Zeit in Westerland oder in der Kampener Ladenstraße mehr los war als in Braderup. Ja, das Haus lag in einer Wohnstraße, trotzdem kamen viele, zusätzlich gelotst durch ein Schild, auf dem Weg nach Kampen oder Richtung Munkmarsch hier vorbei. Dennoch war es weniger die Laufkundschaft, von der die Kerzenwerkstatt profitierte, als dass Kunden, auf Empfehlung oder durch Schilder aufmerksam geworden, gezielt hierherfuhren. Aber hatte sie sich geirrt, und die Bekanntheit der Manufaktur mit ihrer Individualität und Qualität war doch weit weniger groß, als sie erwartet hatte? War es noch immer mehr ein Geheimtipp als eine Sylter Sehenswürdigkeit?

Es fiel Alea heute schwerer, positiv zu denken. Es musste jedoch weitergehen. Deshalb trat sie an ein Regal, um einige von Martjes Arbeiten für Fotos zusammenzustellen, die sie der E-Mail an die dänische Unternehmerin anhängen wollte.

Mit sanftem Glitzer versehene Kerzen und gefüllte Austernschalen legte sie neben weiße, kugelrund bauschige Kerzen, die wie Schneebälle aussahen. Einige Windlichter mit Kerzen mit Holzdocht dekorierte Alea neben einem Regal in gekalktem Vintagelook. Eine Wolldecke in hellem Grau drapierte sie hinter den Kerzen. Ein Trockenblumenstrauß aus Baumwollzweigen, den Martje in einer Vase neben dem Verkaufstresen aufgestellt hatte, rundete die Hintergrundkulisse der Fotos ab.

Zufrieden trat Alea einen Schritt zurück und betrachtete ihr Werk. Sie spürte wieder diese prickelnde Freude daran, sich mit Martjes Produkten in der Manufaktur und deren optimaler Präsentation zu beschäftigen. Ihre Laune war sofort besser. Nur ein Kundenbesuch unterbrach Aleas kleines Fotoshooting, bis kurz vor der Mittagspause mit einem leisen Glockenklingen noch einmal die Tür aufging.

Zu Aleas Überraschung war es Hubertus, der eintrat.

»Oh, ich hoffe, ich störe nicht?« Entschuldigend ließ er den Blick über die kunstvoll drapierten Kerzen und Windlichter schweifen.

»Hallo, nein, überhaupt nicht. Ich mache nur ein paar Fotos.«

»Wie schön. Ich will dich auch gar nicht aufhalten. Eigentlich habe ich nur eine kurze Bitte.«

»Ja?«

»Wäre es möglich, dass Karl heute über Mittag bei dir bleibt? Felix ist noch unterwegs, und ich habe einen Termin, zu dem ich ihn nicht so gut mitnehmen kann. Normalerweise lässt Felix ihn ja auch mal zu Hause. Aber weil es Karl ja grad nicht so gut ging, will ich ihn ungern unbeobachtet lassen.«

»Aber klar! Ich mache bald Pause, du kannst ihn gerne schon bringen, dann drehen wir gleich zu dritt eine Runde.«

»Das ist wirklich lieb!« Hubertus lächelte müde. Er wirkte besorgt.

»Ist alles in Ordnung?«, hakte Alea nach.

»Was? Nein, also – ach, alles grad ein bisschen viel bei mir. Aber damit, dass du mir den Hund einen Moment abnimmst, hilfst du mir sehr. Danke dir!«

»Wirklich gerne! Das habe ich Felix schon oft gesagt. Wir sind so froh, dass er Nala so oft bei sich hat. Da ist es das Mindeste, wenn ich mich einmal revanchieren kann. Und falls dein Termin länger dauert, kann er einfach hier im Laden mit Nala im Körbchen kuscheln.«

»Das ist sehr freundlich. Ich gebe ihm noch sein Futter, und dann würde ich ihn dir bringen.«

Mit diesen Worten ging Hubertus wieder hinüber. Sein Gang wirkte fahrig, und Alea überlegte, ob seine Unruhe mit Felix zu tun hatte. Er hatte keinerlei Andeutungen gemacht, aber Felix war schon eine gewisse Zeit nicht da, was Alea ungewöhnlich erschien. Nun sorgte sie sich auch.

Schon wenige Minuten später trat Hubertus mit Karl an der Leine vor die Tür. Alea, die gerade die Ladentür abgeschlossen hatte und zur Mittagspause aufbrechen wollte, ging ihm entgegen.

»Danke, ich hoffe, ich bin bis fünfzehn Uhr wieder zurück. Ich gebe dir mal meine Nummer.« Hubertus kramte sein Handy hervor.

»Ruf mich doch kurz an, dann hab ich sie.« Alea nannte ihre Rufnummer, Hubertus gab sie ein und ließ einmal klingeln.

»Wir machen erst mal einen großen Spaziergang«, schlug Alea vor und strich Karl über das samtige Fell.

»Da freuen sich die beiden. Ich war auch schon eine Runde draußen, aber ich habe den Eindruck, dass die Hunde kaum genug bekommen können vom Toben. Sobald einer von uns da ist, holen wir Karl wieder ab«, versprach Hubertus und stieg ins Auto.

»Mach dir keinen Stress!« Alea wartete, bis er ausgeparkt hatte, und brach dann auf zum Watt.

Es wehte heute nur ein leichter Wind, und manchmal kam sogar die Sonne für ein paar Sekunden hinter der grauen Wolkendecke hervor. Es war sehr kalt, aber dank der trockenen Luft angenehm.

Alea hatte sich umgeschaut, und als sie sah, dass sie ganz allein am kleinen Sandstrand am Watt waren, machte sie die Tiere von den Leinen los. Die Hunde sprangen fröhlich am Wasserrand umher und spielten. Während sie um die Wette rannten und unermüdlich einander neckten, schaute Alea sich die Fotos an, die sie mit dem Handy gemacht hatte, bevor Hubertus gekommen war. Sie waren gut gelungen.

Schnell fügte sie sie der E-Mail bei, die sie am gestrigen Abend vorformuliert hatte, und las noch einmal ihren Text. Noch bevor sie länger darüber nachdenken konnte, schickte sie die Nachricht ab. Ihr Herz raste vor Aufregung und Vorfreude auf eine Antwort. Doch kurz darauf kamen auch die Zweifel. Hätte sie doch lieber vorher mit Martje darüber sprechen sollen? Was, wenn die es ihr übel nahm, dass sie so eigenmächtig handelte?

Aber nun war es zu spät. Sie hatte sich jetzt dafür entschieden, ihre Zukunft hier auf der Insel zu planen, und dazu gehörte, dass sie sich überlegte, wie diese ihr hier, möglichst im Laden ihrer Tante, finanziert werden könnte. Und bevor sie sich ihr Sicherheitsnetz nicht zumindest teilweise neu geknüpft hatte, wollte sie Martje keine unnötigen Hoffnungen machen.

»Martje wird schon einverstanden sein«, sagte sie bestimmt zu sich selbst und lief einige Schritte am Wasserrand entlang. Und mit jedem Schritt wuchs Aleas Stolz darauf, aktiv geworden zu sein.

Alea blieb noch ein paar Minuten am Meer, warf Bälle für die

Hunde und lachte über den Eifer, mit dem Nala sich an ihrem Freund maß und immer wieder versuchte, genauso schnell zu sein wie er. Manchmal hatte Alea den Eindruck, Karl ließ die junge Hundedame gewinnen, damit diese ihre Freude am Spiel nicht verlor, aber vermutlich ging dem alten Herrn einfach allmählich die Puste aus gegen den unermüdlichen Wirbelwind. Der etwas größere, erfahrene Rüde war wirklich eine Seele von Hund. Alea hatte ihn in ihr Herz geschlossen mit seiner so liebenswerten und ruhigen Art.

Sie pfiff die Hunde zu sich, was bei Karl gut, bei Nala erst beim dritten Anlauf klappte, und spazierte mit ihnen zurück zu Martjes Haus. Bevor sie wieder in den Laden zurückkehrte, wollte sie noch etwas essen. Sie ging in Martjes Wohnung, machte sich zwei Brote und setzte sich an den Tisch.

Die beiden müden Hunde hatten nach dem Ausflug zum Salzwasser ausgiebig getrunken und sich dann auf Nalas kleiner Decke am Ofen zusammengerollt. Jetzt schliefen sie beide. Es war ein friedliches Bild, und auch Karl schien sich wohlzufühlen in Martjes Haus.

Als sie gerade aufgegessen hatte, klingelte es an der Tür. Bereits durch das kleine halbrunde Butzenfenster in der Tür konnte Alea erkennen, dass Felix davor stand, und sein Besuch hob ihre Stimmung unwillkürlich abermals an.

»Hi! Komm doch rein.«

»Hallo, Alea.« Felix wirkte unsicher. »Mein Dad sagte, dass du ihm mit Karl geholfen hast. Vielen Dank dafür! Dass sich unsere Termine überschneiden, hatte ich nicht erwartet.« Felix' Körperhaltung war angespannt abwartend, und irgendwas an seinem Gesichtsausdruck wirkte beunruhigend auf Alea. »Auch wenn mir Nala fehlen wird, schön, dass du dich so weit eingearbeitet hast, dass du die Kleine auch bei dir haben kannst.« Als Felix sie so anschaute, beinahe wehmütig, tat es Alea leid, dass sie ihm das nicht persönlich gesagt hatte, sondern Hubertus.

»Wie gesagt. Sie ist bestimmt weiterhin gerne bei dir!« Sie lächelte entschuldigend. »Aber hast du nicht Zeit für einen Tee? Ich öffne erst in einer halben Stunde wieder.«

»Wenn es passt, gerne.«

Alea nickte, trat einen Schritt zur Seite und machte eine einladende Handbewegung.

»Die beiden müden Krieger haben es sich vor dem Ofen gemütlich gemacht«, erklärte Alea, als Felix in Martjes Wohnung trat. »Sie sind so viel gerannt.«

»Das klingt nach einem entspannten Nachmittag für mich. Bestens, danke! Den kann ich gut gebrauchen.«

»Hattest du Stress?« Sie waren in Martjes Wohnzimmer angekommen, wo Felix zunächst unschlüssig im Raum stand und sich auf Aleas andeutende Handbewegung hin aufs Sofa setzte. Die Hunde begrüßten ihn schwanzwedelnd, blieben aber an ihrem Platz am Ofen.

Felix nickte, den Blick auf den Boden gerichtet. »Heute hatte ich echt ziemlich viel Stress.«

»Ich hoffe, du konntest alles gut handeln?«

»Das hoffe ich auch.« Sein Lächeln war schief.

»Der Tee muss noch kurz ziehen. Hast du Hunger?«

»Danke, nein. Ich habe am Hafen was gegessen. Ich hatte eine Fähre eher erwischt und habe dann die Zeit genutzt, um wenigstens ein Fischbrötchen zu essen.«

»Du warst also auf dem Festland?«

»Ja.« Felix machte nicht den Eindruck, als wolle er näher ins Detail gehen, und Alea beließ es dabei.

»Wie sieht es denn bei dir aus?« Felix blickte sie interessiert an.

»Martjes Zustand ist okay, aber wackelig. Es wird alles weitergehen, nur mit deutlich angezogener Handbremse, was Martjes Einsatz in der Kerzenmanufaktur angeht. Damit festigt sich auf jeden Fall der Gedanke für mich, dass ich hierbleiben werde.«

»Wie schön.« Ein Lächeln huschte über Felix' Lippen. »Also, dass du hierbleiben möchtest.«

»Danke. Ja, schon. Aber ich bin leider ein totaler Sicherheitsmensch, und diese ungewisse Zukunft, die ist absolut nichts für mich.«

»Was wäre eine Basis für dich, auf der du dich besser damit fühlen würdest, hierzubleiben?«

Alea dachte nach. »In der Tat habe ich mir überlegt, dass Martje Kooperationen eingehen muss, um den Umsatz zu steigern und sichere Partner zu gewinnen, die auch mal schwächere Tage auffangen. Martje kam immer klar, so wie es war, mit guten und weniger guten Tagen. Aber wenn wir hier zu zweit im Laden stehen, muss einfach noch mehr dabei rumkommen.« Zerknirscht grinste Alea.

»Das verstehe ich. Aber ist es nicht eine schöne Herausforderung, neue Märkte zu finden und Martjes Produkte noch bekannter zu machen?«

Nachdenklich schaute Alea ihn an. »Ja, so gesehen hast du vollkommen recht.« Seine Einstellung gefiel ihr wieder einmal so gut. Er hatte einen bemerkenswert positiven Blick auf Situationen, die sich erst als Hindernis tarnten.

Ihn immer wieder so angeschossen zu sehen beunruhigte sie deshalb erst recht. Irgendwas verhagelte ihm die Laune. Bei einem Optimisten wie ihm musste es etwas Schwerwiegendes sein.

Hatte er womöglich einen wichtigen Arzttermin wahrgenommen und eine schlechte Diagnose bekommen? Dazu würde passen, dass er blasser aussah als sonst. Um die Augen hatte er Augenringe, die von zu wenig Schlaf erzählten. Das könnte von Sorgen, aber auch mangelnder Gesundheit zeugen. Auch war es möglich, dass es Hubertus schlecht ging.

»Jedenfalls habe ich einen allerersten Versuch einer Akquise neuer Abnehmer gestartet, ohne mit Martje vorher darüber zu sprechen.« Alea hob furchtsam die Augenbrauen. »Und gerade weiß ich nicht, ob das gut war oder sie wütend alle weiteren Ideen torpedieren wird.«

»Meinst du, das wird sie tun?« Er kräuselte die Stirn.

»Ausschließen will ich es jedenfalls nicht.«

»Ich kann mir vorstellen, dass das Konzept sie überzeugen muss. Und ich denke auch, dass sie verstehen wird, dass du mehr brauchst als ein paar Träume, um ernsthaft zu entscheiden, dass du deine Zukunft hier verbringen willst. Die Aussicht darauf, dass du bei ihr bleibst, ist ein großer Trumpf.«

»Das hoffe ich wirklich sehr! Danke, deine Meinung beruhigt mich. Du bist der Allererste, dem ich überhaupt davon erzähle.«

»Wow! Was ist es denn, was du dir überlegt hast?«

Alea grinste. »Sei mir nicht böse, aber manchmal bin ich ein wenig abergläubisch. Es hängt so viel davon ab, dass ich das Gefühl habe, es ist besser, wenn ich noch nicht so viel darüber spreche.«

Felix lächelte verschwörerisch. »Nur unter der Voraussetzung, dass du mir dann sofort davon erzählst, wenn es was wird, und wir darauf anstoßen und es gemeinsam feiern!«

Alea spürte, wie sie errötete.

»Das mache ich, versprochen!«

Karl kam zu Alea und kuschelte sich an ihr Bein. Sie streichelte ihn. »Wir waren eine Runde am Watt spazieren. Es war herrlich!«

»Schön. Ja, das tut mir auch immer gut. Da werde ich wohl auch noch mal vorbeischauen. Bisschen Kopf frei pusten und bewegen. Das brauche ich heute.«

Alea verstand nicht, warum er derlei Andeutungen machte, wenn er doch nicht konkret darüber sprechen wollte, was ihn so beschäftigte.

Es kam ihr vor, als tanzten sie mit dem, was sie sagten, umeinander herum. Manchmal berührten sie sich für den Hauch einer Sekunde, genossen es und waren drauf und dran, sich einander weiter anzunähern. Aber dann zog irgendwas sie voneinander weg, und der Abstand fühlte sich auf eine ihr unerklärliche und gleichermaßen bedauernswerte Weise auch wieder richtig an. Auch wenn er schmerzte. Und dieser Tanz war, als gäbe es eine unsichtbare Verbindung, wie ein Gummiband, zwischen ihnen, das stets den Kontakt hielt und sie zueinanderzog.

»Ich muss mal wieder den Laden aufschließen.« Entschuldigend hob Alea die Schultern, und Felix stand auf, woraufhin die beiden Hunde es ihm gleichtaten. Wieder bewegte sie sich einige Tanzschritte von ihm weg.

»Lass Karl doch noch ein wenig bei mir. Ich glaube, er hatte für heute genug, und du musst keine Rücksicht auf ihn nehmen und kannst dir die Zeit nehmen, die du brauchst.«

Sie traten vor die Tür, und weil bereits eine Dame vor dem Laden wartete, fiel ihre Verabschiedung kurz aus.

»Danke dir. Das ist lieb. Bis später!« Felix drehte sich um und ging zu seinem Haus.

Sie begrüßte die Kundin, und gemeinsam gingen sie in die Manufaktur, wo Alea die Hunde auf ihr Kissen schickte, damit sie weiterschliefen.

»Was darf ich Ihnen zeigen?«, fragte sie die Kundin.

Die Frau hatte verschiedene Vorstellungen für ein paar Urlaubsmitbringsel für ihre Familie. Gemeinsam fanden sie für jeden Geschmack etwas, und die Kundin verließ mit vollen Tüten und einem zufriedenen Lächeln im Gesicht den Laden. Wenn eine einzige Kundin schon für so guten Umsatz sorgte, fühlte sich die Arbeit gleich um so vieles leichter an. Das wirkte sich auch auf die nächsten Gespräche aus, die Alea führte.

Irgendwann kam Felix herein und sammelte Karl ein. Weil Alea aber gerade im Gespräch war, winkte er ihr nur zu und formte mit den Lippen ein stummes »Danke und bis bald«.

Zuversichtlich zählte Alea am Ende des Tages die Einnahmen, räumte noch ein wenig auf und löschte alle Kerzen und Lichter.

Während sie in die Wohnung ging, klingelte ihr Handy. Es war Martjes Nummer, die auf dem Display erschien.

»Hallo, Martje«, begrüßte sie ihre Tante.

»Hallo, Alea.« Martje klang nervös. Außerdem sprach sie ihren vollen Namen aus, was ungewöhnlich war. Sofort musste sie an ihre Mail denken, und ihr wurde mulmig.

»Die Birgit, eine Bekannte aus Archsum, die da einen kleinen Hofladen führt, der geht es nicht so gut. Grad stehen noch einige Arztbesuche an, aber sie wird in den nächsten Tagen wohl auch hier einziehen.«

»Aha. Das tut mir leid, aber …« Noch verstand Alea den Zusammenhang zu ihr nicht.

»Sie hatte eine Verkaufsaktion auf ihrem Hof für den Abend vor dem zweiten Advent geplant, bei der ich sie unterstützen wollte. Wie ein kleiner Weihnachtsmarkt.«

»Oh, das klingt schön. Und nun muss dieser ausfallen?«

»Ja.« Martje klang traurig. »Es sei denn, du traust dir zu, nach Feierabend da noch einen weihnachtlichen Sonderverkauf zu machen.«

»Okay«, sagte sie gedehnt.

»Das ist jetzt ein Überfall, ich weiß. Aber überleg es dir. Ich wollte bei dieser Gelegenheit auch einige meiner Artikel anbieten, es ist aber noch nichts vorbereitet. Du hättest also freie Hand.

Nur weihnachtlich soll es sein. Birgit hat wohl ihrerseits schon alles vorbereitet, und ihre Tochter Sarah, die sich mit den Abläufen auskennt, ist auch da. Sie traut sich das allein aber nicht zu. Es bedeutet Birgit so viel. Die Aktion hat ihr Mann ins Leben gerufen und jedes Jahr so wundervoll organisiert. Er verstarb im letzten Jahr zu Weihnachten.«

Mist, damit hatte sie Alea überzeugt. Wie sollte sie da Nein sagen? Gleichzeitig zündete jedoch ein Ideenfunke in ihrem Kopf. Es wäre nicht nur ein gutes Werk Martjes Freundin gegenüber, sondern auch die perfekte Chance, zusätzliche Kunden zu generieren und eine allererste Probeauswahl an Artikeln, die sie zusätzlich kreiert hatte, anzubieten und zu schauen, wie diese bei den Kunden ankamen. Das würde ihr auf jeden Fall helfen, wenn sie mögliche Produkte für eine Zusammenarbeit mit größeren Händlern in Angriff nehmen wollte.

»Bin dabei«, willigte Alea kurzerhand ein und erkannte sich selbst kaum wieder. Verschwunden war die Alea, die alles abwog, einer Idee erst mögliche Konsequenzen gegenüberstellte und ihren Zeitplan mehrfach im Kopf durchspielte, bevor sie sich für oder gegen etwas entschied.

»Ach, Leli, danke!« Erleichtert atmete Martje auf. »Darf ich Birgit also zusagen, wenn wir wieder telefonieren?«

»Darfst du.«

»Du Liebe! Ich schreibe dann Sarah mal deine Nummer.«

»Mach das gerne. Gute Nacht, Martje, und bis morgen«, verabschiedete sie sich.

Gerade wollte sie das Handy beiseitelegen, da plingte erneut eine Nachricht auf dem Display auf. Es war die Antwort auf ihre Bewerbungs-E-Mail bei der dänischen Unternehmerin. Alea schluckte, und ihr Herz klopfte schneller, als sie die Nachricht öffnete. Es fühlte sich an, als wirbele ein Sturm durch ihre Magengegend, als sie zu lesen begann.

Liebe Frau Groneberg,

ich habe mich sehr über Ihre Nachricht gefreut. Ebenso gefallen mir die Produkte, die Sie vorstellen, ausgesprochen gut. Derzeit bin ich in Ihrer Nähe, und wir könnten uns in den nächsten Tagen – vielleicht in Ihrer Mittagspause – treffen. Sollte das für Sie in Ordnung sein, lassen Sie uns einen Termin ins Auge fassen, um einmal miteinander zu sprechen und zu schauen, ob es mit uns passen könnte.

Herzlichst
Ella Søndervig

»Fantastisch! Und wie das für mich in Ordnung ist«, flüsterte Alea zu sich selbst, ließ sich, das Handy auf die Brust gedrückt, in das weiche Kissen fallen, und spürte die prickelnden Glücksgefühle in ihrem Bauch. Dann tippte sie eine Antwort.

Liebe Frau Søndervig,

vielen Dank für diese wundervolle Nachricht. Ich freue mich sehr! Lassen Sie mich wissen, wann es Ihnen passt, und ich richte es ein.

Herzlichst
Alea Groneberg

»Ein erster Schritt ist gemacht«, freute sich Alea. Ein Einstieg in eine neue Zukunft ohne Netz war herausfordernd, doch diese Mail versüßte ihr das enorm.

In dieser Nacht träumte Alea ein wildes Potpourri aus ihrer Zeit in Hamburg, den letzten Tagen in Martjes Kerzenwerkstatt und dem, was vielleicht werden könnte.

Als sie am Morgen erwachte, war sie gefüllt mit neuer Zuversicht. Im Traum hatte es sich so gut angefühlt, mit ihrer Tante Seite an Seite zu arbeiten, dass ihr das Gespräch mit Martje über ihre Ideen gar nicht mehr wie eine so große Hürde erschien.

Felix hatte sie eine Nachricht geschrieben, ob Nala vormittags zu einem Spaziergang bei ihm bleiben könnte, und er hatte gleich zugesagt.

Voller Elan machte sie sich fertig, um, noch bevor sie die Manufaktur öffnete, zu Martje ins Krankenhaus zu fahren. Sie wollte den Elan nutzen und es direkt hinter sich bringen.

Zwar war die Nachricht der Unternehmerin noch längst keine konkrete Zusage, dennoch konnte sie ihr Vorhaben an diesem Punkt nicht mehr geheim halten. Außerdem hatte Martje sicher auch den ein oder anderen Tipp für Alea, was es bei dem Gespräch noch zu bedenken galt.

Schnell frühstückte sie halb im Gehen und klingelte bei Felix, der gerade noch über Headset in einem Telefonat war, um Nala abzugeben. Kurz stellte er sein Gespräch auf stumm.

»Dem Leuchten in deinen Augen nach gab es positive Nachrichten?«, vermutete er, und Alea nickte.

»Zumindest ein Anfang ist gemacht! Drück mir die Daumen für das Gespräch mit Martje.«

Er drückte beide Daumen und hielt die Fäuste in die Luft. »Alles Liebe!« Dann griff er nach der Leine, nahm das Telefonat wieder auf, und Alea startete Richtung Nordseeklinik.

»Nanu! So früher Besuch? Wie schön!« Martje strahlte.

»Guten Morgen, Tantchen. Hast du gut geschlafen?«

»Ganz in Ordnung. Sicher nicht so gut wie du. Mir fehlt diese Ruhe so sehr! Darauf freue ich mich mit am meisten!«

»Das glaube ich sofort.«

Alea zog einen Stuhl zu sich und setzte sich neben Martje ans Bett.

»Leli? Was ist los? Du wirkst ganz kribbelig!«

Alea bedachte ihre Tante mit einem entschuldigenden Blick. »Ich habe eine Idee. Und ich bitte dich: Lass mich alles erklären, ohne mich zu unterbrechen, okay?«

»Oha.« Martje schmunzelte. »Ideen finde ich gut, aber das klingt mir etwas dramatisch. Muss ich Angst haben?«

Alea lachte. »Ich denke nicht. Es sei denn, du hast Angst davor, dass ich dir hier langfristig auf die Pelle rücke.«

Martje legte den Kopf schief und starrte Alea verwirrt an. »Was meinst du damit?«

»Ich möchte gern zukünftig bei dir auf Sylt leben und mit dir zusammen in deiner Kerzenmanufaktur arbeiten.«

»Und was ist mit Hamburg?« In Martjes Augen bildete sich ein leichter Film.

»Nun, das, was ich in Hamburg vor meiner Abreise verlassen habe, ist offenbar Geschichte. Ich habe dort weder einen Freund noch einen Job. Meine Eltern leben weit weg, meine beste Freundin reist quer durch die Weltgeschichte, und wenn sie wieder zurückkommt, wohnt sie in Kiel. Da macht es keinen Unterschied, ob Hamburg oder Sylt. Und die Wohnung vermiete ich einfach, so habe ich eine zusätzliche Einnahmequelle.«

Bestätigend nickte Martje. »Okay.« Skeptisch schaute sie ihre Nichte an. »Und eine gebrechliche Tante mit einer kleinen altertümlichen Kerzenmanufaktur erscheint dir attraktiver als die Rückkehr nach Hamburg?«

»Ich verstehe die Frage nicht.« Alea grinste. »Du bist das beste Argument, hierzubleiben. Auf meiner Lieblingsinsel. Sylt ist mein Sehnsuchtsort, ein so traumhaftes Fleckchen Erde. Wo sonst könnte man sich wohler fühlen?«

»Meine Rede. Aber, ohne dass ich dich davon abhalten will – schon aus reinem Eigennutz liegt mir das fern –, die Insel hat auch so ihre Tücken, und eine kleine Kerzenmanufaktur wird nur schwer den Lebensstandard aufrechterhalten, den du gewohnt bist. Ich weiß nicht, ob wir gemeinsam davon leben können.« Traurig blickte Martje auf ihre Hände, die auf der blau-weiß gestreiften Klinik-Bettwäsche ruhten. Sie wirkte mit einem Mal ganz zerbrechlich und klein und tat Alea leid. Sanft griff sie nach der Hand ihrer Tante und drückte sie. Mit dünner Stimme fuhr sie fort. »Es läuft ganz gut. Wenn man bescheiden ist und Idealist. Ich habe aber nicht grundlos nie jemanden eingestellt. Es gibt sehr gute Monate hier, wie du weißt, aber in der Nebensaison auch verdammt lange, schwächere.«

»Das weiß ich, Tantchen. Und du kennst mich. Eine Selbstständigkeit war nie eine Option. Aber ganz ehrlich? In den letzten Tagen habe ich eine für mich ganz neue Erfahrung gemacht, oder besser gesagt, sie wiedererweckt. Es macht mir so große Freude, mein Herzblut in etwas zu stecken, das ich den Leuten verkaufe, und sofort deren glückliches Lächeln zu sehen. Außerdem kann ich mich ausleben, neue Ideen verwirklichen, vorhandene Produkte verbessern und immer wieder was verändern. Das fühlt sich so ungewohnt toll an – ich kann mir schon nach den paar Tagen kaum vorstellen, wie ich je in der Buchhaltung glücklich gewesen bin. Schaden kann es allerdings auch nicht für die Zukunft. Das leidige Thema wärst du los! Ich könnte es übernehmen.«

»Leli, das rührt mich sehr, und eine größere Freude als die über deine Euphorie für meine Manufaktur könntest du mir nicht machen.« Trotz der schönen Worte, die Martje sagte, sprachen ihre Augen eine andere Sprache. Sie waren traurig. »Ich will nur nicht schuld sein, wenn du feststellen musst, dass dieser Traum nicht ausreicht. Glaub mir, ich war oft froh, dass nur mein Auskommen von der Manufaktur abhing.« Martje wirkte sichtlich berührt.

»Dass das auch finanzielle Gründe hat, dass du nie Angestellte hattest, ist mir bewusst. Ich war so frei, einen Blick in deine Bücher zu werfen. Und ich habe mir etwas überlegt. Und das ist es, worüber ich auch mit dir sprechen will.« Alea bekam feuchte Hände, und die bekümmert interessierten Augen ihrer Tante ließen ihre Stimme ganz zittrig werden. »Ich weiß, wie verantwortungsbewusst du all die Jahre entschieden hast. Und auch, wie schwer du dich damit tust, Teile deiner Arbeit abzugeben. Von Zusammenarbeiten hast du bisher ja auch nicht umsonst abgesehen.«

Martje nickte. »Aus Gründen, Leli. Ich bin der Meinung, geschäftlich muss man äußerst vorsichtig sein, dass nicht der Zauber der eigenen Produkte von irgendwem auf skrupellose Weise ausgenutzt wird. Über Jahre und ständiges Ausprobieren sind meine Kerzen gereift und genau zu dem geworden, was sie heute sind. Nicht mehr, aber auch keinesfalls weniger.«

»Martje, das weiß ich. Dennoch, wenn du wirklich möchtest, dass ich hierbleibe und mit dir zusammenarbeite, musst du bereit sein, neue Wege zu gehen und ein wenig umzudenken. Wir müssten weitere Märkte für deine zauberhaften Kerzen erschließen.«

Martjes Blick wurde nachdenklich, wenn auch nicht ablehnend, wie Alea befürchtet hatte. Sie schien sich ihre Worte gut zu überlegen, bevor sie antwortete: »Es bräche mir das Herz, wenn ein Händler meine Individualität nicht zu schätzen wüsste. Und darüber hinaus habe ich zu meinen Produkten so viel zu erzählen. Es sind nicht nur Kerzen. Hinter jeder Kreation steckt eine Geschichte und dazu der Wunsch, dass sie genau so genutzt wird, wie sie sich optimal entfalten kann.« Sie klang zögerlich, fast ängstlich, aber auch ein wenig neugierig.

Alea nickte zustimmend. »Da bin ich absolut deiner Meinung. Es geht nicht darum, deine Produkte leichtfertig aus der Hand zu geben. Aber wenn wir uns ganz genau anschauen, mit welchen Händlern wir zusammenarbeiten könnten, und es schaffen, deren Interesse zu wecken, dann sollten wir die Chance, deine Produkte noch mehr Menschen zugänglich zu machen, nutzen. Sofern wir beide ein gutes Gefühl dabei haben.

Außerdem muss die Voraussetzung sein, dass unser Partner das, was du gerade geschildert hast, in unserem Auftrag transportiert. Lass uns die Geschichten hinter deinen Kerzen gemeinsam mit anderen erzählen und sie zur Bedingung für jede Kooperation machen.«

»Mhm.« Martje schaute ins Leere. Sie dachte nach. »Ich hatte mir fest vorgenommen, meine Kerzenwerkstatt, bis ich tot umfalle, so zu führen, wie ich es bisher getan habe.«

»Aber veränderte Zeiten fordern vielleicht genau jetzt auch andere Überlegungen«, stellte Alea fest.

»Das mag sein, ja.«

»Du musst hier und jetzt nichts entscheiden. Wenn das alles nicht mit deinen Ideologien vereinbar ist, dann können wir das so nicht umsetzen. Es ist deine Firma, und du hast das Sagen. Ich möchte gerne bleiben, um selbst neue Wege zu gehen und um dich zu unterstützen. Aber das kann ich nur, wenn auch du dich aus deiner Komfortzone herausbewegst und wir etwas Neues ausprobieren. Ich bin dir nicht böse, wenn du dich anders entscheidest, ich will nur, dass du weißt, wohin meine Gedanken gehen. Und ich muss dir gestehen, dass ich schon einmal die Fühler ausgestreckt und einen ersten Kontakt hergestellt habe.«

Martje bedachte Alea mit einem Blick voller Skepsis und Verwunderung. Kurz schob sie die Augenbrauen zusammen, und eine winzige Zornesfalte kam zum Vorschein, die aber sofort ihren Sonnenfältchen wich. Alea strich ihrer Tante liebevoll über die Hand.

»Leli, vielen Dank. Die Aussicht darauf, dass du hierbleiben könntest, ist das Allerschönste für mich. Und das Wichtigste ist, dass es dir gut geht. Und das bedeutet, dass du finanzielle Sicherheit brauchst.« Martje machte eine Pause, und Alea wurde ganz warm ums Herz, ihr Puls beschleunigte sich. »Da muss die sturköpfige Tante wohl notgedrungen auch mal neue Wege beschreiten.«

»Heißt das, ich darf in dieser Richtung weiterplanen?« Alea war aufgestanden und fiel ihrer kleinen zarten Tante direkt um den Hals, als diese nickte. »Ich verspreche dir, dass ich nur in deinem Sinne handle und ohne dich keine endgültigen Entscheidungen treffe«, sagte Alea.

»Darauf verlasse ich mich.« Verträumt schaute sie Alea an und schüttelte ungläubig den Kopf. »Wer hätte gedacht, dass dieses Weihnachten mein größter Traum wahr wird. Vielleicht.«

Gerührt strich Alea ihr über die Wange. »Ich arbeite daran, Tantchen.«

»Ich freue mich so! Auch wenn ich damit Bauchweh habe, dass all das auf einer Trennung beruht.« Betrübt griff sie nach Aleas Hand. »Du hattest schließlich Pläne mit Christopher. Du bist so stark. Immer schon gewesen, Leli.«

»Danke, Martje, aber da bist du nicht ganz unschuldig dran. Weil du immer für mich da warst und bist, konnte ich das schaffen!«

»Geht mir nicht anders. Deine Weltenbummler-Eltern haben mir mit dir das größte Geschenk gemacht.«

»Und es wird Zeit, dass wir zu Hause wieder komplett sind.«

»Oh ja! Ich will nicht drängeln, Liebes, aber ich hoffe, dass bald die ersten Kunden an der Ladentür rütteln.« Martje deutete auf die Wanduhr, und Alea erschrak.

»Ach herrje!«

»Noch schaffst du das alles.«

Alea verabschiedete sich und eilte dann zum Fahrstuhl. Als sich gerade die Türen hinter ihr schlossen, entdeckte sie durch den schmaler werdenden Spalt einen Mann, der sich mit einer Hand durch das zerzauste, etwas längere, graue Haar fuhr. Die Geste war ihr vertraut. Es war Hubertus, der an einem Fenster gegenüber dem Fahrstuhl stand.

Aleas Puls schnellte in die Höhe. War etwas passiert? Der Fahrstuhl kam im Erdgeschoss an, und für einen Moment überlegte Alea, noch einmal hochzufahren, fand das dann aber doch zu aufdringlich und ging zum Auto. Vielleicht besuchte er ja nur jemanden, beruhigte sie sich und startete den Motor.

Kapitel 14

Gerade noch rechtzeitig vor Ladenöffnungszeit kam sie in Braderup an. Es regnete und war sehr windig. Sie lief direkt in den Laden und bereitete alles so vor, dass die ersten Kunden empfangen werden konnten.

Doch auch an diesem Vormittag war es erschreckend ruhig. Alea hoffte, dass es am schlechten Wetter lag, dass kaum ein Mensch den Weg zur Manufaktur fand. Ihr Hochgefühl nach dem Gespräch mit Martje hielt jedoch an, und sie lenkte sich von der fehlenden Kundschaft ab, indem sie neue Kerzen goss.

Die Handgriffe waren wohltuend vertraut. Sie stärkten Aleas positive Gedanken an die Ideen für die Zukunft. Während sie verschiedene Kerzen zauberte, kamen ihr immer neue Möglichkeiten in den Sinn, sie zu verzieren oder mit individuellen Verpackungen zum perfekten Weihnachtsgeschenk zu veredeln. Vielleicht könnte man Martjes Geschichten auch schriftlich festhalten und sie so an die Kunden weitergeben?

Weil aber das schönste Produkt nicht half, wenn es so furchtbar ruhig war im Laden, freute sich Alea richtig darüber, dass sie Martje zugesagt hatte, bei dem kleinen Sonderverkauf mitzuwirken.

Während ihre Kunstwerke trockneten, suchte sie deshalb Kleinigkeiten heraus, die sie dort anbieten wollte. Auch ihre neuen Kreationen würde sie einpacken, damit sie testen konnte, ob die Produkte gut ankamen. Bei einem Café aus Keitum wollte sie Gebäck bestellen, das sie ohne großen Zusatzaufwand anbieten könnte. In der Küche, wo sie auch die Kerzen herstellte, würde sie heiße Schokolade für die Besucher kochen.

Im Verkaufsraum duftete es irgendwann nach Vanille, Zimt und Honig. Alea mochte diese Vielfalt an Gerüchen, die die vielen verschiedenen Kerzen hinterließen. Da fiel ihr ein, dass sie in Martjes »Kochbuch« einen Vermerk gesehen hatte, der auf besonders milde und gut verträgliche Rezepturen hinwies. Sie recherchierte zu diesem Thema und stellte fest, dass solche, mit rein natürlichen ätherischen Ölen hergestellte Kerzen besonders für Migränepatienten, kleine Kinder und Hunde geeignet waren.

Das war interessant und wichtig. Solche Produkte mussten sie besonders hervorheben und auch mit diesen Merkmalen werben. Im Moment hatte Martje keine dieser Kerzen im Sortiment, aber alle Zutaten dafür im Lager. Also beschloss Alea, für den Sonderverkauf kleine Produktproben davon anzufertigen.

Doch vorher informierte sie sich weiter. Las, dass es nicht nur die Verwendung von Paraffinen und Sulfaten in Kombination mit einigen Ölen war, die oftmals für Kopfschmerzen sorgte, sondern dass auch der Docht eine Rolle spielte. Da würde sich auf jeden Fall der schon oft bewährte Knisterdocht aus Holz anbieten, der schadstofffrei abbrannte. Alea war voller Vorfreude, sich mit diesen Themen zu beschäftigen. Vor allem auch im Hinblick auf einen möglichen Onlineshop wären diese Artikel interessant. Man könnte via Internet die Produkte, die ja hier auf der Insel nur einen begrenzten Markt erreichten, viel weiträumiger vertreiben.

Mittags schloss Alea den Laden und ging in ihre Wohnung. Sie aß ein Brötchen und genoss gerade eine Tasse Tee, als sie sah, dass Felix nach Hause kam. Sein Blick ging nach oben, direkt in

Richtung von Alea, als diese sich ertappt wegdrehte. Kurz darauf klingelte ihr Handy.

»Naa?« Ein leises Lachen folgte, als Alea nicht sofort antwortete. Sie fühlte sich ertappt. »Entschuldige! Ich will dich nicht stören!«

»Oh nein! Alles gut. Ich mache Mittagspause. Hab dich gerade kommen sehen«, gab Alea zu und trat ans Fenster. Ihre Blicke begegneten sich. Felix winkte ihr. In der Hand hielt er eine Tüte. »Ich hab den Hunden ihr Mittagessen geholt.«

Alea dachte daran, dass Hubertus vorhin im Krankenhaus gewesen war. Danach zu fragen erschien ihr aber als zu indiskret.

»Die haben es ja gut. Vielen Dank noch mal, dass Nala bei dir bleiben konnte. Ich habe mit Martje über die Idee der Kooperation gesprochen«, platzte sie heraus. »Sie ist nicht abgeneigt. Ich bin so glücklich! Ich habe nämlich schon die erste positive Rückmeldung bekommen, das konnte ich dir heute früh ja nicht mehr genauer erzählen.«

»Hey, super! Das freut mich für dich. Dann können wir ja jetzt feiern.« Felix lachte leise, was Aleas Bauch kribbeln ließ. Sein Blick tat, trotz der Entfernung, sein Übriges. »Klasse! Das freut mich wirklich!«

»Danke, mich auch! Aber bevor es nicht konkret wird, will ich nicht zu viel verraten, wie gesagt. Nachher klappt es nicht, weil ich es zu früh ausgeplaudert habe.«

»Alles gut! Auch wenn ich unsere Feier schon jetzt gar nicht erwarten kann. Aber gegen ein kleines Warm-up vor der eigentlichen Party spricht doch nichts, oder?«

Ein wohliges Prickeln durchfuhr Aleas Körper. »Das klingt toll!«

»Wie wäre es gleich heute Abend? Ich hab heute Vormittag den Raclette-Grill rausgekramt, und das würde sich doch anbieten, schließlich sollte man vor den Feiertagen unbedingt testen, ob er noch funktioniert.«

»Was für eine tolle Idee! Soll ich noch was besorgen?«

»Da kümmere ich mich drum. Was magst du gern?«

»Ich bin ganz pflegeleicht, was Essen angeht. Ist dein Papa auch dabei?«

»Der ist heute Abend nicht da.« Felix beließ es dabei, also hakte Alea nicht weiter nach. »Dann füttere ich eben mal die hungrige Meute, drehe unsere Runde und kaufe später noch ein paar Leckereien für uns ein. Nala kann gleich hierbleiben. Ich habe übrigens begonnen, einen ausbruchsicheren Zaun um Martjes Garten zu ziehen. Nur, dass du dich nicht wunderst. Das hatte ich mit ihr besprochen.«

»Oh, danke! Das ist ja klasse, dann kann ich sie entspannter auch mal draußen lassen.«

»Genau. Dir erst mal noch ein gutes Gelingen. Ich freue mich auf dich.«

Wieder zog ein Schauer über Aleas Haut, der sich angenehm und kribbelnd leicht anfühlte. Wie Champagner, der den ganzen Körper flutete. »Ich freue mich auf dich« klang bedeutender als »Ich freue mich auf den Abend«. Beschwingt ging sie wieder in den Laden und schwebte beinahe durch den weiteren Arbeitstag.

Mit einem Lächeln auf den Lippen arrangierte sie die Kerzen in den Regalen neu und bereitete kleine Präsentkörbchen vor, in denen sie Dinge zusammenstellte, die ihrer Meinung nach gut zueinanderpassten. An diesem Nachmittag war mehr zu tun, was Alea sehr freute. Stunden wie diese, aber auch der inspirierende Vormittag, waren ein gutes Zeichen dafür, dass sie das Richtige tat, wenn sie hierblieb.

Irgendwann sehnte Alea den Feierabend aber herbei. Ihre Füße schmerzten vom vielen Herumlaufen. Außerdem wollte sie sich noch kurz umziehen und einen Blick in den Spiegel werfen, bevor sie zu Felix ging.

Ihr Herz schlug aufgeregt, als sie den Weg zur Haustür entlangging. Sie war nervös wie ein Teenager, der zum Abschlussball ging. Mit klammen Fingern hob sie die Hand zum Klingelknopf. Sie hatte gerade geläutet, da wurde schon die Tür geöffnet. Im Türrahmen stand Felix in einer lässigen Chino, dazu ein dunkelblauer Pullover. »Schön, dass du da bist.« Er machte eine einladende Handbewegung und verbeugte sich gespielt übertrieben.

»Danke für die Einladung!« Alea empfing eine angenehme Wärme im Haus. Dazu der betörende Duft nach Kaminfeuer. Im Hintergrund klang wieder leise Klaviermusik.

Felix nahm Alea ihren Mantel ab und hängte ihn an die Garderobe. »Ich finde, wir stoßen erst einmal auf den allerersten Erfolg mit einem Glas unseres Spezial-Winterpunsches *Wattleuchten* an.« Er deutete auf den Küchentresen, an dem zwei Barhocker standen.

»Das ist eine wunderbare Idee«, freute sich Alea und folgte Felix zum Tresen. Neben dem dampfenden Punsch, der in einer Glaskaraffe bereitstand, in der ein rötlich-orangefarbenes Getränk sowie Orangenscheiben, Sternanis und Nelken schwammen, hatte Felix ein paar Kekse in kleine Schälchen gelegt. Dekorativ waren daneben Zimtstangen und Vanilleschoten auf Tannenzweigen drapiert. Auch ein Glas mit Honig zum Nachsüßen stand bereit. Es wirkte sehr liebevoll.

»Hmm, wic das duftet«, schwärmte sie.

»Altes Spezialrezept meines Vaters. Wir waren in der Adventszeit oft hier oben auf der Insel.« Er grinste. »Während der Eisregen gegen die Scheiben peitschte und der Wetterbericht kaum Besserung versprach, hob dieser Punsch unsere Laune.« Er zuckte grinsend die Schultern. Alea dachte an ihre Eltern.

»Das Wetter rund um Weihnachten ist hier oft schon etwas herausfordernd.« Sie lachte. »Also meine Eltern habe ich zu dieser Jahreszeit nie für Sylt begeistern können.« Alea hob bedauernd die Hände, und Felix schmunzelte, als sie fortfuhr: »Aber ich muss ihnen zugestehen, man muss das alles wirklich sehr lieben, um hier in der rauen Kälte und tiefen Dunkelheit nicht trübsinnig zu werden.«

Empört stemmte Felix die Hände in die Hüften. »Spricht da jemand, der plant, seinen Lebensmittelpunkt auf dieses divenhafte Eiland mit Grusel-Klima zu verlegen?« Er zog eine Augenbraue hoch, und Alea lachte.

»Sorry!«

»Aber, sei ehrlich: Ist es nicht genau das, was hier auch besonders schön ist? Lange Winterspaziergänge, Nachhausekommen und ein warmer Kaminofen?«

»Wie sagt meine beste Freundin immer? ›Ich bin absolut in deinem Team.‹« Alea lächelte.

»Das gefällt mir! Nett gesagt.«

»Ich liebe Sylt. Mit all seinen wunderschönen Seiten und auch den gewöhnungsbedürftigen. Manchmal ergeben sich aus diesem Wetter die besten Gelegenheiten. Darauf lasse ich nichts kommen. Und nie ist es richtig lange richtig ekelig, finde ich. Der Wind kümmert sich schon darum, dass sich auch immer wieder trockene Phasen zwischen die Regenfronten schummeln.«

»Ich bin beruhigt.« Er lächelte sanft.

»Wird dein Vater die Weihnachtstage eigentlich mit dir hier verbringen?«

»So hatten wir es jetzt geplant. Aber das steht grad in den Sternen. Mal schauen.«

Alea war sich nicht sicher, ob sie sich das einbildete, aber sie hatte das Gefühl, Felix' Miene war traurig.

»Alles in Ordnung, Felix?« Fragend blickte sie ihn von der Seite an.

»Ach, es geht so. Mein Vater hat ein paar gesundheitliche Probleme. Ich dachte erst, dass er hier zu sehr meine Ma vermisst und deswegen so angeschlagen wirkt. Ein Aufenthalt auf ihrer gemeinsamen Lieblingsinsel weckt verdammt viele Erinnerungen. Aber das ist es nicht. Er war bei einem Arzt in der Nordseeklinik. Er hat Bluthochdruck und leidet immer wieder unter starkem Kopfschmerz und Schwindel. Der Arzt hat ihm blutdrucksenkende Medikamente verordnet, mit denen es ihm gleich besser gehen soll. Heute wollte er sich auch schon wieder mit einem Freund treffen. Der hat ihn abgeholt. Mich beunruhigt das gerade, weil ich mir echt Sorgen um seine Gesundheit mache. Aber lass uns diesen Abend genießen. Bitte versteh mich nicht falsch. Das meine ich nicht böse. Im Gegenteil.«

»Selbstverständlich.« Das erklärte, warum sie Hubertus im Krankenhaus gesehen hatte.

»Alea?«

Nun klopfte ihr Herz so stark, dass sie meinte, er könne es ihr ansehen, während er erneut anhob zu sprechen.

»Die Zeit hier mit dir, die tut mir gut. Wirklich.«

Alea konnte förmlich spüren, wie ihr die Röte Millimeter für Millimeter über den Hals ins Gesicht stieg. »Danke«, stammelte sie.

»Entschuldige, es klingt wie eine schlechte Anmache. Aber das soll es nicht sein. Vieles ist grad nicht leicht für mich, und du lässt mich immer wieder lachen.«

Alea schaute vom blauen zum grünen Auge und zurück. »Es geht mir genauso, Felix.« Sie spürte in ihrem Bauch eine Armee aus Flugzeugen ihre Loopings fliegen, die drohten beinahe die

Kontrolle zu verlieren, als Felix ihrem Blick standhielt, keinen Hauch abwich, und sanft über ihren Arm strich.

Er hob das Glas mit dem Punsch, sie tat es ihm gleich, und sie ließen die Gläser mit einem zarten Klingen aneinanderstoßen. Dann tranken sie einen Schluck, und das süße, warme Getränk ging wie eine Umarmung von innen durch Aleas Körper, entwickelte eine leichte Schärfe, wärmte sie bis in die Fingerspitzen und ließ sie wohlig erschaudern.

Wie ferngesteuert trat sie einen Schritt auf Felix zu, konnte seinen Duft nach herber Sandelholznote riechen und legte die Hand auf seinen Arm. Sie fühlte seine weiche, warme Haut.

»Die Zeit ist auch für mich nicht leicht. Es hilft mir sehr, wenn wir reden, und es tut mir gut, wenn wir zusammen sind.« Alea lächelte.

Felix legte seine Hand auf ihre, die noch immer auf seinem Arm ruhte. Er strich sanft über ihren Handrücken und nahm sie dann wieder zurück, nur, um sie kurz darauf zu ihrem Arm wandern zu lassen. Zärtlich fuhr er daran empor. Er gelangte zu ihrem Hals, hielt einige Sekunden inne. Dann spürte Alea, wie er seine warme Hand sanft in ihren Nacken legte. Sein Gesicht kam ihr immer näher. Sie sah seine Lippen, den liebevollen und gleichzeitig flehenden Ausdruck in seinen außergewöhnlichen Augen. Aleas Nervosität vermischte sich mit der kaum zu ertragenden Sehnsucht, dass diese Berührung hier nicht enden sollte. Ihr ganzer Körper kribbelte.

Inmitten dieser Sekunden, die Alea am liebsten in der winterlichen Atmosphäre vor der Tür eingefroren hätte, damit sie nie vorübergingen, klingelte sein Handy.

Augenblicklich war jeder Zauber dieses Moments verpufft.

»Entschuldige bitte.« Felix war deutlich anzumerken, dass es ihm unangenehm war, dass ausgerechnet jetzt ein Anruf kam. Er schaltete den Ton aus und ging nicht ran. Der Moment jedoch war verschenkt.

»Sorry. Ich hätte es ausstellen sollen. Aber ich hatte Sorge, dass irgendwas mit meinem Vater ist.« Schwungvoll legte er das Telefon beiseite.

»Willst du nicht zurückrufen?«

Schnell schüttelte Felix den Kopf. »War was Berufliches. Das passt jetzt nicht.« Eine Pause entstand, und Alea kam es vor, als sei Felix der Anruf wichtig gewesen.

»Ich habe heute noch einige Ideen für die Manufaktur entwickelt«, wechselte Alea das Thema. »Da würde mich deine Meinung als Marketingprofi interessieren. Also rein inhaltlich.«

Er grinste. »Gerne! Was hast du dir denn Schönes überlegt? Also rein inhaltlich.«

Alea berichtete Felix von ihren Ideen, was die Produkte anging. Für Alea war es interessant, wie er sie aus Sicht eines Marketingexperten bewertete. Und ob er der Meinung war, dass diese Produkte zu zusätzlichen Markterschließungen führen könnten. Auch seine Vorschläge zur Werbung waren spannend für Alea.

Und dann hatte er eine weitere tolle Idee, wie man Umsatz generieren könnte: Workshops für Kerzenbegeisterte. Alea war sofort überzeugt, dass sie damit ein umfangreiches Publikum erreichen würden. Darüber musste sie unbedingt genauer nachdenken. Außerdem hatte Felix Tipps für Fotoshootings, die Alea am liebsten sofort in die Tat umgesetzt hätte. Sie unterhielten sich so gut, dass die Zeit verflog. Nach dem zweiten Glas Punsch wechselten sie rüber zum Esstisch, wo Felix den Raclette-Grill, sämtliche Zutaten und Soßen sowie Geschirr und Besteck bereits vorbereitet hatte.

Ein prachtvoller Weihnachtsbaum, geschmückt mit goldenen

Kugeln, weißen Kerzen und funkelnden Anhängern, zog sofort Aleas Aufmerksamkeit auf sich, als sie den Raum betrat.

»Wow!«

Felix nickte. »In Erinnerung an meine Ma hab ich heute den Schmuck aus dem Keller geholt und den Baum gekauft.«

»Er ist wunderschön«, staunte Alea. »Und dieser Standort! Dieser traumhafte Erker mit dem Glas drum herum ist der perfekte Platz!«

»Danke, das freut mich. Meine Mutter wäre stolz auf mich.« Er lächelte wehmütig. Ein schwindeliges Gefühl breitete sich in Aleas Kopf aus. Der Punsch begann zu wirken, doch es war nicht unangenehm. Sie fühlte sich leicht.

Das Glas Weißwein, welches Felix ihr anbot, lehnte sie jedoch erst einmal ab und entschied sich vorerst für Wasser, damit sie einen halbwegs klaren Kopf behielt.

»Ich bin gleich wieder da«, erklärte Felix, stellte den Raclette-Grill an und verschwand in der Küche. Aleas Blick fiel in Richtung des Fotos, das ihn mit seiner Freundin zeigte. Es stand nicht mehr dort. Sie schaute sich weiter im Raum um, konnte aber auch sonst keinen Hinweis mehr auf die Frau finden.

Alea hörte Geklapper von Töpfen und Schranktüren. Karl und Nala waren von ihren Decken aufgestanden und Felix in die Küche gefolgt, sicher in der Hoffnung, dort etwas von den Leckereien abgreifen zu können.

»Und los geht's!« Felix kam mit einer Schüssel dampfender Kartoffeln zurück zum Esstisch.

»Wunderbar!«

Alea freute sich. »Wie lange ich das nicht mehr gegessen habe! Gerade frage ich mich, warum.«

»Geht mir genauso«, gab Felix zu. »Meine Eltern haben das immer zu den Feiertagen gemacht. Mein Vater liebt es. Und als ich im Keller den Schmuck für den Baum gesucht habe, stieß ich auf den Grill im Regal. Da habe ich mir fest vorgenommen, das wieder häufiger zu machen. Auch für meinen Dad.« Er grinste schief.

»Und nun ist er gar nicht da! Wie schade!«

»Ein Grund mehr, es bald zu wiederholen!«

»Auch wieder richtig.«

Passend zur maritimen Umgebung hatte Felix Garnelen und Lachs mit auf den Tisch gestellt, die sie jetzt auf einer der Steinplatten auf dem Grill brieten. Auf der anderen Seite brutzelte Rindfleisch, dazu hatte Felix eine scharfe Salami aufgeschnitten, die den Pfännchen eine besondere Würze verlieh. Kleine Maiskolben, Zucchini und Silberzwiebeln füllten neben den vorgegarten Kartoffeln die Pfännchen. Auch den Tipp von Felix, ein wenig Schwarzwälder Schinken und Birne mit Camembert zu überbacken und anschließend mit gerösteten Walnüssen zu bestreuen, nahm Alea an. Die Kombination war ein Hochgenuss.

Nach einem üppigen Essen schlug Felix vor, noch eine Runde mit den Hunden zu drehen, was auch Alea für eine gute Idee hielt. Nala und Karl freuten sich und sprangen sofort nach dem Öffnen der Tür wie wild umeinander herum.

Ein bitterkalter Luftzug erfasste Alea, die zwar schon Schal und Mütze angelegt hatte, die Kälte jedoch dennoch deutlich spürte.

Felix legte fürsorglich den Arm um sie. »Wenn es dir zu frisch ist, gehe ich nur ein paar Schritte vor die Tür und bin sofort wieder bei dir. Am Kamin ist es bei Weitem angenehmer heute Abend, gebe ich zu.«

»Kommt gar nicht infrage!« Alea genoss die zarte Umarmung, schon aus diesem Grund wäre sie auf gar keinen Fall zurück ins Haus gegangen. Jedenfalls nicht ohne Felix.

»Ich lasse dich doch nicht allein hier draußen!« Sie lachte und spürte, wie Felix sie mit sanftem Druck an sich zog.

»Das freut mich! Ich versuche auch, dich zu wärmen.« Nun drehte er sich zu ihr, legte die andere Hand auch auf ihre Schulter und strich behutsam hinab bis zum Ellenbogen und wieder zurück. Ihre Blicke trafen sich, und für eine Sekunde schien es da weiterzugehen, wo es vorhin so abrupt zwischen ihnen geendet hatte. Doch diesmal machten ihnen die Hunde einen Strich durch die Rechnung, als sie im Dunkeln verschwanden und die beiden zwangen, ihnen zu folgen, um sie nicht aus den Augen zu verlieren.

Schon nach wenigen Schritten im Halbdunkeln vor dem Haus sahen sie Nalas kleine weiße Schwanzspitze auf sie zuwackeln. Kurz darauf folgte Karl. »Sie haben es offenbar mit der Angst zu tun bekommen, als wir nicht mehr in Sichtweite waren«, sagte Alea schmunzelnd.

»Sieht so aus! Zum Glück sind sie nicht direkt bis ans Meer runtergelaufen. Das wäre mir ein wenig unheimlich in der Dunkelheit. Ich erinnere mich an heimtückische Holzstufen, die mir im Dunkeln noch weniger charmant erscheinen.«

Alea lachte. »Ich bin ja da, um dich wieder aufzusammeln.«

Sie nahmen die Hunde an die Leinen und gingen die nur spärlich beleuchtete Straße entlang, bis sie an den Ortsrand kamen, von wo aus es ans Watt ging.

»Das lassen wir heute mal aus, oder?«, fragte Felix. Alea blickte auf die dunkle Landschaft vor ihnen. Offenbar herrschte Flut. Nur das Rauschen des Meeres drang an ihr Ohr. Zusammen mit dem schneidenden Wind war dies eher unwirtlich als verlockend.

»Ich wäre auch sehr dafür, den Heimweg anzutreten«, stimmte Alea Felix zu. Dieser hatte während des ganzen Weges den Arm nicht von ihren Schultern genommen, und Alea hatte jeden Schritt an seiner Seite genossen.

Es wärmte sie von innen, Felix so nah bei sich zu wissen. Und dann fiel ihr das Foto ein, das nicht mehr auf der Fensterbank stand. Sollte sie ihn darauf ansprechen? Je mehr sie versuchte, den Gedanken aus ihrem Kopf zu vertreiben, desto präsenter wurde er. Irgendwann wand sie sich aus seiner Umarmung.

»Du, Felix«, setzte sie an. »Ich habe gemerkt, dass in den letzten Tagen etwas in dir arbeitet. Und ich vermute, dass eine Frau dabei eine Rolle spielt. Martje hat mir erzählt, dass du eine Freundin hast, ich habe das Foto im Esszimmer gesehen – aber du hast nie von ihr gesprochen, und nun ist das Foto weg, und du verbringst so intensiv Zeit mit mir.« Erstaunt blieb Felix stehen, und kurz fürchtete Alea, dass sie sich absolut lächerlich machte, indem sie diesem Abend eine womöglich viel zu hohe Bedeutung beimaß.

Er griff nach ihrer Hand. Eine Geste, die wahrscheinlich beruhigend wirken sollte, die jedoch das Gegenteil provozierte.

Aleas Herz schlug ihr bis zum Hals, während sie sprach: »Es wirkt so vertraut hier mit uns. Arm in Arm in der Dunkelheit. Am Kamin, beim Essen. Dabei habe ich immer wieder das Gefühl, dass du dafür gar nicht bereit bist, wenn du dich plötzlich zurückziehst, als hättest du dich verbrannt.«

Felix schaute ihr in die Augen, schweigend, nickte dann, und dass er das tat, brachte Alea aus dem Konzept. Es machte sie traurig und auch wütend. Vor allem, dass er nichts sagte.

Zögernd fuhr sie fort: »Auch meine Trennung ist noch sehr frisch. Ich bin selbst überrumpelt davon, wie wenig mir das ausmacht und wie ... Wie sehr ich deine Gesellschaft genieße.« Sie schluckte. »Aber wenn es dir anders geht, verstehe ich das, nur bitte sei ehrlich mit mir. Ich würde dir gerne die Last abnehmen.

Aber ich glaube, nur du findest den Punkt, wo sie auf dein Herz drückt.«

Er ließ ihre Hand sanft durch seine Finger gleiten und steckte seine Hände dann in die Jackentaschen.

»Wie du weißt, habe ich mir eine Auszeit genommen. Jedoch nicht nur vom Leben in der Stadt, sondern auch von meiner Beziehung. Doch nicht nur das. Mir ist hier auf Sylt bewusst geworden, dass meine Freundin und ich als Paar keine Zukunft haben, und ich habe die Beziehung beendet. So viel kann ich dir sagen. Trotzdem arbeitet das in mir weiter.«

»Es wirkt auf mich, als fiele es dir schwer, endgültig loszulassen.«

»Wahrscheinlich hast du recht, und ich brauche noch etwas Zeit, um alles für mich zu sortieren und abzuschließen. Das nicht mit dir zu besprechen und dich dem auszusetzen ist vielleicht nicht fair von mir. Aber es stimmt, dass mir deine Gesellschaft guttut.«

Die Worte rissen Alea wie ein Erdrutsch mit sich. Er bestätigte ihre Befürchtung. Doch er stand weiterhin vor ihr und schaute sie mit diesem Blick an, der sie fesselte.

»Wie soll ich dir beweisen, dass es mir ernst ist mit uns?«, fragte er sanft.

Er zog eine Hand wieder aus der Tasche, legte sie mit einer zögerlichen, aber zärtlichen Bewegung in ihren Nacken, und wie ferngesteuert bewegte sie sich auf ihn zu, legte die Hände auf seine Hüften und lehnte sich an ihn.

Ihre Gesichter näherten sich einander, und das Knistern, das in der Luft lag, hätte jedem Kaminfeuer Konkurrenz gemacht. Als sich ihre Lippen trafen, gab es für den Moment nur noch diesen einen Kuss, diese Explosion unsäglicher Glückshormone, die

Aleas Körper fluteten. Da war eine große Sehnsucht, dass die Vernunft schweigen würde über alles, was hier gerade passierte.

Als ihre Lippen sich trennten, blieb Aleas Blick noch bei den verschiedenen Farben seiner Augen. Diese Besonderheit gab ihm etwas Außergewöhnliches, beinahe mystisch wirkten seine Blicke.

Er schaute zu Boden, dann weiter in die Dunkelheit um sie herum, die nur durch die wenigen Straßenlaternen und Lichter einiger Häuser in der Ferne durchbrochen wurde.

Alea presste die Lippen aufeinander. Nach diesem Kuss hatte sie nun endgültig Herzklopfen und die Gewissheit: Sie war verliebt. So richtig verliebt. Das spürte sie mit jedem hämmernden Herzschlag, und es machte die Situation nicht unbedingt leichter.

»Ich will nur, dass dir bewusst ist, dass es wehtut, nicht zu wissen, woran ich bin.« Sie lehnte ihren Kopf an seine Brust. Er war locker einen Kopf größer als sie und gab ihr Halt. Schweigend streichelte er über ihr Haar. Sie richtete sich wieder auf.

Flehend sah er sie an, suchte ihren Blick, doch sie wich ihm aus.

»Das Letzte, was ich will, ist, dir wehzutun.« Felix wirkte verwirrt und traurig.

»Felix, es ist wunderschön. Die Zeit mit dir hier, alles! Aber ich will mich nirgendwo hineindrängen und zerstören, was noch nicht beendet ist. Außerdem kann ich nichts auf so wackeligem Boden bauen. Auch wenn ich mir so sehr wünschen würde, dass es weitergehen darf. Hier. Mit uns. Ich kann mich nicht auf die Gefühle einlassen, die sich gerade entwickeln, wenn ich Angst haben muss, dass du mich enttäuschen wirst.« Die letzten Worte kamen tränenerstickt, so emotional aufgewühlt war sie, und Alea ging langsam weiter. Felix folgte ihr mit einem Schritt Abstand.

Sie spürte, dass er sie sanft am Arm hielt. Sie drehte sich um, wieder war da sein Blick.

»Du bist eine bemerkenswerte Frau, Alea.« Zärtlich strich er über ihre Wange, wo sich eine Träne den Weg über die eiskalte Haut gebahnt hatte. »Du zerstörst nichts, glaub mir bitte. Das zwischen meiner Freundin und mir ist schon deutlich länger vorbei, als ich es wahrhaben will, und es ist wichtig, dass ich jetzt einen richtigen Schlussstrich ziehe. Ich verspreche dir, dass ich alles regele. Gib mir bitte diese Zeit.«

Da war es wieder, dieses Wort, das schon Christopher benutzt hatte, als es um Martje ging, das ihr so falsch vorkam. Sie assoziierte es mit viel Wut und Streit. Es stieß Alea bitter auf. Sie fand nicht, dass eine Beziehung oder deren Ende etwas war, das man »regeln« musste. Man konnte eine Beziehung in all ihren Phasen leben, pflegen, um sie kämpfen, wenn man das wollte, oder beenden.

»Bis du es also ›geregelt‹ hast?« Die Frage kam schroffer, als sie es gewollt hatte, aber sie drückte ihre Wut auf seine Formulierung aus.

»Das klingt scheiße. Entschuldige«, gab Felix zu.

»Stimmt.« Alea funkelte ihn erbost an. Alle Wärme von eben war Eiseskälte gewichen. »Ich kenne diese Frau nicht. Aber ich bin mir sicher, dass sie kein ›geregeltes Ende‹ eurer Beziehung verdient hat.« Die Worte setzte Alea mit ihren Händen in Anführungszeichen.

»Alea, du hast recht. Es geht nur um so viel mehr. Es ist nicht leicht für mich, aber ich verspreche dir, dass ich auch ihr gegenüber mit offenen Karten spiele. Nichts läuft hier parallel.«

Alea nickte müde. Ihr Kopf fühlte sich leer an. Alles, was darin eben noch getobt und gewabert hatte, lag nun wie Blei über ihrem Herzen, und es kam ihr vor, als sei es tonnenschwer.

»Ich möchte jetzt gern schlafen«, erklärte sie und ging los. Felix ebenso. Die Hunde hatten offenbar gemerkt, dass irgendwas in der Luft lag. Ganz still und ohne weiter miteinander zu spielen, trabten sie neben den beiden durch die Kälte.

Alea brach es das Herz, dass dieser wunderschöne Abend so ein ernüchterndes Ende nahm. Am liebsten hätte sie sich zu Felix umgedreht, ihn in den Arm genommen und darauf vertraut, dass alles gut werden würde. Aber irgendwas in ihr wehrte sich dagegen. Wut darüber, dass sie nicht einfach den Moment hatte genießen können. Verzweiflung, dass sie sich ausgerechnet in einen Mann verlieben musste, der noch an einer Beziehung hing. Aus welchen Gründen auch immer. Noch dazu hatte sie es ja geahnt. Sie hätte es nie so weit kommen lassen dürfen. Dieser Kuss hätte nicht sein dürfen. Aber was scherte es den Verstand, wenn das Herz dermaßen verrücktspielte, wie es ihres in Felix' Nähe tat.

Vor der Haustür von Martje angekommen, verabschiedete sich Alea von Karl. Dann drehte sie sich zu Felix, nahm ihn kurz in den Arm, was er mit einer hilflosen Handbewegung, die wohl eine erwiderte Umarmung andeuten sollte, quittierte. Er kam Alea in diesem Moment viel kleiner vor, als er tatsächlich war. Traurig schaute er sie an.

»Ich hoffe, bis bald.«

»Schlaf gut, Felix.«

Sie wandte sich zur Tür, und als sie den Schlüssel ins Schloss steckte, kullerten schon die ersten Tränen, und nur mit Mühe gelang es ihr, nicht zu schluchzen. Er sollte nichts davon mitbekommen.

Kapitel 15

Als Alea am nächsten Morgen erwachte, war die Erinnerung direkt wieder da. Sie war sofort ins Bett gegangen und hatte sich in den Schlaf geweint. Aus Verzweiflung darüber, dass sie nicht wusste, wie es weitergehen würde, der Erkenntnis, dass es viel zu spät für sie war, Felix wieder zu vergessen, und Wut auf die ganze Situation.

Sie konnte nur abwarten, bis er die Dinge »geregelt« hatte, wie er es nannte, und er dann auf sie zukommen musste. Wenn er das überhaupt noch wollte, nachdem Alea ihn gestern Abend so kühl hatte stehen lassen.

Sie konnte sich kaum zum Aufstehen motivieren. Aber daran führte kein Weg vorbei, und es würde sie auch nicht weiterbringen, wenn sie hier liegen blieb und Trübsal blies. Außerdem würden der Laden und die Arbeit mit den Kerzen sie ablenken.

Mitten in ihre frustrierten Grübeleien hinein stupste eine kleine feuchte Nase sie an. Es war beinahe, als wollte die kleine Nala ihr sagen: »Kopf hoch! Ich bin doch auch noch da!« Alea wandte sich um und kuschelte noch ein paar Minuten mit dem kleinen Fellknäuel, bevor sie aufstand.

Nach einer kurzen Runde zu zweit schlossen sie pünktlich die Ladentür auf, und Nala rollte sich auf ihrer Decke hinter dem Tresen zusammen. Weil so früh noch keine Kunden im Laden waren, rief Alea Martje an.

»Wie geht es dir heute?« Sie bemühte sich, jeden betrübten Klang in ihrer Stimme zu unterdrücken.

»Den Umständen entsprechend.«

»Okay.«

»Aber dir nicht?« Martje hatte sofort erkannt, dass Alea nicht in Plauderlaune war.

»Alles gut. Mach dir keine Gedanken.«

»Verstehe. Wenn du reden willst, schließ den Laden und mach dich auf den Weg.«

Matt lachte Alea auf. »Kommt gar nicht infrage! Wenn, dann komme ich in der Pause zu dir.«

»Oder so. Aber sonst hängst du einfach einen Zettel in die Tür, dass du bald zurück bist. Auch kein Problem!«

Alea erinnerte sich mit Schaudern an den Zettel, den sie vor Kurzem noch entfernt hatte, auf dem Martje ebenso ihre baldige Rückkehr angekündigt hatte, seitdem aber im Krankenhaus lag.

»Ich komme mittags vorbei. Hast du irgendwelche Wünsche?«

»Keine! Ich hab gelernt, was ich zum Essen bestellen muss, damit es schmeckt. Was zu lesen habe ich auch.«

»Ich freue mich auf dich!«

»Ich mich erst, Leli. Und Kopf hoch!«

»Versprochen!«

Eine Kundin kam, und sie legten auf. Wie erwartet lenkte die Beratung Alea ab. Schon nach wenigen Minuten war sie ganz im Kerzenland und konzentrierte sich, auch nachdem sie die Dame verabschiedet hatte, auf die wartenden Aufgaben.

Am nächsten Tag würde der lebendige Adventskalender in der Kerzenmanufaktur Station machen. Dafür war bereits alles vorbereitet, was Alea anbieten wollte. Einzig Kekse würde sie im Café in Keitum noch besorgen. Martje hatte ihr erklärt, wo sie große Thermoskannen für den Kakao stehen hatte. Becher hatte Martje bereits besorgt. Sie waren im Lager. Es waren welche aus verschiedenfarbigem Porzellan, die sie später zur Herstellung für Kerzen verwenden wollte. Hier gab es nichts mehr zu tun, also stand heute die Herstellung der Kerzenkreationen für duftempfindliche Kunden auf dem Plan.

Um das Gespür für die Materialien zu bekommen, wollte Alea zunächst ein paar reguläre Duftkerzen herstellen. In Muscheln und Tongefäßen goss sie also einige Lichter, die einen sanften Vanilleduft verströmten.

Daneben verwendete sie für einige Muscheln und Braunglas-Gefäße ein geruchsneutrales Wachs, gemeinsam mit dem Holzdocht, für »neutrale« Kerzen. Sie kennzeichnete sie, damit sie sie später gezielt anbieten konnte, und bereitete dafür einen separaten Korb vor.

Dann endlich nahm Alea eine kleine Menge Bio-Sojawachs, Holzdocht und ein Einmachglas zur Hand. Sie hatte frischen Abrieb von Orangen vorbereitet, dazu ein Öl mit besonders mildem Zimtaroma. Sie schmolz das Wachs im Wasserbad, gab das Aroma und ein wenig des Abriebs dazu und füllte dies in das Gefäß. Kurz bevor die Kerze ganz fest wurde, streute Alea noch ein wenig Orangenabrieb darüber. Zimt und Orange – das war für Alea Weihnachtsgeruch pur, das perfekte Mitbringsel an Heiligabend also. Zufrieden schaute sie auf ihr Werk.

»Ein weiterer Schritt in Richtung Inselzukunft«, sagte sie leise zu sich selbst, als die Tür im Verkaufsraum aufging und Hedi hereinkam. »Oh, hallo! Wie schön, dich zu sehen! Geht es dir gut?«, begrüßte Alea sie sofort.

»Danke. Ich hoffe, dir auch?« Hedi streichelte Nala, die ihr begeistert entgegentapste.

Beiläufig winkte Alea ab. »Viel Arbeit, aber ich mache das ja gerne!« Sie grinste schief, und Hedi hob zweifelnd die Schultern.

»Das hat Martje mir am Telefon auch immer gesagt, bevor sie zusammengeklappt ist.« Sie rollte die Augen. »Du bist zwar noch jung, aber pass gut auf dich auf.«

Alea lächelte. »Das mache ich!«

»Martje ist ja so begeistert von deinem Plan, hierzubleiben.«

»Ich bin auch sehr dankbar, eine Perspektive zu haben. Wie du sicher schon gehört hast, ist meine Tür in Hamburg beziehungsweise Bayern zugefallen.«

Hedi nickte wissend. »Es steht mir nicht zu, das zu beurteilen. Aber eine Person, die dir den Einsatz für einen lieben Menschen vorwirft und daraus derlei Konsequenzen zieht, die hat dich nicht verdient.«

»Danke, Hedi, das sehe ich genauso.«

»Das Leben ist so schnell vorbei – da blickst du plötzlich zurück und denkst dir an so mancher Weggabelung, an die du dich erinnerst: ›Warum nur habe ich da nur den gewohnten Weg gewählt und bin nicht rechtzeitig abgebogen, sondern habe diese fantastische Chance wortwörtlich links liegen lassen?‹«

Verwundert über diese Aussage von einer Frau, die ihr Leben mit ihrem Mann in einem Urlaubsort geführt hatte, blickte Alea Hedi an. »Denkst du etwa so?«

Hedi antwortete erst nicht, sondern strich weiter über Nalas Fell und lachte nur leise auf. »Ich rate grundsätzlich nur, was ich auch selbst beurteilen kann, Alea.«

»Das tut mir leid. Ich hätte schwören können, du lebst dein Leben, wie du es dir erträumt hast.«

»Nun, es wäre auch falsch, zu sagen, dass es nicht gut war. Das war es schon. Aber es hätte besser sein können. Das weiß ich heute.«

»Ist es denn möglich, das Ruder noch herumzureißen und all die Dinge, die du im Kopf hast, nachzuholen?«

Hedi lächelte, und ihre Augen blickten traurig ins Leere.

»Es ist immer Zeit für Wunder.« Die zierliche Person mit dem fast bodenlangen Mantel, der sie noch ein wenig kleiner erscheinen ließ, lachte. Es klang schelmisch und gleichzeitig wehmütig. »Nicht umsonst bin ich ja wieder hier auf Sylt.« Hedi sprach in Rätseln. »Weshalb ich aber eigentlich da bin«, fuhr sie fort. »Brauchst du Hilfe beim Adventskalender?«

»Hedi! Das wäre fantastisch! Ich halte es nur für dich für wenig attraktiv, in der Eiseskälte draußen zu stehen und mitzuarbeiten, während du dich auch einfach gemütlich an einem Heißgetränk aufwärmen könntest.«

»Ich freue mich doch, euch zu helfen. Dir und auch Martje. Und aufwärmen geht doch so viel besser, wenn man dabei kalte Füße hat.«

»Du bist eine echte Freundin, Hedi. Martje darf sich wirklich glücklich schätzen!«

»Danke.« Hedi wich Aleas Blick schüchtern aus, was gar nicht zu der sonst so resoluten Frau passte.

»Wenn du vielleicht den Ausschank des Kakaos übernehmen würdest, wäre das fantastisch. Vorbereiten werde ich alles, ein paar Kekse besorge ich im *Friesenstübchen*, und die große Sechs, die ich auf die geschmückte Eingangstür klebe, hat Martje schon vorbereitet. Nala möchte ich bei Felix lassen. Dann sollte nichts schiefgehen.«

»Das klingt doch nach einem Plan! Dann will ich mich gleich mal wieder auf den Weg machen. Soll ich im *Friesenstübchen* schon mal anfragen, was sie haben und wie viel wir bekommen können?«, bot Hedi an.

»Oh, das wäre natürlich superlieb! Du bist ein Schatz!«

»Ich kenne Linnea, die Eigentümerin. Sie wird mir bestimmt eine feine Auswahl zusammenstellen.« Sie winkte und verließ den Laden. Die Tür war gerade ins Schloss gefallen, da kam ein Postbote herein.

»Alea Groneberg?«, erkundigte er sich freundlich.

»Die bin ich, ja!« Fragend schaute sie ihn an.

»Ja, moin! Für Sie!« Er streckte ihr ein Päckchen entgegen.

»Vielen Dank!« Er verabschiedete sich, und Alea warf einen Blick auf das Päckchen. Es kam von Laura.

Alea ging hinter den Tresen und öffnete das Päckchen. Darin waren die Kerzen, von denen Laura erzählt hatte. Wörter wie *Herzensmensch*, *Lieblingsmensch*, *Wunschlicht* oder *Glücksmomente* standen darauf. Sie sahen wunderschön aus. Außerdem lagen dem Päckchen einige Folien bei mit Hinweisen, wie diese auf den Kerzen anzubringen waren. Darüber hinaus hatte Laura ein Kärtchen in Auftrag gegeben und zu einem kleineren Karton gelegt, in dem sich Stempel befanden.

Meine Liebe,
hiermit kannst du die Motive, die du schön findest, auf die Folie stempeln (auch im Paket) und dann die Folie wie ein Kinder-Tattoo auf die Kerzen kleben. Kurz ins Wasser legen, auf die Kerze, und fertig.

Ich denk an dich, meine Süße!

Das musste sie unbedingt sofort ausprobieren. Schon vor der Mittagspause suchte sie sich cremefarbene und weiße Kerzen aus dem Sortiment, tauchte diese zur Hälfte in goldfarbenes Wachs mit Perlmuttpartikeln und verzierte die andere Hälfte mithilfe der Folien mit einem goldenen Schriftzug.

Auch diese Kerzen gefielen Alea gut, und sie steckte von jedem der Produkte, die sie sich zusätzlich zu Martjes Ideen für den Nikolaustag überlegt hatte, eins ein, um sie Martje zu zeigen. Auch in einem Büchlein, das sie, analog zu Martjes »Kochbuch«, angelegt hatte, notierte sie diese Idee.

Dann schloss sie den Laden und ging eine kleine Runde mit Nala, die sie für die Zeit des Krankenhausbesuches allein lassen wollte. Felix hatte ihr gesagt, dass Martje und er schon fleißig mit der kleinen Dame trainiert hatten, und für eine halbe bis Dreiviertelstunde ging das zum Glück schon ganz gut.

Kurz warf Alea einen Blick auf Felix' Haus und hoffte, er würde nicht gerade jetzt herauskommen. Es war jedoch kein Auto zu sehen, also ging sie davon aus, dass er gar nicht da war.

»Schön, dass du da bist«, freute sich Martje, als Alea ins Zimmer kam. »Ich habe gute Nachrichten!«

»Erzähl«, forderte Alea ihre freudestrahlende Tante auf.

»Meine Werte sind gut, alle Tests sind abgeschlossen, und ich werde morgen, spätestens übermorgen entlassen.«

»Du ahnst nicht, wie sehr ich mich freue. Wie schön«, sagte Alea und nahm Martje in den Arm.

»Du siehst aber 'n bisschen blass aus um die Nase. Oder bilde ich mir das ein?«

»Mag schon sein.« Alea seufzte.

»So schlimm?« Besorgt griff Martje nach Aleas Hand. »Die ist ja ganz kalt!«

Alea legte ihre Hand auf Martjes. »Nein, mach dir keine Sorgen.«

Martje legte die Stirn in Falten. »Aber es ist nicht wegen meines Lädchens? Dann lass es mich bitte sofort wissen!«

»Das ist es nicht. Im Gegenteil. Die Arbeit in der Kerzenwerkstatt tut mir gut – ich bin heilfroh, dass ich mich voll darauf stürzen kann.«

»Ich würde gerne sagen, dass ich dann beruhigt bin.« Martje hob auf beinahe komische Art eine Augenbraue und zog einen Mundwinkel nach unten. Alea musste grinsen.

»Wahrscheinlich hältst du mich für vollkommen bekloppt, wenn ich dir sage, dass Felix der Grund ist für meine Laune.«

»Warum sollte ich das?« Martje schaute Alea erstaunt an. »Wenn es einen triftigen Grund für richtig miserable Laune gibt, dann hat er meistens mit Liebe zu tun. Wie ich letztens schon angedeutet habe: Deine alte Tante hat nicht ihr ganzes Leben lang nur Kerzen und Wachs im Kopf gehabt.« Sie nickte, und ihr Blick ging aus dem Fenster. »Nicht nur.«

»Ja, und ich fände es äußerst spannend, mehr darüber zu erfahren!« Alea hoffte, so um ein Gespräch über Felix herumzukommen.

Energisch schüttelte Martje den Kopf. »Alles zu seiner Zeit, Leli. Jetzt geht es erst mal um dich. Was ist los, Liebes?«

»Nichts!«

»Aber?«

»Na ja, doch. Felix hat mir komplett den Verstand geraubt.«

»Ist ihm das denn vorzuwerfen?«

»Ja!«

»Aha.« Martjes Blick war amüsiert. »Was fällt ihm ein?« Sie gab sich Mühe, Empörung zu demonstrieren.

»Martje, er hängt noch an seiner Freundin. Und ganz ehrlich: Wenn man sich mit wem anders einlässt, hat man gefälligst erst für einen reinen Tisch zu sorgen.«

»Ach so.« In Martjes Mundwinkeln zuckte ein Lächeln. »Wenn man das immer alles so leicht geregelt bekäme ...«, murmelte sie. »Wenn sich die Liebe doch nur an Zeitpläne halten würde.«

Da war es wieder, dieses Wort, das Alea schon bei Felix so unangenehm aufgefallen war. Martje allerdings machte sie es nicht zum Vorwurf. Sie wusste, was ihre Tante damit hatte sagen wollen.

»Ich weiß ja …«

»Und warum bist du dann so ungerecht?«

»Das bin ich nicht!«

»Gib ihm doch Zeit.«

»Aber ich will keine Option sein, ein Nebencharakter an der Seite der Hauptfigur.« Alea schüttelte den Kopf.

»Das verstehe ich gut, und diese Rolle würde ich dir auch keinesfalls wünschen und schon gar nicht zuschreiben.«

»Wir hatten so eine gute Zeit, Martje. Wir haben uns fantastisch unterhalten. Gelacht, geträumt, geküsst.« Verträumt schaute Alea aus dem Fenster. »Es fühlt sich immer wieder so gut an, wenn ich mit ihm zusammen bin!«

»Das ist doch toll.«

»Ja. Eben!«

»Nun lass doch erst mal alles auf dich zukommen. Was hast du vor? Dein ganzes Leben innerhalb weniger Tage mit einem neuen Fünfjahresplan wieder in ein Korsett zwängen? Mit neuem Job, neuer Heimat und neuer Liebe auf einmal? Reicht es dir nicht, dass du dich erst einmal um die ersten beiden Dinge kümmern kannst?« Fragend schaute Martje ihre Nichte an, die dem Blick unsicher auswich. »Natürlich wünsche ich dir alles, das volle Paket, aber das kann man nicht erzwingen. Noch nie hat es geholfen, am Gras zu ziehen, damit es schneller wächst. Wenn es sein soll, geschieht es. Wenn nicht, dann nicht. Alles kommt zu genau der Zeit, zu der es für dich vorgesehen ist, Liebes. So schwierig es ist, dass du es nicht in der Hand hast, so beruhigend ist dieses Wissen doch eigentlich, oder?«

»So gesehen, ja. Danke, Martje. Auch wenn ich schrecklich ungeduldig bin, wie ich gerade feststelle.«

»Eben noch warst du mein komplett auf Sicherheit bedachtes Mädchen.« Martje nickte anerkennend. »Jetzt hast du alles auf einmal losgelassen, und das wirft dich völlig aus der Bahn. Aber ich bin sehr stolz, hier so eine risikofreudige, abenteuerlustige und energische Frau zu erleben, die bereit ist, sich Hals über Kopf in eine neue Liebe zu stürzen, einfach, weil es sich richtig anfühlt. Was ein paar Tage im *Dünenglanz* in Kombination mit Verliebtsein alles so bewirken.« Martje kicherte verschmitzt. »So tüdelig gefällst du mir schon viel besser.«

»Ach, Tantchen. Tüdelig – das hast du immer zu mir gesagt, wenn ich als Kind am Fenster saß und geträumt habe.« Alea stand auf und nahm Martje in den Arm. »Wenn du mit mir sprichst, klingt alles so leicht.«

»Dafür bin ich da.« Sie tippte auf ihr Handgelenk. »So gerne ich noch viel länger mit dir sprechen würde, so dringend muss ich dich allerdings auf das Ende der Pause hinweisen. Da ich ja nun deine neue Chefin sein werde …« Martje zwinkerte. »Außerdem soll meine Nalamaus ja auch nicht zu lange allein sein.«

»Oh, ja, da hast du recht. Nur eines noch.« Alea stand auf. Sie kramte in ihrer Tasche. »Ein paar Ideen, die wir zusätzlich noch mit im Verkauf anbieten könnten, habe ich dir hier einmal zusammengestellt. Ich würde mich freuen, wenn du einen Blick drauf wirfst und dir überlegst, was auch du dir vorstellen kannst.« Alea schaute Martje an, die einen neugierigen Blick auf die einzelnen Produkte warf. »Hier zum Beispiel hab ich ein paar weitere Kerzen für diejenigen, die Düfte normalerweise nicht allzu gut vertragen. Wir sollten die unbedingt viel mehr bewerben!«

Martje nickte. »Da hab ich schon mal einiges im Programm gehabt. Wie schön, dass du in diese Richtung tätig wirst. Ich gebe dir recht. Das muss viel mehr kommuniziert werden. Ach, Leli. Bald bin ich wieder zu Hause, und wir können so viel nachholen. Bis dahin schaue ich mir alles an. Wobei ich dir da voll und ganz vertraue. Nicht nur dich haben die letzten Tage verändert. Auch mit mir hat das alles was gemacht.« Erleichtert lächelte Alea, als Martje ihr sanft über die Hand strich. »Und egal, was kommt – ich bin für dich da, Liebes!«

»Umgekehrt ebenso. Bis bald, Tantchen.« Alea gab ihrer Tante einen schnellen Kuss auf die Stirn und machte sich auf den Weg nach Braderup.

Sie kam sich schon gar nicht mehr so einsam vor wie nach dem gestrigen Abend, und dieses Gefühl war tröstlich.

Diese Leichtigkeit verflog jedoch mit einem Schlag, als sie vor Martjes Haus vorfuhr und sah, dass Felix gerade sein Auto mit einem Koffer und einer Tasche belud und kurz darauf das Grundstück verließ. Er war so in Gedanken gewesen, dass er sie gar nicht bemerkt hatte. Es kam ihr vor wie ein Aufbruch, und Aleas Herz krampfte.

Verwirrt schaute Alea dem Auto hinterher. Sie konnte sich nicht vorstellen, dass er einfach wortlos abreiste, zumal er doch Martje und ihr versprochen hatte, immer wieder auch auf Nala aufzupassen. Gedankenverloren lenkte sie ihren Wagen zum Haus, parkte und stieg aus. Sie ging kurz in die Wohnung und holte Nala heraus.

Nachdenklich begrüßte sie den Hund, der sich auf eine Runde Spazierengehen freute. Allerdings war es so kalt und nieselte dazu noch leicht, dass sie das auf das Nötigste beschränkte und schnell in die Manufaktur zurückkehrte. Sie war froh, im *Dünenglanz* angekommen zu sein, wo sie Nala ein Spielzeug in ihr Körbchen legte, mit dem sich der Hund sofort dankbar beschäftigte.

An diesem Nachmittag war Alea, obwohl viel zu tun war, nicht gut drauf. Das Bild, wie Felix wegfuhr, hatte sie berührt und verwirrt. Immer wieder schaute sie hinüber zum Nachbarhaus, in der Hoffnung, Felix' Auto stünde wieder vor der Tür, aber der Parkplatz blieb leer. Auch ihr Handy war still.

Wie ferngesteuert und mit einem verkrampften Lächeln bediente sie die Kunden und wartete darauf, die Tür zu schließen und in die Wohnung zu flüchten. Sie wollte nicht mehr reden und so tun, als sei alles schön. In ihr wechselten sich Unsicherheit und Verzweiflung mit Wut und Sehnsucht ab.

Als sie zu guter Letzt, statt einer Nachricht von Felix, ein Anruf von Christopher erreichte, in dem er klären wollte, wann sie ihre Sachen aus der Wohnung abholen würde, damit er ihr dann die Schlüssel geben könnte, brach ihr mühsam aufrechterhaltenes Lächeln zusammen. Sie nutzte den Moment, in dem kein Kunde im Verkaufsraum war, um kurz in die kleine Küche zu gehen. Sie sagte ihrem Ex, er möge nach seinem Auszug die Schlüssel in der Wohnung hinterlegen, weil sie noch nicht wusste, wann sie in Hamburg sein würde. Christopher reagierte eingeschnappt und bestand darauf, dass sie ihm quittierte, dass er die Wohnung tadellos hinterließ. Sie kochte innerlich. Es war, als sprächen vollkommen fremde Personen miteinander über irgendein sachliches, nüchternes Thema. Zum Glück konnte sie den Laden kurz darauf abschließen.

Sie machte sich zur Beruhigung noch einen heißen Tee und versuchte, ihre Gedanken zu sortieren. Während der Tee zog, klingelte erneut ihr Handy. Diesmal war es Laura.

»Ist mein Paket angekommen?«

»Danke, ja! Die Kerzen sind wunderschön! Eine tolle Idee!«

»Prima! Aber du klingst nicht gut. Was ist los?«

»Lauri, das ist Gedankenübertragung. Mir geht es grad echt

schlecht, leider! Christopher macht aus der Schlüsselübergabe jetzt einen Staatsakt. Ich hab vorgeschlagen, das so unaufgeregt wie möglich zu lösen, indem er einfach den Schlüssel in der Wohnung lässt und ich dann alles Weitere in die Wege leite. Aber er unterstellt mir, dass ich ihm dann nachträglich Mängel anlaste, und besteht auf ein Übergabeprotokoll. Ich bin gerade so wütend.«

»Mach dir keine Gedanken! Wenn ich zurück bin, werde ich deinem lieben Chrissi mal einen Besuch abstatten. Ich kümmere mich drum!«

Auf Laura war Verlass, auch wenn sich ihre Antwort fast wie eine kleine Drohung anhörte. Alea schmunzelte. Christopher hasste es, dass ihre Freundin ihn »Chrissi« nannte.

»Du bist ein Schatz! Mal schauen, wie das da weitergeht. Ich hoffe, euch geht es gut?«

»Und wie! Wenn's dich nicht gäbe, würden wir gar nicht zurück nach Kiel kommen. Was macht Tantchen? Und der Nachbar?«

Alea brachte ihre Freundin zu Martje auf den neusten Stand, musste dann aber, bevor sie zum Thema Felix kam, unterbrechen, weil jemand an die Ladentür klopfte. Sie hoffte, dass es Felix war, doch stattdessen stand Hubertus davor. Sie schloss ihm auf und ließ ihn herein.

»Oh, hallo«, stammelte Alea, überrumpelt von seinem Besuch.

»Alea, hallo. Entschuldige, dass ich hier so hereinplatze. Ist alles in Ordnung?« Besorgt legte er den Kopf schief.

»Danke, es geht so.« Alea hob ihre Tasse Tee. »Aber der hier wirkt Wunder. Darf ich dir auch einen anbieten?«

Gespielt aufgeregt fasste sich Hubertus mit beiden Händen an die Wangen. »Sehe ich so angestrengt aus?«

»Oh, entschuldige, nein! Ich dachte nur …«

»Hey, schon gut! Du hast sicher von meinem Check im Krankenhaus gehört. Erst mal gab es Entwarnung.« Er rollte mit den Augen. »Aber danke, nein. Einen Tee möchte ich gerade gar nicht. Obwohl er bei den Temperaturen sicher nicht verkehrt wäre.« Er rieb sich die Hände.

»Was kann ich denn sonst für dich tun?«

»Hast du eine Idee, wo mein Sohn ist?«

Aleas Magen zog sich zusammen. Es wunderte sie, dass Hubertus sich bei ihr erkundigte, wo Felix war.

Sie schüttelte den Kopf. »Nein, da muss ich dich leider enttäuschen. Wenn ich ehrlich bin, hatte ich gehofft, du kannst es mir sagen. Ich habe ihn vorhin mit einem voll beladenen Auto davonfahren sehen. Für mich sah es aus, als reise er ab. Aber wenn *du* davon nichts weißt …«

Hubertus machte einen irritierten Eindruck auf Alea.

Ungläubig schüttelte er den Kopf. »Nein. Das wüsste ich.«

»Vielleicht hatte er irgendwas zu erledigen. Ist er denn telefonisch nicht erreichbar?«, fragte sie nach.

»Merkwürdigerweise nicht, nein. Das ist wirklich selten so. Der Ruf geht raus, aber er nimmt nicht ab.« Hubertus zuckte die Schultern. »Hab schon überall geschaut, ob er das Handy zu Hause vergessen hat, aber ich habe es nirgendwo gefunden.«

»Ich bin mir sicher, er meldet sich bald bei dir.«

»Bestimmt, ja.« Hubertus nickte, wirkte aber weiterhin angespannt. »Danke dir auf jeden Fall erst einmal, Alea. Falls du Felix begegnest, kannst du ihm ja sagen, dass sein alter Vater auf ein Lebenszeichen wartet.« Hubertus lachte leise.

»Alles wird gut, Hubertus. Und wenn du Hilfe brauchst, lass es mich wissen.«

Er sagte nichts, hob nur lächelnd die Hand. Sie zitterte.

Kapitel 16

Alea hatte versucht, sich während des Abends von jeglichen Grübeleien abzulenken. Sie hatte aufgeräumt und nicht verhindern können, dass ihr Blick immer wieder zum Nachbarhaus fiel. Dann war sie mit Nala spazieren gegangen, doch auch das hatte nicht die gewohnte Wirkung gehabt. Sie hatte Felix vermisst. Zurück im Haus hatte sie sich schließlich mit weiteren Vorbereitungen für die nächsten Tage beschäftigt, bis sie vor Müdigkeit beinahe im Sitzen eingeschlafen wäre und entschied, ins Bett zu gehen.

Nala hatte sich schon in ihrem Körbchen zusammengerollt, und gerade zog Alea die Gardinen zu, da bog ein Auto um die Ecke, und ein Lichtkegel erhellte die Einfahrt des Nachbarhauses. Felix kam zurück. Alea hielt inne und beobachtete, wie er ausstieg, den Kofferraum öffnete und Karl herausließ. Sonst war sein Auto leer.

Felix ging auf die Tür zu, sein Gang wirkte schwer, er schien erschöpft und niedergeschlagen.

Es tat Alea weh, ihn so zu sehen, und sie wandte sich vom Fenster ab. Ihn heimlich zu beobachten fühlte sich nicht richtig an. Sollte sie sich bei ihm melden, oder war das zu aufdringlich? Er hatte um Zeit gebeten, und das wollte sie respektieren, auch wenn es sich falsch anfühlte. Sie wollte ihn nicht bedrängen.

Doch dann zogen leise Klänge von Klaviermusik zu ihr herüber, und sie konnte dem Drang nicht widerstehen, erneut hinauszusehen. Sie entdeckte Felix, mit Mütze und dicker Jacke, auf der Terrasse. Nur ein schwacher Lichtschein beleuchtete ihn von hinten durch die geöffnete Glastür, durch die die Musik zu ihr heraufwehte.

Die Szene wirkte so melancholisch, dass sie Alea die Luft zum Atmen nahm. Am liebsten wäre sie zu ihm gegangen, hätte ihn in den Arm genommen und gefragt, ob er reden will.

Sie fasste sich ein Herz, griff zum Handy und schrieb ihm:

Heute Nacht ist es stockfinster. Vielleicht dunkel genug, um mehr Sterne denn je zu entdecken. Manchmal braucht man diese Dunkelheit, um wieder Licht zu sehen.

Diesen Satz hatte Martje früher oft gesagt, wenn Alea mit Liebeskummer zu ihr gekommen war. Dann hatten sie gemeinsam auf der Terrasse gesessen, darauf gewartet, dass sich der Tag in einem fulminanten Sonnenuntergang endgültig verabschiedete. Der Himmel in ein fahles Grau und schließlich tiefes Schwarz überging. Manchmal war es Alea endlos erschienen, bis die Nacht über Sylt endlich dunkel genug war, um ein fantastisches Zelt aus Sternen, Mond und mit viel Glück sogar Sternschnuppen hervorzuzaubern. Erst im Augenblick vollkommener Dunkelheit war das ganze Ausmaß der funkelnden Pracht sichtbar gewesen. Das Licht brauchte die Dunkelheit, um strahlen zu können.

Diese Momente waren magisch gewesen, und Alea hatte sie sich bewahrt, immer daran gedacht, wenn es ihr schlecht ging.

Felix las die Nachricht sofort. Sie sah, dass er sein Handy aus der Hosentasche zog und dann die kleinen blauen Häkchen auf ihrem Display erschienen. Er drehte sich um und blickte direkt zu ihrem Fenster hinauf. Ihre Blicke begegneten sich. Zaghaft hob sie die Hand, unsicher, wie er reagieren würde. Erleichterung durchströmte sie, als er ihre Geste erwiderte. Ob er lächelte, konnte sie nicht sehen.

Das war genau meine Hoffnung. Eine Sternschnuppe wäre schön,

kam als Antwort zurück.

Hast du denn schon eine gesehen?

Leider nicht. Ich warte weiter.

Aber es ist kalt und ungemütlich. Meinst du, das lohnt sich?

Ich weiß gerade keinen anderen Weg, meinen Wunsch wahr werden zu lassen.

Alea schluckte.

Wie schade, dass du mir nicht verraten darfst, was es ist, ohne Gefahr zu laufen, dass dein Wunsch nicht in Erfüllung geht. Wie du weißt, bin ich da ja ziemlich abergläubisch.

Ich fürchte auch, das Risiko ist zu hoch.

Nun entstand eine Pause. Die Szene war skurril. Sie hier im warmen Schlafzimmer, noch dazu im Schlafoutfit mit zerzausten

Haaren. Er unten in der Eiseskälte in dicker Winterkleidung. Sie schrieben sich, ohne dass einer der beiden anrief. Aber irgendwie war das richtig. Es fühlte sich gut an. Die zarte Verbindung, vorsichtig, mit Sicherheitsabstand und doch vertraut.

Warum bist du wach? Wolltest du auch Sternschnuppen entdecken?

Vielleicht.

Alea schickte die Nachricht nicht ab, sondern überlegte, wie sie formulieren konnte, weshalb sie hier am Fenster stand.

Ich habe deine Musik gehört,

schrieb sie.

Entschuldige, ich wollte dich nicht wecken.

Hast du nicht. Schön, dass du wieder da bist. Ich habe mir Sorgen gemacht.

Das tut mir leid, Alea. Du sollst keinen Kummer meinetwegen haben.

Du hast mir gefehlt,

tippte Alea, löschte dann aber wieder die Worte.

Schlaf gut.

Dann blinkte sein Handy. Ein entschuldigender Blick ging zu ihr, und er nahm das Telefonat an. Alea kam es vor, als lege sich ein Stahlgürtel um ihre Brust und ziehe sich immer fester zu. Wer auch immer da angerufen hatte, es schien ihm wichtig zu sein. Entweder war es die Frau, oder es ging um Hubertus. Sie legte sich wieder ins Bett, auch wenn sie jetzt viel zu aufgewühlt war, um zu schlafen. Erst recht, als ein Motor ansprang, erneut ein Lichtkegel für einen Moment ihr Zimmer erhellte und Felix vom Hof fuhr. War etwas passiert?

Auch wenn das, was da zwischen ihnen war, sich besonders anfühlte, warf sein Verhalten sie in den schönsten Momenten so oft wieder zurück, dass sie wusste, dass sie sich davor schützen musste, wenn sie nicht immer wieder traurig sein wollte.

Ihr Verstand sagte ihr das, aber ihr Herz rebellierte. Und während in ihr diese beiden Kämpfer gegeneinander in den Ring sprangen, wäre Alea am liebsten hinausgerannt, um all die Energie aus Wut, Enttäuschung und Sorge loszuwerden.

Nala hob irritiert ihren Kopf. »Hey, Süße! Ich würde Felix manchmal gern durch deine Augen beobachten. Vielleicht wäre ich dann schlauer? Warum kannst du nur nicht sprechen?« Sanft zuckte Nalas Rute, und sie schmiegte ihren Kopf an Aleas Hand.

Kurzerhand erstickte Alea die Kerze, zog sich eine Jacke über den Pyjama, bedeutete Nala, ihr auf einen nächtlichen Ausflug zu folgen, und ging in die Manufaktur. Sie stellte den Herd an, erwärmte Wachs und suchte nach einer Form, in der sie neue Kerzen gießen konnte. Dabei fiel ihr Blick auf die eines Sternes.

Sie erwärmte das reine Sojawachs, bis die flockigen Plättchen schmolzen, sich miteinander verbanden und sich das Wachs schließlich flüssig leicht umrühren ließ. Im passenden Moment gab sie das süßlich-saure Apfelaroma dazu, welches eine wunderbare Ergänzung zum geruchsneutralen Sojawachs bildete. Beides ergab eine perfekte Einheit, die Alea gedanklich direkt in die Weihnachtswelt eines Wintermarktes zauberte, auf dem sie einen Bratapfel genoss. Sie goss die duftende, cremefarbene Masse unter Rühren in die Sternenform. Als Docht verwendete sie diesmal einen Knisterdocht. Die Kerze verzierte sie mit Goldsplittern und konnte sich beinahe schon vorstellen, wie sie sie im warmen Wohnzimmer entzündete und die Aromen sie einhüllten.

Doch als sie beinahe fertig war, kippte die Form, und aus der einen Seite floss Wachs heraus und ergoss sich auf die Arbeitsplatte. Alea fluchte, wollte es aufhalten, doch dann erstarrte sie in der Bewegung, erkannte, was da entstanden war. Es hatte sich der Schweif einer Sternschnuppe geformt. Bis auf einige wenige waren alle Glitzerpartikel aus der Grundform herausgeflossen und gaben dem Schweif einen mystischen Glanz.

Ausgerechnet jetzt hatte sich genau dieses Motiv wie von Zauberhand geformt, ohne dass sie es beabsichtigt hatte.

Sie ließ die Kerze abkühlen und hielt sie dann in den Händen, um sie im Licht funkeln zu lassen. Dieses kleine Kunstwerk war besonders, und Alea entschied, dass sie es, egal, wie es weitergehen würde, irgendwann Felix schenken würde.

Sie wollte, dass er wusste, wie viel er ihr bedeutete. Ihre Begegnung hatte Spuren hinterlassen, die bleiben würden. Er war es, der sie motiviert hatte, ihren Traum zu wagen und anzupacken. Sie wusste nicht, ob eine gemeinsame Zukunft für sie beide wirklich möglich war, ganz unabhängig vom Ende seiner Beziehung. Sie wollte keine Fernbeziehung, doch sie selbst war gerade dabei, sich auf Sylt niederzulassen, während Felix sich hier nur eine Auszeit von seinem Alltag nahm. Sie würde es aushalten, wenn er irgendwann wieder nach Stade zurückkehrte. Das jedenfalls redete sie sich ein. Die Tatsache, dass dieser Mann letztlich doch nicht »frei« war, konnte sie ihm ja kaum zum Vorwurf machen. Er blieb ein toller Mensch – oder war es gerade das, was ihn dazu machte? Dass er nicht per Sprachnachricht einen Schlussstrich ziehen konnte, wie Christopher es getan hatte, sondern dass es ihm schwerfiel, ein gemeinsames Leben zu beenden und nach vorn zu sehen, obwohl er wusste, dass es ein Ende geben musste.

Alea fror, so übermüdet war sie. Sie schaltete den Herd aus, löschte das Licht und ging mit Nala wieder in Martjes Wohnung und zurück in ihr Bett, wo sie endlich in einen tiefen Schlaf fiel.

Als am Morgen der Wecker klingelte, war Alea erschöpft und fühlte sich zerschlagen. Felix hatte zweimal versucht, sie anzurufen, und ihr dann eine Nachricht geschrieben, dass er mit ihr reden wollte. Doch heute war Nikolaustag, der Tag ihres lebendigen Adventskalendertürchens, und sie hatte noch einiges zu tun. Felix musste warten, sie würde ihm später antworten.

Dann prüfte sie ihre Mails. Sie hatte zwei Antworten auf ihre Bewerbung für eine Kooperation bekommen, allerdings keine positiven. Der erste Kontakt lobte zwar ihr Portfolio, vertröstete sie jedoch auf unbestimmte Zeit, während der zweite ein Angebot mit unverschämten Konditionen unterbreitete, welches Martjes Produkten keinerlei Wertschätzung entgegenbrachte. Nicht das, was sie sich für einen guten Start in den Tag erhofft hatte, doch jetzt musste sie sich ohnehin erst einmal auf das Tagesgeschäft konzentrieren.

Es war so viel los, dass ihr kaum Zeit für eine Mittagspause blieb und Nala sich mit Spielen im Garten begnügen musste. Immerhin regnete es nicht. So gut besucht hatte Alea den Laden noch nie erlebt. Die Regale mussten dringend aufgefüllt werden, was sie sonst im Laufe des Tages immer wieder tat, wozu sie heute aber gar nicht gekommen war, und Alea war froh, dass sie für den Abend bereits alles vorbereitet hatte. Kurz nach siebzehn Uhr konnte sie erstmalig durchatmen.

Schon eine halbe Stunde später stand Hedi in der Tür. Zu Aleas großer Begeisterung hatte sie eine Tüte mit belegten Brötchen im Gepäck.

»Du bist meine Rettung! Ich bin am Verhungern!« Alea rollte mit den Augen und griff nach der Brötchentüte, die Hedi ihr entgegenhielt.

»Da passt es ja wunderbar, dass ich ein wenig eher bin. Ich habe schon das Gebäck aus dem Café abgeholt. Das ist alles im Auto. Dann würde ich mal den Kakao vorbereiten, oder was meinst du?«

»Das klingt super! Warte, ich komme mit und helfe dir mit den schweren Töpfen.« Im Gehen biss Alea in das Brötchen und verspürte sofort Erleichterung.

»Aber ich will mich da nicht mit fremden Federn schmücken«, gab Hedi zu, die Alea in die kleine Küche folgte. Irritiert drehte sich Alea zu ihr um.

»Die Brötchenidee stammt gar nicht von mir.« Sie deutete mit dem Kinn aus dem Fenster. »Dein äußerst netter Nachbar scheint gesehen zu haben, was hier heute los war. Ich hab ihn vor der Tür getroffen, und er bat mich, dir diesen kleinen Gruß mitzubringen.«

Perplex starrte Alea auf das Brötchen und wusste nicht, was sie davon halten sollte. Warum war er nicht hereingekommen? Da fiel es ihr ein. Sie hatte ihm noch immer nicht auf seine Nachricht geantwortet. Wahrscheinlich dachte er, sie wolle nicht mit ihm sprechen.

»Er fragte, ob er Nala nehmen soll, und ich würde sagen, das ist eine großartige Idee.« Sie legte dem Hund das Geschirr um, ohne Aleas Antwort abzuwarten. »Du isst jetzt in Ruhe dein Brötchen, und ich koche gleich den Kakao.« Hedi deutete auf den Hocker, der in der Küche stand. »Pause jetzt!« Ihr Ton klang ernsthaft, aber liebevoll. Dann verschwand sie durch den Verkaufsraum nach draußen.

Alea atmete tief durch. Dieser kleine Moment der Ruhe tat gut. Das Brötchen schmeckte mit dem Wissen, dass es von Felix kam, besonders gut.

Auch nachdem Hedi wieder zurück war, blieb sie noch einen Moment sitzen und wappnete sich für den möglichen Ansturm im Rahmen des Adventskalenders. Dann machten sie sich gemeinsam an die letzten Vorbereitungen.

Eigentlich hatte sie einen Tisch mit den ausgewählten Produkten sowie dem Gebäck und Kakao draußen aufbauen wollen, doch es war so kalt, dass sie sich doch entschied, die Gäste drinnen zu empfangen.

Mit wenigen Handgriffen war der Präsenttisch hergerichtet, und Alea blickte stolz auf ihr Werk, als Hedi mit einer Tasse heißem Kakao neben ihr auftauchte.

»Komm, bevor die ersten Gäste auftauchen, müssen wir doch einmal vorkosten!«, verkündete Hedi augenzwinkernd und stellte außerdem ein weiteres kleines Kekstellerchen auf den Verkaufstresen.

»Da hast du vollkommen recht. Wer weiß, was wir unseren Kunden da anbieten«, bestätigte Alea und schob sich eines der Plätzchen in den Mund. Sanfter Vanillegeschmack mit einem Hauch Marzipan zauberte sofort ein Gefühl von Weihnachten auf ihre Zunge. Genießerisch schloss Alea die Augen, legte den Arm um Hedi und freute sich richtig auf den Abend. »Danke für deine Hilfe! Es ist so schön geworden!«

»Da nich' für!« Alea lächelte. Das war Martjes Spruch. Sie seufzte, denn ihre Tante fehlte heute besonders.

»Komm, wir schicken Martje ein Foto«, schlug Alea vor. Erst zierte sich Hedi ein wenig, aber dann lächelte sie ebenso in die Kamera und warf Martje eine Kusshand zu.

Alea schickte Martje das Bild mit den Worten:

Bald zu dritt! Du fehlst uns!

Kurz darauf kam bereits eine Antwort:

Die zwei wichtigsten Menschen für mich!

»Die Liebe.« Hedis Blick wurde sanft. »Jetzt ist sie ja bald wieder hier. Ach, hier, das habe ich im Café gefunden. Ich dachte, für dich ist es auch mal ganz interessant, ein paar Neuigkeiten rund um unsere schöne Insel zu erfahren.« Hedi zog ein Magazin hervor. Das Cover zierte ein schneebedecktes Reetdachhaus vor strahlend blauem Himmel. »Wow! Das ist etwas, was ich mir so sehr wünsche: Schnee auf Sylt! Am besten rund um die Festtage!«

»Das ist selten, ja!«

Sie blätterte durch die Seiten, und nachdem sie einige Porträts von Sylter Unternehmern überflogen und Tipps für individuelle Produkte einzelner Inselläden erhalten hatte, stieß sie auf ein Bild.

»Hey, das ist ja Nala«, freute sie sich. Die Kleine trug ein Spielzeug in der Schnauze. Neben ihr stand Karl. Es musste die Aktion sein, von der Felix gesprochen hatte. Suchend wanderte ihr Blick über die Seite, die das Produkt und den Laden beschrieb, der dieses Hundespielzeug vertrieb. Alea entdeckte auch ein Bild von Felix, der gemeinsam mit dem Ladenbesitzer abgelichtet war. Ein kleines Interview stand neben dem Bild. Aufgeregt las sie den Artikel. Es ging vordergründig um das Spielzeug, das Nala da in der Schnauze trug. Der letzte Absatz sorgte dann aber für Schwindel.

»Ist für die Zukunft eine weitere Zusammenarbeit zwischen Ihnen beiden geplant?«

Der Inhaber des Ladens antwortete: »Wenn die familiären Pläne des Herrn Asmussen es zulassen, bin ich für alles offen.«

»Ich freue mich drauf! Wir werden sehen, was meine familiären Pläne womöglich für Horizonte eröffnen. Ich verspreche, ich werde auch auf Altbewährtes setzen.«

»Familiäre Pläne. Altbewährtes«, flüsterte Alea und schluckte. Das klang nach Zukunft, Beziehung und Vertrauen. Nicht danach, als wolle er sich auf etwas Neues einlassen.

»Na, das war ja eine wunderbare Idee von mir«, stellte Hedi zerknirscht fest.

»Hey, alles gut! Kannst du ja nicht wissen.« Alea lächelte matt. In ihre trüben Gedanken hinein kamen die ersten Besucher und bestaunten das Sortiment auf dem Tisch.

Dankbar, damit vom Thema Felix abgekommen zu sein, bot Alea sofort eine heiße Schokolade an. Weitere Leute trafen ein, und der Kakao floss so zügig, dass sie bald Nachschub aus der Küche holen mussten.

Als Alea mit der zweiten Kanne zurückkehrte, stand Felix am Tisch, in der Hand zwei dampfende Becher mit Kakao. Er reichte sie gerade zwei älteren Damen, die sich die Hände rieben. Sie bedankten sich und traten einen Schritt näher an den Tisch, vor dem sich die Besucher drängelten. Aleas Herzschlag beschleunigte sich.

»Alea, es ist so viel los, kann ich irgendwie helfen?« Felix' Blick ging direkt von ihren Augen mitten ins Herz. »Mein Papa ist bei Nala und Karl. Sollten wir vielleicht einen zweiten Tisch aufbauen, damit alle die Produkte sehen können?«

»Danke, aber ...« Sie sah sich um, und er hatte recht. Dieser Tisch war viel zu klein. Gerade die Leute, die neu ankamen, konnten kaum einen Blick auf die Ware erhaschen. »Das wäre wirklich superlieb. Vielleicht hier vor der Tür?«, stammelte Alea. »Ach, und danke für die köstlichen Brötchen.« Sie wusste nicht recht, wie sie reagieren sollte, nachdem sie ihn den ganzen Tag ignoriert hatte.

Er lächelte. »Gerne, Alea. Bin sofort wieder da.« Er eilte Richtung Haus und kam schon wenig später mit einem Klapptisch zurück. Er stellte ihn auf und arrangierte einige der Kerzen auf der Fläche. Dankbar wandten sich die Besucher dem Tisch zu, und, noch ehe Alea sich überhaupt bedanken konnte, hatten sich schon wieder zwei Kunden für ihre Produkte entschieden. Hedi beriet so selbstverständlich, als habe sie nie etwas anderes gemacht, während Alea kassierte und die Kerzen für die Leute einpackte.

Eigentlich hatte sie ein paar Worte sagen wollen, sich ein kleines Gedicht auf Sölring, dem Sylter Dialekt des Nordfriesischen, überlegt, welches sie vortragen wollte, um die weihnachtliche Stimmung zu untermalen. Zu alldem kam sie jedoch gar nicht. Mit der Auswahl der Produkte und der Art, sie so persönlich zu präsentieren, hatte sie offenbar direkt einen Nerv getroffen. Dass Felix, nachdem er beim Aufbau geholfen hatte, für einen Moment in der Küche verschwand und dann als Nikolaus zurückkehrte, der freundlich und zuvorkommend jeden mit Keksen empfing und dazu einen frischen Kakao servierte, rundete die Wohlfühlatmosphäre ab und sorgte für leuchtende Augen bei Groß und Klein.

Alea konnte nur sprachlos glücklich den Kopf schütteln, als gegen einundzwanzig Uhr die letzte Besucherin einige der vielen Kerzen mitnahm, die Alea extra aus dem Lager geholt hatte, weil alles andere ausverkauft war.

»Ich fasse es nicht! Was war denn hier bitte heute Abend los?« Aleas Stimme überschlug sich beinahe vor Freude. Sie fuhr sich durch die Haare, die vollkommen durcheinander vom vielen Hin- und Herlaufen und dem Wind in der offenen Tür zu Berge standen.

»Gratulation!« Felix nickte anerkennend, als hätte er nichts damit zu tun, dass der Abend so erfolgreich verlaufen war. Er nahm die Nikolausmütze vom Kopf und fuhr sich durch die Haare. Den roten Mantel seines Kostüms legte er ebenso wieder ab.

Gemeinsam räumten sie die Tische ab und trugen den einen mitsamt den Kannen für den Kakao ins Haus. Den anderen Tisch klappte Felix zusammen und lehnte ihn an seine Hauswand.

»Darf ich euch als Dankeschön auf einen Prosecco einladen?« Alea war euphorisch und dankbar. Die Befangenheit zwischen Felix und ihr schien weit weg, mit einem Mal war er ihr wieder so nah, weil er sich so selbstverständlich für ihre Interessen eingesetzt hatte.

»Danke, nein!« Hedi hob bedauernd die Schultern. »Ich bin so müde, dass ich am allerliebsten schlafen will.« Sie lachte.

»Wie sieht es mit dir aus?« Aleas Stimme zitterte ein klein wenig, als sie sich Felix zuwandte.

»Wenn mein Vater ein Auge auf die Hunde hat und die letzte Abendrunde im Garten übernimmt, gerne.«

Alea war nervös, weil sie gleich vielleicht mit Felix allein sein würde.

»Bin sofort zurück!« Mit diesen Worten verschwand er in seinem Haus, nur um kurz darauf mit einer Flasche Champagner in einer Kühlmanschette und einer Tüte Chips wieder herauszukommen.

Hedi umarmte Alea kurz und schenkte ihr einen vielsagenden

Blick. Verschämt wich Alea ihm aus. »Bis morgen, Hedi! Dann kommst du um eine Dankeseinladung zum Mittagessen aber nicht herum!«

»Wenn es unbedingt sein muss!« Hedi war bereits zu ihrem Auto gegangen und winkte Alea über die Schulter hinweg zu. Felix grinste.

Stille zog um die beiden, die noch immer vorm Haus standen. Bisher war Alea der frische Wind kaum aufgefallen, so sehr war sie herumgewirbelt. Als nun aber Felix dicht neben ihr stand, spürte sie die Wärme, die in ihr aufstieg, als Kontrast zum scharfen Sturm, der um die Häuser zu ihnen zog.

»Dein Dad ist also für die Hunde da?«

Felix nickte. »Ja. Zeit für unsere Feier, findest du nicht?« Er hob die Flasche. »Fehlen nur Gläser.«

»Komm mit«, sagte Alea und ging, mit zittrigen Knien, vor.

Sie entschied, an diesem besonderen Abend, der so voller Glücksmomente und Freude war, keine Fragen zu stellen. Sie wollte nicht, dass irgendwas diese Stimmung zerstörte. Es zählte nur, dass sie hier mit Felix war.

Drinnen im Warmen hängten sie ihre Jacken an die Garderobe. Alea trat an Martjes Wohnzimmerschrank und holte die kristallenen Sektgläser hervor, während Felix die Flasche öffnete und ihnen einschenkte. Und dann sahen sie sich endlich an, ließen die Gläser klangvoll aneinanderstoßen und nahmen einen ersten Schluck.

Noch immer hatte keiner von ihnen etwas gesagt, nur ihre Blicke verhakten sich ineinander, Felix machte einen Schritt auf sie zu, und dann spürte sie seine Hand in ihrem Nacken – warm und sanft.

Sie bemerkte kaum, dass er sein Glas zur Seite stellte und ihr ihres aus der Hand nahm, bis er seine andere Hand an ihre

Hüfte legte und ein Prickeln auf ihrer Haut auslöste. Er zog Alea mit sanftem Druck näher an sich, und sie schloss die Augen. Sie wollte nur die Berührung seiner Lippen spüren und sich darin verlieren. Ohne dass auch nur ein einziger Gedanke dieses Gefühl stören konnte, versanken sie in einem Kuss, der sie taumelnd vor Glück schweben ließ. Jede Berührung fühlte sich an, als hätte Alea auf nichts anderes all die Stunden zuvor gewartet. Jeder Kontakt ihrer Haut, jede Verbindung, die ihre Hände zu seinem Körper suchten, schien richtig.

Sie löste sich einen kurzen Moment von ihm, nahm seine Hand und zog ihn mit sich ins Gästezimmer. Es war unordentlich. Überall lagen Kleidungsstücke, die Alea achtlos hingeworfen hatte. Aber in diesem Moment, in dem Felix die Hand wieder auf ihre Schulter legte und sie mit sanftem Druck zu sich umdrehte, da waren ihr der ausgekippte Inhalt ihres Koffers und das Chaos egal.

Sie küssten sich erneut, und ihre Beine, die sich wie Pudding anfühlten, gaben nach. Sie zog ihn mit sich auf das Bett, um die Umarmung, den Kuss nicht noch einmal zu lösen.

Kapitel 17

Hell und stürmisch begrüßte sie der nächste Morgen.

Alea wusste nicht mehr, was es gewesen war, das dieses Feuerwerk aus Glück und Emotionen gestern Abend gezündet hatte. Ob es die Wiedersehensfreude war, die Freude über das gebrochene Eis oder die Euphorie über die erfolgreichen Stunden, in denen sie als Team gewirkt hatten und die sie zuversichtlich in ihre Zukunft hatten blicken lassen. Aber das war ihr egal, so unwirklich schön war es gewesen. Sie hatten kaum geschlafen, und Alea dankte ihrem Kopf dafür, dass er ausschließlich ihr Herz hatte sprechen und ihre Gefühle all das hatte genießen lassen.

Zärtlich wanderten Aleas Fingerkuppen Felix' Rücken entlang, und sie sah, dass sie damit eine Gänsehaut auslöste.

Sie küsste seinen Nacken, was er mit einem zufriedenen Seufzen quittierte.

»Guten Morgen«, hauchte sie in sein Ohr und konnte sich kaum rechtzeitig vor der Armbewegung retten, die folgte und sie mit liebevollem Schwung an seine Seite zog.

»Musst du los?«, murmelte Felix, und Alea schüttelte den Kopf.

»Nein. Was ist mit den Hunden?« Alea erschrak.

»Mein Vater hat alles im Griff«, versprach Felix und schlug die weiche, warme Decke über sie, worunter sie sich fest aneinanderschmiegten. »Er wird gemerkt haben, dass ich nicht nach Hause gekommen bin und er stattdessen noch einmal vierbeinigen Übernachtungsbesuch hat.« Felix grinste. Alea streichelte Felix' Arm, und mit dieser Bewegung, bei der sie sich unter der flauschigen Decke so nah waren, kamen auch ihre Gedanken zurück. Sie blickte zum Fenster, wo Felix' Hose über eine Stuhllehne geworfen lag. Was sie dann sah, brachte mit aller Macht jeden Zweifel zurück. Unter dem Stuhl lag ein Ohrring. Es war nicht ihrer. Er musste aus seiner Hosentasche gefallen sein.

»Was geschieht hier? Was ist mit dir und dieser Frau? Wo ist sie, und wirst du zu ihr zurückkehren? Hast du deinem Vater gestern schon berichtet, dass du gar nicht nach Hause kommen wirst? War das heute Nacht geplant?« Sie dachte diese Fragen nur und sprach sie nicht aus. Aber ohne dass sie es wollte, versteifte sie sich, und plötzlich fühlte sich die ganze Situation falsch an. Sie versuchte, die Bedenken zu verdrängen, beiseitezuschieben, wie eine Gardine, die sie am Tage nicht mehr benötigte. Kurz gelang es ihr, und die trüben Gedanken machten der verliebten Euphorie Platz und verflogen. Doch wie ein unliebsames Insekt kehrten die Fragen immer wieder zu ihr zurück und piksten und piesackten sie unnachgiebig.

»Alles in Ordnung?« Felix spürte offenbar, dass sie verkrampfte.

»Ich habe vergessen, dass ich noch aufräumen und die Regale wieder auffüllen muss, bevor ich den Laden öffnen kann«, stammelte sie wenig überzeugend und schlug die Decke auf, um aufzustehen.

»Bist du dir sicher?«, raunte Felix ihr zu und küsste ihren Hals auf die Weise, die die vorangegangene Nacht für Alea unvergesslich gemacht hatte.

»Ganz sicher«, sagte sie, ärgerte sich, dass ihre Stimme heiser klang, und wand sich aus seiner Umarmung. Ihr Verstand schwieg nicht länger, sondern klopfte wach und klar an ihrem Herzen an, positionierte sich dort kopfschüttelnd und verdarb Alea allen Zauber dieses Moments.

»Alea, die letzten Stunden waren wunderschön. Ich möchte, dass du weißt, was mir das bedeutet.«

Schweigend stand Alea auf, wickelte sich die Bettdecke um und schaute Felix lange an. »Das fand ich auch, Felix. Jede Sekunde habe ich genossen. Aber gerade das ist es, was es mir so schwer macht. Ich kann das nicht. Ich kann nicht an zweiter Stelle auf dein Herz warten und hoffen, dass jemand mir den Weg frei macht.«

»Alea, nein! Das sollst du auch nicht!« Felix hielt Aleas Hand einen Moment lang fest, ließ dann aber zu, dass sie sie ihm entzog. »Du bist nicht an zweiter Stelle! Meinst du echt, ich würde es so weit kommen lassen, wenn das so wäre? Glaubst du nicht, dass ich jede Sekunde mit dir genieße und mir nichts mehr wünsche, als dass das kein Traum ist mit uns? Wäre ich dann hier bei dir?«

»Nicht ich bin es, die das beantworten kann, Felix. Und das weißt du besser als ich.«

»Das weiß ich, Alea.« Kurz wartete Alea, in der Hoffnung, dass nun die Worte kämen, die sie sich wünschte. Die Nachricht, dass er »geregelt« hatte, was zu regeln war. Aber er starrte aus dem Fenster, wie als suche er dort nach einer Lösung. »Es ist gerade so viel los bei mir. Ständig habe ich Sorge um meinen Dad. Erst gestern Abend bin ich spät noch los und hab ihn von seinem Freund abgeholt, weil es ihm schlecht ging. Ich weiß manchmal nicht, wo mir der Kopf steht. Dann verhalte ich mich wie ein Idiot!« Alea wollte erleichtert sein, dass zumindest keine Frau hinter dem nächtlichen Aufbruch stand, aber es fiel ihr schwer. Als dann auch

Felix' Blick auf den Ohrring fiel, erstarrte er. »Oh, Shit! Du glaubst mir nicht, oder? Es ist nicht, wie du jetzt denkst!«

Alea nickte, während Schmerz in ihrer Brust drückte, als würde sie gleich nicht mehr atmen können. Sie presste die Lippen zusammen. Wollte nichts sagen, was nur aus Wut und Verzweiflung über ihre Lippen kam. Hatte Angst, dass das etwas kaputt machen würde. Sie kämpfte, damit die Tränen nicht kullerten, während sie ins Bad ging, wo sie die Tür hinter sich schloss und endlich weinte, lautlos, was sich falsch und anstrengend anfühlte.

Dankbar, dass das warme Wasser der Dusche die Tränen mit sich nahm, dehnte sie die Zeit im Bad aus. Ratlos, wie sie ihm weiter gegenübertreten sollte, stieg sie aus der Dusche, trat vor den Spiegel und betrachtete sich darin. Sie sah traurig aus, aber stark. Wenn sie an den vorangegangenen Abend dachte, waren da Kribbeln im Bauch, Herzflimmern, Glück und der Wunsch nach einer Zukunft, die noch unendlich viel mehr dieser Momente bereithielt.

Unsicher horchte sie, ob Felix noch da war.

Kein Laut drang durch die Tür. Alea vermutete, dass er gegangen war. Dieser Verdacht bestätigte sich, als sie einen Blick aus dem Fenster warf.

Felix ging mit schweren Schritten zu seiner Haustür, drehte sich nicht um und begrüßte auch die freudigen Hunde, die ihm beim Öffnen der Tür entgegensprangen, nur verhalten.

Alea weinte, diesmal ohne ihr Schluchzen zu unterdrücken. Leider trat die Befreiung auch durch diese Tränen nicht ein. Stattdessen fühlte es sich immer schwerer an, als stünde sie neben sich, ratlos, wie sie sich trösten könnte, sprachen doch die Zeichen eher gegen das, was die verzweifelte Alea gerade hören wollte.

Verkrampft gefasst machte Alea sich fertig. Der Ohrring lag

nicht mehr unter dem Stuhl. Die Erkenntnis, dass er nicht einmal richtig versucht hatte, zu erklären, was es damit auf sich hatte, tat ihr weh. Warum redete er nicht mit ihr? Sie hatte ihm von Christopher erzählt, von ihren Zweifeln, ihren Ängsten, der Unsicherheit, aber er hüllte sich in Schweigen, machte nur Andeutungen.

Wie fremdgesteuert ging sie zum *Dünenglanz* und schloss die Manufaktur auf. Wie mechanisch holte Alea Nachschub aus dem Lager, rückte Kerzen zurecht, schrieb einen neuen Artikel in geschwungenen Lettern auf die Kreidetafel, die sie täglich vor die Tür stellte und die sie zusätzlich zu einem Produkt gerne mit einem Spruch versah.

Heute fiel ihr dafür keiner ein. Stattdessen zeichnete sie nur eine kleine Sternschnuppe, unter die sie *Make a wish* schrieb.

Einen Moment schloss sie die Augen, dachte über ihren eigenen Wunsch nach und seufzte. Neben dem, dass ihre Tante bald wieder zu Hause sein würde, war es der, dass es weitergehen durfte mit Felix. Und das schien ihr gerade so weit weg, dass sie wieder hätte weinen können.

»Alea, sei vernünftig! Deine Beziehung ist erst seit ein paar Tagen vorbei«, mahnte sie sich leise, zuckte dann aber die Schultern. »Na und? Die alte Alea hätte sich das jetzt zu Herzen genommen, ja. Die neue Alea hat sich verliebt wie noch nie zuvor! Kann ich ja auch nichts für! Und eine Sache ändert sich nie: Ich wünsche mir nichts mehr, als dass Martje einfach wieder hier ist!«

»Moin!« Alea fuhr herum und starrte auf die Eingangstür. Ihr Verstand versuchte das, was er gehört hatte, mit dem in Verbindung zu setzen, was ihre Augen nun sahen.

»Martje!« Alea schlug die Hände vor den Mund und stürmte auf ihre Tante zu, die wie das blühende Leben in der Tür stand.

»Aber warum hast du denn nichts gesagt? Ich hätte dich doch abgeholt!«

»Ja, aber dann wäre die Überraschung doch nur halb so groß gewesen.« Schelmisch lächelte sie. »Meine alte Hedi hat mich mit ihrem schnittigen Sportwagen eingesammelt und eine Runde quer über die Insel kutschiert.« Sie kicherte. »Wie früher!«

»Hedi?« Alea schüttelte verdutzt den Kopf. »Sie hat mir auch nichts gesagt.«

»Das wäre ja noch schöner!« Sie stellte ihre Taschen ab.

»Entschuldige! Ich bin so perplex. Ich trage dir schnell alles hoch.«

Martje winkte ab. »Das hat Zeit! Ich will erst mal hier sein. Da, wo ich hingehöre!« Sie schloss die Augen, sog den Raumduft auf und breitete dabei ihre Arme aus. »Mein Herzensort!«

»Ist Hedi denn gleich weitergefahren?«

»Ja. Sie meinte, wir zwei müssten erst mal allein sein!« Ein liebevoller Blick folgte. »Sie bat auch darum, euer versprochenes Mittagessen zu vertagen. Das läuft nicht weg! Hedi schaut sich nämlich heute Mittag eine Wohnung in Munkmarsch an. Ich bin sehr gespannt, ob es klappt!«

»Oh, wie toll! Ich drücke die Daumen!« Dass sie das Essen verschieben wollten, war Alea heute ganz recht. »Sollten wir den Laden nicht erst mal schließen, und du kommst ganz in Ruhe an?«

Empört stemmte Martje die Hände in die Hüften. »Kommt gar nicht infrage! Ich habe Tag für Tag, jede Sekunde nur darauf gewartet, mit dir hier inmitten meiner Kerzen in der Manufaktur zu stehen. Ich konnte es kaum erwarten! Ich hatte nur ein wenig Angst, dass mein Herz vor lauter Freude einen Moment aussetzt und ich gleich wieder umkehren kann!«

»Martje! Das ist nicht lustig!«

»Na ja, ein bisschen schon.« Sie deutete an sich herunter und klopfte sich in Herzhöhe auf die Brust. »Bin quicklebendig!«

»Zum Glück!« Alea nahm Martje in den Arm und drückte sie

gerade so fest, dass sie nicht den Eindruck hatte, die zarte ältere Dame zu überfordern.

Mit starkem Druck trotz des Gipses erwiderte Martje jedoch ihre Umarmung. »Leli, ich bin so froh, hier zu sein! Ich hatte manchmal eine verfluchte Angst.«

Alea schob Martje ein wenig von sich, hielt sie an beiden Schultern. »Ich auch, Martje.«

Martje drehte sich im Kreis wie ein Kind auf einem Rummelplatz. Sie schaute sich fasziniert um, als sehe sie die bunten Kerzen in den Regalen zum allerersten Mal. Dann stoppte sie plötzlich. »Aber eins muss sein. Ich muss meine kleine Fellnase sehen. Sie ist offensichtlich grad beim Nachbarn, oder?«

Aleas Herz schlug schneller beim Gedanken an Nala und damit an Felix. Seit die Hunde über Nacht spontan bei Hubertus geblieben waren, war Nala noch immer dort.

»Hast du heute schon was von Felix gehört? Ist er zu Hause?« Fragend schaute Martje Alea an. Diese kramte in ihrem Kopf nach einer Antwort. Unsicher drehte sie sich nach einem Regal um, fing wahllos an, Kerzen zu sortieren.

»Ich vermute, er ist mit den Hunden unterwegs«, antwortete sie ausweichend.

Martje blickte aus dem Fenster. »Stimmt. Sein Auto ist nicht da.«

»Geh doch später einmal rüber«, schlug Alea vor. »Willst du dich nicht solange hier umschauen? Ein paar Dinge habe ich neu sortiert, aber das meiste hab ich natürlich so gelassen.« Alea machte eine ausschweifende Handbewegung, und Martje ging zu den einzelnen Regalen, nahm Aleas neue Kreationen in die Hände, roch daran, strich beinahe zärtlich über das Wachs und stellte sie behutsam wieder zurück. Ein verliebtes Lächeln zog über ihr Gesicht bei jedem einzelnen Teil, welches sie bestaunte.

»Es ist fantastisch! Du hast wundervolle Dinge gezaubert, Leli«, lobte Martje ihre Nichte, trat zu ihr und nahm sie erneut in den Arm. »Wenn ich das hier so sehe, dann denke ich, es sollte alles genau so passieren. Das Leben hat dich hierhergeschickt, meine Liebe! Und endlich wirst du bleiben.« Alea sagte nichts, hob nur die Augenbrauen, zeitgleich mit den Schultern, und lächelte. »Ich sehe, du hast viel Freude an neuen Kreationen gehabt!«

»Die hatte ich«, gab Alea stolz zu. »Von einigen Sachen hatte ich dir ja schon Exemplare mit ins Krankenhaus gebracht.« Sie deutete auf die Kerzen, zu denen Laura die Idee geliefert hatte. »Hier eine schnelle Möglichkeit, Kerzen zu individualisieren. Die Idee stammt von Laura. Das könnte man auch kurzfristig auf Bestellung machen – sogar innerhalb weniger Minuten, während die Kunden warten.« Weiter griff sie nach einer Duftkerze. »Und hier habe ich die Kerzen für duftempfindliche Menschen platziert. Etwas abseits vom Rest, damit man genau den Unterschied erkennt und wir sie noch besser bewerben können.«

Martje griff nach einer Kerze, die Alea als Weihnachtsmitbringsel direkt an der Kasse dekoriert hatte. »Sie duftet köstlich nach Winter, Weihnachtsgebäck und Wohlfühlen!« Martje schloss genießerisch die Augen. »Eine wunderschöne Idee und so toll zusammengestellt!«

»Gestern Abend sind etliche bereits verkauft worden.«

»Das freut mich riesig, Liebes! Hedi hat schon berichtet, dass so viel los war.«

»Es war großartig! Die Zeit ist nur so verflogen, so viel hatten wir zu tun. Und Hedi ist ein großer Schatz! Ohne ihre Hilfe wäre die Aktion längst nicht so ein Erfolg gewesen! Sie hat an alles gedacht und mich fantastisch unterstützt! Sie hat versprochen, mir auch bei der Aktion in Archsum unter die Arme zu greifen.«

»Das freut mich sehr.« Martjes Blick bekam einen sanften Glanz. Dann schaute sie Alea schräg von der Seite an. »Hedi hat erzählt, dass Felix mit eingesprungen ist?«

Alea nickte und spürte, wie Röte in ihrem Gesicht einzog. Martje strich ihr liebevoll über den Rücken. »Irgendwas sagt mir, dass deine Freude über die Unterstützung durch unseren smarten Nachbarn eher verhalten ist?«

»Ach, Martje. Lass uns nicht drüber reden. Mir ist grad nicht danach zumute.«

Alea presste die Lippen zu einem entschuldigenden Lächeln aufeinander.

»Du musst mit mir niemals über etwas reden, worüber du nicht reden willst, das weißt du. Aber du kannst es. Und auch das sollst du bitte wissen.«

»Danke, Martje. Das weiß ich.«

Martje lächelte sanft.

Die Tür öffnete sich, und eine Kundin kam herein. Martje, die sich zunächst noch im Hintergrund halten wollte, trat zum Tresen, und Alea ging auf die Frau zu und übernahm die Beratung. Voll beladen mit einer großen Tasche voller Weihnachtsgeschenke, darunter auch Aleas neue Stempel- und Duftkreationen, verließ sie den Laden wenig später wieder. Sie gab einer anderen Dame die Klinke in die Hand. Der rege Vormittag hatte begonnen.

Während weitere Kunden kamen, verabschiedete Martje sich für eine Weile in die Wohnung. Die Taschen hatte sie doch mitgenommen, wie Alea feststellte, als sie sie ihr in einer kurzen Verschnaufpause hinterhertragen wollte. Ihre Tante war einfach unverbesserlich.

Einige Kundinnen, an die sie sich vom gestrigen Abend erinnerte, kamen heute noch einmal, um ihre Käufe zu vervollständigen. Alea freute sich, dass sie den heutigen Tag direkt nutzten, um in Ruhe im Laden zu stöbern. Es bestätigte sie darin, dass die Integration neuer Produkte und eine langsame Erweiterung ihrer Produktpalette ein guter Weg waren, um neue Kunden zu finden.

Mittags schloss Alea den Laden und ging zu Martje in die Wohnung. Sie freute sich, dass sie dort endlich wieder ihre Tante erwartete und nicht die leeren Räume, in denen sie Martje in jedem noch so kleinen Detail gesehen und vermisst hatte.

Während Alea auf die Wohnungstür zuging, hörte sie, dass drinnen Nala fröhlich winselte. Sie erstarrte für einen Moment und überlegte, ob sie reingehen sollte. Womöglich war Felix bei Martje. Alea wusste nicht, wie sie ihm gegenübertreten sollte. Aber noch ehe sie eine Entscheidung abwägen konnte, wurde diese ihr abgenommen, als die Tür aufging. Nala sprang ihr entgegen, als wolle sie ihr erzählen, dass ihr Frauchen endlich wieder zurückgekommen war.

»Hey, Süße! Da freust du dich aber, was?« Sie wuschelte dem Welpen durch das seidige Fell, und Nala wusste gar nicht, wohin mit all ihrer Freude.

Alea trat unsicher an den Türrahmen und hielt nach Felix Ausschau, doch es war nur Martje da, die mit einem Eimer und einem Lappen auf dem Boden kniete und Alea verdutzt anschaute. »Oh, war die Tür nicht richtig zu?«

»Martje?« Erschrocken eilte Alea zu ihr.

»Alles gut! Mein Baby freut sich offenbar so sehr, dass sie darüber ganz vergisst, dass sie ja eigentlich schon ein stolzer stubenreiner Welpe ist.« Alea ging zu Martje.

»Komm, ich übernehme.« Sie griff nach dem Eimer und dem Lappen und bedeutete Martje, aufzustehen. Dazu reichte sie ihr die Hand, die Martje jedoch empört ablehnte und ohne Hilfe einhändig wieder aufstand.

»Tantchen, so wird das nichts mit deiner Schonung!« Alea hob drohend den Zeigefinger.

»Leli, glaub mir, ich tue schon aus Eigenschutz nichts, was mich wieder näher an dieses sterile Gefängnis bringt.«

»Ich hoffe nur, dass du dich nicht überschätzt.«

»Sag ruhig, wenn du mich lieber wieder in der Klinik sehen würdest!« Martje wirkte geknickt, und Alea stand schnell auf und nahm ihre Tante in den Arm.

»Auf gar keinen Fall! Wir bekommen das hier zusammen hin. Ich mache mir einfach Sorgen!«

»Weiß ich ja. Aber, dass du da bist, nimmt mir schon den größten Stress. Glaub mir, das hat mir so viel Kraft gegeben in den letzten Tagen.«

Alea drückte Martje noch einmal, und wieder erwiderte diese ihre Umarmung kräftig.

»Wo ist denn eigentlich dein Hundesitter?«, fragte Alea Martje dann, innerlich gespannt, äußerlich betont beiläufig.

»Ich hatte gesehen, dass Felix nach Hause kam und gleich wieder losfahren wollte. Da bin ich rausgegangen, um wenigstens kurz Nala zu begrüßen.« Sie hob die Hände. »Und als er meinte, er müsse noch mal zu einem Termin, da habe ich angeboten, Nala direkt zu mir zu nehmen.«

»Verstehe. Jetzt, wo wir wieder zu zweit sind, kann sie ja auch dauerhaft hier sein. Ich hatte sie die letzten Tage ja immer mal schon ganz hier«, erklärte Alea. »Es hatte sich gestern nur so ergeben, dass sie bei Hubertus blieb. Also, bei Felix und Hubertus«, stammelte Alea.

Martje grinste. »Verstehe. Ach, Liebes, ich bin gerade unschlüssig, was das Beste für sie ist. Sicher gehört sie hierher. Ich möchte sie aber auch nicht kaltherzig aus der Umgebung reißen, in der sie sich ja die letzten Tage offenbar immer wieder sehr wohlgefühlt hat.«

Ratlos blickte Alea den kleinen Hund an, der sich dicht an Martje geschmiegt hatte. »Es sieht für mich danach aus, als sei sie glücklich, dich wiederzuhaben. So leid es mir für Felix und vor allem für Karl tut.«

»Felix sagte, dass sein Auftrag hier dann wohl erfolgreich abgeschlossen sei.« Betrübt hob Martje die Augenbrauen und zog die Mundwinkel nach unten. »Diese Aussage gefällt auch mir in vielerlei Hinsicht nicht wirklich.«

Alea schluckte, und ihr Magen zog sich zu einem schweren Klumpen zusammen. »Mir auch nicht«, presste sie hervor.

»Liebes, aber worauf wartest du denn?«

»Ich verstehe nicht, was du meinst?«

»Nun, willst du, dass Felix wieder seine Reise nach Stade antritt und das zwischen euch nicht weitergeht?« Fragend schaute Martje ihre Nichte an. »Willst du das wirklich?«

»Nein.« Alea senkte den Blick.

»Muss ich ihm also sagen, dass wir Nala keinesfalls allein betreuen können, damit er womöglich noch hierbleibt? Oder willst du ihm gegenüber irgendwann zugeben, dass sein Auftrag hier noch längst nicht erledigt ist?«

»Ich glaube kaum, dass er sein Bleiben von mir abhängig machen wird, Martje.«

»So? Wovon denn dann? Von einem Welpen und einer alten tattrigen Nachbarin?«

»Hat er dir mehr über seine nächsten Pläne verraten?«

Martje wirkte einen Moment lang auch ratlos, schüttelte dann aber den Kopf. »Nein. Ich habe nur gemerkt, dass er Nala sehr ins Herz geschlossen hat.« Sanft lächelte Martje. »Und nicht nur sie.«

»Ach, Martje!« Alea drehte sich weg und strich dem Hund über den Kopf. »Ganz so einfach scheint es offenbar nicht zu sein. Ich bin es nicht, die hier die Wahrheit sagen muss. Warum eiert er so herum und spricht nicht mit mir? Ich muss wissen, woran ich bin. Gerade bin ich dabei, so viel in meinem Leben umzuwerfen. Mir fehlt der Halt!«

»Verständlich! Da bin ich ganz bei dir.«

Dankbar, dass das Gespräch unterbrochen wurde, griff Alea zum Handy, welches eine E-Mail anzeigte.

Begleitet von einem Adrenalinstoß, erkannte sie den Absender. Es war die Dame mit den Läden in Dänemark, Ella Søndervig. Alea öffnete die Nachricht direkt. Sie sei nun in der konkreten Planung für ihren Aufenthalt auf Sylt und würde sich gerne am nächsten Tag mit ihr treffen, schrieb sie.

»Nanu? Was hast du denn für eine Nachricht bekommen? Deine Augen sind ja kugelrund«, wunderte sich Martje und blickte Alea fragend an. »Hast du im Glücksspiel gewonnen?«

»Nein! Es geht um die Kooperation der Manufaktur mit einem dänischen Unternehmen. Ich hatte dir doch erzählt, dass ich schon einmal die Fühler ausgestreckt habe. Einige Antworten kamen schon zurück, aber die meisten können wir direkt wieder von der Liste streichen. Nur diese hier klingt vielversprechend! Oh, wie aufregend! Die Frau will sich morgen schon mit mir treffen – mit uns, wenn du dabei sein möchtest!« Alea juchzte. »Alles wird gut, Tantchen! Jetzt wird alles gut.«

Martjes eben noch prüfende Miene zerfiel zu einem dankbaren Lächeln. »Die Aussicht darauf, dass du hier bei mir bleibst, ist das Beste, was mir noch passieren konnte. Und wenn du sagen würdest, dass ich dafür die Kerzenwerkstatt verkaufen muss – ich würde es tun!«

Alea war gerührt von dieser Liebeserklärung ihrer Tante und nahm sie in den Arm.

»Ich verspreche dir, dass ich alles in Bewegung setze, damit es hier für uns beide gemeinsam weitergehen kann!«

»Nun sag da mal gleich erst mal zu. Und das macht ihr schön zu zweit. Solche offiziellen Termine waren noch nie mein Ding, und dann habe ich ein wenig Zeit, um mit meinen Kerzen allein zu sein und mich mit einem Mittagessen bei Hedi für ihre Chauffeurstätigkeiten zu bedanken.«

»Sie schlägt vor, dass wir uns in der Mittagspause im *Friesenstübchen* in Keitum treffen.«

»Das klingt doch wunderbar.« Martje nickte. »Du strahlst so wundervoll! Willst du mir mal zeigen, um was für Läden es sich dabei handelt?«

Alea öffnete auf ihrem Smartphone die Seite, auf der die Läden vorgestellt wurden. Auch Martje gefiel das Konzept der Hygge-Atmosphäre, die die Geschäfte ausstrahlten.

»Da passen unsere Kerzen hervorragend hinein«, stellte Martje fest. »Nun bin ich auch ganz gespannt.« Sie rieb sich freudig die Hände.

Alea und Martje gingen wieder in die Kerzenwerkstatt, und Alea zeigte ihrer Tante, was sie der Frau alles an Produkten in ihrer Mail vorgestellt hatte, und weihte sie in ihre Pläne ein. Sie stellten zusammen, was sie sich für eine Zusammenarbeit wünschten, und während Alea auch am Nachmittag den Laden übernahm, wollte Martje sich ein wenig ausruhen. Die Freude und Aufregung hatten sie doch ganz schön angestrengt, und Alea war froh, dass sie das zugab und sich die Ruhe nahm, die sie brauchte.

Kapitel 18

Voller Euphorie schloss Alea am Abend die Manufaktur und wurde von Martje bereits erwartet. In einer beigefarbenen Chino und einer eleganten Strickjacke stand Martje vorm Spiegel, die grauen, kurzen Haare adrett frisiert. Sie wollten zur Feier des Tages, an dem Martje wieder zu Hause war, etwas essen gehen.

»Wow!« Staunend schürzte Alea die Lippen und blickte an sich herunter. »Wohin willst du mich denn entführen in diesem schicken Dress?«

»Ach, mein Mädchen!« Verlegen lächelte Martje. »Weißt du, wie oft ich zum Essen verabredet bin? Ungefähr alle Jubeljahre!«

So rührend die Aussage war, so traurig wirkte sie auch auf Alea. »Dann habe ich eine Idee. Wir machen es zu unserem Ritual, dass wir uns immer am Ende jedes Monats ein feines gemeinsames Essen gönnen. Wir machen uns schick und gehen aus. Abgemacht?«

»Das klingt nach einem wundervollen Plan!« Martje strahlte übers ganze Gesicht.

»Dann werfe ich mich mal auch in etwas Hübsches, damit ich neben dir nicht allzu negativ auffalle.«

»Wenn du mich fragst, darfst du dafür genau so bleiben, wie du bist! Aber du sollst dich wohlfühlen.« Martje setzte sich auf einen Stuhl. »Ich habe Zeit! Hetz dich bloß nicht!«

Alea kam gerade neu frisiert, mit weißer Bluse, Jeans und beigefarbener Kaschmirjacke aus dem Schlafzimmer, da sah sie, dass Martje an der Tür mit jemandem sprach. Sie zögerte kurz, näher zu kommen. Die Stimme aber verriet ihr, dass es Hubertus war, der da vor der Tür stand.

»Hier kommt der Hundeservice«, lachte Hubertus. »Wenn ich ehrlich bin, habe ich mich sehr gefreut, auch heute noch auf Nala aufzupassen. Wir machen es uns mit Karl gemütlich! Felix ist nämlich auch unterwegs.« Er klopfte dem Welpen sanft den Rücken, der dies mit dankbarem Schwanzwedeln quittierte.

»Es freut mich ja sehr, dass ihr Nala so in euer Herz geschlossen habt. Und heute Abend tut ihr uns einen besonderen Gefallen, wenn ihr den kleinen Wildfang noch einmal zu euch nehmt. Meine Nichte und ich wollen nämlich zur Feier meiner Entlassung etwas essen gehen.«

»Na, wunderbar! Das ist doch sehr passend! Dann wünsche ich dir einen großartigen Abend mit deiner zauberhaften Nichte, liebe Martje. Dich endlich wieder hier zu sehen freut mich sehr!«

»Herzlichen Dank!«

»Lass uns starten.« Alea hielt ihrer Tante den Arm hin, sodass diese sich unterhaken konnte, und sie folgten Hubertus und Nala nach draußen. Mit dem Auto fuhren sie nach Kampen, in ein Restaurant, wo Alea für sie beide einen Tisch reserviert hatte.

Kaum war Alea auf den Parkplatz des Restaurants gefahren, fiel ihr Blick auf Felix' dunkelgrünen Geländewagen. Daneben stand das Auto, das Alea erst vor wenigen Tagen bei ihm vor dem Haus gesehen hatte. Der Anblick versetzte ihr einen Stich.

»Wir wollten es uns ja gut gehen lassen. Hier soll es lecker sein«, stammelte sie, war sich jedoch nicht sicher, ob ihr das gelingen würde, wenn Felix im selben Raum war.

»Das hat sich unser Herr Nachbar offenbar auch gedacht«, stellte Martje fest.

»Leider ja.«

»Wollen wir einfach weiterfahren und anrufen, dass uns etwas dazwischengekommen ist?« Martje legte ihre warme Hand beruhigend auf Aleas Bein. »Den Tisch werden sie sofort wieder los!«

Martje zückte ihr Handy, suchte kurz im Internet nach der Nummer und erledigte den Anruf für Alea.

»Danke!« Matt lächelte Alea. »Und nun?«

»Warte kurz!« Martje tippte erneut auf ihrem Handy herum und rief woanders an. Zufrieden legte sie auf.

»Wir fahren zu einem meiner Lieblingslokale mit norddeutscher Küche. Und du versprichst mir, all deine Sorgen hinter dir zu lassen und nicht über irgendwas nachzugrübeln.« Mahnend schaute Martje ihre Nichte von der Seite an.

»Ich gebe mir Mühe! Und Lieblingslokal klingt ganz wunderbar.« Martje nannte Alea den Weg.

Kurz darauf fuhren sie in Keitum vor einem Restaurant vor. Windlichter vor dem reetgedeckten Haus und Lichterketten in runden Buchsbäumen vor der Tür verströmten Gemütlichkeit. In den Fenstern flackerten Kerzen. Dazu sah Alea ein Schild, auf dem *Fröhlichste Weihnachten* mit Kreide geschrieben stand.

Martje deutete auf das Haus. »Hier fühle ich mich wohl! Küche wie bei Oma, nette Leute und zurzeit kaum Touristen.«

Alea blickte Martje skeptisch an. Diese wusste sofort, was sie damit andeuten wollte. »Ja, ja! All diese Leute sind meine Kundinnen und Kunden. Niemand will das bestreiten! Ich brauche sie wie die Luft zum Atmen. Aber ebenso brauche ich die Zeit ohne sie. Zeit mit den Leuten, die hier leben, die andere Dinge beschäftigen als die angesagtesten Klubs oder Restaurants der Insel oder die neuste Mode in den Schaufenstern. Leute, die gemeinsam mit mir um jeden Tag hier im Paradies kämpfen und sich dennoch kein anderes Leben vorstellen können.« Martje nickte bekräftigend. »Die sind es, die sich hier gegenseitig Kraft geben. Wir sind wie ein kleines, verschworenes Gallierdorf im hohen Norden.«

Alea lachte über diesen Vergleich. »Das glaube ich dir sofort. Ich freue mich, sie auch kennenzulernen.«

Alea und Martje traten ein und wurden im Innern von wohliger Wärme, flackerndem Kerzenlicht und leiser Musik empfangen, untermalt von Gesprächen und vereinzeltem Lachen. Es war liebevoll weihnachtlich dekoriert. Im Fenster stand ein Jöölboom, auf jedem Tisch ein kleines Gesteck aus Zweigen. Alea erkannte Martjes Kerzen darin. Außerdem zog der Duft von Butterschmalz in Aleas Nase, und die Vorfreude auf die Speisen wuchs.

Sie fühlte sich sofort wohl.

»Martje!« Eine Frau, die ungefähr in Aleas Alter war, kam auf sie zu und umarmte Martje. »Du bist wieder da! Das ist die schönste Nachricht vor Weihnachten!« Liebevoll strich sie ihr über den Rücken, und Alea spürte eine große Warmherzigkeit. »Erik, die Martje ist wieder da!«

Aus der Küche, zu der eine Tür mit einem kleinen Bullauge führte, klang der erfreute Jubelruf eines Mannes. Erik war also vermutlich der Koch. Martje lachte. Alea musste vor Rührung über diesen herzlichen Empfang schlucken.

»Und wie mir zugetragen wurde, hattest du so eine tolle Vertretung, dass du dich gut noch ein paar Tage länger rausnehmen darfst, meine Beste!« Mit diesen Worten wandte sie sich an Alea, die schüchtern ein kleines bisschen rot wurde.

»Danke, ich habe alles gegeben. Schön, dass es offenbar gut ankam. Ich bin Alea, hallo!« Sie streckte der freundlichen Frau die Hand entgegen, die diese herzlich ergriff und schwungvoll schüttelte.

»Freut mich, dich kennenzulernen, Alea! Ich bin Elisa. Mein Chef Erik ist heute in der Küche.« Sie deutete auf einen Platz an einem Fenster. Holzbänke mit dicken Kissen darauf und ein weiterer Stuhl vor dem Tisch wirkten einladend.

»Dein Platz ist frei! Als hätte er genau auf euch gewartet!« Sie begleitete Martje in Richtung des Tisches, und Alea und ihre Tante nahmen Platz.

»Hier ist es wirklich wahnsinnig gemütlich, Martje! Und die Leute sind so lieb. Wie schön, dass wir hier gelandet sind!«

»Freut mich, dass es dir gefällt.« Martje legte die Hand halb vor den Mund. »Und hier sind wir heute sicher vor Felix!« Sie kicherte, halb ernst, halb lustig.

»Das ist doppelt erfreulich! Genau das brauche ich.«

Alea blätterte in der Karte, während Martje direkt wusste, dass sie Backfisch mit Salzkartoffeln essen wollte. Alea schloss sich ihr an.

Sie bestellten, und während sie auf das Essen warteten, kam Alea langsam zur Ruhe. Als führe Martjes Anwesenheit dazu, dass sie wieder wusste, warum sie dafür kämpfen wollte, hierzubleiben und neue Herausforderungen zu wagen.

»Musst du noch irgendwas von mir wissen für das Treffen mit der Dame von den dänischen Läden?«, fragte Martje unvermittelt.

Alea schüttelte langsam den Kopf. »Ich denke nicht. Alles, was an Fragen dann noch kommt, klären wir später. Erst einmal hoffe ich, dass wir uns gut verstehen, in die gleiche Richtung denken und wir nach dem Termin morgen einen Fuß in der Tür haben. Das würde ein riesiges Stück mehr Planungssicherheit bedeuten. Wenn wir ein sicheres neues Standbein hätten, das eine regelmäßige Abnahme von Produkten garantiert, würde ich meinem Neustart hier auf der Insel und bei dir im *Dünenglanz* mit deutlich weniger Bauchweh entgegenblicken.«

»Du bist ein Schatz, dass du solche Ideen hast und dich darum kümmerst!«

»Jetzt muss es nur noch klappen. Aber das wird schon!« Wie zur eigenen Bestätigung nickte Alea, und in dem Moment kam auch ihr Essen. Erik brachte es persönlich an den Tisch und ließ es sich nicht nehmen, Martje vor Freude über ihre Genesung fest zu knuddeln.

»Mein Mädchen«, sagte er. »Jag uns gefälligst nicht wieder so einen Schrecken ein!«

»Ich gebe mir Mühe!«

»Aber schön, dass wir so deine Nichte kennenlernen«, stellte er fest und schenkte Alea ein Lächeln. »Hi, ich bin Erik.«

»Alea. Freut mich, dich kennenzulernen.« Alea lächelte.

»Lasst es euch schmecken!« Dann ging er wieder an die Arbeit, und sie und Martje genossen das köstliche Essen.

Martje ließ es sich nicht nehmen, auch noch einen vorzüglichen Nachtisch zu bestellen, und so machten sie sich erst spät am Abend nach einem abschließenden Getränk aufs Haus und einem Schnack mit Erik und Elisa wieder auf den Heimweg. Vor allem, als Erik von seiner Freundin erzählte, die auch erst vor Kurzem nach Sylt gezogen war, um hier ihren Traum von einem Foodtruck zu verwirklichen, lauschte Alea gespannt.

Als sie vor Martjes Haus vorfuhren, sah Alea, dass Felix vom Auto aus auf die Haustür zuging. Gerade in dem Moment, als Alea einparkte, öffnete er die Tür, und die Lichter im Flur gingen an. Aus dem Augenwinkel erkannte Alea noch, dass Felix sich im Türrahmen umdrehte und zu ihnen schaute. Als sie ausstiegen, hob er die Hand. Nala und Karl begrüßten ihn gerade.

»Martje, Alea! Hallo.« Unsicher blieb Alea stehen, als Martje bereits auf ihn zuging. »Felix! So kann ich noch einmal in Ruhe ganz lieben Dank für deine Fürsorge für meinen Hund sagen! Und vor allem auch dafür, dass du mich aufgelesen hast. Wäre doch zu traurig gewesen, wenn dieser wunderschöne Ort für immer mit meinem Ableben in Verbindung gestanden hätte.«

»Hör auf, Martje!« Felix lachte leise. »Da wollen wir gar nicht dran denken.« Er klopfte Karls Rücken. Nala trat aus der Tür und tapste freudig auf Martje zu, die sich gleich zu ihr bückte.

»Und auch das mit Nala hab ich doch gerne gemacht! Wenn ich ehrlich bin, mag ich sie gar nicht wieder hergeben!« Er lachte, und es verursachte auf Aleas Haut sofort ein wohliges Prickeln und eine quälende Sehnsucht. Sie fühlte sich sicherer, hier mit einigem Abstand und im Halbdunkeln. Keinesfalls wollte sie in seiner Nähe sein. Sie tat ihr zu sehr weh.

»Von mir aus spricht nichts dagegen, wenn sie weiterhin jederzeit bei dir ist, wenn du oder Karl Sehnsucht haben!«

»Danke, Martje. Ich schaue mal, wie meine nächsten Tage aussehen. Dann würde ich mich sehr freuen, wenn Nala mich noch mal besuchen kommt. Oder wenn ich sie zu einem Weg ans Watt entführen darf.« Felix' und Aleas Blicke begegneten sich, und ihr Magen krampfte, so gerne dachte sie an die Spaziergänge mit ihm.

»Weißt du denn ungefähr schon, wie lange du noch auf Sylt sein wirst?« Interessiert schaute Martje Felix an, dessen Blick zu Martje huschte, aber schnell zu Alea zurückkehrte, wo er blieb, bis diese ihm auswich und auf die Haustür zuging.

»Nein, Martje. Ich weiß gerade leider überhaupt nichts.«

»Nun, du kannst dir vorstellen, dass ich mich freue, wenn das Haus nebenan bewohnt ist. Und abgesehen davon: Diese Insel eignet sich ganz hervorragend zum Nachdenken, wenn man mal nicht weiterweiß. Ein Tipp, den ich vor einigen Tagen schon einmal einem lieben Menschen gegeben habe.« Sie schaute auch zu Alea.

Hubertus trat in den Türrahmen. »Ich hoffe, ihr hattet einen schönen Abend?« Er hielt Martje die Leine entgegen.

»Er war sehr schön. Es ist so wunderbar, wieder zu Hause zu sein. Ich danke euch fürs Aufpassen und wünsche eine gute Nacht.« Alea war mittlerweile im Hausflur verschwunden und lauschte dem Gespräch nur aus der Ferne.

»Alles wird sich finden, Felix. Gute Nacht!«

»Gute Nacht. Und danke, Martje.«

Schnell schlüpfte Alea aus ihrer dicken Jacke und ging ins Wohnzimmer, als wäre nichts gewesen. Doch Martje hatte die Situation natürlich längst durchschaut. Kaum war die Tür hinter ihr ins Schloss gefallen, rief sie laut und verwundert: »Leli, so hab ich dich ja selten erlebt.«

»Ich mich auch, Tantchen. Das ist es ja, was so unheimlich ist. Setzt du dich noch einen Moment zu mir, oder willst du schlafen?«

Alea hatte eben entschieden, bei gemütlichem Kerzenschein noch eine Weinschorle zu trinken. Sie bereitete alles in der Küche vor und brachte außerdem ein Glas Wasser für Martje mit.

»Gerne, Liebes!« Martje griff nach dem Wasserglas und drehte es in ihren Händen. Nala rollte sich in ihrem Körbchen zusammen, während Martje plötzlich fortfuhr. »Die Liebe fühlt sich manchmal unheimlich an, oder?«

Alea schaute ihre Tante nachdenklich an. Sie hatte schon letztens etwas angedeutet, aber nicht mehr preisgeben wollen. Hatte ihre Tante wirklich einmal geliebt und diese Liebe verloren oder aufgegeben?

»Nur, weil ich allein lebe, heißt das nicht, dass ich keine Ahnung von der Liebe habe. Das ist es doch, was dir durch den Kopf geht, oder?«

Abwartend hob Alea die Augenbrauen. Am verklärten Blick ihrer Tante las sie ab, dass der Zeitpunkt gekommen war, an dem ihre Tante sich öffnen musste, und diesmal war Alea es, die zuhörte.

»In meinem Leben gab es Momente, da habe ich an die Liebe geglaubt«, setzte Martje an, und Alea wagte kaum zu atmen, aus Sorge, Martje würde unterbrechen, was sie erstmalig begonnen hatte zu erzählen. Alea drückte ihre Hand. »Und immer war da dieser Konflikt in mir, dass ich erst mal auf sicheren Beinen stehen wollte, bevor ich mich Hals über Kopf in eine Liebe stürze, die mir damals als vollkommen verrückt vorkam.« Martje lachte leise auf. Es klang traurig. »Bestimmt ist das nicht verkehrt und sehr solide. Vernünftig. Aber auch das habe ich gelernt: Die Liebe ist nicht solide. Und schon gar nicht vernünftig. Neulich sprachen wir bereits darüber. Nein, manchmal ist sie das Gegenteil – meistens sogar. Ja, sie ist verrückt.«

»Aber dennoch hast du die Manufaktur aufgezogen.«

»Ja.« Martje nickte. »Immerhin das.«

»Aber das war doch kein Fehler, oder? Du hast Großartiges geleistet!«

»Nein, ein Fehler war es nicht. Wobei ich unter ›großartig‹ noch was anderes verstehe. Ich wollte einigermaßen gut davon leben, und das ist mir ja so weit geglückt.«

»Aber?«

»Ich bin allein geblieben. Bis auf meine Hunde.«

»Und darüber bist du heute traurig?«

»Traurig ist das falsche Wort. Ich bin zufrieden. Ich liebe die Insel, meinen Job und mein Leben hier. Noch immer bin ich überzeugt, dass es dieses Leben so nicht gäbe, hätte ich mich dem anderen zugewendet.«

»War es für dich denn nie möglich, beides miteinander zu kombinieren?«

»Das ist die Frage, die ich mir heute immer wieder stelle. An welchem Punkt hätte ich abbiegen müssen, um das hinzubekommen? Nur hatte ich dies nie selbst in der Hand. So viel weiß ich heute. Aber darüber nachzugrübeln ist müßig und unnötig. Davon wird man nur verrückt!« Sie zog eine verwirrte Grimasse.

Alea lachte leise, weil Martjes Gesichtsausdruck so komisch war, trotz der Schwere ihrer Aussagen.

»Und jetzt? Ist es zu spät?«

»In meinem Alter haben die Leute für gewöhnlich ihren Lebensweg gefunden, die Heimat, den Menschen an ihrer Seite. Ihr persönliches Glück.«

»Aber das hast du doch auch.«

»Schon. Bis auf den Menschen an meiner Seite, ja.«

Alea tat es weh, ihre Tante so reden zu hören. »Und gibt es diesen Menschen denn noch in deinem Leben?« Ihr Herz klopfte aufgeregt.

»Ich bin nun so alt«, antwortete Martje ausweichend, winkte ab und ging dabei nicht konkret auf die Frage ein. »Im Alter bekommen Schmetterlinge im Bauch endgültig etwas Unheimliches!« Martje grinste und zuckte die Schultern.

»Ich bin der Meinung, Schmetterlinge im Bauch haben in jeder Lebensphase ihre Berechtigung! Was hat denn dein Alter damit zu tun?«, bemerkte Alea.

»Liebes, es ist alles gut so, wie es ist. Und es passieren ja bekanntlich immer wieder Wunder.« Martje lachte leise auf, und Alea dachte an Hedi, die das auch so ähnlich gesagt hatte. »Aber du, du hast das gerade alles in der Hand und bist mittendrin. Du solltest dich nicht einschüchtern lassen von der ein oder anderen Schwierigkeit, die sich einer neuen Liebe in den Weg stellt.« Martje schüttelte mit ernsthaftem Blick den Kopf und winkte ab. »Ob es eine vergangene Beziehung ist, die gerade noch nachhallt, oder der eigene Stolz.«

»Ich fürchte, es gibt Schwierigkeiten und Schwierigkeiten.« Alea presste die Lippen aufeinander.

»Wenn du mich fragst, wirkte Felix traurig.«

»Ich kann es nicht beurteilen.« Aleas Antwort kam schroffer, als sie es beabsichtigt hatte.

»Nein, du bist ihm ja erfolgreich aus dem Weg gegangen.«

»Er ist selbst schuld.«

»Das mag sein, ja.«

»Das Auto, das da neben seinem vorm Restaurant parkte, das stand vor einiger Zeit auch schon hier. Da hatte er über Nacht Besuch. Ich vermute, es war seine Freundin. Oder Ex-Freundin. Wie auch immer.«

»Kann sein. Aber das ändert nichts an dem Blick, mit dem er dich anschaut.«

»Ach, Martje! Ich will das nicht hören!« Alea ärgerte sich über sich selbst, weil Martjes Aussagen bei ihr genau den wunden Punkt trafen. »Lass uns doch jetzt auf die Manufaktur schauen! Wenn es klappt mit der Dame aus Dänemark, dann darf es in dieser Richtung weitergehen für uns zwei. Dann widmen wir uns den nächsten Themen«, schlug Alea vor.

»Abgemacht. Und wenn nicht, schauen wir weiter. Sie wird ja nicht die Einzige sein, deren Konzept auch für uns interessant sein könnte.«

»Bestimmt nicht, nein.«

»Ich würde nicht so schnell aufgeben, selbst wenn sie uns nicht will. Dann soll es nicht sein, wir machen einen Haken dran, und weiter geht die Suche.« Martje hob die Handflächen.

»So machen wir das.« Ihre Worte klangen abgeklärt, doch Alea ahnte, dass ein Schuss vor den Bug ihr zusetzen würde. Keine der anderen Rückmeldungen auf ihre E-Mails stellte bisher eine echte Alternative zu dem Angebot von Ella Søndervig dar.

»So gefällst du mir gleich viel besser, Leli!« Martje umarmte ihre Nichte.

»Wie es hier für mich weitergeht, hat ja auch nichts mit Felix zu tun. Sicherlich geht er bald wieder zurück nach Stade und macht, was auch immer ihn dort glücklich macht. Mit wem auch immer.«

»Ja. Wenn es nicht sein soll, trennen sich die Wege.«

»Dass ich mir überhaupt diese Gedanken mache, Martje, ist doch verrückt! Beinahe hätte ich noch Christopher nach Bayern begleitet, da zerbreche ich mir den Kopf, wie es mit dem emotional noch liierten Nachbarn weitergehen könnte. Ich bin doch nicht ganz bei Trost!«

Alea griff nach der Weinflasche, um sich noch ein Glas einzuschenken. Weit kam sie nicht. Martje legte liebevoll die Hand auf ihre. »Du bist verliebt. Das ist alles. Aber vielleicht beendest du den Abend nun mit einer kleinen Schorle.« Martje füllte das Glas recht hoch mit Wasser auf und nickte. »Du sollst nicht auch noch Kopfschmerzen haben morgen früh. Nicht, dass deine Pläne noch daran scheitern.«

»Du hast recht.« Alea nahm einen großen Schluck. »Wie geht es dir denn nach dem ersten Tag in Freiheit, Tantchen?« Alea lächelte schief. »Eigentlich hatte ich dem Doc ja versprochen, auf dich aufzupassen und nicht umgekehrt.«

»Danke! Mach dir um mich mal keine Gedanken. Du kennst mich. In meinem *Dünenglanz* bin ich wie ein Fisch im Wasser. Dort gehöre ich hin.«

Alea lächelte und strich ihrer Tante über die Wange. »Schön, dass du endlich wieder hier bist! Ich bin so froh darüber!«

»Frag mich mal!« Martje rollte theatralisch mit den Augen. Alea trank den letzten Schluck, als sie vor dem Haus Lichter sah. Ein unbekanntes Auto fuhr bei Felix auf die Auffahrt.

»Oh!« Erstaunt trat Martje ans Fenster, hielt sich dabei jedoch so weit hinter dem Fensterrahmen zurück, dass man sie von draußen nicht sehen konnte.

»Wie ungewöhnlich, dass so spät noch jemand bei den Asmussens vorbeikommt.« Martje blickte auf ihre Uhr.

»Ob was passiert ist?« Besorgt trat nun auch Alea einen Schritt näher. Martje hob die Schultern.

Alea überlegte. »Felix hat erzählt, dass es Hubertus nicht so gut ging. Vielleicht hat es damit zu tun?«

»Oh, ja? Möglich. Wenn wir erfahren sollen, was da los ist, dann wird Felix es uns morgen erzählen. Wäre etwas Schlimmes, würde er uns sicher den Hund bringen. Lass uns schlafen gehen, Liebes.«

Alea nickte. Dennoch blieb ihr Blick besorgt am Nachbarhaus hängen.

Kapitel 19

Die Nacht war unruhig und immer wieder unterbrochen. Sobald Alea aufwachte, ging die Grübelei los. Die letzte Begegnung mit Felix, die Sorge, dass im Nachbarhaus etwas passiert war, der Gedanke an das morgige Gespräch und Martjes Gesundheit kreisten in Aleas Kopf wie Geier um ihre Beute. Aber bei all dem Trubel in ihrem Innern freute sie sich auf den nächsten Tag, der eine erste Richtung anzeigen würde, in der es für sie weitergehen könnte.

Es tat Alea gut, sich während des Vormittags mit einigen Kundengesprächen und in Gesellschaft von Martje von ihrem Termin am Mittag abzulenken. Pünktlich um dreizehn Uhr schlossen sie den Laden ab, und Alea griff nach ihren Unterlagen, die sie für das Gespräch zusammengestellt hatte. Sie umarmte Martje, die vor dem Haus auf Hedi warten wollte. Gemeinsam würden sie in Wenningstedt etwas zu Mittag essen und mit dem Hund eine Runde am Strand laufen.

»Viel Erfolg, Liebes!« Martje drückte ihre Nichte fest an sich. »Ich bin in Gedanken bei dir!«

»Ich weiß, Tantchen!«

Wärme und der Duft nach frisch gebrühtem Kaffee empfingen Alea im Innern des reetgedeckten Kapitänshauses, des Cafés Frie-

senstübchen, als sie mit klopfendem Herzen eintrat. Sie schaute sich um. Ihre Verabredung schien noch nicht da zu sein.

»Moin«, begrüßte sie die Wirtin.

»Moin. Mein Name ist Alea Groneberg. Ich hatte einen Tisch für halb zwei reserviert.

»Frau Groneberg, hallo.« Die Frau deutete auf einen Tisch, der am Fenster zur aufwendig geschmückten Terrasse stand. Ein großer Schlitten mit Rentieren war davor platziert, der aus Lichterketten geformt war und bestimmt im Dunkeln ein besonders prachtvolles Bild abgab. »Ich habe diesen Platz für Sie und Ihre Begleitung vorbereitet.«

»Herzlichen Dank!« Alea ging zu dem gemütlichen Ecktisch und setzte sich, mit Blick auf die Tür.

»Darf es schon etwas für Sie sein?«

»Erst mal eine Tasse *Stübchenliebe*«, bestellte sie ihren Lieblingstee.

»Sehr gerne.«

Einige der anderen Tische waren besetzt. Die Besucher unterhielten sich leise, im Hintergrund spielte dezente Musik, was eine angenehm entspannte Atmosphäre schaffte.

Während Alea sich im Raum umschaute und der nach süßen Beeren duftende Tee gebracht wurde, ging die Tür auf, und eine bildhübsche Frau mit blondem Bob kam herein. Sie fiel auf durch die so aufrechte, anmutige Haltung. Sie war groß und schlank. Ihre Gesichtszüge wirkten eher kühl, aber dabei dennoch erstaunlich offen. Sie war klassisch gekleidet mit einem dunkelblauen Hosenanzug und einer roséfarbenen Bluse.

Alea spürte, wie sie sich selbst automatisch gerade hinsetzte. Kurz überlegte Alea, ob ihr die Frau irgendwoher bekannt vorkam, konnte das Gefühl aber nicht greifen. Der Blick der Frau schweifte suchend durch den Raum und blieb an Alea hängen. Ein Lächeln zog über ihr Gesicht.

»Frau Groneberg!«

»Hallo.« Alea stand auf. »Sie müssen Frau Søndervig sein. Schön, dass Sie da sind.«

»Ella Søndervig, genau. Ich habe zu danken, dass Sie sich Zeit für mich nehmen.« Auch der sympathisch klingende dänische Akzent kam ihr bekannt vor.

Ihr Gegenüber nahm Platz, und selbst diese Bewegung wirkte bei ihr so elegant, als setze sie sich auf einen Thron. Dabei kam sie jedoch nicht überheblich oder arrogant rüber, sondern freundlich und zugewandt.

»Ein sehr schönes Café, das Sie hier vorgeschlagen haben, Frau Søndervig. Ich bin gerne hier.«

»Das freut mich! So geht es mir auch.«

»Das *Friesenstübchen* hat uns gerade bei unserem lebendigen Adventskalender mit Gebäck versorgt. Das kam wunderbar an und rundete den Abend kulinarisch ab.«

»Ich hörte bereits davon, dass die Aktion ein Erfolg war«, sagte Ella Søndervig zu Aleas Erstaunen. »Gerne hätte ich auch vorbeigeschaut, aber leider war ich verhindert. Ich war schon mehrfach im *Dünenglanz*, und mein letzter Besuch hat mich so begeistert. Ich hatte längst überlegt, ob ich es wagen soll, sie persönlich anzusprechen, aber im Laden war so viel los, und ich wollte ein so wichtiges Thema nicht zwischen Tür und Angel besprechen. Als Sie mich anschrieben, habe ich mich gefragt, ob unsere Unterhaltung der Grund dafür war und Sie geahnt haben, dass ich diese zauberhafte Manufaktur längst schon auf dem Schirm hatte. Ich wäre wohl auch bald auf Sie zugekommen.« Sie lachte liebevoll. Sie kannte die Frau also bereits aus der Manufaktur? Es war ihr etwas peinlich, dass sie sie nicht genau zuordnen konnte, deswegen ging sie nicht näher darauf ein. »Es kamen dann einige private Dinge dazwischen, und dann sind Sie mir zuvorgekommen.« Ihr Gesicht wurde kurz nachdenklich, als sie eine Sekunde später schon wieder lächelte. »Schön, dass wir den Weg zueinander gefunden haben. Das sollte wohl so sein.«

Zwischen Alea und der Frau harmonierte es in Aleas Augen, und das war eine hervorragende Basis. Sie bestellten jede eine Waffel und ein weiteres Heißgetränk und waren sofort mitten im Thema, wie eine mögliche Zusammenarbeit aussehen könnte.

Ella Søndervig warf einen interessierten Blick auf den Inhalt der Tasche, die Alea gerade auspackte. Alea breitete die für den Termin mitgebrachten Artikel aus, und Ella sah sie sich begeistert an. Auf einem Tablet hatte sie eine Präsentation ihrer Läden in Dänemark vorbereitet, die schon beim Anschauen dafür sorgte, dass Alea am liebsten sofort eine Runde darin gestöbert hätte.

Das Ladenlokal der Ursprungsfiliale in Aarhus sah von außen wie eine historische Bäckerei mit angeschlossenem Café aus. Das Sortiment bestand aus vielen handgemachten Artikeln. Die Präsentation und Dekoration wirkten so einladend, dass man am liebsten direkt einziehen und es sich gemütlich machen wollte.

Ein Teil des Ladens war wie eine Küche gestaltet, in deren im Vintagelook gebeizten Regalen Artikel des täglichen Gebrauches angeboten wurden. Hier standen Porzellanbecher und Schalen in Pastellfarben und warmen Erdtönen. Kerzenständer und Windlichter waren überall integriert und strahlten Behaglichkeit aus. Die Regale und die Beleuchtung im Laden waren so besonders, als sei jedes Teil von Hand ausgewählt und einzig dafür gekauft. Es wirkte so ausgesucht liebevoll, dass Alea das Herz aufging.

Weiter ging es in der Präsentation in einen Nebenraum, der wie eine winzige gemütliche Wohnzimmerecke eingerichtet war. Auf einem cremefarbenen Sofa lagen wie zufällig arrangierte

Wolldecken und flauschige Kissen. Vor der Couch standen geflochtene Körbe, in denen weitere Decken in verschiedenen Farben angeboten wurden. Getrocknete Blumen in geschmackvoll verspielten Vasen rundeten das Bild ab.

»*Honningmaelk*«, freute sich Alea, als sie auf einem Foto eine Schütte mit Seifen darin sah, über der ein Schild mit dem Namen des Produktes hing. »Mein Lieblingsduft. Und ebenso Lieblingsgetränk – warme Milch mit Honig.«

»Sie ist auch unser Favorit!« Stolz lächelte Ella. »Die Seifen werden von einem Partner, der sie exklusiv für uns anfertigt, nachhaltig und fair produziert. Die Zutaten sind rein biologisch und damit besonders hautschonend. Noch dazu sind sie optisch so liebevoll gestaltet, dass sie sich auch als Geschenk oder Mitbringsel ganz hervorragend anbieten.«

»Das kann ich mir vorstellen, toll! Meine Tante hat in ihrem Kerzensortiment unseren *Honigmilch-Traum*.« Alea strahlte begeistert.

»Daran habe ich bei ihren Bildern sofort gedacht! Das könnte ganz wunderbar passen – auch als Präsentidee in Kombination!« Ein Strahlen zog über Ella Søndervigs Gesicht. Alea traute sich kaum, sich ihre Euphorie anmerken zu lassen, zu perfekt kam es ihr gerade vor. Lächelnd stimmte sie zu.

»Das könnte gut funktionieren, absolut!«

Die Waffeln und der Kaffee wurden serviert, und mit ihnen ein köstlicher Duft nach Vanille und Kirschen.

»Die *Friesenwaffeln* sind hier besonders lecker. Ein Hauch Vanillezucker – so liebe ich sie. Dazu heiße Kirschen – das ist Wohlfühlen pur!« Alea konnte es kaum erwarten, die Waffeln zu genießen.

Vor dem ersten Bissen erhielt Alea jedoch eine Nachricht auf ihrem Handy. Sie kam von Felix, wie Alea nach einem nur flüchtigen Blick in ihre Handtasche erkennen konnte. *Ich muss mit dir reden. Du fehlst mir.* Die Worte verursachten ihr Herzrasen.

Sie musste sich darauf konzentrieren, gedanklich beim Gespräch zu bleiben, und lächelte unsicher.

Ella Søndervig hatte den ersten Bissen bereits im Mund und die Augen genießerisch geschlossen.

»Köstlich«, schwärmte sie. Als sie Alea anschaute, stutzte sie. »Ist alles in Ordnung?«

»Oh, danke! Alles gut, ja. Ich dachte, es sei meine Tante, die da schrieb. Sie ist grad erst aus dem Krankenhaus entlassen, deswegen macht es mich immer etwas nervös, wenn ich eine Nachricht bekomme.« Alea überlegte, inwiefern sie Ella in die Umstände einweihen sollte, aus denen heraus sie sie ursprünglich angeschrieben hatte. Sie entschied sich dann, ihr von dem Ausfall ihrer Tante zu berichten, und wie es dazu gekommen war, dass sie nun hier saß und weitere Überlegungen anstellte. Ella Søndervig lauschte Aleas Erzählungen schweigend.

»Ich hatte von dem Pech Ihrer Tante gehört. Es freut mich, dass es ihr besser geht. Anfangs hatte ich schon überlegt, ob es mit dem *Dünenglanz* überhaupt weitergehen wird, wenn Frau Christiansen dauerhaft ausfällt. Dann erzählte man mir jedoch von Ihrem Einsatz.« Anerkennend lächelte sie. Ihr Blick ging zu Aleas Tasche. »Aber schauen Sie doch lieber nach, nicht, dass irgendwas passiert ist.« Ihr Blick war empathisch. Alea war erstaunt, wie gut sie über die Manufaktur informiert war.

»Alles okay. Das eilt nicht.« Alea holte das Handy kurz aus der Tasche, schaute einmal drauf und legte es wieder beiseite.

»Es geht mich gar nichts an, aber sicher erleben Sie gerade eine herausfordernde Zeit. Unter diesen Voraussetzungen in ein Familienunternehmen einzusteigen fordert einen doppelt. Durch die Aufgabe und die emotionale Belastung. Ich habe mal jemanden auf einem ähnlichen Wege begleitet und spreche da aus Erfahrung. Eine solche Zeit kostet Kraft.«

»Das stimmt.« Nachdenklich aß Alea ihre Waffel. Der süße Vanillegeschmack und die heißen Kirschen ließen sie für ein paar Sekunden in ihre Kindheit reisen, wo der Ursprung dafür lag, dass sie alle Energie und Kraft für Martjes Traum aufwenden wollte.

»Ich finde es sehr stark, dass Sie aufgrund der Erkrankung Ihrer Tante auf die Insel ziehen und sie so in ihrem Geschäft unterstützen wollen. Das ist bestimmt keine einfache Entscheidung für Sie gewesen. Toll, dass Sie jetzt direkt mit neuen Ideen vorangehen.« Ihre Anerkennung wirkte aufrichtig.

»Vielen Dank!« Alea war nervös. »Es soll wohl alles so sein. Auch privat hat sich bei mir einiges verändert und meinen Einsatz möglich gemacht.« Sie wollte ihr ungern erzählen, dass nicht zuletzt ihre private Situation ihr die Entscheidung beinahe abgenommen hatte. »Aber dieser Weg wird mir nur ermöglicht, wenn es Leute gibt, die an meine Ideen glauben und mir, meiner Tante und der Manufaktur zutrauen, dass auch neue Wege eine Zukunft haben. Daher geht mein Dank direkt an Sie, dass Sie sich Zeit nehmen für meine Ideen.«

»Das Leben besteht immer wieder aus einem Geben und einem Nehmen. Ich profitiere von den unvergleichlichen Produkten. Und wenn sich diese beiden Chancen kombinieren lassen, umso besser!« Ella Søndervig strahlte.

»Heißt das, dass Sie sich eine Zusammenarbeit wirklich vorstellen können?«

»Wenn wir uns mit den Rahmenbedingungen einig werden, steht einem Geschäftsverhältnis von meiner Seite aus nichts mehr im Wege. Wissen Sie, bei mir passt das mit dem *Dünenglanz* ganz hervorragend, weil ich sowieso sehr häufig auf Sylt bin. Um genau zu sein, sogar ganz in der Nähe Ihrer zauberhaften Manufaktur.

Da ließe sich auf jeden Fall so mancher Geschäftstermin perfekt mit einem Syltbesuch verbinden. Im Moment war ich immer mal nur für kurze Aufenthalte hier. Aber ich hoffe, dass sich das bald wieder einpendelt und ich viel häufiger zu Besuch sein werde. Das ist mir auch eine Herzensangelegenheit. Gerade als Dreh- und Angelpunkt Richtung Dänemark ist Sylt natürlich perfekt.« Sie legte die Hand auf eine Mappe neben sich. »Ich denke, was genau ich mir vorstelle, wird in diesem Konzept deutlich.«

»Ich freue mich. Herzlichen Dank für Ihr Vertrauen. Schön, dass auch Ihnen diese Verbindung zur Insel so am Herzen liegt.« Aleas Freude war aufrichtig.

»Hier habe ich etwas zusammengestellt, was Sie sich ganz in Ruhe durchlesen und sich dann überlegen können, ob es weitergehen darf mit uns. Zunächst geht es um eine Zusammenarbeit. Ihre Produkte sind eine wundervolle Ergänzung zu meinem Sortiment.« Sie zögerte einen Moment, bevor sie weitersprach. »Ich möchte nicht zu voreilig klingen, aber ich könnte mir auch vorstellen, als Investorin anteilig in Ihr Unternehmen einzusteigen. Das würde für Sie eine Sicherheit bedeuten, die langfristig von Vorteil sein könnte. Das allerdings nur am Rande. Hier müssten weitere Gespräche folgen und mögliche Konditionen genauestens diskutiert werden. Sollte das keine Option für Sie und Ihre Tante sein, verstehe ich das vollkommen, und es ändert nichts an meinem Interesse an einer Zusammenarbeit, und die Rahmenbedingungen dafür bleiben unangetastet.« Sie schob die Mappe Alea zu, die diese an sich nahm. »Gibt es von Ihrer Seite aus denn noch etwas, was ich wissen muss? Oder haben Sie noch Fragen?«

Aleas Herz schlug aufgeregt. Am liebsten hätte sie direkt einen Blick in die Unterlagen geworfen, um zu erfahren, ob das, was sie sich für dieses Gespräch gewünscht hatte, wahr werden sollte. Auch die Option, die die Frau zusätzlich angeboten hatte, war eine ganz neue Idee, die zwar unerwartet kam, aber direkt Aleas Sicherheitsgefühl ansprach.

»Herzlichen Dank, Frau Søndervig. Uns ist in erster Linie wichtig, dass der individuelle Charakter unserer Produkte erhalten bleibt und nicht in einer großen Masse untergeht. Und so, wie ich Ihr Unternehmen schon im Vorfeld und erst recht jetzt gerade kennengelernt habe, können Sie genau das leisten. Meine Tante ist letztlich diejenige, die ihr Go geben muss. Aber da sehe ich nach unserem Gespräch keine großen Schwierigkeiten mehr. Ich habe ihr Vertrauen und werde ihr alles berichten.«

»Frau Groneberg, das klingt ganz wunderbar. Ich schlage vor, Sie lassen das, was ich ausgearbeitet habe, einmal auf sich wirken, besprechen die Details und sagen mir dann Bescheid. Lassen Sie sich auch die Idee einer Investition meinerseits einmal vorsichtig durch den Kopf gehen.« Zuvorkommend lächelte sie. »Und wenn Sie mögen, setzen Sie doch mit der Fähre einmal nach Dänemark über und schauen sich einen unserer Läden an. Es ist ja doch immer noch etwas anderes, die Atmosphäre vor Ort zu erleben. Wenn man den Duft riecht, das Licht sieht, die Stimmung spürt, fällt es doch umso leichter, etwaige letzte Zweifel auszumerzen. Wobei Sie sicher derzeit kaum dazu kommen.«

»Da haben Sie recht. Aber das ist eine schöne Idee, und ich werde auf jeden Fall mal schauen, wie ich das in den Alltag in der Manufaktur einbauen kann. Ich würde Sie jetzt auch direkt in die Manufaktur einladen, aber da Sie den Laden ja bereits kennen, ist das wohl nicht nötig? Dennoch, Sie sind jederzeit herzlich willkommen.«

»Danke, leider muss ich heute direkt nach unserem Termin wieder nach Dänemark. Aber ich kenne ihn ja gut genug, um begeistert zu sein, und komme bei einem nächsten Besuch auf Sylt gerne auf Ihre Einladung zurück.«

Ella Søndervig griff nach ihrer Tasche und zog eine Tüte hervor. »Ich habe noch ein kleines Geschenk für Sie. Bei meinem Besuch war ich kurz versucht, es Ihnen direkt zu geben, aber dann habe ich mir überlegt, es Ihnen zu schenken, wenn das Schicksal dafür sorgt, dass wir uns noch einmal begegnen.«

Alea drehte das von ihr selbst mit goldfarbenem Band und Tannenzweig verpackte Licht in den Händen, und plötzlich wusste sie wieder, wer die Frau war. »Jetzt erinnere ich mich an den Tag. Sie haben dieses Geschenk für *mich* gekauft? Wow, das ist eine wundervolle Geste. Wie lieb! Tausend Dank!« Alea war wirklich sprachlos. »Entschuldigen Sie bitte, dass ich Sie nicht sofort erkannt habe.«

Ella Søndervig lachte und fuhr sich mit einer Hand durch die kurzen Haare. »An dem Tag hatte ich noch eine ganz andere Frisur.«

»Stimmt! Sie hatten lange Haare, richtig? Ich habe noch gestaunt, wie es bei dem Sturm gelingt, so eine Frisur aufrechtzuerhalten.«

Ella Søndervig lächelte. »Das war in der Tat immer wieder ein Drahtseilakt.« Sie zuckte die Schultern. »Aber da habe ich nun weniger Probleme mit. Es musste mal was Neues her. Ich habe keinesfalls erwartet, dass Sie mich wiedererkennen. Unser Gespräch hat meinen Eindruck jetzt aber ganz wundervoll abgerundet. Und das Schicksal hat uns tatsächlich zueinandergeführt.«

Das Lächeln, welches ihre Lippen umspielte, schmeichelte Alea.

»Steht Ihnen mindestens genauso gut«, machte Alea ihr ein Kompliment und deutete auf die Haare.

»Danke. Manchmal im Leben braucht es einen Cut. Im wahrsten Sinne des Wortes.« Ella Søndervig warf einen Blick auf ihre

Uhr. »Die Zeit rennt! Ich bin tatsächlich schon ein wenig auf dem Sprung und muss mich gleich verabschieden.«

Sie winkte nach der Bedienung, die sofort an den Tisch kam. »Ich würde gerne zahlen, alles auf eine Rechnung, bitte.«

»Oh, vielen lieben Dank!«, entgegnete Alea überrascht.

Ella Søndervig bezahlte und verabschiedete sich von Alea. »Ich hoffe, bis ganz bald! Und melden Sie sich, wenn es Fragen gibt.«

Alea blieb noch etwas länger im Café, bestellte sich eine Honigmilch und ließ die Begegnung Revue passieren. Ungläubig schaute sie auf das Präsent. Alea staunte, wie aufmerksam diese Geste war.

Neugierig darauf, was die Frau vorbereitet hatte, klappte sie die Mappe auf. Ein professionell wirkendes Konzept lag obenauf. Unterschrieben von Ella Søndervig. Die verschnörkelte Handschrift der Frau fand sich im Schriftzug des Logos der Läden wieder, was Alea gut gefiel. Wie sie bereits wusste, hieß das Unternehmen *Hygge Hjem*, gemütliches Zuhause, was hervorragend zu den beigefügten Bildern und dem Konzept passte. Alea staunte über die Ausführungen, aber nicht nur wegen der aufwendigen Art der Darstellung. Sie war sich sicher, dass Felix als Marketingprofi dabei das Herz aufgehen würde.

Das, was Ella Søndervig sich an Waren für ihre Läden vorstellte, war gigantisch, was die Menge betraf, und so vielfältig, dass es ungefähr der Auswahl entsprach, die sich Alea auch vorgestellt hatte. Was Frau Søndervig sich jedoch als Menge überlegt hatte, überstieg bei Weitem das, was Alea vorsichtig optimistisch einkalkuliert hatte. Auch der Gedanke einer möglichen Investition als doppeltem Boden schien Alea wie eine Chance, die Zukunft der Kerzenwerkstatt auch langfristig zu sichern. Wichtig wäre nur, dass die größten Anteile bei Martje und ihr blieben, um den Charakter dieses besonderen, individuellen Unternehmens zu erhalten. Vielleicht benötigten sie diese Sicherheit aber auch gar nicht unbedingt, wenn die Zusammenarbeit schon so vielversprechend aussah.

Aleas Herz hüpfte, und beinahe hätte sie die Bedienung voller Euphorie umarmt, als diese an den Tisch kam.

»Möchten Sie einen unserer Zimtsterne kosten? Ganz frisch gebacken und auf der Insel heiß begehrt!« In den Händen hielt sie eine Schale mit den Keksen. Alea strahlte.

»Oh, sehr gerne! Ich kenne sie und liebe sie sehr!« Alea lachte, und die Frau stellte ihr die kleine Schüssel mit drei der Plätzchen neben die Honigmilch.

Sie ließ die süßen Sterne genussvoll auf der Zunge zergehen.

»Die Zimtsterne sind wie immer ein Traum! Wenn ich gleich eine Tüte davon mitnehmen könnte, wäre das großartig!«

»Sehr gerne! Dazu schenke ich Ihnen noch ein Döschen unseres *Wintertraums*. Unser Lieblingstee in dieser kalten Zeit. Mit Bratapfel-Aroma.« Sie deutete auf die verschiedenen Döschen Tee, die sie in einem Regal aufgebaut hatte.

»Oh, wow! Herzlichen Dank!« Alea kam die Idee, dass man in den kleinen Döschen auch hervorragend Kerzen gießen konnte. Sie entschied, zwei der Kerzen, die sie dabeihatte, dem Café zu schenken.

Mit vor Freude klopfendem Herzen studierte Alea wieder die Mappe. Außer, dass es eine echte Herausforderung sein würde, regelmäßig all diese Waren zu liefern, was viel Arbeit bedeutete, entdeckte Alea keinen Haken an dem sehr fairen Angebot der Unternehmerin. Alea hatte sich im Vorfeld einen Überblick über die Finanzlage der Manufaktur verschafft und profitierte hier von ihrem beruflichen Wissen. Solch regelmäßig recht hohe Einnahmen würden Alea eine große Sicherheit und damit das geben, was für sie die Grundvoraussetzung war, über eine Zukunft auf der Insel konkret zu entscheiden. Beschwingt schloss sie die Mappe wieder, trank ihre Milch aus, und nachdem sie die zwei Kekse ebenso noch verzehrt hatte, hatte sie das Gefühl, kugelrund geworden zu sein.

»Ich würde Ihnen gerne eine kleine Freude machen«, erklärte sie der freundlichen Bedienung und griff nach den zwei Kerzen, die sie ihr schenken wollte. »Vielleicht kennen Sie unsere Manufaktur *Dünenglanz*? Die sind für Sie.« Alea reichte ihr die Kerzen.

»Oh, wie wunderbar! Herzlichen Dank! Darüber freue ich mich sehr. Ich bin schon viel zu lange nicht mehr dort gewesen.« Sie hielt sich eine der Kerzen unter die Nase. »Aber dieser Duft sagt mir, dass ich das unbedingt ändern sollte.« Die Frau strahlte. »Danke!«

Alea bezahlte den Rest und verließ das Café.

Aus dem Auto rief sie direkt Martje an, die sich ebenso über die guten Neuigkeiten freute. Die Idee der Investition ließ Alea dabei zunächst außen vor. Das, was Martje hörte, schien auch ihr interessant. Dennoch wollten sie die Rahmenbedingungen gemeinsam noch einmal ganz genau prüfen und mit Martjes Anwalt besprechen, damit sie auch keine Stolperfalle übersahen. Alea hatte Verständnis, dass Martje, trotz aller Euphorie, mit Bedacht an die Sache heranging.

»Leli, ich bin mit Hedi noch unterwegs. Nachdem meine Physio für heute erledigt war, hat Hedi mich abgeholt. Stell dir vor: Es hat geklappt mit der Wohnung! Zufällig war die Maklerin die Enkelin eines früheren Freundes von Hedi. So ein Glück! Du glaubst nicht, wie zauberhaft die Wohnung ist! Wattblick und so gemütlich! Wir haben uns ein wenig mit der Zeit vertüddelt, weil wir uns schon alles angeschaut und überlegt haben, wie wir die zwei kleinen Räume einrichten können. Wäre es in Ordnung, wenn ich mir den Nachmittag heute freinehme?«

»Selbstverständlich, Tantchen! Ich freue mich für Hedi. Grüß sie schön.«

»Prima! Bis später, Liebes.«

Sie verabschiedeten sich, und Alea fiel erst jetzt ein, dass sie die Nachricht von Felix gar nicht beantwortet hatte. Schnell suchte sie danach, musste dann aber feststellen, dass er sie wieder gelöscht hatte. Irritiert steckte sie ihr Handy ein.

Kapitel 20

Alea kam pünktlich zum Ende der Mittagspause vor der Ladentür an und sparte sich den Weg in die Wohnung.

Es waren noch keine Kunden da, sodass Alea in Ruhe ein paar Regale ordnete und einen Blick in die Liste mit den Bestellungen warf. Als sie gerade eine neue Kerze in das Fenster an der Ladentür stellte, sah sie Felix.

Erst stand er mit dem Rücken zu ihr. Aber als Aleas Blick an ihm hängen blieb und sie die Sehnsucht danach, mit ihm zu reden, ihm wieder nah zu sein, so stark spürte, dass sie am liebsten zu ihm gegangen wäre, drehte er sich zu ihr um. Kurz schien er selbst irritiert davon, direkt in ihre Augen zu blicken, dann hob er unsicher eine Hand zum Gruß. Alea erwiderte diesen, gefolgt von einem nervösen Lächeln. Felix bückte sich zu einer Tasche, die er neben sich stehen hatte. Er zog ein Blatt Papier heraus, suchte kurz und fand einen Stift.

Irritiert zog Alea die Augenbrauen zusammen, abwartend, was er damit vorhatte.

Er legte das Papier gegen die Wand und malte irgendwas auf das Blatt. Sie erinnerte sich an die Zeichnung des Hundes auf seiner allerersten Nachricht.

Gespannt wartete Alea, was es wohl sein würde, doch ehe sie es erkennen konnte, hatte eine Windböe das Papier ergriffen und ließ es durch die Luft wirbeln. Alea konnte sich ein Grinsen nicht verkneifen, so amüsant war das Schauspiel, wie Felix dem flatternden Zettel mit ungelenken Bewegungen hinterherhastete, als versuche er, einen Schmetterling einzufangen. Was auch immer er ihr hatte mitteilen wollen, es blieb ihr leider verborgen, weil in dem Moment eine Kundin den Laden betrat. Sie hatte das Spektakel kurz lächelnd betrachtet.

»Moin!«

»Moin, ich bin auf der Suche nach einem Geschenk für meine beste Freundin. Sie liebt Kerzen mit einem leichten, frischen Duft.«

»Da sind Sie hier bei uns genau richtig! Darf ich Ihnen ein paar Ideen zeigen?«

Die Kundin folgte Alea zu einem Regal, aus dem Alea die Testexemplare einiger Duftkerzen und dazu passende Windlichter herausnahm. Noch immer sah sie im Augenwinkel, dass Felix dem Zettel hinterhereilte, und musste schmunzeln.

Nacheinander zündete sie die Kerzen an und führte die Düfte vor. Fasziniert entschied die Kundin, sich nicht auf eine Kerze zu beschränken.

»Ich habe mir gerade überlegt, nicht nur meiner besten Freundin eine Kerze in einem Windlicht zu schenken, sondern auch mir selbst!« Sie lachte hell.

»Das höre ich gerne!« Zufrieden lächelte Alea und sah, dass Felix nun an der Scheibe neben der Tür aufgetaucht war. Er hielt den Zettel hoch, den er offenbar endlich wieder eingefangen hatte, faltete ihn und zeigte auf den Briefkasten.

»Was meinen Sie?« Die Frau hob lächelnd die Augenbrauen.

Irritiert schaute Alea die Kundin an. Sie hatte nicht mitbekommen, was diese sie gefragt hatte.

»Entschuldigen Sie!« Alea hob die Hände. »Ich war kurz abgelenkt.«

Die Kundin grinste und blickte zum Fenster, wo Felix noch im Weggehen zu sehen war. »Kein Problem!« Verschwörerisch hob sie die Augenbrauen. »Schauen Sie am besten gleich nach.«

»Nachschauen?«

»Im Briefkasten! Ich bin mir sicher, der junge Mann hat etwas Liebevolles dort eingeworfen. Er hat sich ja solche Mühe gegeben, seinen Brief wieder einzufangen.«

»So? Ja, also ...«, stammelte Alea und spürte dabei, wie sie knallrot anlief.

»Er hat so wütend vor sich hin geflucht, als der Brief flöten ging.« Sie zog genant die Schultern hoch. »Fast wie im Film!«

»Ja?« Aleas Gesichtsfarbe machte jeder der knallroten Weihnachtskerzen Konkurrenz. Zum zweiten Mal an diesem Tag war Alea danach zumute, eine wildfremde Person zu umarmen, erst recht, als diese nickte und sie nun bat, eine der beiden Kerzen, die Alea aufgestellt hatte, als Geschenk einzupacken.

»Wenn noch so viel Zeit ist!« Die Kundin kicherte. »Oh, was ist mit dieser Sternschnuppe dort?« Sie ging auf die Kerze zu, die Alea vor einigen Tagen kreiert hatte.

»Oh, entschuldigen Sie! Die ist leider reserviert. Aber wenn Sie möchten, werde ich noch eine dieser Art herstellen. Haben Sie eine Wunschfarbe?«

Der Blick der Frau wurde traurig. »Ach, wissen Sie. Ich reise morgen früh ab. Aber Sie sollten mehr von diesen Kerzen gießen«, riet die Kundin, und Alea nickte. »Ich kann nicht sagen, was genau es ist, aber sie ist so besonders! Wie *zufällig* perfekt.« Sie nickte anerkennend. »Ohne dass ich damit sagen will, dass mir die anderen nicht gefallen.«

»Danke, das freut mich sehr, und den Tipp nehme ich gerne

an.« Nachdenklich schaute Alea auf die Sternschnuppe, die sie in die Hand genommen hatte. »Wie schön, dass sie Ihnen gefällt.«

Die Kundin zahlte und ging, doch ehe Alea Felix' Zettel aus dem Briefkasten holen konnte, betraten bereits weitere Kunden den Laden. Der Gedanke an die Sternschnuppenkerzen ließ sie nicht mehr los, doch bis sie endlich die Zeit fand, damit zu experimentieren, verging eine weitere Stunde. Sie wollte den Schweif diesmal in Regenbogenfarben gestalten, schmolz das neutrale Wachs, stellte die Farben bereit und machte sich konzentriert an die Arbeit.

Alea glaubte nicht, den gleichen Effekt, den sie durch den Unfall mit der Gussform geschaffen hatte, noch einmal ohne Weiteres auf Kommando zu erzielen, deshalb entschied sie sich für eine andere Variante. Dafür verwendete sie eine kleine Schale in Form einer Sternschnuppe, die sie fest in einen Behälter mit etwas feuchtem Sand drückte und vorsichtig wieder entfernte. In den entstandenen Abdruck steckte sie einen Docht, fixierte ihn und füllte eine dünne Schicht des Wachses in die Mulde. Sie ließ es antrocknen und goss eine zweite Schicht in anderer Farbe darauf.

Schicht für Schicht fertigte sie den Wunscherfüller an, bis eine mehrfarbige Kerze in Form einer Sternschnuppe entstanden war. Als Alea sie schließlich aus der Sandform holte, war sie so verzückt von ihrer eigenen Kreation, dass sie direkt eine weitere begann. Sie verzierte die Kerzen jeweils noch mit etwas Goldstaub im Schweif. Weil es so gut klappte und das Ergebnis sie begeisterte, folgten verschiedene Farbvariationen von knallbunt bis zu pastellfarben. Bis zum Feierabend kam niemand mehr, und so konnte sie die Zeit nutzen, um ein ganzes Sortiment an Sternschnuppen zu zaubern.

Als es vor den Fenstern bereits stockdunkel war und Alea endlich den Herd ausschaltete und die Werkzeuge verstaute, stellte sie verwundert fest, dass sie gar nicht mehr an die Botschaft von Felix gedacht hatte. Sie ging zum Briefkasten, öffnete ihn und zog den Zettel heraus.

Als hätte er das Verkaufsgespräch mit der Kundin vorausgesehen, war es ausgerechnet eine eher unbeholfene Zeichnung einer Sternschnuppe, die auf dem Zettel zu sehen war. Darunter stand ein Datum in wenigen Tagen.

Sternschnuppen-Alarm über Sylt. Shuttleservice zur Wunschnacht. Start: bei mir um 21 Uhr, stand darunter. Alea schmunzelte und spürte, wie ihr Herz einen Freudensprung machte.

Sie ging zurück in den Verkaufsraum und griff nach der allerersten Sternschnuppenkerze. Gemeinsam mit einer kleinen Botschaft – *Meine Wünsche stehen fest! Ich freue mich!* – legte sie die Kerze vor Felix' Haustür und lief wieder zurück ins Haus.

Sie ging in die Küche und stellte zusammen, woraus sie für Martje und sich ein Abendessen zaubern konnte. Es waren noch verschiedene Gemüsesorten da, aus denen sie eine vegetarische Bolognese-Soße zubereitete. Dazu kochte sie Nudeln und rieb ein wenig Parmesan.

Als Martje, auch kurz bevor das Essen fertig war, noch immer nicht da war, rief sie bei ihr an. Sie erreichte ihre Tante jedoch nicht. Augenblicklich kroch Angst in ihr hoch. Daher versuchte sie es auf dem Handy von Hedi, die nach einigen Klingelzeichen annahm.

»Leli, Liebes! Wir wollten dich gerade anrufen«, klang es lachend. »Es wird ein wenig später bei uns. Entschuldige! Wir haben uns völlig in der Zeit vertan, haben noch was gegessen und sind nun noch immer am Quasseln. Wir feiern die Wohnung!« Hedi kicherte verzückt.

Alea warf einen bedauernden Blick zum Herd, wo das Essen köchelte.

»Ach so, alles klar! Dann weiß ich Bescheid. Ich hatte mir nur Sorgen gemacht, weil ich Martje nicht erreicht habe.«

Sie hörte Hedi liebevoll mit Martje schimpfen. »Deine Tante hat ihr Handy schon wieder nicht bei sich. Ist in den Tiefen ihrer Handtasche versunken. Also mach dir bitte keine Gedanken! Nala ist bei uns. Wir drehen noch eine Runde.«

»Wo seid ihr denn eigentlich?« Es rauschte und knackte. »Hallo?« Hedis Stimme klang nur noch wie von Weitem zu Alea, dann brach die Verbindung ab.

»Na super«, murmelte Alea, doch dann gab sie sich einen Ruck. Kurzerhand nahm sie ihren Mut zusammen und schrieb Felix eine Nachricht.

Hast du Hunger? Ich könnte mich heute revanchieren. Das Essen ist gerade fertig, aber meine Tante hat mich versetzt, und ich kann unmöglich einen Topf Nudeln allein essen.

Die Antwort ließ nicht lang auf sich warten.

Da sage ich nicht Nein! Magst du zu mir kommen und den Topf mitbringen? Hier liegt ein pitschnasser Hund, den ich ungern einer anderen Wohnung zumuten möchte.

Gerne! Bin gleich da.

Nervös schlüpfte Alea in ihre Jacke. Schal und Mütze ließ sie diesmal weg. Sie schrieb Hedi eine Nachricht, dass sie sich nicht beeilen mussten, weil sie auch noch unterwegs war. Dann nahm sie den Topf vom Herd, warf noch einen Blick in den Spiegel und zog die Haustür hinter sich zu.

Felix erwartete sie bereits, die Sternschnuppe in der Hand, im Türrahmen. »Danke! Da freue ich mich doppelt!«

»Schön. Ich mich auch.« Unsicher trat Alea näher, den noch recht heißen Topf in den Händen.

»Komm schnell rein und stell den Topf einfach auf dem Herd ab.«

Mit weichen Knien ging Alea ins Haus und brachte das Essen in die Küche.

»Was für ein Glück ich habe«, freute sich Felix.

Alea lachte und ging ins Esszimmer. Sie staunte, in welcher Geschwindigkeit er den Tisch so schön dekoriert hatte. »Es sieht wunderschön aus hier, Felix«, sagte sie.

»Danke dir.« Felix schaute zum Tisch. »Das ist allerdings nicht mein Werk«, gab er zu. »Mein Vater hatte heute eine Verabredung hier.« Er hob die Schultern. »Er wurde wohl versetzt!«

»Ach! Das tut mir leid. Dann sind Hubertus und ich sozusagen Leidensgenossen.«

»Aber er hatte noch nicht mit dem Kochen begonnen.« Felix grinste. »Mehr kann ich dir dazu aber gar nicht erzählen. Er machte ein Geheimnis darum, als sei es ein Date.«

»Und wo ist Hubertus nun?«, ging Alea darüber hinweg.

»Er wollte noch mal los und erst später zurück sein. Passt also ganz wunderbar, dass du mir geschrieben hast.«

»Das sollte wohl so sein.«

»Setz dich. Was magst du trinken?«

»Ich würde gerne mit einem Wasser starten, vielen Dank!«

Felix werkelte kurz in der Küche, Teller klapperten, und Gläser klangen aneinander. Zurück kam er mit einem Tablett, auf dem er das Geschirr und zwei Flaschen balancierte und auf dem Tisch abstellte.

»Mein Vater hatte schon einiges vorbereitet. Wenn du also Lust auf einen alkoholfreien Cocktail hast – auch den kann ich heute Abend bieten!«

»Wow! Das klingt, als sei deinem Vater das Date wichtig gewesen. Wie schade, dass es geplatzt ist. Schön, dass dein Dad an eine neue Frau an seiner Seite denkt.« Alea hatte den Satz schon ausgesprochen, da kam er ihr verkehrt vor. Es stand ihr nicht zu, zu bewerten, inwiefern sich Felix' Vater auf eine neue Liebe einließ. »Es tut mir leid, ich ...«

Felix lachte und hob die Schultern. »Nein, das muss es nicht. Das finde ich auch. Er hält sich da aber ziemlich bedeckt. Er ist in diesen Gefühlsdingen ein wenig heimlich und tut sich schwer, dazu zu stehen.«

»Verstehe.« Alea zog bedeutungsvoll die Augenbrauen hoch.

»Okay, das war ein Eigentor«, bemerkte er. »Du denkst sicher, dass der Apfel da nicht weit vom Stamm fällt.«

»Entschuldige, nein«, schob Alea hinterher. »Du bist mir ja keine Rechenschaft schuldig. Schon okay.« Alea schluckte. »Es geht mich überhaupt nichts an«, gab sie zu.

»Doch, irgendwie schon. Denn du hast ja recht, dass das, was ich hier die letzten Tage veranstaltet habe, nicht fair war. Aber ich bin sehr froh, dass du mir offenbar noch eine Chance geben willst und nun hier bist, Alea.« Seine Stimme war beruhigend tief, und was er sagte, ließ Alea mit einem Mal eine große Zuversicht spüren. Sie antwortete jedoch nicht, senkte nur den Blick und fühlte, wie sich ihre innere Wärme über ihren Wangen ausbreitete.

»Ich tue mich nicht ganz leicht damit, Felix«, gestand sie. »Aber vorhin bin ich einfach einem Impuls gefolgt, als ich hörte, dass Martje nicht zum Essen zurück sein wird. Ich wollte den Abend mit dir verbringen.«

Felix lächelte. »Danke, Alea.« Die Pause, in der er sie anschaute, ließ sie innerlich wohlig schaudern. »Wo treibt deine Tante sich denn eigentlich herum?«, fragte er amüsiert.

Alea lachte. »Sie ist mit Hedi unterwegs. Die hat eine Wohnung gefunden, und das feiern sie gerade. Die Wiedersehensfreude ist so groß – sie vergessen ganz die Zeit!«

»Was für ein Glück für mich.« Felix lächelte und griff über den Tisch nach ihr. Warm und weich legte er seine große Hand auf ihre und strich mit dem Daumen sanft über ihren Handrücken.

»Ich war mir nicht sicher, ob du zusagst«, gab Alea zu.

Felix nickte. »Es ging mir nicht so gut. Ich habe in den letzten Tagen Gespräche geführt, die nicht schön waren. Absolut nicht. Aber ich weiß, dass sie wichtig und richtig waren.«

Alea dachte daran, wie sie sein Auto vor dem Restaurant gesehen hatte. Und das, von dem sie vermutete, dass es seiner Freundin gehörte.

»Das Ende meiner Beziehung, sosehr ich es auch wollte, hat mich ziemlich aus der Bahn geworfen. Eine gute Zeit miteinander ist für mich nichts, was man einfach so wegwirft und abhaken kann. Dafür haben wir zu viele tolle Erinnerungen.«

Alea schluckte. Sie dachte bedauernd daran, dass ihr die Trennung von Christopher dagegen erschreckend leichtgefallen war. Sie sagte nichts, sondern schaute Felix abwartend an, in der Hoffnung, er würde deutlicher sagen, woran sie war. An seiner angespannten Mimik und dem unsicheren Flackern seiner Augen erkannte sie, dass er nach passenden Worten suchte und sich schwertat damit, offen zu sprechen.

»Alea, meine Freundin und ich haben uns getrennt. Endgültig. Wir haben alles in die Wege geleitet, was dafür notwendig war.« Die Worte, die jetzt deutlich auf den Punkt brachten, was Stand der Dinge war, ließen Alea schweigen. »Ich habe bereits den Großteil ihrer Sachen zu ihr gebracht.« Alea dachte daran, wie Felix letztens das Auto beladen hatte und damit davongefahren war. »Sie weiß, dass ich mich verliebt habe. Mir war es wichtig, ehrlich mit ihr zu sein.« Er zog die Schultern hoch, ließ sie verkrampft dort, bis er sie, weiterhin wie unter Strom stehend, wieder senkte. »Da wir auch beruflich eng miteinander verbunden sind und einige gemeinsame große Projekte unmittelbar bevorstanden, ist dies nicht nur eine emotional echt herausfordernde Situation. Auch wirtschaftlich müssen wir uns neu sortieren und schauen, wie es weitergehen kann. Es wird nicht leicht werden, aber wir schaffen das. Und das ist es auch, wofür ich letztens das Wort ›regeln‹ benutzt habe, was dir so falsch vorkam.«

Alea nickte. »Okay.«

»Wir hatten Pläne, die wir aufgrund meiner Entscheidung nun verändert haben. Und es war nötig, dass all das geklärt wurde. Für mich, weil es mir am Herzen lag. Und für sie, weil es ihre Zukunft ist.« Er nickte. Seine Worte hörten sich aufrichtig an. »Also ja, so blöd es klingt: Es musste geregelt werden.« Felix sprach nicht weiter, aber Alea sah ihm an, dass die Situation ihn bewegte.

»Ich habe auf das Wort so angefasst reagiert, weil ich selbst gerade als diejenige zurückgelassen wurde, gegenüber der so manches ›geregelt‹ wurde. Das Ende meiner beruflichen Tätigkeit zum Beispiel. Mein Ex hat sie mir nüchtern und sachlich an den Kopf geknallt. Seine Wut darüber, dass er jetzt ziemlich viel regeln muss, hat jede Herzlichkeit ins Abseits geschoben. Außerdem hat er vor meiner Abfahrt darauf gedrängt, dass ich ›das Problem mit Martje so schnell wie möglich geregelt bekomme‹. Es kam mir so kaltherzig vor, wie er das alles formuliert hat. Und inzwischen bin ich überzeugt, dass er es auch genau so gemeint hat.«

Felix schaute Alea lange schweigend an. »Was für ein Vollidiot.«

Irritiert über diese Aussage, die so unvermittelt kam, stutzte Alea.

»Wie konnte er dich gehen lassen?«

Felix legte die Hand an Aleas Wange, fuhr weiter in Richtung ihres Nackens, lehnte sich weit zu ihr herüber und zog sie sanft zu sich. So weit, wie ihre beiden Stühle es zuließen. Gerade, als ihre Lippen sich näherten und es sich für Alea anfühlte, als zündete mindestens eine Million Schmetterlinge ein Silvesterfeuerwerk in ihrem Bauch, da tat es einen ohrenbetäubend schrillen Alarm, der ihr schlagartig das Blut in den Adern gefrieren ließ. Sie presste die Hände auf die Ohren.

»Oh, Shit!« Felix sprang auf, wobei sein Stuhl umfiel, was Karl, der erschrocken hinter das Sofa gesprungen war, endgültig zum Zittern brachte. Kurzerhand raste der geschockte Hund ins Obergeschoss.

»Ich hab das Essen auf dem Herd vergessen«, stammelte Felix aus der Küche und lief mit einem Topf voller verkohlter Speise wieder in den Raum, hetzte zur Terrassentür, die Alea schnell geöffnet hatte, und stellte den Topf dort ab. Dann rannte er wieder in die Küche, um den Rauchmelder auszuschalten. Kurz bevor Alea meinte, dass sie ihr Gehör verlieren würde. »Verdammt, es tut mir so leid!« Er klang ganz verzweifelt.

Er öffnete alle Fenster und den oberen Teil der Klöntür in der Küche, damit der Dunst abziehen, der Hund aber nicht in Panik das Haus verlassen konnte.

Nach einer kurzen Schrecksekunde realisierte Alea, dass der Hund sie jetzt brauchte.

»Ich schaue nach Karl! Er hat sich so verjagt!«

»Danke dir! Ich beseitige kurz das Chaos.«

Alea lief die mit beigefarbenem Teppich ausgelegte geschwungene, weiße Holztreppe hinauf ins erste Obergeschoss.

»Karl?« Alea rief den Hund, der jedoch nicht reagierte.

Zwei der vier Zimmertüren standen halb offen, in einem der Räume musste er also sein. Das erste Zimmer entpuppte sich als Badezimmer, in dem sie keinen Hund entdeckte. Es war modern und aufgeräumt. Eine imposante frei stehende Badewanne am großen Fenster im Spitzgiebel des Raumes faszinierte Alea. Über dem Fenster mit Wattblick lag ein weiteres kleines Eisen-Bogenfenster. Der Duft von Felix' herb maskulinem Parfüm lag in der Luft. Kurz schloss Alea die Augen, als sie ein Geräusch im Nachbarzimmer hörte.

»Karl?« Zögerlich öffnete Alea die Tür weiter und sah, dass Karl sich in eine Art Alkovenbett geflüchtet hatte, welches, in die Wand eingearbeitet, gegenüber einem Doppelbett lag. »Hey, du Süßer!« Alea trat in das Schlafzimmer. Es fühlte sich befremdlich an, hier zu sein. Dennoch schaute Alea sich mit einer gewissen Neugier um. Das Bett stand unter einer holzvertäfelten Dachschräge. Auch hier ging der Blick durch ein großes Fenster mit beigen Gardinen über die Heidelandschaft bis hin zum Meer. Auf dem Nachttisch lag ein Buch. Es war ein Krimi. Verschiedene Paar Herrenschuhe standen neben dem Kleiderschrank, außerdem lag eine kuschelige Wolldecke, sorgfältig gefaltet, auf der leeren Seite des Doppelbettes. Im Zimmer gab es keinen Hinweis mehr auf eine Frau, wie Alea erleichtert feststellte.

Sie trat zu der kleinen Nische, in der der Hund in einem Kissen kauerte. »Na, du hast es ja gemütlich hier!« Alea kniete sich hin und streckte vorsichtig die Hand nach Karl aus, dessen Schwanzspitze zaghaft zuckte.

»Hey, du musst keine Angst mehr haben! Dein Herrchen hat wieder alles im Griff!« Sie streichelte das samtige Fell des Hundes, dessen aufgeregte Atmung sich beruhigte. Karl streckte seine Nase vorsichtig nach Alea aus. Er kroch ein Stück aus der Nische und schmiegte seinen Kopf an Aleas Wange. »Wieder okay, Großer?« Sie gab ihm einen Kuss auf sein weiches Schlappohr.

»Jetzt bin ich zum ersten Mal eifersüchtig auf meinen besten Freund«, kam es plötzlich aus Richtung der Zimmertür, und Alea zuckte ertappt zusammen. Sie presste sich die Hand gegen die Brust. »Ach du liebe Zeit! Hast du mich erschreckt!«

»Bevor du vor Schreck auch zum Hund kriechst und er weiterhin alle Streicheleinheiten einheimst«, begann Felix, ging auf Alea zu und reichte ihr die Hände. Sanft zog er sie hoch und zu sich, was Alea glücklich geschehen ließ. Ihre Hände wanderten seinen Rücken entlang, wollten ihn am liebsten nie wieder loslassen. Wie auf ein unsichtbares Zeichen kletterte der Hund wieder aus seinem Versteck und machte sich auf den Weg nach unten.

»Sehr gut erzogen«, flüsterte Alea und lachte leise.

»Ich sagte ja, er ist mein bester Freund! Er hat ein unfassbar feines Gespür für Stimmungen. Und das, was hier gerade geschieht, hat er schlicht noch nie zuvor erlebt.«

Felix ging rückwärts auf das Bett zu und zog Alea sanft mit sich.

»Du meinst also, er fürchtet sich?«

»Zumindest ist es ihm nicht ganz geheuer.«

»Das geht mir ähnlich«, raunte Alea Felix zu und ließ alles, was geschah, zu. Nichts wünschte sie sich in diesem Moment mehr, als Felix nah zu sein und dass es nur sie und ihn gab. Es gelang ihm unvergleichbar gut, ihr genau dieses Gefühl zu geben, als stünde die Welt kurz still, ordne sich neu und drehe sich mit einem Mal weiter, nur um sie herum. Alea kam es vor, als schwebe sie.

Kapitel 21

Alea lag in Felix' Armen und wünschte sich, dieser Moment würde niemals enden. Als es an der Tür klingelte, schreckte sie auf.

»Wer ist das? Dein Papa?«, stammelte sie und suchte hektisch nach ihrer Kleidung, die vorm Bett lag.

»Entspann dich!« Felix stand auf, schlüpfte schnell in Shorts und ging, mit freiem Oberkörper, nach unten. Alea wurde nervös, weil bei seinem Anblick keine Frage offenbleiben würde. »Ich hab da eine Idee, wer es ist.« Felix sprach von der Treppe aus. Dann hörte sie die Tür und eine weitere Stimme. Die Tür wurde wieder geschlossen. »Kommst du auch wieder runter?« Felix stand noch immer im Flur, wie Alea vermutete.

»Ehrlich gesagt nur sehr ungern! Mir fällt gerade kaum ein verlockender Grund ein, das hier oben nicht fortzusetzen.«

Felix lachte. »Auch wieder wahr! Ich hoffe, du magst Pizza? Hab verschiedene Sorten zusammengestellt, als kleine Entschuldigung, dass ich dein Essen in eine verkohlte Masse verwandelt habe. Nach meiner Rauchmelder-Aktion habe ich zumindest Ersatz bestellt, während ich hier Schadensbegrenzung betrieben habe.«

Alea grinste und rief: »Das war ja dann gutes Timing.«

Sie hörte leises Lachen. »Konnte ja nicht ahnen, dass noch

was dazwischenkommt und es zeitlich so knapp wird. Dann hätte ich die Bestellung auf viel später terminiert.«

Alea fühlte ein Kribbeln wie von tausend Flügelschlägen von Verliebtheits-Schmetterlingen in ihrem Bauch, stand auf und zog sich ihre Sachen wieder an. Es kam ihr vor, als flimmere alles um sie herum vor lauter Glück, dann stieg sie doch die Stufen hinunter und tapste zu ihm in die Küche.

»Du bist ein Schatz!« Sie ließ ihre Hand zärtlich um seinen Hals gleiten und gab ihm einen Kuss. »Genau das Richtige!«

Felix schloss die Fenster, durch die der Großteil des Geruches des verkohlten Essens herausgezogen war, um noch ein wenig Wärme im Raum zu behalten, zog sich einen Pullover über, und sie machten es sich auf der Couch gemütlich.

»Hier, leg dir doch eine Decke um. Ist ja bitterkalt hier«, riet er Alea und legte ihnen beiden fürsorglich eine Decke über die Beine.

»Danke! Was geht es mir gut! Es schmeckt köstlich!« Alea strahlte und genoss die vielfältig belegte Pizza.

»Das freut mich!« Felix schaute Alea mit einem Blick an, den sie so noch nicht bei ihm gesehen hatte. Sie wich ihm schüchtern aus.

»Und deine Tante feiert offenbar ihre Freiheit?« Felix lenkte dankenswerterweise das Thema auf Martje.

»Das sieht so aus. Es freut mich für sie, dass sie wieder so glücklich ist und etwas unternimmt.«

»Die Gesellschaft ihrer Freundin scheint ihr gutzutun.«

»Den Eindruck habe ich auch.«

»Kennst du Hedi schon länger?«

Alea erzählte ihm von Hedi. »Dann hat sie wohl das Heimweh nach ihrer Heimatinsel gepackt, und sie kam zurück.«

»Wohl nicht nur das Heimweh nach Sylt, wie mir scheint.«

»Sicher freut sie sich auch, ihre Freundin wiederzusehen.« Alea nickte und biss wieder ein Stück von ihrer Pizza ab.

»Bestimmt. Sie sehen sehr glücklich aus. Nicht, dass ich nonstop das Haus deiner Tante im Blick hätte – aber man bekommt ja doch mit, wenn jemand ein und aus geht beim Nachbarn.«

»Sicher. Es ist schön, dass sie sich haben. Sie sind ja nun beide allein. Bevor ich hier aufgetaucht bin, war Martje bestimmt oft einsam und ist heute dankbar, wenn sie abends nicht immer nur mit dem Hund vorm Fernseher sitzt oder nur für sich kocht.«

Felix grinste, und Alea verstand nicht, warum. Es sah aus, als schmunzele er über sie.

»Alles okay?« Sein Grinsen irritierte sie.

»Alles bestens!« Er deutete aus dem Fenster, wo zu sehen war, dass ein Auto vorgefahren war. Weil eine Tür bereits offen stand, war das Innere des Wagens hell erleuchtet. Martje und Hedi umarmten sich gerade zum Abschied. Was dann folgte, machte Alea sprachlos. Hedi legte den Arm um den Nacken von Martje, und Alea konnte zwar nicht viel erkennen, wohl aber, dass die zwei Frauen sich küssten. Es war kein flüchtig freundschaftlicher Kuss, den man sich zum Abschied auf die Wange gab. Das, was da geschah, wirkte inniger. Alea wandte sich schnell wieder ihrem Teller zu.

»Nanu? Eben noch habe ich dich deutlich weniger verkrampft erlebt«, neckte Felix sie und grinste anzüglich. »Ohne dir damit zu nahe treten zu wollen: Warst du es nicht, die grad gesagt hat, dass sie sich so freut, dass ihre Tante glücklich ist?«

»Ja. Klar, schon.« Alea nickte hektisch und versuchte, betont gleichgültig zu klingen. Der hohe Ton in ihrer Stimme verriet sie jedoch sofort.

»Sag nicht, du wusstest davon gar nichts?« Felix zog eine Augenbraue hoch und blickte sie skeptisch an. Sie schaute ihn ernsthaft an.

»Um ehrlich zu sein, nein.«

»Und?«

»Was und?«

»Ja, hast du ein Problem damit?«

»Nein!«

Felix lachte. »Dann entspann dich doch bitte wieder!« Er legte den Arm um sie und gab ihr einen zärtlichen Kuss. Alea merkte, wie seine Berührung dafür sorgte, dass ihre Anspannung nachließ und ihr erster Schreck in ein wohlwollendes Mitfreuen überging.

»Du meinst also echt, dass die beiden ein Paar sind?«

»Es sieht danach aus.«

»Abgefahren!«

»Ich muss sagen, dass ich das extrem cool finde, dass sie dazu stehen. Ist in dieser Generation, wie ich finde, keine Selbstverständlichkeit.«

»Na ja. Dazu stehen? Mir hat Martje bisher nichts erzählt.« Trotzig zog Alea die Mundwinkel herunter. Sie war ein wenig enttäuscht, das auf diesem Wege zu erfahren.

Felix hob fragend die Augenbrauen.

»Ja, dann wäre ich ja wohl jetzt nicht so erstaunt, oder?« Irritiert zuckte Alea mit den Schultern. Doch dann fielen ihr die Gespräche mit Martje wieder ein, die Andeutungen, die Unsicherheit ihrer sonst so selbstbewussten Tante. »Vielleicht hat Martje versucht, mir davon zu erzählen«, überlegte Alea. »Erst jetzt verstehe ich so manche Aussage von ihr. Und ich war so sehr mit meinen Problemen beschäftigt, dass ich ihr Anliegen ganz überhört habe.«

»Was waren denn deine Probleme?«

Aleas Herz schlug kräftig, als Felix sie fragend anschaute.

»Ach, meine Situation. Die Trennung von meinem Ex, die Frage, wie es für mich weitergehen kann. All solche Sachen halt.«

»Wie es beruflich weitergehen kann?«

»Zum Beispiel, ja.«

»Verstehe.« Felix' Augen schienen »Schade« zu sagen. Er hatte seine Hand wieder zurückgezogen und bemühte sich um ein Lächeln. Alea griff nach seiner Hand und strich mit dem Daumen sanft darüber.

»In der Situation, an die ich da gerade denke, ging es gar nicht um meinen Job. An dem Tag saß ich wie ein Häufchen Elend vor Martje, weil ich nicht wusste, ob es mit uns weitergehen darf.«

»Und?«

Alea lehnte sich zurück. Die Berührung ihrer Hände löste sich. »Das entscheide ja nicht ich, oder?«

»Und wenn du es entscheiden könntest?«

Alea sagte nichts, sondern gab Felix einen Kuss, den dieser zärtlich erwiderte.

Sie lösten sich voneinander und schauten sich in die Augen. Felix' Unterlippe bebte, und Alea hatte den Eindruck, er war nervös. Auch ihr ging es so.

»Wir sollten anstoßen. Auf den Abend! Darauf, dass wir zusammen sind.« Felix stand auf und ging in die Küche. Er kam zurück mit einer Flasche Champagner und schenkte ihnen beiden etwas ein.

Er hob das Glas. »Auf uns.«

Felix legte den Arm um Aleas Hüften und zog sie an sich. Sie tranken beide einen Schluck des prickelnden Schaumweins, und als sie sich küssten, spürte Alea weiterhin das anregende Sprudeln, welches von ihrem Mund durch ihren ganzen Körper wanderte und ihn mit Glückshormonen flutete.

»Wollen wir nach dem Glas noch eine Runde mit dem Hund gehen?«

»Gerne! Allerdings fürchte ich, dass es mir viel zu gemütlich wird auf dem Sofa und ich womöglich gleich hier liegen bleiben werde und einschlummere vor lauter Wohlfühlen.« Erneut küsste Alea Felix.

»Ich halte dich schon wach!« Er zog sie näher an sich, und sie ließen sich in die Kissen sinken. Angelehnt an Felix' Schulter trank Alea ihren Champagner und spürte in diesem Moment eine große Zuversicht. Als ob die Zeichen gut standen für ihren Neuanfang auf Sylt.

»Wann willst du denn eigentlich zurück nach Stade?«

Felix hob die Schultern und ließ sie nur langsam wieder sinken.

»Da ich von überall aus arbeiten kann, bin ich für alles offen.« Er drehte das Glas nachdenklich in seinen Händen.

Alea zitterte zwar innerlich, aber dennoch stellte sie die Frage, die an ihr nagte. »Hast du, ich meine, habt ihr, deine Freundin und du, denn eine gemeinsame Wohnung in Stade gehabt?«

Mit ernsthaftem Blick schüttelte Felix den Kopf. »Nein. Wir haben nie zusammengewohnt. Von der Seite aus verändert sich für mich kaum etwas.«

»Okay.«

»Meine Freundin, also meine Ex-Freundin, war ständig beruflich unterwegs. Aber das gehört alles nicht hierher.«

»Du sagtest, ihr hattet gemeinsame Pläne? Was wird aus denen? Wirst du sie allein umsetzen? Oder sie?«

Felix schüttelte den Kopf. »Nein. Ich denke, sie wird einige Dinge für sich in Angriff nehmen. Weil ich ihr meine Unterstützung zugesagt hatte, will ich sie da auch nicht einfach fallen lassen. Aber ich denke, sie wird andere Wege einschlagen. Ich kann nicht verlangen, dass sie meine Hilfe noch möchte und dass wir weiter zusammenarbeiten.« Er kniff die Lippen zusammen. »Wie du dir denken kannst, ist eine Trennung nie schön, und es gab auch Streit. Genau weiß ich es nicht, was sie für sich plant. Aber wenn sie meine Hilfe nicht mehr möchte, muss ich das akzeptieren, und es geht mich dann auch nichts mehr an.« Karl kam und stupste Felix am Knie an. Dieser strich ihm über sein weiches Fell. »Du musst raus, richtig?«

»Na dann, auf geht's!« Alea stand auf. »Ich habe mir immer einen Hund gewünscht. Hier lerne ich, was es bedeutet, bei Wind und Wetter dem Tier gerecht zu werden.« Sie schürzte die Lippen.

»Da gehört einiges dazu.« Felix hob die Handflächen. »Härtet ab!« Er lachte. Sie zogen sich warm an, nahmen Karl an die Leine und traten vor die Tür.

Ein eisiger Wind empfing sie. Felix legte den Arm um ihre Schultern, und gemeinsam starteten sie gegen den Wind in Richtung Dunkelheit.

»In den letzten Tagen war deine Freundin doch noch da, oder?« Alea brannte diese Frage unter den Nägeln.

Felix schaute Alea von der Seite an und grinste. »Soso. Ich bin also nicht der Einzige, der genau im Blick hat, was im Nachbarhaus vor sich geht.« Er schüttelte gespielt entsetzt den Kopf.

»Möglich.« Alea tat betont unbeteiligt, und Felix lachte leise. »Ja, das stimmt. Weil wir noch ein paar Termine gemeinsam geplant hatten, war sie hier. Leider gab es viel Streit. Auch wenn wir um eine Schlammschlacht wohl herumkommen. Wir haben so manche herausfordernde Zeit miteinander gemeistert und bedeuten uns auch jetzt noch etwas. Und wenn wir in den ganzen Turbulenzen aus beruflicher Selbstständigkeit bei uns beiden manchmal kaum Halt hatten, waren wir einander auch immer ein Stück weit ein Zuhause. Ein wenig Abstand ist jetzt der beste Weg, damit wir beide wieder unsere Richtung finden, um vernünftig und ohne Emotionen miteinander umgehen zu können.«

»Das stimmt wohl.«

»Als ich nach Sylt kam, hatte ich um diesen Abstand, diese Auszeit gebeten. Das hat sie anfangs respektiert. Doch dann gab es ein berufliches Problem, deshalb stand sie hier vor der Tür. Und dann habe ich dich kennengelernt. Das wollte ich mit ihr persönlich besprechen. Ich wollte sie nicht belügen. Ihr nicht vormachen, dass alles wieder gut wird für uns. Da war sie noch mal hier. Zu diesem Zeitpunkt war mein Herz schon nicht mehr bei ihr.« Aleas Bauch kribbelte, und sie schaute über das dunkle Meer, dessen Rauschen laut und bedrohlich zu hören war.

»Du sprichst sehr wertschätzend von ihr. Das finde ich stark. Bei mir und meinem Ex war vieles ganz anders.« Eine Pause entstand. »Ich glaube, diese Wertschätzung, die zwischen euch herrscht, hat es bei uns nie gegeben. Vielleicht ist die Trennung mir deshalb so leichtgefallen. Wahrscheinlich sollte alles genau so sein. Dass ich diese Ella kennenlerne und etwas beginne, was ich für mich nie für möglich gehalten hätte, und endlich meine Chance ergreife und so mein Zuhause finde.« Alea zuckte die Schultern. »Wer weiß, wofür das alles gut ist, so, wie es kommt. Diese fantastische Möglichkeit hätte sich sonst nie ergeben, und ich wäre statt auf meiner Herzensinsel irgendwo im tiefsten Bayern gelandet. Und es ist so unglaublich, wie gut das mit diesem Unternehmen zu passen scheint. Dazu die Zeit mit dir! Ich warte fast sekündlich auf den Haken!«

Felix schaute sie an, als überlege er etwas. Verwundert darüber, dass er nichts sagte, fuhr Alea fort. »Okay, endlich will ich dir mehr erzählen. Ich habe mich heute nämlich mit einer Frau getroffen. Ella Søndervig. Eine wirklich bemerkenswerte Person mit fantastischen Ideen, was eine Zusammenarbeit mit dem Dü-

nenglanz angeht. Sie hat eine ähnliche Einstellung zu den schönen Dingen des Lebens und ist dabei auch noch supersympathisch.«

»Echt?« Seine Nachfrage klang merkwürdig nervös. »Dann passt ihr ja gut zusammen. Seid ihr euch schon einig geworden?«

»Sie hat ganz konkrete Ideen zusammengestellt. Womöglich würde sie sogar als Investorin bei uns einsteigen, wenn wir das möchten. Ich muss die Vorschläge jetzt im Detail noch mit Martje abklären, dann hoffe ich, dass alles losgehen kann. Du hättest sehen sollen, was sie als Exposé für ihre Läden vorbereitet hat, die sie in Dänemark plant! Du wärest begeistert gewesen! Der Wahnsinn! Und sie hatte sich schon so umfangreich mit dem *Dünenglanz* befasst. Einfach großartig!«

Felix sagte nichts. Alea hatte den Eindruck, er hörte ihr gar nicht mehr zu. Er wirkte auf den Hund konzentriert, den er an der langen Leine laufen ließ und der sich mit dem Halsband in einem Strauch verfangen hatte. Felix befreite ihn und fluchte.

»Mist! Karl! Das kommt davon!« Felix war offenbar echt ärgerlich. So kannte Alea ihn gar nicht. »Es ist so ungemütlich. Lass uns mal den Heimweg antreten. Okay?« Sein Vorschlag kam unvermittelt.

»Klar. Wie du meinst.« Erstaunt über den so plötzlichen Aufbruch folgte Alea Felix, der direkt umgedreht war. Einige Meter liefen sie wortlos nebeneinanderher. Alea legte den Arm um seine Hüfte, und Felix warf ihr ein schiefes Grinsen zu. Doch es erreichte seine Augen nicht.

»Was steht morgen bei dir an?«

»Ich will mit Martje die Pläne durchgehen, und wenn sie ihr Okay gibt, dann sage ich direkt zu. Und ab dann bin ich hier nicht mehr zu bremsen. Das verspreche ich dir.« Alea lachte. »Dann können wir so richtig feiern!«

»Super.« Alea wusste nicht, ob sie es sich einbildete, aber auf sonderbare Weise wirkte Felix' Freude nicht authentisch.

»Langweile ich dich eigentlich mit meinem Gerede über die Manufaktur?«

»Was? Nein! Absolut nicht. Wie kommst du denn darauf?«

»Du bist so still mit einem Mal. Und, wenn ich ehrlich bin, auch dünnhäutig.«

»Ich bin nur so unfassbar müde. Wahrscheinlich sackt bei mir gerade die Aufregung darüber, dass ich beinahe das Haus in Flammen gesteckt hätte.«

»Ist ja noch mal gut gegangen!« Sie zog ihn etwas näher an sich. »Du hast alles richtig gemacht und euer Refugium heldenhaft gerettet.« Sie gab Felix einen Kuss auf die eiskalte Wange.

»Lieb, dass du das sagst.« Ein dankbarer Blick aus seinen verschiedenfarbigen Augen traf sie.

Felix hielt Aleas Hand, die gerade zärtlich über seine Wange strich. »Du ahnst nicht, wie sehr ich mich für dich freue, dass sich hier eine Perspektive auftut, die dich so sehr strahlen lässt.« Er senkte den Blick.

»Warum nur habe ich dann auf einmal so ein komisches Gefühl, Felix? Ich würde dir gern glauben, dass du nur müde bist, aber ich kann es nicht.« Alea suchte seinen Blick, folgte den ausweichenden Bewegungen seiner Augen, ließ ihn nicht los, als könnte sie die Momente von eben wieder zurückholen. Gerade noch hatte es sich doch angefühlt, als sei alles rosarot und die Aussicht glänzend. Alea suchte nach dem Augenblick, in dem dieser wundervolle Abend diese Wendung genommen hatte. Doch obwohl der Wind klar und frisch um ihren Kopf wehte, waberte in ihrem Innern nur eine einzige dichte Wolke, die jeden Gedanken schluckte. Eben noch hatte sie ein Feuer in sich gespürt, und nun war es, als sei es ausgelöscht und ein schneidend kalter Rauch daraus geworden, der sie mit jedem Atemzug lähmte.

Obwohl Felix ja kaum etwas gesagt hatte, war da ein ganz ungutes Gefühl. Irgendwas war geschehen zwischen ihnen. Als habe sich eine Wand gebildet, bitterkalt wie Ostwind.

Sie liefen den Weg zum Haus zurück schweigend nebeneinanderher.

Vor dem Haus angekommen, wurde ihnen die beklemmende Situation des frostigen Abschieds dadurch erleichtert, dass Martje im Türrahmen ihres Hauses stand. Eingewickelt in ihren flauschigen Bademantel, mit kuscheligen Hausschuhen an den Füßen, hielt sie bereits Ausschau nach den beiden. Nala kam auch zur Tür.

»Da seid ihr ja! Ich habe euch vorhin loslaufen sehen und mir schon Sorgen gemacht, dass ihr bei der Grabeskälte am Strand unten erfriert.« Besorgt fuhr sie sich durch die Haare. Nala lief schwanzwedelnd auf Felix zu und wurde gleich gestreichelt.

»Keine Sorge, Martje.« Felix lächelte matt und rieb sich die Hände.

»Alles gut, Tantchen«, stimmte auch Alea zu.

»Ich wollte euren Abend auch nicht unterbrechen. Entschuldigt, bitte.«

»Wir wollten nun eh Richtung Bett steuern«, erklärte Alea. »Und zwar jeder ins eigene«, fügte sie leise hinzu, sodass nur Felix es hören konnte. »Danke, Felix, für den wunderschönen Abend.« Abwartend blieb sie noch einen Moment stehen, als auch er nur kurz die Hand hob und unsicher lächelte. »Ich fand den Abend auch wunderschön, Alea. Bis bald!«

Alea trat auf Martje zu und legte den Arm um sie, während Felix mit schwerfälligen Schritten auf seine Haustür zuging. Mit Karl dicht an seiner Seite verschwand er im dunklen Hausflur.

Nala tapste wieder zu ihnen zurück, Martje schob Alea liebevoll ins Haus und schloss die Tür hinter ihnen. Sie hielt sie fest und drehte sie zu sich herum. »Leli, was ist los?«

Alea konnte ihre Tränen nicht länger zurückhalten. Schluchzend lehnte sie ihren Kopf an Martjes Schulter.

»Ich weiß es doch auch nicht«, stammelte sie.

»Komm erst mal hoch, Liebes«, forderte Martje sie auf, und sie gingen ins Wohnzimmer, wo Alea sich auf das alte Sofa fallen ließ, sich ein Kissen schnappte und ihre Fäuste dort hineinpresste.

»Es war erst so ein wunder-, wunderschöner Abend, Martje! Wir haben geredet, er hat mir endlich von seiner Beziehung erzählt und von deren Ende. Von den Schwierigkeiten, die sich durch berufliche Verknüpfungen ergeben, doch dass sein Herz bereits mir gehört.«

»Und dann?«

Aus roten Augen schaute Alea ihre Tante an. »Keine Ahnung! Plötzlich hat er total dichtgemacht.« Alea starrte ins Leere. »Ich habe mich so gefreut, habe ihm von dem Termin erzählt, war super drauf und hab ständig von der Manufaktur gesprochen.« Alea massierte sich nachdenklich die Schläfen. »Vielleicht war ich viel zu unsensibel. Ich Idiot! Ihm geht es längst nicht so gut nach der Trennung. Kann ja nicht jeder so abgeklärt wie ich auf so was reagieren und sofort wieder auf glücklich umschwenken. Für ihn ist es ganz offensichtlich nicht mit einem Schlag vorbei. Wie konnte ich bloß so blöd sein, Martje?«

»Liebes!« Martje hielt Alea an den Oberarmen und blickte sie ernsthaft an. »Beruhige dich! Du bist ja ganz aufgelöst. So kenne ich dich gar nicht.«

»Ach!« Alea schluchzte lauter. »Kennen wir uns denn wirklich, Martje?«

»Wie bitte?« Martjes Augen schimmerten wässrig, was Alea das Herz noch schwerer machte. Martje schien sofort zu wissen, worauf Aleas Aussage abzielte. Alea nahm ihre Tante in den Arm und drückte sie fest an sich. »Entschuldige, Martje!«

»Ich hab mich zu entschuldigen, Liebes. Bin halt ein oller Dusselkopf. Dabei meinte ich es nur gut«, murmelte Martje in Aleas Haare, und das ließ beide wieder lachen.

»Ich freue mich so sehr für dich, Martje! Aber warum hast du so ein Geheimnis um Hedi gemacht?«

»Das wollte ich nicht. Aber du hattest so viele Dinge im Kopf und so viel um die Ohren mit der Manufaktur, deinen Plänen, der Trennung und Felix. Immer wenn ich kurz davor war, es dir zu erzählen, dachte ich mir, dass es erst mal viel wichtiger ist, dass du hierbleibst und alles, was dazugehört, in die Wege leitest, dass du dein Leben auf die Reihe bekommst und dich nicht auch noch mit meinen Gefühlen plagen musst. Schließlich habe ich dir durch meine labile Gesundheit schon genug Kummer bereitet. Alles andere hätte ich dann nach und nach erzählen können. Aus ähnlichen Gründen wie die, die du gerade nennst, passte es oft nicht. Oder sollte ich deinen Liebeskummer damit kommentieren, dass ich auf Wolke sieben schwebe?« Sie hob die Augenbrauen. »Außerdem haben Hedi und ich uns ja jetzt erst wiedergefunden. Auch wenn wir uns schon sehr lange vermisst haben. Viele Jahre war ich nun davon ausgegangen, dass unsere Liebe nicht sein soll. Und ich dachte, ich hätte mich damit abgefunden. Ich musste diese Situation vielleicht auch selbst erst mal begreifen. Die beiden wichtigsten Menschen in meinem Leben tauchen plötzlich wieder hier auf der Insel auf und wollen bleiben. Das ist so groß und so großartig ... das braucht ein wenig Zeit, um verarbeitet zu werden.«

Fassungslos schüttelte Alea den Kopf. »Hedi ist ein wunderbarer Mensch. Genau so einen Herzensmenschen hast du verdient. Eigentlich damals schon.«

»Sie war ja immer irgendwie bei mir. Auch wenn es all die Jahre ›nur‹ Freundschaft aus der Ferne war.« Kurz wurde Martjes Blick wehmütig, dann wieder fröhlich. »Liebes, ich hadere nicht damit. Denn weißt du was? Alles geschieht aus einem bestimmten Grund. Hedi und ich haben uns vor ihrer Hochzeit hier auf Sylt kennengelernt, als ich Urlaub machte. Damals war ich bereits auf der Suche nach einem Laden, den ich hier übernehmen oder eröffnen könnte. Das Haus, in dem heute die Manufaktur ist und das mein Zuhause ist, das habe ich damals über den Mann von Hedi bekommen. Es war sein Elternhaus. Als die beiden sich auf Teneriffa eine neue Existenz aufbauen wollten, benötigten sie Geld. Hedi hatte eine Wohnung in Morsum. Auch deren Verkauf war zwar lukrativ, aber damals noch nicht so, wie es heute der Fall wäre. Sie mussten auch das Haus verkaufen, und da kam ich mit dem Erbe und meiner Sehnsucht nach der Insel gerade recht. Das Geld, das deine Eltern mir aus dem Erbe auszahlten, gab mir die Chance, wenigstens diesen Traum zu verwirklichen.«

»Und das ist dir fantastisch gut gelungen, ja. Aber wie sich das alles ergeben hat – das ist ja wirklich spannend. Wäre Hedi nicht gegangen, hättest du die Manufaktur nicht aufbauen können.«

»Ja, so ist es. Ihr Leben, weit weg von mir, hat meine beruflichen Träume ermöglicht ... und meine privaten auf Eis gelegt.«

Alea saß auf dem Sofa unter einer Decke, die Knie an die Brust gezogen, die Arme um die Beine geschlungen. Sie starrte ins Leere. Martje, die sich neben sie gekuschelt hatte, legte den Arm um sie.

»Liebes, manchmal nimmt das Schicksal Wege, die man anfangs nur wütend und verzweifelt verflucht und erst viel später verstehen und annehmen kann.« Martje strich über Aleas Schulter.

»Hast du Hedi denn immer geliebt?« Aleas Stimme klang dünn.

Martje nickte langsam. »Ja. Das habe ich.«

»Wie konntest du dann akzeptieren, dass sie ging? Wie hast du es ausgehalten, dass sie und ihr Mann sonst wo glücklich werden und du hier allein bleibst?«

»Wie gesagt, ich habe sie geliebt.« Martjes Blick ging in die Ferne. »Und wenn man jemanden wirklich liebt, dann ist es das Größte, ihn glücklich zu sehen. Und das war Hedi damals.«

Alea zog anerkennend die Augenbrauen hoch. »Respekt. Ich weiß nicht, ob mir das gelingen würde, wenn ich ehrlich bin. Vielleicht hat mir noch nie ein Mann so viel bedeutet.«

»Eine Mutter, die merkt, dass ihr Kind in der Ferne sein Glück suchen muss, wird es gehen lassen. So schmerzhaft ihr Herz auch daran zerbricht. So ist es mit der wahren Liebe.«

Auch wenn Alea darüber stolperte, eine Mutter und deren Liebe zu ihrem Kind mit der Liebe zu einem Partner zu vergleichen, verstand sie, was Martje sagen wollte.

»Auch bei dir habe ich mir viele Jahre gewünscht, dass du hierbleibst. Aber du wirktest glücklich, und das allein war es, was ich wollte. Deshalb hätte ich nie etwas gesagt, nie versucht, dich zu etwas anderem zu überreden. Diesmal war es anders, als du mir von Bayern erzählt hast. Ich spürte eine Traurigkeit in dir, mein Schatz. Wärest du glücklich gewesen, hätte ich dich zu dieser Entscheidung beglückwünscht und dir niemals das gesagt, was ich dir vor ein paar Tagen geraten habe.«

»Und ich bin dir so dankbar.« Alea lächelte gerührt. »Ja, ich verstehe, was du meinst. Als Mama und Papa Deutschland unbedingt ganz verlassen wollten, fiel es mir auch unendlich schwer, das zu akzeptieren. Das Wissen, dass es ihr Traum war, tröstete mich. Stimmt. Aber würde meine große Liebe mit einem anderen Menschen ins Ausland ziehen – sorry, ich glaube nicht, dass der Gedanke, mein Partner ist nur so glücklich, mich trösten könnte.«

»Nur, wenn man gleichzeitig dem Schicksal vertraut und sich darauf verlässt, dass das Leben einen dafür belohnen wird und alles aus einem Grund geschieht, kann man das schaffen.« Martje lächelte sanft und blickte Alea in die Augen. »Und das Schicksal hat mich nicht enttäuscht, auch wenn es ganz schön viel Geduld gefordert hat.« Sie lächelte sanft.

»Ich wünschte, so weit wäre ich schon.«

»Aber wieso? Du bist doch mittendrin! Oder hättest du für möglich gehalten, wie viele Glücksmomente dich nach deiner Trennung erwarten?«

»Schon, aber … Ich weiß es nicht, Martje. Ich verstehe Felix nicht. Es ist immer wieder so ein Auf und Ab. Im einen Moment scheint er sich zu öffnen, und dann schnappt er zu wie eine Auster.«

»Manchmal reicht ein kleiner Moment, der die Gefühle und so einen Abend durcheinanderwirbelt. Sowohl auf deiner Seite als auch auf seiner. Sei ein wenig nachsichtig mit ihm, Liebes. Freu dich darüber, dass es so schön war, aber steigere dich nicht in jedes kleine Detail hinein, das nicht in das runde Bild des Abends passt.«

»Das ist leicht gesagt.« Alea lehnte den Kopf an Martjes Schulter.

»Ich weiß es ja, mein Schatz.«

Sie seufzte und fragte dann: »Und Hedi will nicht lieber hier übernachten statt im Hotel?«

»Nein. Sie wohnt, bis sie in die Wohnung ziehen kann, im Hotel. Und das ist auch gut so. Wir sind mittlerweile ja auch zwei schrullige Alte, deren Marotten man nicht plötzlich komplikationslos miteinander vereinbaren kann.« Martje kicherte wie ein junges Mädchen. »Es ist alles vollkommen richtig so, wie es jetzt ist. Wir werden die kleine Wohnung so herrichten, dass sie es sich gemütlich machen kann. Hin und wieder mit mir gemeinsam.«

»Du bist ein bemerkenswerter Mensch, Tantchen.«

»Danke. So, und nun sei mir nicht böse, aber ich muss wirklich schlafen, mein Schatz. Wir haben vor lauter Aufregung gar nicht mehr über die morgige Aktion auf dem Bauernhof gesprochen. Es bleibt doch dabei, oder? Du kümmerst dich darum?«

Alea schlug sich vor die Stirn. »Gut, dass du das sagst! Ich hab das alles schon vorbereitet. Aber in all dem Trubel hab ich wirklich gar nicht mehr daran gedacht.«

»Ist doch schön, wenn ich weiterhin gebraucht werde«, erklärte Martje scherzhaft, und Alea knuffte sie in die Seite. »Jedenfalls will ich zumindest ein wenig helfen und fit sein dafür. Wenn auch einarmig.« Martje rappelte sich auf. »Gute Nacht, Leli! Schlaf du mal auch bald. Du musst fit sein morgen.«

»Ich gehe gleich zu Bett.« Kurz überlegte sie, einfach auf dem Sofa liegen zu bleiben, doch dann rappelte sie sich doch auf, putzte in Windeseile ihre Zähne und fiel wenig später in das gemütliche Bett im Gästezimmer. Wie früher – in ihrem Traumzimmer unter dem Friesengiebel war sie unantastbar, geschützt vor eisigen Winden, die ums Haus fegten. Mit diesen wohligen Gedanken an ihre Kindheit breitete die Wärme sich auch rund um Aleas Herz aus, und sie schlief ein.

Kapitel 22

Als Alea erholt und ausgeruht am nächsten Morgen erwachte, kam es ihr heller vor als sonst um diese Zeit. Sie schlug die Decke beiseite, schlüpfte in ihre Hausschuhe und trat ans Fenster.

Vor dem weißen Fensterrahmen tanzten Schneeflocken. Es hatte sich schon eine dünne Schicht auf dem Fensterbrett gebildet, und die braunen Flächen der Heide wirkten wie mit Puderzucker bestreut.

Sie schnappte sich ihren Bademantel und ging in die Küche, denn der Duft nach Frühstück zog ihr verlockend entgegen.

»Leli! Moin! Hast du schon gesehen? Es scheint die Zeit für kleine Wunder zu sein! Frühstück? Ich habe Tee gekocht und Brötchen aufgebacken.« Martje deutete aus dem Fenster und über den gedeckten Tisch.

»Moin, Martje. Ja, es ist wunderschön. Schnee habe ich hier wirklich selten erleben dürfen. Ein Wintertraum. Und Frühstück klingt wundervoll.«

»Das passiert auch nicht oft hier auf Sylt. Wollen wir mal hoffen, dass die weiße Pracht ein wenig liegen bleibt.«

Aus dem wintergrauen Himmel rieselte es unermüdlich weiter. Dichte Flocken legten eine immer dickere Schneedecke auf den Vorgarten und die Dächer der Häuser.

Während des Vormittags hatten Alea und Martje gut zu tun.

Martje vorwiegend damit, all die freudigen Stammkundinnen in Empfang zu nehmen, die erleichtert darüber waren, sie wieder in ihrer geliebten Manufaktur zu sehen. Sie kam aus dem Erzählen und den herzlichen Umarmungen gar nicht heraus, während Alea sich um die Beratung und den Verkauf kümmerte. Mittags war Alea dankbar, das Geschäft für zwei Stunden schließen zu können und bei einem gemütlichen Mittagessen endlich die Pläne von Ella Søndervig mit Martje zu besprechen.

Als sie die Mappe mit den Unterlagen aus ihrem Zimmer holte, fiel ihr Blick auf die Einladung zum Wunschnacht-Shuttle von Felix in wenigen Tagen. Alea seufzte.

»Wenn heute Abend all meine Sternschnuppenkerzen verkauft werden, dann klappt das mit unserer Wunschnacht«, sagte sie zu sich selbst und lächelte. »Schicksal, nun bist du an der Reihe! *Do your magic!*« Sie schüttelte über sich selbst den Kopf. Noch nie hatte sie auf jegliche Sicherheit verzichtet, doch es erschien ihr richtig, endlich einmal allein dem Schicksal zu vertrauen.

Während Alea ihrer Tante die Einzelheiten erklärte, studierte diese, die rosafarbene Brille höchst wichtig auf der Nasenspitze, die Aufzeichnungen.

Gespannt beobachtete Alea Martjes Mimik. Kurz zuckte sie innerlich zusammen, weil Martje nachdenklich die Augenbrauen hob und tief ein- und ausatmete.

»Liebes, das klingt nach einer großen Herausforderung«, sagte sie dann ernst, und Alea nickte mit pochendem Herzen.

»Du meinst, eine Nummer zu groß für uns?« Zittern lag in ihrer Stimme, denn egal, wie sehr sie selbst sich über diese Herausforderung freute und sich ihr stellen wollte – letztlich musste Martje die Entscheidung treffen.

Martje zögerte noch einen Augenblick, doch dann erhellte ein Lächeln ihr Gesicht, das all ihre Sonnenfältchen strahlen ließ. »Es ist genau das Richtige für dich, mein Schatz! Du wirst das Ding hier – wie sagt man? – rocken!« Martje lachte, und Alea sprang auf und nahm sie in den Arm. »Wir gemeinsam!«

»Und wie wir das rocken werden, Tantchen! Ich freue mich so sehr, dass du auch dahinterstehst. Jetzt kann ich alles festzurren, und dann steht meiner Zukunft hier nichts mehr im Wege. Denn das kann nur großartig werden! Darf ich dich dann gleich noch mit einer weiteren Idee überfallen?«, wagte Alea sich weiter vor, und als ihre Tante begeistert nickte, schilderte sie ihr die Idee eines Workshops, über die Felix kürzlich gesprochen hatte. Sie könnten damit Touristen ansprechen, die sich hier ihr ganz persönliches Mitbringsel gestalten würden. So könnten in kürzeren Einheiten Kerzenrohlinge in buntes Wachs getaucht und mit Folien verziert werden oder aber in über ein ganzes Wochenende geplanten Kursen das Gießen und Verfeinern mit Aromen gelernt und durchgeführt werden.

Martje war begeistert von dem Vorschlag, und so spannen sie gemeinsam weitere Ideen, wie sie zusätzliche Märkte erschließen könnten.

Die Idee der Investition sprachen sie auch an, entschieden sich aber dagegen, weil beide ungern ihre Anteile und möglicherweise Mitspracherechte aus der Hand geben wollten. Sich erst einmal auf die Lieferungen, Zusammenarbeiten und die Workshops zu konzentrieren erschien ihnen sinnvoller.

Die *sensiblen Kerzen*, wie Alea inzwischen die Kerzen nannte, die wenig Duftstoffe enthielten, wären ebenfalls perfekt für Yoga und Entspannungsübungen geeignet. Man könnte sich an Unternehmen wenden, die Entspannungskurse anboten, an Yogastudios und Massagesalons.

Vor allem aber wollte Alea den Onlineshop entwerfen, um noch viel mehr Menschen zu erreichen und den Gästen, die sie auf der Insel kennengelernt hatten, auch von zu Hause den Einkauf ihrer Produkte zu ermöglichen.

Aleas Büchlein, in dem sie ihre Ideen festhielt, füllte sich immer mehr.

Voller Elan und frisch gestärkt für den Nachmittag kehrten sie in den Laden zurück. Als Alea die Tür aufschloss, sah sie einen Prospekt, der aus dem Briefkasten ragte, und zog ihn hervor.

»Ach! Unser Fotomodell!« Alea strahlte und hielt Martje das Bild entgegen, welches Nala mit dem neuen Hundespielzeug zeigte. Die Seite war direkt aufgeschlagen. Karl war auch zu sehen. Alea blätterte weiter und stutzte. Auf der nächsten Seite war ein Artikel über die Läden von Ella Søndervig abgedruckt. Dort stand, dass sie auch das luxuriöse Hundespielzeug in ihr Sortiment aufnehmen würde. Alea schluckte. »Was für ein Zufall«, murmelte sie.

»Hast du was gesagt?«, fragte Martje, die bereits an der Kasse stand. Alea legte den Prospekt auf den Tresen.

»Schau mal, für wen unsere Nala da Werbung macht. Frau Søndervig hat auch die Hundeprodukte im Sortiment. Ist das nicht ein Zufall!«

»Ach! Na, wenn das mal kein Zeichen ist! Verrückt!«

»Verrückt, ja«, stimmte Alea zu, konnte jedoch nicht verhindern, dass sich in ihr ein ungutes Gefühl breitmachte.

»Hedi will gegen siebzehn Uhr hier sein, sagte sie. Dann können wir alles vorbereiten und pünktlich um achtzehn Uhr gemeinsam zum Bauernhof fahren«, unterbrach Martje ihre Grübeleien.

»Das klingt gut, Tantchen, trotzdem will ich dich bitten, dich heute Nachmittag noch ein wenig auszuruhen.« Martje rollte mit den Augen. Alea jedoch blieb hartnäckig.

»Na, dann werde ich mal ein paar Minuten die Beine hochlegen und später eine Runde am Winterstrand spazieren gehen«, gab Martje schließlich nach, und Alea gab ihr einen zärtlichen Kuss auf die Wange.

»Prima! Denk an dein Handy, wenn du unterwegs bist.«

»Na klar«, antwortete sie grinsend und verschwand in Richtung ihrer Wohnung.

Alea nutzte die Zeit, bevor die ersten Kunden kamen, um Ella Søndervig ihre positive Entscheidung zu verkünden. Mit klopfendem Herzen schickte sie die E-Mail ab und fühlte ein vorfreudiges Prickeln im Bauch.

Der Startschuss für neue Wege war gefallen, und sie fieberte der Antwort von Ella Søndervig entgegen.

Diese ließ jedoch auf sich warten. Der Nachmittag zog sich wie zähes Kaugummi. Auch Felix meldete sich nicht, was ihr nicht weniger Bauchweh bereitete.

Und dann endlich stand Hedi in der Tür – etwas zu früh und hoch motiviert, mit anzupacken. Sie begann sogleich, die Körbe ins Auto zu tragen, die Alea schon mit den Produkten vorbereitet hatte. Wenig später kehrte auch Martje von ihrem Spaziergang zurück und verkündete, dass sie Hubertus getroffen hatte und er ihnen Nala heute noch einmal abnahm.

Verstohlen schielte Alea wieder einmal auf ihr Smartphone, während die beiden älteren Frauen sich liebevoll begrüßten.

Noch immer keine Nachricht von Ella Søndervig. Dieser Schwebezustand verunsicherte sie.

In ihrer Nervosität und dem Streben nach Sicherheit schickte sie kurzerhand zwei weitere E-Mails an Händler ab, die sie bei ihrer Recherche ausfindig gemacht hatte.

Sie zuckte zusammen, als Martje ihr den Arm um die Schulter legte.

»Hast du Frau Søndervig das Okay gegeben?« Martjes Augen funkelten, und Alea nickte. »Aber? Du wirkst so nachdenklich.«

»Ich hab ihr vorhin kurz nach der Mittagspause geschrieben, aber sie hat bisher nicht geantwortet.«

»Ach, Leli! Als ob sie den ganzen Tag nur auf ihre E-Mails starrt. Das würde ich jetzt wirklich nicht überbewerten!«

»Du hast ja recht.« Alea lächelte schief. »Aber ich habe so ein merkwürdiges Bauchgefühl. Keine Ahnung, was es ist. Ich hoffe, nur die Aufregung.«

»Bestimmt!« Martje nahm ihre Nichte in den Arm. »Jetzt schauen wir erst mal, dass wir heute Abend ein paar Leute glücklich machen und für unsere Produkte gewinnen, und das wird dir bestätigen, wie gut deine Ideen sind, und dein Magengrummeln vertreiben. Vielleicht kommt ja Frau Søndervig auch vorbei und will sich persönlich für die positive Rückmeldung bedanken.«

Alea lachte ungläubig auf. »Na, das wäre ja eine Überraschung.«

Der Hof, auf dem der Sonderverkauf stattfinden sollte, war zauberhaft weihnachtlich dekoriert. Der Weg zum Haupthaus war mit unzähligen Lämpchen bestückt. In der Mitte der Auffahrt stand ein überdimensionaler Weihnachtsmann aus Strohballen und weiß-roten Planen. Die inzwischen mit dicken Schneehauben versehenen Bäume rund um den Bauernhof wurden von unten mit grünen Strahlern angeleuchtet, und das ließ sie mystisch wirken. Als Verkaufsstand war vor der Scheune eine Holzhütte aufgebaut worden, vor der einige Stehtische platziert waren. Es sah aus wie eine Bude auf einem Weihnachtsmarkt. Aufwendig mit Schleifchen und Kugeln geschmückte Girlanden rankten sich rund um die Hütte, und auch im Innern glitzerte es festlich und gemütlich.

Daneben stand ein mannshoher Jöölboom aus Holz, um den feine Lichterketten gewickelt waren, die mit den Sternen am wolkenlosen Himmel um die Wette funkelten. Dazu bildete der schneebedeckte Boden eine wahre Wintertraum-Kulisse.

Gerührt bewunderte Alea, was die Familie hier mit viel Liebe zum Detail vorbereitet hatte. Martje staunte. »Birgit wird so stolz sein, wenn sie erfährt, was ihre Lieben hier auf die Beine gestellt haben.«

»Das darf sie definitiv sein! Es ist wunderschön! Eine weihnachtliche Wunderwelt«, stellte Alea fest. »Ich komme mir vor wie im Traum!«

»Moin!« Eine junge Frau kam auf Alea zu. »Alea?«

»Ja, moin!«

»Prima! Ich bin Sarah.« Sie machte eine ausschweifende Handbewegung. »Und, was sagt ihr? Ich hoffe, liebe Martje, wir vertreten Birgit würdig?«

»Und ob! Hat sie schon Fotos bekommen?«, erkundigte sich Martje.

»Damit wollten wir warten, bis auch eure Sachen aufgebaut sind.«

»Dann nichts wie los!« Martje trug den ersten Korb in die Hütte, in der es nach Honig, Vanille und Zimt duftete und überraschend warm war.

»Das ist so, so schön hier! Ein großes Kompliment!« Alea strahlte.

Sarah lachte. »Danke! Weißt du, dieser kleine Verkauf hier ist jeden Winter ein Highlight. Es kommen viele Leute. Gäste der Insel, aber auch Einheimische. Meiner Mutter liegt die Aktion sehr am Herzen. Erst recht, seit mein Vater verstarb, der das hier alles ursprünglich initiiert hat. Lange hat sie die Ärztin bekniet, zunächst zu Hause zu bleiben. Aber nun liegt sie doch im Krankenhaus. Es führte für mich kein Weg daran vorbei, es hier so schön wie möglich zu gestalten. Darum bin ich dir echt dankbar, dass du zugesagt hast, uns hier zu unterstützen. Wir sind da wohl beide so hineingestolpert«, stellte Sarah lachend fest.

»Stimmt, da ging es mir ähnlich.«

Sarah lächelte. »Komm, ich helfe euch beim Einräumen. In den letzten Jahren haben uns die Leute hier schon viel früher als geplant überfallen.«

Innerhalb weniger Minuten war der Stand für selbst gemachten Honig, Marmeladen und handgefertigte Holzwaren um das Sortiment der Kerzenmanufaktur ergänzt.

»Dieser Duft und diese so zauberhaften Produkte! Am liebsten würde ich direkt den ganzen Stand leer kaufen und all eure Kerzen in meiner Wohnung aufstellen!« Sarah kam aus dem Staunen kaum heraus. »Leider würde mir meine Migräne da aber wohl einen Strich durch die Rechnung machen.«

»Da haben wir auch etwas im Repertoire«, erklärte Alea stolz und griff nach einer Kerze. »Diese hier sind auch untereinander kombinierbar, ohne dass man von zu viel Duft Kopfschmerzen bekommt.«

»Das klingt nach einer tollen Idee! Großartig!«

»Probier sie doch nachher gleich aus«, bot Alea an und reichte Sarah die Kerze.

»Danke!« Sarah strahlte. »Aber nur, wenn ihr unsere Marmeladen testet. Und dazu ein Glas Honig.«

»Nichts lieber als das!« Alea nahm die Gläser, die Sarah ihr hinhielt, und bedankte sich.

»Nun lass uns mal unsere Position in der Hütte einnehmen. Ich denke, die Ersten werden jede Minute eintrudeln.« Sarah deutete auf das Haus. »Mein Mann kommt gleich mit Kakao und Glühwein. Dazu gibt es noch alkoholfreien Punsch und unseren *Wintertraum*. Heiße Milch mit weißer Schokolade, Sahne und ein wenig Zimt und Lebkuchengewürz. Ich verfeinere ihn immer noch mit einem Hauch Vanillemark.« Sie lächelte. »Auf Wunsch gibt's den auch mit ein wenig Kaffeelikör.«

Kurze Zeit später kam ein Mann mit zwei großen Kannen in der Hand und stellte sie auf einen Tisch neben der Hütte, auf dem bereits Tassen vorbereitet waren.

»Moin, Martje. Und du musst Alea sein«, begrüßte er sie freudig.

»Ganz genau, und das ist Hedi, Martjes Freundin«, erwiderte Alea.

»Ich bin Tobi, ich sehe, ihr seid schon für alles bereit. Dann jetzt nur noch der Glühwein und der Kakao, und alles ist komplett!« Tobias ging zurück zum Haus, während Hedi und Martje Gartenkerzen zwischen den Gestecken auf den Stehtischen verteilten, und schon bald war alles aufgebaut.

Sarahs Mann versorgte sie mit heißen Getränken, und Alea ließ es sich nicht nehmen, den *Wintertraum* zu kosten.

Kaum trafen die ersten begeisterten Besucher ein, ging es Schlag auf Schlag. Alea sah glückliche Gesichter und freudige Blicke, wo auch immer sie hinschaute. Es dauerte nicht lange, und ein Großteil ihrer Produkte war verkauft.

»Wow«, staunte Sarah. »Dass die Sachen so gut weggehen, das hätte ich nicht für möglich gehalten! Es läuft ja fantastisch!« Sarah reckte den Hals und schien sich nach jemandem umzusehen.

»Du hast recht. Wenn das so weitergeht, müssen wir gleich Bestellungen annehmen und die Produkte in den kommenden Tagen nachliefern!« Aleas Herz schlug voller Begeisterung.

»Suchst du jemanden?«

»Wenn ich ehrlich bin, ja. Ich war in Dänemark und hab da ein paar Läden besucht. Da kam mir eine Idee. Die Produkte wie der Honig und die Marmelade, die sind hier direkt vom Hof.« Sie deutete auf besondere Wohnaccessoires aus knorrigem altem Holz.

Alea vermutete, dass vieles davon am Strand aufgelesenes Treibholz war. »Und das sind meine eigenen Kreationen.« Von Haltern für Trockenblumen über kleine Schälchen bis hin zu Windspielen und Weihnachtsbaumanhängern war alles dabei. »Das Treibholz stammt von hier. Ich fertige meine Produkte auf dem Festland, und meine Mutter verkauft hier und da ein paar über ihren Hofladen. Keine großen Mengen. Eher so nebenbei. Ich würde das gerne ausbauen.« Sie lächelte unsicher. »Als dann im Krankenhaus ein Flyer ausgerechnet zu einem Unternehmen auslag, dessen Laden ich in Dänemark kennengelernt habe, hab ich mir die Seite angeschaut und erfahren, dass sie auf der Suche nach Produkten sind, die sie in ihr Sortiment für Geschäfte in Dänemark mit aufnehmen können. Da hab ich mich kurzerhand beworben.« Sie zuckte mit den Schultern. »Und eine erste Auswahl haben wir bereits getroffen. Eine weitere Idee habe ich mit auf die Insel gebracht.«

»Das ist großartig! Toll, dass du diesen Schritt gehst.«

»Danke dir! Ich musste mich schon ein wenig selbst überwinden, gebe ich zu.«

»Wem sagst du das?« Alea lächelte. »Dann hältst du aber nicht zufällig nach Ella Søndervig Ausschau?«

»Woher …?«, stammelte Sarah verblüfft. Weiter kam sie nicht.

»Guten Abend, die Damen!« Alea und Sarah schnellten herum, als eine freundliche Stimme mit dänischem Akzent sie begrüßte. »Das ist ja ein Zufall, dass ich Sie beide zusammen erwische!« Alea hatte kurz das Gefühl, dass Ella Søndervig sie anders ansah als bei ihren ersten Treffen.

»Frau Søndervig«, kam es wie aus einem Mund. Diese lachte.

»Sie haben alles ganz bezaubernd arrangiert!« Anerkennend schaute sie sich um.

»Danke! Schön, dass es Ihnen gefällt«, bedankte sich Alea. »Dürfen wir Ihnen auch ein Heißgetränk anbieten?«

»Da sage ich nicht Nein! Haben Sie einen Becher dieses wohlklingenden *Wintertraums* für mich? Gerne ohne Alkohol.«

»Aber selbstverständlich!« Sarah trat neben die Hütte zu ihrem Mann und reichte Ella einen Becher mit dem dampfenden Getränk. »Schön, dass Sie da sind!«

»Wir hatten uns ja sowieso schon geeinigt, liebe Frau Most. Aber hier noch mal all Ihre wunderbaren Artikel so zu sehen und das Leuchten in den Augen Ihrer Kunden, das ist die Bestätigung, dass ich mich genau für den richtigen Partner entschieden habe. Und auf dem Wege könnte ich vielleicht direkt einen Blick auf Ihre neuste Idee werfen?«

Sarah strahlte über das ganze Gesicht. »Danke. Wie ich hörte, kennen Frau Groneberg und Sie sich auch?« Sarah drehte sich zu Alea um.

»Oh ja. Wir haben uns gerade erst getroffen«, antwortete Ella Søndervig.

»Alea, wäre es okay, wenn ich Frau Søndervig entführe? Wir sind gleich zurück!«

»Aber klar doch!« Alea, die die Unterhaltung mitbekommen hatte, lächelte schief und spürte, wie ihre Knie weich wurden. Sie hoffte inständig, dass Ella Søndervig parallel verschiedene Partner akquiriert hatte und ein »Ja« zu Sarah kein »Nein« zum *Dünenglanz* bedeutete. Noch stand eine Antwort aus, was bei Alea gerade für Magenschmerzen sorgte.

Diese fanden jedoch ihren Höhepunkt, als plötzlich Felix' Wagen vorfuhr. Schwindel kam hinzu. Alea schluckte und hielt sich am Verkaufstresen fest.

»Der hat mir gerade noch gefehlt«, murmelte sie und überlegte, mit welcher Ausrede sie sich ebenfalls kurz aus der Hütte verabschieden konnte. In ihrer Not tat sie hektisch so, als suche sie etwas unter dem Tresen, um möglichst unsichtbar zu sein.

»Leli?« Alea seufzte, als sie die Stimme ihrer Tante hörte.

»Ja?«, antwortete sie gedehnt, beugte sich leicht vor und sah, wie Martje durch das Fenster schaute. »Warum hast du mir Frau Søndervig nicht persönlich vorgestellt? Das ist doch *die* Gelegenheit! Sie ist ja so sympathisch!« Alea kam wieder aus ihrer Versenkung und stieß sich dabei heftig die Stirn.

»Ah! So ein Mist«, fluchte sie und rieb sich den Kopf. Sie fühlte etwas Warmes und Feuchtes an ihrer Hand, und als sie sie vor ihre Augen hob, wurde ihr klar: Es war Blut. Ihr wurde mulmig.

»Leli!« Panisch eilte Martje in die Hütte und kniete sich zu Alea, die sich auf einen Hocker sinken ließ.

»Geht schon. Sieht bestimmt schlimmer aus, als es ist«, versuchte Alea, sie zu beruhigen, dabei war sie sich da gerade selbst nicht sicher.

»Alea!« Es war ausgerechnet Felix, der mit einem schnellen Satz direkt in die Hütte stürmte, um die Erstversorgung von Aleas Wunde zu übernehmen und ihr aufzuhelfen, als sie es selbst nicht schaffte, während Martje mit ihrem Gipsarm eher hilflos danebenstand.

»Danke, Felix«, stammelte sie und machte einen Schritt zur Seite, um den Schwindel auszugleichen. Aus dem Augenwinkel erkannte Alea, wie auch Sarah zurückgekommen war, die schockierte Ella Søndervig im Schlepptau. »Ich habe mir nur den Kopf gestoßen, wirklich! Es sieht viel schlimmer aus, als es ist.«

»Können wir kurz ins Haus?«, fragte Felix Sarah, die sofort loslief und die Tür aufschloss. Felix stützte Alea, die unbeholfen neben ihm her in Richtung des Hauses stakste. Sie war dankbar, dass Felix ihr half. Die Welt um sie herum schien wie in Watte.

»Dort ist das Bad!« Sarah stieß eine Tür auf und knipste das Licht an.

»Ich hole schnell ein Kühlpad!«

Felix schob Alea ins Bad und lotste sie auf einen Hocker, der neben dem Waschbecken stand. Das Letzte, was Alea gerade noch sah, war der besorgte Blick aus seinen verschiedenfarbigen Augen. Dann wurde es dunkel.

»Frau Groneberg? Hallo! Hören Sie mich?« Alea hatte ihre Augen noch geschlossen, aber die Stimme, die sie hörte, kam ihr bekannt vor. Es war die Stimme von Ella Søndervig. Alea war es furchtbar unangenehm, dass sie sie hier so sah. Sie überlegte, die Augen einfach nicht zu öffnen. Vielleicht würde der Moment dann ohne weitere Peinlichkeiten vorübergehen. Doch die zweite Stimme, die sie plötzlich, zeitgleich mit einem eiskalten Kühlpad auf ihrer Stirn, hörte, war die von Felix und klang ernsthaft besorgt.

»Sie kommt zu sich, zum Glück! Ich bin so froh!«

»Ich gehe mal zu ihrer Tante und sage ihr, dass alles gut ist. Die alte Dame regt sich doch furchtbar auf. Bleib du hier bei ihr, Felix.« Das war wieder Ella Søndervig. Aleas Herz raste, als eine Pause entstand, die sich anfühlte, als sei die Welt kurz angehalten.

»Alles klar. Danke, Ella.«

Kurz wartete Alea noch, bevor sie die Augen öffnete, doch als sie die Haustür hörte, die ins Schloss fiel, traute sie sich.

»Felix!« Er kniete neben ihr. Sie wollte weiterreden, aber um sie herum drehte sich alles.

»Du scheinst eine Gehirnerschütterung zu haben. Mach langsam. Ist dir schwindelig oder übel?«

»Schwindelig«, stammelte Alea. »So furchtbar schwindelig.« Und als Felix sie fest an sich drückte, ging es ihr sofort ein bisschen besser. Sein Duft war so vertraut schön. Sie tastete nach der

Wunde auf ihrer Stirn. Ein Verband lag über der Stelle. »Danke, Felix«, flüsterte sie.

»Selbstverständlich. Martje war so aufgelöst. Ich habe sie erst mal gebeten, bei Hedi zu bleiben. Meinst du, ich soll lieber einen Krankenwagen rufen?« Felix' besorgte Stimme in Verbindung mit Krankenwagen ließ Alea sofort wieder hellwach und klar werden.

»Keinesfalls! Es geht schon wieder.« Sie gab sich Mühe, sich gerade hinzusetzen, und ihr Blick ging zum Fenster. »So was ist mir noch nie passiert.«

In dem Moment ging die Tür auf, und Tobi kam herein. Er hatte eine Erste-Hilfe-Tasche dabei. »Alea, ich bin bei der Freiwilligen Feuerwehr und habe eine Ersthelferausbildung. Lass mich einen Blick auf deine Wunde werfen, ja?«

»Danke.« Alea lächelte matt.

Tobi versorgte die Wunde fachmännisch mit einem Klammerpflaster. »Ich denke, ein Krankenhausbesuch ist nicht nötig. Wenn es dir aber schlechter geht, bitte ich dich, unbedingt einen Arzt aufzusuchen, versprochen?« Fürsorglich legte er die Hand auf Aleas Schulter. Diese nickte. »Versprochen!« Alea lehnte sich wieder an Felix. Die Nähe zu Felix fühlte sich so gut an, Alea hätte beinahe vergessen, unter welchen Umständen diese zustande gekommen war.

»Was machst du eigentlich hier?«, fragte sie, darauf konzentriert, den Blick nicht von seinen Augen abzuwenden. Es half, den Schwindel in Schach zu halten.

»Ich habe an die Aktion am Nikolaustag gedacht, und weil da so viel los war, wollte ich sehen, ob ich auch heute helfen kann. Ich hab sogar einen Klapptisch dabei.« Er deutete Richtung Auto.

Gerührt strich Alea ihm eine Strähne aus der Stirn. Trotz der Kälte stand ihm der Schweiß auf der Stirn. Er hatte sich aufgeregt.

»Danke.« Zärtlich griff er nach ihrer Hand, umschloss sie mit der seinen und gab ihr einen Kuss auf die Handfläche.

»Ich würde außerdem gerne mit dir reden. Vielleicht nachher?«

Jetzt kamen ihr plötzlich wieder Wortfetzen der letzten Minuten in den Sinn. Felix hatte Ella angesprochen. Er hatte sie beim Vornamen genannt.

»Und woher kennst du Ella Søndervig?«

Der Blick, mit dem Felix sie nun ansah, war leer und gleichzeitig so vielsagend. Alea wusste für einen Moment nicht, ob es die Gehirnerschütterung war, die gerade ihre volle Wirkung entfaltete, oder die Tatsache, dass in ihrem Kopf ein Puzzleteil an den richtigen Platz fiel und ein Bild vervollständigte. Der Schwindel wurde übermächtig, und im selben Augenblick zog es ihr jeden Boden unter den Füßen weg. Sie kam sich vor, als stünde sie neben sich und betrachtete, wie sie taumelnd um Fassung rang.

Die Frau, die mit dem Leihwagen bei ihm gewesen war, die, mit der er sich getroffen hatte, und die, mit der er so manche Angelegenheit noch »regeln« musste, weil man gemeinsame berufliche Pläne hatte, die Frau, die viel unterwegs war, es war Ella. Bilder und Gespräche schossen in Windeseile durch ihren Kopf. Das Foto mit ihm und der blonden Frau auf der Fensterbank. Der Artikel über Ella Søndervig und das Hundespielzeug. Wie sie beim Spaziergang am Strand erstmalig ihm gegenüber ihren Namen gesagt und nicht verstanden hatte, warum seine Laune gekippt war.

War er schockiert gewesen, weil er nicht damit gerechnet hatte? Oder hatte er es etwa gewusst? Das Karussell um ihren Kopf drehte sich immer schneller.

»Und, hast du sie auf dem Laufenden gehalten, wie es bei uns weitergeht? In der Manufaktur? War das auch etwas, was ihr ›geregelt‹ habt?« Sie dachte an das Konzept. Es trug seine Handschrift.

»Alea!« Sein Blick war verzweifelt.

»Kannst du Martje bitte sagen, dass ich nach Hause möchte?«, bat Alea mit dünner Stimme, und Felix stand auf und reichte ihr die Hand, um ihr hochzuhelfen.

»Danke, geht schon«, lehnte Alea ab, war dann aber doch dankbar, als er sie auffing und ihr wieder zum Hocker half, weil ihre Beine sie noch nicht trugen.

»Alea, bitte! Können wir reden?«

»Mir geht es beschissen.« Aleas Augen sprachen eine passende Sprache, das zeigte Felix' Reaktion. Er ging mit fahrigen Bewegungen zur Tür.

»Okay. Verstehe. Ich sage Martje Bescheid.« Felix standen immer mehr Schweißperlen auf der Stirn. »Bleib aber bitte hier sitzen.«

Alea nickte und richtete den Blick starr aus dem Fenster. Sie horchte in sich hinein. Dort war zwar weiterhin ein diffuser Schwindel. Aber vor allem waren da Enttäuschung, Verzweiflung und ein Gefühl einer großen Verletzung.

Ella war Felix' Freundin gewesen, die andere Frau an seiner Seite, die ihm noch immer etwas bedeutete. Der Gedanke, dass ihre eigenen Zukunftspläne an der Frau hingen, in deren Ex-Freund sie sich gerade verliebt hatte, fühlte sich schrecklich an.

War die Trennung auch von ihrer Seite so glatt gelaufen? Sie hatte Alea erzählt, dass sie hoffte, nun bald wieder regelmäßiger auf der Insel zu sein. Was, wenn Ella von dem erfuhr, was zwischen ihr und Felix geschehen war? Sicher würden ihre Pläne, die Manufaktur betreffend, dann anders aussehen. Wie sollten sie zusammenarbeiten?

Oder hatte sie es längst herausgefunden und deshalb noch nicht auf Aleas Mail geantwortet? Ihr wurde schlagartig speiübel.

Als sie sich gerade aufgerappelt hatte, platzten plötzlich Sarah und Martje ins Badezimmer.

»Liebes!« Martjes Blick war ängstlich.

»Ich schlage vor, ich fahre euch beide nach Hause.« Hedi trat in den Türrahmen.

»Da wäre ich dir sehr dankbar«, gab Martje erleichtert zu.

»Selbstverständlich! Und morgen schmeißen wir beide den Laden. Alea muss sich schonen!«

»Aber ...«

»Keine Widerrede!« Hedis resoluter Ton ließ Alea schweigend nicken.

»Komm.« Sarah zog Alea an sich und legte sich ihren Arm um die Schultern. »Ich bringe euch noch zum Auto. Ich würde dich auch ins Krankenhaus fahren, wenn dir das lieber ist?«

»Nein, wirklich. Es geht mir schon besser.« Körperlich stimmte es, was Alea sagte. In ihrer Seele und rund um ihr Herz sah es anders aus.

Sie gingen über den mittlerweile fast leeren Hof zum Auto.

»Sind die Leute meinetwegen gegangen?« Aleas Stimme zitterte.

»Es ist sowieso schon spät, und wir haben fast alle Produkte verkauft«, tröstete Sarah sie und strich ihr sanft über den Rücken.

»Und wo ist Ella Søndervig?«

Ratlose Blicke zwischen Martje und Sarah folgten, aus denen Alea nicht schlau wurde.

»Und Felix?«

Sarah zuckte nur die Schultern, und auch Martje schwieg.

Alea war dankbar, dass sie im Auto den Blick stur hinaus in die dunkle Landschaft richten konnte, weil Tränen in ihren Augenwinkeln zitterten. Eine nach der anderen löste sich und rollte über ihre heiße Wange. Sie stiegen im Halbdunkeln aus, wo Aleas verheultes Gesicht unter dem Verband kaum auffiel.

»Danke, Hedi«, verabschiedete sich Alea.

»Gerne. Hier ist der Autoschlüssel.«

Müde steckte Alea den Schlüssel in ihre Jackentasche. Dabei stieß sie auf einen Zettel mit einer handschriftlichen Notiz. Sie faltete ihn auf und schob ihn dann verwirrt wieder in ihre Tasche, nachdem sie nur tanzende Buchstaben erkennen konnte. Sie wollte später danach schauen.

»Bis morgen, Hedi, vielen Dank.«

»Gute Besserung. Martje, du bist dir sicher, dass du keine Hilfe mehr brauchst?«

»Alles gut. Wir sehen uns morgen«, versicherte Martje, gab Hedi noch einen flüchtigen, aber zärtlichen Kuss, wie Alea trotz ihres Zustands registrierte, und dann stieg Hedi in ihr Auto und fuhr vom Hof.

Martje hakte Alea unter und schloss die Tür auf. »Du schläfst heute lieber bei mir auf dem Sofa. Sonst habe ich keine ruhige Sekunde.« Alea nickte ergeben und ließ sich von ihrer Tante zur Couch führen und in eine Decke wickeln. Sie hatte heute keine Kraft mehr für Diskussionen.

Martje strich Alea noch einmal mütterlich über die Wange.

»Danke«, murmelte sie. Trotz aller Schwere fühlte Alea nun vor allem die Geborgenheit, hier bei ihrer geliebten Tante, und das war genau das, was sie jetzt brauchte.

Wie hatte dieser wundervolle Abend nur so schrecklich enden können? Sie fühlte sich wie in einer Sackgasse, doch das war sie nicht, rief sie sich ins Gedächtnis. Sie hatte Martje und die Kerzenwerkstatt und durfte jetzt nicht die Flinte ins Korn werfen. Sie musste einfach wenden und einen anderen Weg finden – ohne

Ella und ohne Felix. Noch einmal rollten ihr stumme Tränen über die Wangen, bevor sie einschlief.

Kapitel 23

Als Alea die Augen aufschlug, war es bereits taghell und der gesamte Raum in warmes Licht getaucht. Einen Moment lang zog sie die Decke noch einmal bis unter das Kinn hoch und schaute durch das Fenster in den hellen, wolkenlosen Himmel. Der Tag täuschte eine Sorglosigkeit vor, die Alea fast von dem abgelenkt hätte, was gestern geschehen war.

Sie tastete nach ihrem Verband am Kopf, der so verrutscht war, dass sie ihn gleich ganz abnehmen konnte. Das Pflaster hielt auch so. Kopfschmerzen hatte sie keine mehr, und es war ihr auch in der Nacht nicht mehr übel geworden. Es war bereits elf Uhr. Heute war Alea wirklich dankbar, dass Martje mit Hedi den Laden übernahm. Doch jetzt ging es ihr besser, also wollte sie die beiden, wenn ihr Äußeres es zuließ, zumindest ein wenig unterstützen.

Ein Blick in den Badezimmerspiegel gab Entwarnung. Die Wunde war professionell mit einem kleinen Pflaster zusammengehalten worden und wirkte heute kaum noch dramatisch. Die Beule, die sie befürchtet hatte, war viel weniger ausgeprägt. Sie konnte sie einigermaßen unter dem Haaransatz verbergen. Nach einer Dusche waren auch die letzten Spuren des kleinen Unfalls beseitigt, und wenn man nicht so genau hinsah, ahnte man gar nicht, was am Vorabend passiert war.

»Als wäre nichts gewesen«, sagte Alea zu sich selbst. »Wenn das mit dem Herzen nur auch so einfach ginge.«

Ihr Handy vibrierte. Sie schaute darauf, und kurz setzte ihr Herz aus, als es ihr den Absender zeigte. Die Nachricht kam von Felix.

> *Guten Morgen, ich hoffe, es geht dir gut? Wenn ich etwas für dich tun kann und du mich wieder sehen willst, lass es mich bitte wissen. Alles Liebe, Felix.*

»Dich plagt wohl das schlechte Gewissen«, murmelte Alea, antwortete nicht und legte das Handy beiseite. Sie frühstückte kurz, weniger aus Appetit, sondern vielmehr, weil sie Sorge hatte, dass die Übelkeit zurückkehrte, wenn sie ihren Kreislauf nicht entsprechend päppelte, und ging dann hinüber zu Martje. Auf dem Weg griff sie in ihre Jackentasche, in der sich noch immer der Zettel befand.

Gib mir noch eine letzte Chance, Alea. Uns. Ellas Neuanfang darf nicht unser Ende sein, stand darauf. Daneben hatte er eine Sternschnuppe gezeichnet. Alea starrte die Worte einige Sekunden lang an, betrachtete die Zeichnung und schob den Zettel wieder in ihre Tasche zurück. Dann betrat sie die Kerzenwerkstatt.

Ihre Tante war schon wieder voll in ihrem Element und wirbelte durch ihre Manufaktur. Als sie Alea entdeckte, hob sie mahnend den Zeigefinger.

»Moin, Tantchen! Mir geht es wieder gut!«

»Na hoffentlich!«

Die Kundin, die sich gerade beraten ließ, stimmte erleichtert zu. »Schön, Sie wieder so zu sehen! Wir haben uns Sorgen gemacht!«

Alea lief rot an. »Oh, herzlichen Dank. Es ist wirklich alles in

Ordnung und sah vermutlich deutlich schlimmer aus, als es war.« Alea freute sich, dass offenbar nach der Aktion vom Vorabend direkt Kunden in die Manufaktur kamen. Als die Kundin unter weiteren Genesungswünschen an Alea das Geschäft verließ, kam Martje zu ihr.

»Wollte Hedi nicht auch hier sein?«, erinnerte sich Alea.

»Sie ist auf eine kleine Shoppingtour für die neue Wohnung gegangen und hat bei einem Ausstatter kurzfristig einen Termin bekommen. Ich hab gesagt, erst mal schaff ich das allein.«

Jetzt war es an Alea, ihre Tante mahnend anzusehen. »Okay, übertreib es nur nicht. Und nun bin ich ja auch da.«

»Wirklich alles gut?« Besorgt guckte Martje sie an.

»Körperlich schon, ja. Aber ... Ach, weißt du. Ich hatte mich so gefreut, dass es losgehen kann mit Ella Søndervig. Und jetzt das«, gestand Alea.

»Ich verstehe, dass du verärgert bist. In meiner Wut habe ich Felix gestern auch postwendend in die Wüste, oder eher zu den Hunden und Hubertus, geschickt, nachdem er mir ausrichtete, dass du nach Hause willst.«

»Ich hoffe, sie sind wenigstens getrennt weggefahren?«

Martje nickte. »Ja, das schon, laut Hedi. Ich habe das gar nicht mitbekommen.«

»War wohl alles ein schöner Traum, der nicht sein soll. Aber hey ...« Aleas Stimme wurde dünn, fast versagte sie ganz. »Wir schaffen das trotzdem.« Dann liefen ihre Tränen wieder, und Martje zog sie an sich und sanft in den Nebenraum.

»Liebes! Nun steck mal nicht so schnell den Kopf in den Sand! Noch hast du von Ella Søndervig doch gar keine Absage, oder?«

»Meinst du etwa, ich will mit der Freundin des Mannes zusammenarbeiten, in den ich mich verliebt habe? Oder sie mit mir?«

»Ex-Freundin, wenn ich mich richtig erinnere«, korrigierte Martje Alea.

»Ja, vielleicht. Aber wenn sie erfährt, dass die Trennung und unser Kennenlernen so eng beieinanderliegen, wird das auf unsere Zusammenarbeit sicher nicht die besten Auswirkungen haben, fürchte ich.«

»Ich bin ja der Meinung, dass man über alles reden sollte. Gib ihm eine Chance, sich zu der ganzen Angelegenheit zu äußern. Jetzt, wo auch dieses Geheimnis herausgekommen ist, müsst ihr doch endlich offen reden können. Danach kannst du immer noch entscheiden, wie es weitergehen soll. Mit Ella, mit Felix … oder eben ohne. Ob *sie* es nach dieser Erkenntnis noch will, darauf haben wir keinen Einfluss. Du kannst jetzt nur darüber nachdenken, was *du* willst.«

»Gerade weiß ich gar nichts.«

»Auch das ist manchmal völlig in Ordnung.«

Alea antwortete nicht, sondern wischte sich die Tränen aus dem Gesicht und nickte.

Die Arbeit im Laden lenkte Alea ab, und die lieben Worte und das Interesse der vielen Kunden an der Manufaktur waren Balsam für ihre Seele und gaben ihr Kraft. Sie durfte nicht aufgeben, sondern musste dafür kämpfen, dass es hier für sie weiterging.

Um die Mittagszeit kam Sarah vorbei. Sie hatte die Sachen mitgebracht, die sie in der Eile am Vorabend nicht mehr zusammengepackt hatten.

»Ihr seid so lieb! Herzlichen Dank«, freute sich Alea.

»Dich hier wieder im Laden zu sehen beruhigt uns sehr!« Sarah strahlte übers ganze Gesicht. Sie deutete auf die Kisten und Körbe von der Aktion vom Vortag und hob die Handflächen. »Viel ist nicht übrig geblieben, wir haben fast alles verkauft – ein fantastischer Erfolg!«

Sie zog ihr Portemonnaie aus der Tasche, dazu einen Umschlag mit Belegen. »Das sind die Einnahmen des gestrigen Abends inklusive der Quittungen. Ich denke, ihr könnt sehr zufrieden sein.« Bewundernd schürzte sie die Lippen und reichte Martje das Kuvert. Diese gab es direkt an Alea weiter.

»Alea, mir ist noch eine Idee gekommen. Weil wir ja offenbar beide gerne nach Möglichkeiten schauen, uns weiterzuentwickeln. Könnte man nicht meine Arbeiten mit euren Kerzen verbinden? Wenn ich Kerzenhalter aus Treibholz anfertige, für kleine Teelichte oder für größere Kerzen, vielleicht sogar als Adventskranz, und wir die mit euren Kerzen bestücken, dann könntet ihr die im *Dünenglanz* anbieten, oder was meinst du?«

»Das ist eine fantastische Idee. Auf jeden Fall kann ich mir das gut vorstellen. Mit Muscheln verzierte Kerzen und Treibholz-Kerzenhalter. Das klingt wunderbar.«

»Prima, dann mache ich da mal was fertig. Ella Søndervig hat mich auf die Idee gebracht.«

»Ach?« Aleas Stimme war schwach. »Schön.«

»Das finde ich auch. Ich überlege mir mal was.« Sarah freute sich und verabschiedete sich wieder.

Staunend schüttelte Alea nach einem Blick in die Körbe den Kopf. Ihre Sorge, dass ihr kleiner Unfall den Abend vorzeitig beendet hatte, schien wirklich unbegründet. Ihr erster Blick fiel auf das weiße Körbchen, in dem nur noch ein paar wenige Goldsplitter verrieten, dass hier vorher die Sternschnuppen mit Goldstaub-Schweif gelagert waren. Aleas Herz machte einen zaghaften Hüpfer, als sie daran dachte, was sie sich vor der Verkaufsaktion versprochen hatte.

»Sie sind tatsächlich alle verkauft«, flüsterte sie und schluckte.

Ihre Gedanken gingen wieder zu Felix und zu Ella, und diese Verbindung schmerzte. Noch immer hatte sich Ella nicht zu ihrer Zusage zur Zusammenarbeit geäußert. Alea hatte keine Idee, wie es weitergehen würde. Schnell stapelte sie die Kisten und Körbe übereinander und trug alles zum Tresen. Die übrig gebliebenen Kerzen drapierte sie direkt in einem Körbchen an der Kasse.

Als Martje und Alea in der Mittagspause im Wohnzimmer saßen, klingelte es.

»Wenn es Felix ist, möchte ich ihn nicht sehen«, erklärte Alea und erntete einen bedauernden Blick und ein Nicken von Martje. Minuten später kam sie ohne Begleitung zurück.

»Hubertus hatte von Felix gehört, dass es dir gestern nicht gut ging, und nun wollte er sich nach dir erkundigen.«

»Aha.« Tonlos antwortete Alea: »Nett von ihm.«

»Die beiden sind nicht böse, Liebes!«

»Das habe ich ja auch nie gesagt. Ich weiß nur nicht, wie das mit uns weitergehen soll. Er hat es mir verschwiegen.«

»Aber Felix konnte ja nicht ahnen, dass es ausgerechnet seine Ex-Freundin ist, mit der wir hier anbandeln, oder?«

»Ja, vielleicht. Und wenn doch? Wenn er für sie in Erfahrung gebracht hat, wie es um die Manufaktur steht? Wenn das alles ein abgekartetes Spiel war?« Noch während sie das aussprach, schämte sie sich fast dafür, so zu denken. Erst recht, als sie Martjes entsetzten Blick sah. »Es klang so perfekt. Jetzt stürzt mein Traum mit einem Mal wie ein Kartenhaus in sich zusammen. Und gerade fällt es mir so schwer, wieder in eine neue Richtung zu denken.«

Martje nahm Alea schweigend in den Arm.

Während des Nachmittags sprachen sie nicht weiter darüber, und als sie endlich Feierabend machten, verabschiedete Alea sich schnell ins Bett. Als sie aus dem Bad kam, hatte sie eine Nachricht von Felix auf dem Handy. Er habe einen Brief für sie in den Briefkasten geworfen, schrieb er. Sie zögerte, gab sich dann aber einen Ruck, stieg noch einmal die Treppe hinunter und nahm den Brief mit in ihr Bett. Mit zittrigen Fingern öffnete sie ihn und begann zu lesen.

Liebe Alea,

ich verstehe, dass die Ereignisse dich überrumpelt haben und du nicht mit mir sprechen möchtest. Danke, dass du das hier trotzdem liest und mir die Chance gibst, dir alles zu erklären.

Nach unserem wunderschönsten Abend habe ich mich zurückgezogen. Ganz ehrlich? Weil ich ratlos war, was ich tun sollte. Dieser Name deiner großen Chance: Ella Søndervig! Als du bei unserem Spaziergang ihren Namen nanntest, fühlte sich das an wie ein Blitzschlag. Das hat alles in mir durcheinandergewirbelt.

Ich wusste von Ellas Plänen, in Dänemark zu expandieren und neue Lieferanten zu akquirieren, hatte sogar mit ihr gemeinsam das Exposé und das Marketingkonzept dafür erstellt. Doch das ist Wochen her, und seitdem habe ich mich aus der Entwicklung dieses Projekts herausgehalten. Ich war mir sicher, dass sie sich auf Lieferanten innerhalb Dänemarks konzentrieren würde. Dass sie ihre Fühler ausgerechnet auf Sylt ausstrecken und du auf sie stoßen würdest, damit hätte ich niemals gerechnet.

Schon nach wenigen Tagen hier auf Sylt war mir klar, dass das hier keine Auszeit, sondern das Ende unserer Beziehung sein würde, aber der Mut, mit Ella darüber zu sprechen, hat mir gefehlt.

Erst als ich dich traf, wusste ich, dass ich einen Schlussstrich ziehen musste. In diesem Gespräch hat Ella sich noch an Strohhalme geklammert, Andeutungen von ganz neuen Ideen, einer Chance für uns, gemacht. Der Möglichkeit, dass sie häufiger in meiner Nähe sein könnte, sie wollte aber nicht weiter darüber sprechen.

Bei unserem nächsten Treffen hatte ich das Gefühl, sie hätte akzeptiert, dass es aus ist zwischen uns und dass ich mich in eine andere Frau verliebt habe.

Doch dann, als du ihren Namen genannt hast, wurde mir schlagartig klar, dass es dabei um ihre Beteiligung am Dünenglanz ging und dass sie ihre Pläne noch immer verfolgte. Nur ob es dabei noch immer um mich ging, konnte ich nicht sagen.

Ich habe nicht gewusst, was ich tun soll, hatte Panik, dass alles vorbei sein muss, was zwischen uns begonnen hat. Ich bekam es mit der Angst zu tun, dich zu verlieren, wenn du erfährst, wer hinter den dänischen Läden steckt. Ich hatte Sorge, dass du denkst, ich wusste davon, und habe es durch mein Verhalten dann nur noch schlimmer gemacht. Gleichzeitig wollte ich Martje und dir nicht die Chance auf einen fantastischen Deal nehmen, wenn Ella erfährt, dass du die Frau bist, in die ich mich verliebt habe und mit der ich zusammen sein will, anstatt mit ihr.

Mit diesen Gedanken bin ich gestern zum Bauernhof gefahren, in der Hoffnung, dir zu erklären, was ich nun hier aufgeschrieben habe. Ich ahnte nicht, dass Ella auch da sein wird.

Alea, spätestens seit gestern Abend weiß Ella, dass du diese Frau bist, in die ich mich verliebt habe. Das habe ich ihr gesagt. Sie weiß nun alles und kann ihre Entscheidung mit allem Wissen fällen.

Ich möchte, dass du weißt – wie auch immer es für dich und für uns weitergeht –, es ist keine Lüge die Basis. Ich habe dir zu keinem Zeitpunkt etwas vorgemacht oder dir etwas verschwiegen. Ebenso wenig habe ich Ella verschwiegen, dass ich mich verliebt habe.

Ich hoffe, du glaubst mir.

Ich glaube an uns und wünsche mir eine Chance mit dir.

Dein Felix.

Alea ließ den Brief sinken und wusste nun erst recht nicht mehr, wo ihr der Kopf stand. Ihr Blick fiel auf das kleine Licht, welches ausgerechnet Ella ihr geschenkt hatte. Sie wollte es nicht länger sehen, brachte es aber auch nicht übers Herz, es wegzuwerfen, schließlich hatte Martje es angefertigt. Kurzerhand zündete sie es an und beobachtete, wie die Flamme das Wachs zum Schmelzen brachte.

Vertrauen, Zuversicht & Loslassen. Die sorgfältig von Hand geschriebenen Begriffe kamen langsam im flüssigen Wachs zum Vorschein. Alea schluckte, so bitter klangen diese Worte, die ihr ausgerechnet die Frau geschenkt hatte, die dafür zuständig war, dass Alea gerade genau das verloren hatte. Alea verstand, in welchem Twist Felix sich in dem Moment befunden hatte, als er die Wahrheit erkannt hatte.

Warum hatte sie ihm nur nicht viel früher den Namen genannt und stattdessen solch ein Geheimnis um die Sache gemacht? Hätte das etwas geändert, ihr etwas von dem Schmerz genommen, den sie jetzt empfand?

Alea ließ sich in ihr Kissen fallen und schlug voller Verzweiflung mit der Faust immer wieder in den flauschigen Stoff. Tränen der Wut und Ratlosigkeit rannen ihr über die Wangen. Und wie so oft in den vergangenen Tagen weinte sie sich in den Schlaf.

Kapitel 24

»Frau Groneberg?«

Alea zuckte erschrocken zusammen, als sie die Stimme hinter sich hörte. Der Vormittag war zäh gewesen, und sie wollte gerade für die Mittagspause die Ladentür schließen.

»Hallo, Frau Søndervig«, entgegnete sie überrascht und vorsichtig. Die andere Frau lächelte sie wie bei ihren letzten Begegnungen freundlich und offen an.

»Ich glaube, ich bin die Ältere und würde Ihnen gerne das Du anbieten. Ich bin Ella«, sagte sie und hielt ihr die Hand hin.

»Alea, sehr gerne.« Aleas Stimme war piepsig. So gerne hätte sie diese Frau gehasst dafür, dass sie die Frau an Felix' Seite gewesen war und noch immer eine Rolle in seinem Leben spielte und dass sie sie so durcheinanderbrachte. Sie wollte ihr irgendwas vorwerfen, was sie unsympathischer werden ließ. Aber es gab nichts. Und bisher mochte sie sie, sosehr sich ihr Kopf dagegen wehrte.

»Hast du Zeit, oder passt es gerade nicht?«

»Ich wollte jetzt eine Pause machen«, wich sie einer konkreten Antwort aus.

»Dann würde ich mich freuen, wenn wir ein paar Schritte gemeinsam gehen, wenn du magst?«

Alea war überrumpelt von dem Vorschlag.

»Bitte, Alea.« Der Ausdruck in Ellas Augen war flehend. »Ich glaube, ich habe einiges zu erklären.«

Unsicher nickte Alea. »Okay.« Ihre Stimme klang noch immer dünn. Das Herz schlug ihr bis zum Hals. »Ich hole mir eine Jacke und einen Schal, dann kann es losgehen.« Mit fahrigen Handbewegungen deutete sie Richtung Wohnung, und Ella nickte.

»Danke, ich schaue mich solange ein wenig um, wenn das in Ordnung ist?«

»Klar, komm rein.« Mit eiligen Schritten ging Alea in ihr Zimmer, holte sich die Jacke, eine Mütze und einen Schal, atmete tief durch und kehrte dann zurück in die Manufaktur.

Sie kam gerade zur Tür, als Ella eine der Sternschnuppenkerzen in Regenbogenfarben in der Hand hielt. Sie lächelte. »Die sind ganz besonders schön!«

»Danke«, stammelte Alea. »Das freut mich. Du kannst gerne eine mitnehmen, wenn du magst.«

»Danke!«

»Lass uns starten.« Alea drehte das Schild zur Mittagspause um und schloss die Tür hinter ihnen ab. Nicht nur wegen des eisigen Windes zog Alea die Schultern bis zu den Ohren hoch und verkroch sich in der Weiche ihres Schals. Ihr ganzer Körper fühlte sich schrecklich verkrampft an.

»Alea, ich habe mich sehr über deine Zusage zu unserer Kooperation gefreut.«

Alea spürte, wie Ella sie von der Seite anschaute. Sie erwiderte ihren Blick und erkannte die Ohrringe wieder, die Ella trug. Sie schluckte. »Auf Sarahs Hof habe ich ja auch direkt deine Tante kennengelernt. Eine tolle Frau mit einer bemerkenswerten Persönlichkeit. Ihr kleiner Unfall ist ihr gar nicht anzumerken.«

»Ja, sie ist großartig. Sie lässt sich nicht unterkriegen.« Alea lächelte liebevoll.

»Sie sprach mich von sich aus darauf an, dass sie dir zuliebe zum ersten Mal ein Angebot einer Zusammenarbeit überhaupt in Erwägung gezogen und dann auch noch befürwortet hat.« Ein langer Blick folgte, begleitet von einem undefinierbaren Nicken.

Matt lächelte Alea. »Sie ist sehr dankbar, dass ich hierbleiben möchte, und das nicht nur, weil es ihr in der letzten Zeit nicht gut ging.«

»Ganz sicher.«

Alea spürte, dass Ella einen Moment zögerte, bevor sie fortfuhr. Gespannt wartete sie ab. Sie hatte Herzrasen.

»Als Felix sich die Auszeit nehmen wollte, um ab Mitte November sechs Wochen im Ferienhaus zu verbringen, hatte ich noch die Hoffnung, dass er mich so sehr vermissen wird, dass wir am Ende wieder näher zusammenfinden.« Sie lächelte mutlos.

Überfordert von so viel Offenheit und diesen Details, die sie eigentlich kaum ertragen konnte, schwieg Alea zunächst, schaute Ella nur fragend an.

»Auf dem Weg nach Dänemark habe ich hier haltgemacht, um mit Felix zu reden. Er ist mein wichtigster Ratgeber. Ich wollte ihm erzählen, dass meine Schwester aus dem Unternehmen aussteigt. Wir führten unsere Firma bisher gemeinsam. Sie kümmerte sich um einen Teil der Läden, ich um den anderen. Nun will sie sich ganz auf ihren Hamburger Laden konzentrieren. Für mich bedeutet das, dass ich den Weg ohne sie weitergehe. Gerade jetzt fordert mich das heraus.« Sie senkte den Blick.

»Da war schon der Welpe deiner Tante bei ihm. Er hat mir erzählt, dass Martje die Kerzenwerkstatt allein führt. Ich habe überlegt, ob jemand in dieser Situation nicht dankbar wäre, die Verantwortung für das Geschäft abzugeben, um sich auf ihre Gesundheit zu konzentrieren.«

Alea schluckte.

»Ich hab Felix gefragt, wie es weitergeht mit der Kerzenwerkstatt, wenn die Inhaberin ausfällt. Da schwebte mir schon im Hinterkopf, statt nur in Dänemark vielleicht auch hier ein Lädchen zu eröffnen.« Matt lächelte sie. »In Felix' Nähe. Anknüpfen an gute Zeiten. Das erschien mir plötzlich wie ein rettender Strohhalm auch für unsere Beziehung.«

Aleas Herz schlug, als sei es kurz vorm Kollabieren.

»Er ist so gerne hier. Die unmittelbare Nachbarschaft zu dem Haus seiner Familie war natürlich reizvoll. Ich habe ihm gesagt, dass ich eine Idee hätte, wie wir die Entfernung zwischen uns verringern könnten – zumindest zeitweise. Wir haben uns gestritten.« Ella hob die Handflächen. »Doch als die Idee, ein Teil der wundervollen Kerzenmanufaktur *Dünenglanz* zu sein, einmal da war, hat sie mich nicht mehr losgelassen – und dann hast du mir geschrieben. Wahrscheinlich hätte ich ihm direkt davon erzählen sollen, aber nachdem er schon auf meine erste vage Idee so abweisend reagiert hatte, habe ich mich nicht mehr getraut. Und mittlerweile ging es mir ja auch gar nicht mehr um ihn. Ich habe selbst gemerkt, dass unsere Beziehung keine Zukunft mehr hat. Spätestens, als er sich verändert hat. Er wirkte verzweifelt, aber irgendwie auch euphorisch. Ich habe das zuerst nicht begriffen.«

»Ella«, setzte Alea an. »Lass mich dir das erklären.«

Aber Ella legte die Hand auf Aleas Rücken. »Er hat mich irgendwann um ein Treffen gebeten und mir gesagt, dass er sich verliebt hat.« Sie lachte matt auf, und Aleas Magen drehte sich. »Es war trotz allem ein Schock. Er hat keinen Namen genannt, und ich habe nicht weiter über meine Kooperationspläne gesprochen.« Ella senkte den Blick. »Anfangs redete ich mir nur ein, dass diese Verliebtheit ein netter Flirt war, dass wir trotzdem wieder zusammenfinden könnten. Dann habe ich gesehen, wie er sich verändert hat. Er war viel gelöster und zuversichtlicher, hatte die Anspannung, Nachdenklichkeit und Traurigkeit abgelegt. Und das lag nicht am Ortswechsel.« Ihre Stimme zitterte, und ergriffen merkte Alea, dass sich Tränen in ihren Augen bildeten. »Das war keine Verliebtheit, es war Liebe, und plötzlich wusste ich auch, wer die Frau war.« Ella schluckte, und Alea senkte den Blick. »Ich ließ unsere Gespräche Revue passieren, und mir wurde klar, dass er von dir sprach, als er sagte, er habe durch Martjes Unglück eine bemerkenswerte Frau kennengelernt, die sein Herz erobert hatte. Und ich hatte dich bei unserem Treffen ja ebenso als bemerkenswerte Persönlichkeit kennengelernt und musste ihm leider recht geben. Ich wusste nicht, was ich dir auf deine freundliche Zusage antworten sollte. Habe kurz überlegt, es bei der Zusammenarbeit mit Sarah zu belassen, erst recht, als Felix auf dem Hof aufkreuzte und ich sah, wie besorgt er um dich war, mir dann bestätigte, dass du die Frau bist, die er liebt. Das tat weh.«

Alea hatte es die Sprache verschlagen. Ella so reden zu hören fühlte sich an wie im Film, in dem Alea keine Idee hatte, welche Rolle sie eigentlich hatte und ob es ein Happy End geben würde.

Ella war an der Wasserkante stehen geblieben, verschränkte die Arme vor der Brust und blickte in die Ferne. Noch immer glich der Strand einer zauberhaften Winter-Wunderlandschaft. Hier war der Schnee, bis auf ihre Spuren, nach wie vor unberührt und der Sand gefroren, was das Gehen angenehm leicht machte. Dünengras glitzerte, wie von Hunderten Kristallen übersät, im Sonnenschein. Gerade herrschte hier an der Wattseite Flut, und die Wellen plätscherten sanft an Land. Wäre es länger so kalt, würde das Watt einfrieren.

»Ich habe auch viel nachgedacht über die letzte Zeit. Dass Felix mir immer wieder angeboten hat, mich trotz allem zu unterstützen, und dabei wurde mir etwas bewusst. Egal, an welches Gespräch zwischen Felix und mir ich dachte – es ging schon sehr lange immer nur um mein Geschäft, meine berufliche Zukunft und neue Ideen für meine Läden. Ich möchte nicht, dass Felix eines Tages zurückblickt und merkt, dass er nur meinetwegen nicht das Leben gelebt hat, das er sich gewünscht hat.« Ein wehmütiger Blick, der eher Hilfe suchend als feindselig wirkte, traf Alea.

»Aber, Ella ...«

»Mir fällt es nicht leicht, glaub mir, denn ich liebe diesen Mann. Aber wir sind kein Liebespaar mehr. Ich liebe ihn, wie man einen besten Freund liebt, dem man das Allerbeste auf der Welt wünscht. Vor allem, dass er glücklich ist. Ich möchte nicht noch weiter ausholen, aber wir sind füreinander da gewesen, als wir einen Anker gebraucht haben. Dafür werde ich ihm immer dankbar sein, und das ist der Grund, warum es immer eine Verbindung zwischen uns geben wird. Aber ich muss mich davon frei machen, ihn als meinen Lebenspartner zu sehen.« Ein Schwarm Vögel stieg in diesem Moment auf, und sie sahen ihnen nach. »Alea, auch ich wünsche mir einen Menschen an meiner Seite, der mich so liebt, dass diese Liebe gar nicht zur Debatte steht und erst gar keine Auszeiten braucht.«

»Ella, ich, ich weiß gar nicht, was ich sagen soll.«

»Du musst auch gar nichts sagen. Mir ist es wichtig, dass du das weißt: Wir sind keine Konkurrentinnen. Als solche sehe ich uns nicht.«

Alea war so ergriffen von der Situation, dass ihre Worte erstickt klangen. »Ich bewundere deine Haltung. Ich weiß nicht, ob ich diese Größe hätte.«

Ella sagte nichts, lächelte, trat einen Schritt auf sie zu und nahm sie in den Arm. Das kam unerwartet, und mit einem Mal standen die beiden Frauen inmitten ihrer zerbrochenen und neu erwachsenden Träume hier an der Wasserkante am Winterstrand und weinten. »Wenn man einen Menschen liebt, wünscht man ihm das Beste. Man möchte ihn glücklich sehen. Das ist es, was ich Felix, aber auch mir wünsche. Die echte Liebe.«

Nach einigen Sekunden trat Ella einen Schritt zurück, und auch Alea wischte sich die Tränen aus dem Gesicht und blickte aufs Meer. »Ella, ich kann mir noch immer keinen besseren Kooperationspartner vorstellen, verstehe aber, wenn sich das für dich nun geändert hat.« Aleas Herz hämmerte vor Aufregung.

»Ich bin Geschäftsfrau, doch ich muss auf mein Herz hören. Und das hat von Anfang an ›Ja‹ zum *Dünenglanz* gesagt.« Ein Lächeln folgte. »Deshalb würde ich mich ebenso freuen, wenn wir an unseren Plänen festhielten.« Sie machte eine Pause, atmete tief ein und aus. »Ohne Garantie, dass es mir sofort und in jeder Situation gelingen wird, alle Emotionen außen vor zu lassen.« Zerknirscht lächelte sie. »Ich werde mich über den Jahreswechsel zurückziehen. Diese Zeit brauche ich für mich.«

»Ella, was du hier tust, ist unglaublich stark. Dessen bin ich mir bewusst.«

»Ja. Aber da ich meinen Lebensmittelpunkt wie ursprünglich geplant nach Dänemark, in meine Heimat, verlagern werde, sehe ich eine Chance. Ich starte neu. Ein anderer Ort wird helfen.«

»Du ziehst also nach Dänemark?«

Ernsthaft schaute Ella Alea an. »Ja. Ich wollte Anfang Januar Deutschland ganz verlassen und nach Dänemark gehen, wo ich, mit Felix' Unterstützung, weitere Läden eröffnen wollte. Er hat nützliche Kontakte und wollte das Marketing übernehmen.« Sie lächelte freundlich, aber wehmütig.

»Ach so.« Schweigend ließ Alea auf sich wirken, was Ella da gerade gesagt hatte. Das waren die Pläne, von denen Felix sprach. Sie verstand, dass das »geregelt« werden musste.

Alea war so überwältigt von den Gefühlen und Gedanken, die

ihr gerade durch den Kopf tobten, dass sie stumm an der Meerschaumkante stand und auf ihre Fußspitzen starrte.

»Ella, um ehrlich zu sein, weiß ich gerade gar nichts mehr. Was du sagst, macht mich sprachlos.«

»Nimm dir all die Zeit, die du brauchst. Schließlich musst auch du schauen, inwiefern du mit der Situation umgehen kannst und willst. Dafür war es mir aber wichtig, dass ich dir alles erkläre.«

»Danke.«

»Und wenn ich dir einen Tipp geben darf: Fahr zur Westseite und schrei das Meer an. Klingt albern, aber seit diesem Tag fühlt sich mein Kopf so viel freier an.« Ella lächelte. Liebenswert und weiterhin stolz, aber müde. Fassungslos dachte Alea an das Bild der Frau am Meer. Sie trug eine Stola wie die, die sie auch heute umgelegt hatte. Die Haare waren da noch lang gewesen.

Es war Ella gewesen, die sie vor einigen Tagen am Meer gesehen hatte. Da war sie sich mit einem Mal ganz sicher.

»Alea, mach's erst mal gut. Ich melde mich nach den Festtagen.« Mit diesen Worten umarmte Ella sie kurz und ging dann, die Arme um sich geschlungen, mit eiligen Schritten davon. Die so anmutige Frau allein am Strand, im Wind, die Haare zerzaust – dieses Bild hatte etwas Überwältigendes. Alea war ergriffen von der Situation. Sie blickte ihr hinterher, blieb aber noch ein paar Minuten stehen und drehte sich Richtung Meer.

Der stetige Wellengang kam ihr vor, als atme die Natur in einem Rhythmus, der dafür sorgte, dass es immer irgendwie weiterging. Um sie herum hatte der Winter eine geruhsame Idylle geschaffen, die im Gegensatz zu ihrem Innern stand.

Etwas ganz Merkwürdiges ging ihr durch den Kopf. Sie fühlte plötzlich selbst, wie schwer es Felix fallen musste, diese tolle Frau zu enttäuschen, die so bemerkenswert stark war und auf so edle Weise in sich ruhte.

Als Alea zurück ins Geschäft kam, wünschte sie sich, Martje wäre nicht mit Nala unterwegs, sondern hier, und sie könnte ihr erzählen, was gerade geschehen war.

Aber nun musste sie sich erst einmal auf die Arbeit konzentrieren und würde erst später mit ihrer Tante über alles reden können. Alea hatte noch nicht auf den Brief von Felix geantwortet. Sie war an der Reihe, deshalb schrieb sie ihm eine Nachricht, als es auf den Feierabend zuging.

Wann können wir uns sehen?

Doch Felix reagierte nicht. Er war nicht zu Hause, und als sie versuchte, ihn anzurufen, nahm er nicht ab.

Heute sollte die Wunschnacht voller Sternschnuppen stattfinden, und sie hatte gehofft, sie doch noch mit Felix verbringen zu können, ihre Wünsche gemeinsam in den Himmel schicken zu können.

Enttäuscht betrat sie die Wohnung und blieb wie angewurzelt stehen. Martje und Hedi saßen mit finsteren Mienen am Esstisch, jeweils eine Tasse Tee vor sich. Als Martje Alea sah, rang sie sich ein Lächeln ab.

»Liebes!« Ihre Stimme klang merkwürdig. Einzig Nala, die schwanzwedelnd auf Alea zukam, wirkte fröhlich. Als sie jedoch sah, dass auch Karl vorm Ofen lag, verspürte sie eine beklemmende Unruhe.

»Ist alles okay? Mir ist gar nicht aufgefallen, dass dein Auto schon wieder draußen steht, Martje.«

Hedi schluckte, und Martje schüttelte zaghaft den Kopf.

»Wir haben es Felix geliehen. Seins ist bis heute Abend in der Werkstatt, und er sagte, er müsste dringend Hubertus hinterherfahren. Er hat einen Krankenwagen gerufen.«

»Einen Krankenwagen?« Ängstlich blickte Alea von Hedi zu Martje und zurück.

»Hubertus ging es wohl nicht gut«, erklärte Martje. »Wir wissen auch nichts weiter. Felix kam herüber und bat uns um den Wagen und dass wir uns um Karl kümmern. Dann war er auch schon weg.«

»Oh nein!« Alea zitterte augenblicklich. »Das tut mir so leid!« Alea presste die Hände vor den Mund. Sie spürte sofort den Wunsch, Felix zur Seite zu stehen. Schnell zog sie ihr Handy aus der Tasche und wählte erneut seine Nummer. Leider erreichte sie weiterhin nur die Mailbox.

»Vielleicht fährst du zu ihm«, schlug Martje vor. »Bestimmt braucht er dich, Liebes.« Fürsorglich lächelte Martje, doch auch ihr war die Sorge anzusehen.

»Das mache ich.« Alea nahm ihren Autoschlüssel und stieg ins Auto.

Kaum trat Alea in den Wartebereich der Notaufnahme, entdeckte sie Felix. Er stand an einem Fenster mit Blick auf ein Wäldchen – so groß und stark und gleichzeitig so sichtbar angeschlagen und verletzlich. Unsicher, wie er auf ihren Besuch reagieren würde, verlangsamte Alea ihr Tempo, bis sie so nah bei ihm stand, dass er sie hören würde, auch wenn sie leise sprach.

»Ich bin für dich da, Felix«, sagte sie, und als müsse er erst einmal realisieren, wer mit ihm sprach, drehte er sich wie in Zeitlupe um.

In seinen Augen lag ein schimmernder Glanz, dennoch zuckte ein Lächeln um seine Lippen. Langsam ging er auf sie zu. Überwältigt von ihren Gefühlen umarmte Alea ihn und spürte, dass Felix' angespannter Körper in dem Moment, in dem sie sich berührten, entspannte. Er umfing sie mit seinen starken Armen, vergrub sein Gesicht in ihrem Haar, und für ein paar Sekunden standen sie einfach nur da. Alea gab ihm Halt, so, als sei es das Selbstverständlichste der Welt. Und so fühlte es sich an.

»Dass du hier bist«, flüsterte er, schaute sie an und strich ihr zärtlich eine Strähne aus dem Gesicht. »Danke.« Seine Lippen bebten, und auch ein zarter Kuss half nicht, die Angst in seinem Gesicht zu mindern und die spürbare Sorge, die ihn umgab, zu vertreiben.

»Alles wird gut. Er ist stark«, beruhigte sie ihn. Er senkte den Blick und nickte.

»Aber ich muss dir alles erklären. Es tut mir so leid.«

»Ich habe mit Ella gesprochen«, sagte Alea. »Es ist alles gut. Aber jetzt geht es erst mal um deinen Dad. Alles andere ...« Weiter kam sie nicht.

»Du hast mit Ella gesprochen? Über uns?« Felix war sichtlich überrascht.

»Ja, über uns, über dich, über mich, über sie, die Manufaktur ... Sie kam auf mich zu.« Alea lächelte schief. »Ella ist eine bemerkenswerte Frau. Ich ziehe den Hut vor ihr. Und ich gestehe, ich hätte ihre Stärke nicht.« Matt hob Alea die Schultern. »Und weißt du was? Ich verstehe langsam, warum dir die ganze Situation so schwerfällt. Einer Frau wie Ella will man nicht wehtun.« Ihre Stimme versagte, weil auch sie von ihren Emotionen übermannt wurde. Felix nahm sie erneut in den Arm und drückte sie an sich.

»Ich kann nicht sagen, wie sehr ich mich freue, dass du hier bist. Ohne zu wissen, was Ella gesagt hat. Mit dem, was du gerade gesagt hast, beweist du dieselbe Größe!«

»Wie geht es deinem Dad?«

»Sein Zustand stabilisiert sich wohl langsam. Ich habe so einen Schreck bekommen.« Felix' Blick ging zur geschlossenen Tür, die zur Radiologie führte, und die Stimme brach ihm. Alea strich ihm wortlos über den Rücken und reichte ihm ein Taschentuch.

»Hatte er das schon mal?«

Felix nickte. »Ähnlich. Er weiß seit einiger Zeit, dass irgendwas nicht stimmt. Mir hat er davon aber erst hier auf Sylt erzählt. Es gab einige kleinere Vorfälle, seit wir hier sind, deshalb konnte er es nicht mehr verheimlichen. Als er mir sagte, dass er wisse, dass er nicht gesund sei und deshalb jeden Tag genießen wolle, kam alles rund um den Tod meiner Mutter wieder hoch. Die Angst davor, nun auch noch meinen Vater zu verlieren.« Tränen zitterten in seinen Augenwinkeln, und Alea strich über seinen Arm. »Die Wochen im Krankenhaus am Bett meiner Mutter, die Bilder von der Beerdigung. Sie fand hier auf Sylt in Keitum statt. Auch die letzte intensive Zeit miteinander erlebten wir hier. Nach erfolgloser Behandlung reisten wir mit ihr nach Sylt, um ihr hier den letzten Wunsch zu erfüllen, ihre Herzensinsel noch einmal zu sehen. Mein Vater, meine Mutter, Ella und ich.«

Aleas Herz schlug so stark, dass sie fürchtete, man könnte es auf dem leeren Flur klopfen hören, wann immer Felix schweigend nach Worten rang.

»Das war die Zeit, in der ich mit Ella zusammenkam. Sie half mir damals sehr. Ich hatte kurz vor dem Tod meiner Mutter die Werbeagentur auf die Beine gestellt, und sie hatte gerade ihr neu gegründetes Unternehmen mit ihrer Schwester auf den Weg gebracht. Mit meiner Mutter hatte ich meine wichtigste Ratgeberin verloren. Außerdem nahm mich ihr Verlust emotional sehr mit. Die Aufgabe, Ellas Firma in einer großen Kampagne zu betreuen, war mein erster großer Auftrag. Unsere noch jungen Unternehmen haben uns verbunden. Der Kampf, Erfolg zu haben. Und nach einiger Zeit der Zusammenarbeit kamen wir uns näher.«

Er presste die Lippen aufeinander, und Alea merkte, wie schwer es ihm fiel, weiterzusprechen. »Ich glaube, wir gaben uns gegenseitig Halt.«

Alea wurde klar, was diese Trennung für Felix bedeutete und warum er sich so schwer damit getan hatte, zu seinen Gefühlen zu stehen.

»Diese Geschichte hat uns so sehr zusammengeschweißt. Eine Zeit lang dachten wir, wir sind für diese Beziehung gemacht, denn wir hatten so viel gemeinsam geschafft. Aber wir waren es nie. Es drehte sich bald jedes Gespräch um die Läden, jede Zukunftsvision hatte immer mit Dänemark und der Expansion ihres Unternehmens zu tun. Sie blühte auf, ging auch darin auf, doch die Liebe, die blieb auf der Strecke.«

Felix wirkte wie angeschossen, wie er da auf dem sterilen Krankenhausflur stand und Alea sein Herz ausschüttete.

»Ich brauchte Zeit, um mir über alles Gedanken zu machen, und wollte mir diese hier auf Sylt nehmen. Mein Vater machte sich Sorgen um mich und folgte mir. Er erzählte mir, dass er sich nach dem Tod meiner Mutter oft nicht mehr wohlfühlte in Stade. Sein Wunsch wäre es, sein Leben endlich hier auf der Insel zu verbringen. Sein Plan brachte auch mich zum Nachdenken, und mir wurde klar, dass ich nicht das Leben lebe, das ich will. Und dann traf ich dich.«

Er rang mit den Händen. »Ich habe Ella damals versprochen, dass auch ich immer an ihrer Seite bin und sie unterstütze.« Er hob die Schultern. »Auch jetzt, wo sie allein das Unternehmen weiterführen wird, will ich sie nicht hängen lassen. Dass ausgerechnet ihr beiden nun Kontakt aufgenommen habt, war wirklich ein großer Zufall. Und ich habe es nicht einmal vermutet.

Hab nicht einmal daran gedacht. Vielleicht weil ich es nicht sehen wollte.«

Für ein paar Sekunden schwiegen sie einfach. Ein Arzt ging vorbei. »Meine Kollegin meldet sich gleich bei Ihnen und Ihrer Frau, Herr Asmussen.«

Felix nickte. »Danke!«

Alea schluckte und freute sich, ein winziges Lächeln in Felix' Gesicht zu sehen. Sie erwiderte es.

»Was sagen denn die Ärzte bisher?«, fragte sie.

»Es geht ihm wieder besser, allerdings kann das immer wieder passieren. Er wird bezüglich seines Bluthochdrucks medikamentös eingestellt. Zwei, drei Tage bleibt er hier zur Beobachtung und fürs EKG. Dann müssen wir mal schauen, wie und wo es für uns weitergeht. Ich will in seiner Nähe sein.« Felix wirkte ratlos. Er zog die Schultern hoch.

»Wie wäre es mit Sylt?« Aleas Herz schlug aufgeregt, als Felix nicht direkt antwortete.

»Um hierherzuziehen, muss man schon ziemlich verrückt nach dieser Insel sein und hier eine Perspektive haben, die einem jeden Zweifel raubt.«

»Verrückt nach Sylt bist du, das weiß ich«, bemerkte Alea. »Und wie sieht es mit der Perspektive aus?« Alea strich ihm über die Wange, und er legte seine Hand auf ihre.

Felix blickte sie an. Die verschiedenfarbigen Augen wirkten unendlich tief. Aber noch ehe er antwortete, wurde dieser magische Moment unterbrochen durch eine Pflegerin, die ihn zu sich rief. Er griff kurz noch einmal nach Aleas Hand, und sie drückte seine sanft. »Ich bin für dich da, Felix.«

Felix und die Frau verschwanden in einem Zimmer, und, nach einer gefühlten Ewigkeit für Alea, kam er wieder heraus.

»Glück im Unglück«, gab Felix Entwarnung und fuhr sich

beim Gehen mit beiden Händen durch das Haar. »Die Medikamente waren wohl nur falsch eingestellt. Er wird nun wie gesagt einige Tage beobachtet, und dann sollte das nicht wieder vorkommen. Wie gut, dass ihm sonst nichts geschehen ist und er sich beim Sturz nicht verletzt hat.« Felix faltete die Hände und blickte gen Himmel. »Meine Mutter passt eben doch von da oben gut auf ihn auf!«

Alea lächelte. »Ein schöner Gedanke!« Sie nahmen sich in den Arm.

»Er wird nun erst mal schlafen, und ich soll morgen früh wiederkommen.«

»Meinst du, für unsere Wunschtour ist es schon zu spät? Ich hab den Eindruck, wir könnten echt ein paar Sternschnuppen gebrauchen«, sagte Alea und blickte Felix von der Seite an. Dieser schlug sich vor die Stirn.

»Mein Shuttleservice-Angebot! Wie konnte ich das vergessen?« Er lächelte bedauernd.

Aleas Blick ging durch den sterilen Raum. »Nun ...« Dann spürte sie, wie Felix den Arm um sie legte, und sie lehnte ihren Kopf an seine Schulter. Und dieses Anlehnen tat ihr gut. Sie gaben sich Halt – gegenseitig.

»Danke, dass du hier bist!« Er küsste sanft ihr Haar, und Alea bekam eine wohlige Gänsehaut und genoss diese Zärtlichkeit.

Kapitel 25

Auf der Fahrt zurück nach Braderup genoss Alea die Musik, bei der ihre Gedanken immer wieder zu Felix wanderten. Trotz der Sorgen um Hubertus hatten die Momente im Krankenhaus sie näher zueinander gebracht und viele offene Fragen beantwortet. Alea war noch immer überwältigt von all den Informationen, die wie Blätter im Wind durch ihren Kopf flogen.

Martje stand bereits im Türrahmen, als Alea vor der Manufaktur aus dem Auto stieg und Felix mit Martjes Wagen vorfuhr. Neben ihr die Hunde. Diese begrüßten Felix schwanzwedelnd, als auch er zu ihnen trat, und Alea merkte, wie gut ihm der fröhliche Empfang der beiden tat.

»Felix, wir haben uns große Sorgen gemacht!« Hedi tauchte neben Martje auf, offenbar gerade im Aufbruch begriffen.

»Und ich erst, ihr Lieben. Aber er hatte großes Glück.« Felix wirkte erschöpft. Alea legte den Arm um seine Hüfte und lehnte den Kopf an seine Schulter. Martje schenkte ihr ein vielsagendes Lächeln.

»Wir wollen noch einmal losfahren. Heute sollen die Chancen auf eine Sternschnuppen-Begegnung gut stehen. Die kann ich echt gebrauchen«, bemerkte Felix.

»Das macht mal. Ich wünsche euch viel Glück.« Ein verschmitztes Schmunzeln umspielte Martjes Lippen. »Wünscht euch was für mich mit.«

»Aber dazu müssten wir doch wissen, was dein größter Wunsch ist?«, fragte Alea.

»Den kennst du, mein Schatz.« Sie lächelte. Dann deutete sie auf die Hunde. Die beiden waren direkt in die geöffnete Autotür von Aleas Wagen gesprungen.

»Die zwei können es wohl kaum erwarten«, erkannte Hedi. »Ich steuere dann auch endlich das Bett an.«

Alea ging auf Hedi und Martje zu, die dicht beieinanderstanden, und umarmte sie. »Macht das. Tantchen, Hedi, danke für eure Hilfe!«

Hedi nickte wissend und drückte Aleas Hand.

»Und wenn Hubertus morgen irgendwas braucht, dann lass es uns wissen«, bat Martje und legte die Handflächen aneinander.

»Danke, Martje. Das ist sehr lieb!« Felix lächelte und wirkte schon weniger mitgenommen.

»Gute Nacht!« Hedi winkte in die Runde, stieg ins Auto und fuhr los.

Alea und Felix taten es ihr gleich. Vor Keitum an der Sankt-Severin-Kirche parkte Alea den Wagen, und sie stiegen aus.

»Hier stehen keine Häuser, und es ist richtig dunkel. Vielleicht erhöht das unsere Chancen auf eine Sternschnuppe«, erklärte Felix und legte schützend den Arm um Alea, die sich sofort wohlfühlte. »Genau an diesem Punkt hinter der Mauer ist das Grab meiner Mutter. Schon als ich ein Kind war, sind meine Mutter und ich immer an den Strand gefahren, wenn es auf Sylt Sternschnuppen-Alarm gab. Ich bin mir sicher, sie schickt uns auch heute ein paar.«

Alea war gerührt, strich Felix über den Rücken und gab ihm einen Kuss auf die Hand, die auf ihrer Schulter lag. »Wie schön!«

Die Hunde gingen zögerlich neben den beiden her und tobten nicht wie sonst schnell voran, als hätten sie Respekt vor der stockfinsteren Nacht.

Alea fühlte sich in Felix' Umarmung so wohl, dass sie gerne die Zeit angehalten und den Moment nie hätte enden lassen. Dankbar lehnte sie den Kopf an seine Schulter, als sie oberhalb des Watts angekommen waren und in die Dunkelheit schauten. Langsam gewöhnten sich die Augen an die dürftige Beleuchtung, und Umrisse und vereinzelte Lichter in der Ferne blitzten auf.

»Diese Ruhe hier ist magisch«, staunte Alea.

»Das stimmt. Fast schon ein wenig unheimlich, oder?«

»Mit dir nie!« Alea schaute zu Felix hoch, und seine Augen funkelten im Schein des Mondes. Er beugte sich zu ihr herunter, und ihre Lippen trafen sich. Alea versank in diesem Kuss, der sie die dunkle Umgebung und die Kälte der Nacht vergessen ließ. »Mit dir fühlt sich jeder Kuss wie Fliegen an«, raunte sie ihm zu und zog ihn näher an sich. Als der Kuss endete und ein angenehmes Prickeln auf Aleas Lippen hinterließ, während nahezu in jeden Winkel ihres Körpers Glückshormone zu schießen schienen, hatte sie fast vergessen, warum sie eigentlich hier waren.

Felix erinnerte sie daran, als er, wie ein kleiner Junge, der einen Superhelden über den Himmel fliegen sieht, mit einem begeisterten »Da! Schau! Da!« ans Firmament deutete. Es fehlte nur, dass er vor Euphorie zu hüpfen begann.

Aleas Augen suchten die Sternschnuppe, da war sie aber bereits erloschen. Sie drückte Felix' Hand. Dieser hatte kurz die Augen geschlossen.

»Das mache ich auch«, sagte sie lächelnd. »Wenn ich die Augen schließe, habe ich das Gefühl, die Sternschnuppe hat noch mehr Zauberkraft. Da!« Nun hatte auch Alea eine entdeckt und kniff die Augen zu. Sie hüpfte tatsächlich vor Euphorie. »Ich bin gespannt«, flüsterte sie und blickte zu Felix. Er lächelte, und Aleas Blick wanderte wieder suchend über das dunkle Himmelszelt.

»Was für ein Glück, dass es heute so sternenklar ist! Es funkelt ja überall!« Alea staunte vor dem Himmel, der übersät war von unzähligen Sternen, die allesamt mit ihren leuchtenden Augen um die Wette strahlten. Der noch immer schneebedeckte Boden reflektierte das Licht und ließ den Abendhimmel und die Umgebung mit jeder Minute, die sie hier standen, heller erscheinen. Eine Weile genossen sie schweigend das Schauspiel, hingen ihren Gedanken nach und schwebten mit den Windböen der Erfüllung ihrer Wünsche entgegen.

»Da habe ich dich vor wenigen Tagen noch darin bestärkt, den Weg zu wagen, hier deine liebe Tante zu unterstützen, und mit einem Mal stehe ich selbst vor der Frage, ob es hier weitergehen kann für mich. Schon verrückt, oder?«

»Absolut.« Alea schaute Felix von der Seite an. Sein markant männliches Profil im schimmernden Licht des Mondes war so gut aussehend, dass ihr Herz sofort höherschlug.

»Ist das denn eine Option für dich, hierzubleiben?«

Felix blickte in die Dunkelheit. »Wenn ich hier neben dir stehe und die letzten Tage Revue passieren lasse, ja, dann sehe ich eine Chance.« Er schaute sie an.

»Die Vorstellung würde auch mir den Neustart hier noch viel schöner machen.« Alea stellte sich auf die Zehenspitzen, legte ihre Hand in Felix' Nacken und zog seinen Kopf zärtlich zu sich. Sie küssten sich, und dieser Kuss versprach so viel Wärme, Zuversicht und das Gefühl, auf dem richtigen Weg zu sein, dass sie meinte, davon beflügelt jede Hürde zu meistern. Denn auch wenn Ella sich unwahrscheinlich stark und offen zeigte, würde es ganz sicher Situationen geben, in denen sie schwerer verkraften würde, was zwischen Felix und Alea entstand.

Alea seufzte. »Hey, alles okay?« Felix schaute sie besorgt an.

Sie nickte. »Ella ist keine Frau, die man verletzen will. Im Gegenteil, ich mag sie sehr. Das macht mir schon ein wenig Bauchweh.«

»Mir auch, absolut klar. Aber glaub mir, sie ist eine unwahrscheinlich starke Frau und steht hinter dem, was sie sagt. Die Gespräche, die ich zuletzt mit Ella geführt habe, die waren nicht feindselig, sondern sehr respektvoll.«

»Und du meinst, das kann wirklich klappen, dass wir zusammenarbeiten?«

»Sicher wird es auch mal schwer. Aber ihr seid beide bemerkenswerte Charaktere! Es wird gut gehen.«

»Sie sagte, sie brauche jetzt ein paar Tage für sich.«

»Ja. Ihr großes Projekt, die Expansion in Dänemark, ist für Ella enorm wichtig. Ich hatte mir vorgenommen, sie da, soweit ich kann, zu unterstützen. Jetzt, wo auch die Schwester wegfällt, fühle ich mich erst recht in der Pflicht. Ich konnte über einen Freund, der selbst Däne ist, einen Kontakt herstellen, der ihr in allen Fragen, in denen bisher ihre Schwester für sie da war, helfen kann. Sie wartet täglich auf seine Zusage zur Zusammenarbeit. Ich hoffe, die kommt in den nächsten Tagen.«

»Was macht sie jetzt über die Festtage?«

»Sie verbringt Weihnachten mit ihrer Familie in Dänemark. So hatten wir es sowieso geplant. Ich wollte hier sein. Ella möchte diesen Abstand nun auch erst einmal. Und das kann ich gut verstehen.«

Kurz standen sie noch da und ließen die besondere Atmosphäre aus kribbelnd warmen Glücksgefühlen und eiskalter Umgebung auf sich wirken.

»Es ist echt kalt«, bemerkte Alea irgendwann und rieb sich die Hände.

»Lass uns nach Hause fahren«, schlug Felix vor, und sie riefen die Hunde und gingen zum Auto zurück.

Die gemeinsame Heimfahrt nach Braderup war so gewohnt und doch anders. Während sie die letzten Male oft schweigend nebeneinander den Rückweg angetreten hatten, weil es irgendein falsches Wort gegeben hatte, eine Bemerkung, die den jeweils anderen sich hatte zurückziehen lassen, so fühlte sich ihr Schweigen auf dieser Fahrt gut an. Vertraut und so, als sei alles auf einem guten Wege, der direkt in eine vielversprechende Zukunft führte.

Kapitel 26

Die nächsten Tage kamen Alea vor, als schaue sie einen Film.

Bald schon war sie bei den Kunden dafür bekannt, dass sie während der Arbeit stets ein Lied summte. Wie früher, als sie als Kind mit Martje in ihrer Kerzenküche gewerkelt hatte. Sie war glücklich bei dem, was sie tat.

Alea kreierte weitere neue Kerzen. Sie presste und trocknete Gräser, die sie trotz winterlicher Temperaturen an den Dünenrändern fand, und verzierte Kerzen damit, indem sie sie mittels einer dünnen, fast durchsichtigen Schicht Wachs auf handgemachte Kerzen klebte. Zum Schluss band sie noch eine Schleife aus Bast darum. Außergewöhnliche Unikate entstanden. Auch die Idee, Zimtstangen und Orangenscheiben in Wachs zu gießen, sodass sich eine feste Wachswand außen bildete, die wie ein Windlicht um die Flamme herum stehen blieb, während der innere Teil aufgrund seines niedrigeren Schmelzpunktes abbrannte, eignete sich wunderbar als Präsentidee für Weihnachten.

Die meiste Zeit des Tages arbeitete Alea mit Martje an ihrem Traum, der Kerzenwerkstatt, produzierte Kerzen für die Belieferung von Ellas Läden und bereitete alles für den Start ihrer Zusammenarbeit im neuen Jahr vor.

Jede freie Minute gehörte ihr und Felix. Winterstrandspaziergänge mit den Hunden bei klarem Himmel und strahlendem Sonnenschein stellten ihre neue Heimat in ein Licht, welches besser kaum sein konnte. Weil Hubertus sich zum Glück schnell erholte und aus dem Krankenhaus entlassen wurde, war auch diese Sorge ein kleines bisschen abgeschwächt. Dennoch hatte Felix alle Hände voll damit zu tun, den Lebensmittelpunkt seines Vaters und seinen eigenen auf die Insel zu verlegen. Häufig war er über Nacht in Stade, um dort alles zu organisieren, kehrte aber immer so schnell wie möglich wieder nach Sylt zurück. Sie beide, Felix und Hubertus, hatten die Entscheidung getroffen, die Wohnungen in Stade aufzugeben und ganz nach Sylt zu ziehen. Auch seinen Firmensitz wollte Felix nach Sylt umschreiben lassen, was durch seine Beschaffenheit als Dienstleister keinen besonderen Aufwand erforderte.

Er half Alea, den geplanten Onlineauftritt der Manufaktur umzusetzen, über den sie in Zukunft ihre Produkte auch im Internet anbieten wollten. Die Homepage zu betreuen und zu verwalten würde Aleas Aufgabe werden, und sie hatte sofort Freude daran, die Produkte auf ihren Fotos ins rechte Licht zu setzen und so die Möglichkeit auszuschöpfen, noch viel mehr Menschen zu erreichen und das Seelenglück, das ihre Kerzen verbreiteten, weit über die Insel hinaus zu transportieren.

Auch die Kerzen-Workshops würde sie dort bewerben und zur Buchung anbieten und war schon gespannt auf die Reaktionen darauf.

Alea hatte ein weiteres Projekt umgesetzt, angelehnt an den Verkaufsstand für selbst gemachte Marmelade in Selbstbedienung, den Sarah und ihre Mutter am Straßenrand aufgebaut hatten und den Alea schon immer liebte. Neben der Manufaktur hatte Felix für sie am Rande der Einfahrt ein kleines überdachtes Holzregal im Stil eines Badehäuschens aufgebaut, wo sie eine Auswahl an Kerzen, Windlichtern und Geschenkideen hineingestellt hatte. Für dieses Angebot musste sie ihren Kunden und den Passanten einen Vertrauensvorschuss geben, doch sie wollte wenigstens den Versuch starten. Also befestigte sie eine Geldkassette in dem Regal und malte ein Preisschild mit ein paar lieben Worten. Außerdem ließ sie einen QR-Code erstellen und druckte diesen aus, damit auch bargeldlos bezahlt werden konnte.

Sie wollten hier den Leuten, die spontan ein Geschenk benötigten, jedoch nach Ladenschluss oder am Wochenende vorbeikamen, die Möglichkeit geben, ihre Kerzen zu kaufen.

Alea erinnerte sich an einem Abend, an dem sie die Produkte arrangierte, daran, dass sie noch immer das Windlicht in ihrem Koffer verstaut hatte, das sie in dem Laden in Hamburg gekauft hatte. Dazu hatte sie noch eine Kerze, extra für Martje, entworfen und gegossen, die sie hineinstellen wollte. In der Wohnung angekommen, nahm sie es hervor, und dabei fiel ihr das Kärtchen in die Hände. Erstmals drehte sie es um, und was sie las, konnte sie kaum fassen.

Lykke Hjem
Inhaberin: Mika Søndervig

In der mittlerweile vertrauten Handschrift, dem Markenzeichen von Ellas Läden, waren der Name des Ladens und seiner Inhaberin notiert. Das Geschäft, das Alea damals entdeckt hatte, war das Geschäft, das Ellas Schwester nun allein und von der Kette losgelöst betreiben wollte, während sie sich aus Ellas Läden zurückzog. Ungläubig drehte Alea es in ihren Händen. Schon damals hatte die Verkäuferin erwähnt, dass sie mit »zauberhaften Kleinunternehmen« zusammenarbeite. Da hatte Alea jedoch noch nicht im Entferntesten daran gedacht, eine Verbindung zu Martjes Kerzenmanufaktur herzustellen. Und mit einem Mal hörte sie wieder die

Worte der Verkäuferin, die das beschrieben, was in Aleas Leben gerade stattgefunden und sie zwar Überwindung gekostet, aber zu noch viel mehr Glück geführt hatte.

»Man darf die Sicherheit nicht an erste Stelle setzen, sonst verpasst man so viel Schönes.« Alea schmunzelte bei dem Gedanken. »Ja, manchmal ist weniger Sicherheit der Schlüssel zu mehr Glück. Aber sie zu haben beruhigt am Ende doch.« In diesem Moment schloss sich für Alea ein Kreis. Alles war genau so gekommen, wie es sollte.

Ein Ort, der schon immer wie eine Heimat für sie gewesen war, war nun ihr wahres Zuhause. Der Ort, wo sie in einem Herzensjob arbeitete und mit den Menschen zusammenlebte, die sie liebte.

Martjes Haus wollten sie so umbauen, dass aus den nicht mehr genutzten Gästezimmern ein eigener Wohnbereich für Alea wurde. In ihren Köpfen schwirrte auch schon ein weiterer Gedanke, wie sie die Wohnsituation aufteilen könnten. Hubertus könnte langfristig in die neue Wohnung ziehen, die aus dem Umbau entstehen würde, während Felix und Alea gemeinsam das Nachbarhaus bewohnten. Weil es aber das Haus war, mit dem Hubertus auch viele Erinnerungen an seine Frau verband, war das Zukunftsmusik, die sie jetzt noch nicht spielen wollten. Außerdem war das zwischen Alea und Felix ja auch noch ganz frisch.

Und endlich war Weihnachten. Heiligabend, so hatten sie und Martje beschlossen, sollte der Laden noch bis mittags geöffnet sein. Dieser Arbeitstag hatte seinen ganz besonderen Zauber. Die Menschen waren in festlicher Stimmung. Sie kamen vorbei, um noch eine Kleinigkeit als Aufmerksamkeit oder weihnachtliches Gastgeschenk für die Festtage oder eine Dekoration für die Festtagstafel zu besorgen. Schließlich gehörten Licht, Wärme und Kerzen zu Weihnachten einfach dazu.

Um dreizehn Uhr würden sie schließen und dann gemütliche Feiertage in der großen Nachbarschaftsrunde genießen.

Zu Aleas großer Freude rief kurz vor Ladenschluss ihre Freundin Laura an. Fragte, wie ihre Festtage aussehen würden und was sie alles geplant hatte. Sie quatschten eine Weile miteinander.

»Und wie geht es dir? Wo seid ihr denn aktuell? Was macht ihr an den Feiertagen?«, erkundigte sich Alea.

»Wir sind unterwegs.« Lauras Stimme klang abgehackt.

»Lauri?«

»Ich höre dich so schlecht. Melde mich später wieder bei dir!«, rief ihre Freundin noch, dann war die Verbindung unterbrochen. Irritiert schaute Alea auf das Handy in ihrer Hand und legte es dann beiseite.

Sie füllte noch einmal den Selbstbedienungsstand auf, schließlich würden sie nun drei Tage geschlossen haben. Sicher war da der eine oder andere dankbar, noch ein spontanes Mitbringsel kaufen zu können. Vor allem Sarahs erste Treibholz-Kerzenhalter bekamen dort ihren Platz. Sie hatten im *Dünenglanz* bereits guten Absatz gefunden. Einige Halter für Teelichter stellte Alea mit in den Stand.

Alea hatte das Gefühl, fernab von jeder Weihnachtshektik zu sein. Hier waren heute nur Leute unterwegs, die gut gelaunt der gemütlichen Zeit mit Familie und Freunden entgegenblickten. Und auch Alea ging es so, dass sie die Momente miteinander kaum erwarten konnte.

Sie rief ihre Eltern an, die ihr in diesem Jahr besonders fehlten. Weil die Hüftoperation von Aleas Mutter vor einigen Wochen noch immer Probleme machte, war eine Reise nach Deutschland derzeit ausgeschlossen. Da Alea Weihnachten ja ursprünglich in

Bayern hatte verbringen wollen, war das auch im Vorfeld so besprochen gewesen, dass sie sich dieses Jahr zu den Festtagen nicht sahen. Trotzdem hätte Alea ihre Eltern sehr gerne in der großen Runde dabeigehabt und ihnen Felix vorgestellt. Ihre Mutter versprach aber, dass sie das schnellstmöglich in den nächsten Monaten nachholen würden, sobald sie reisefähig war.

Inmitten der feierlichen Vorfreude auf die Festtage war Alea in diesem Jahr völlig entspannt. Hedi, Martje und Felix kümmerten sich um die Einkäufe für das Festessen, sodass sie auch nach Feierabend wenig zu tun haben würde.

Für die letzten Handgriffe vor Feierabend zündete Alea sich eine der Sternschnuppenkerzen an, die sie neu gegossen hatte. Außerdem eins der kleinen Teelichter mit Spruch. Gespannt wartete sie, welche Botschaft sich beim Abbrennen zeigen würde.

Sie blickte gedankenverloren auf das durchsichtig werdende Wachs und konnte irgendwann den Schriftzug *Herzensmenschen* entziffern. Alea verspürte eine große Zufriedenheit, als sie dieses Wort las und an die Menschen dachte, mit denen sie die nächsten Tage verbringen würde.

»Die habe ich ja nun fast alle um mich herum«, murmelte sie und dachte an den Spruch, den sie am Anfang ihrer Reise in einem der Lichter gefunden hatte: *Nichts geschieht ohne Grund.*

»Oh ja«, sagte Alea zu sich selbst. Der Spruch passte auf sie und Felix, Martje und Hedi, und auch auf Hubertus. »Der Grund, warum das alles hier geschehen ist, der scheint sich gerade mehr als deutlich zu zeigen. Und er ist wunderschön, mit allem Drum und Dran!« Sie griff in Nalas weiches Fell. Den Welpen hatten die anderen, gemeinsam mit Karl, bei Alea gelassen. Sanft schmiegte Nala ihren Kopf an Aleas Bein und genoss ihre Streicheleinheiten. Alea fuhr das kleine Herz auf Nalas Rücken mit den Fingern nach.

»Dein erstes Weihnachten, Süße! Ich freue mich drauf!«

Sie ging noch einmal durch den Verkaufsraum und ließ die Düfte und die leise Musik auf sich wirken. Dabei spürte sie die Magie dieser kribbelnd vorfreudigen Zeit bis zum Heiligabend. Sie war nicht mehr ganz so aufgeregt wie als Kind, aber schon so, dass sie Herzklopfen hatte und sich auf Zusammensein, leckeres Essen, gute Gespräche und Kerzenschein am duftenden Tannenbaum freute.

Sie griff in einen Korb, in dem sie Wunschlichter zusammengestellt hatte. Spitze Tafelkerzen, die sie mit unterschiedlichen Wünschen versehen hatte und von denen sie jedem eine als kleines Geschenk auf den Teller legen wollte. Dazu jeweils eine Muschel, in die sie ebenso ein liebes Wort geschrieben und eine Kerze daraus gezaubert hatte.

Weil Alea und Martje gar keinen Baum aufgestellt hatten, hatten sie sich darauf geeinigt, alle gemeinsam bei Felix und Hubertus zu feiern. Alea behielt das Nachbarhaus im Blick. Sie wollte direkt mithelfen, die Einkäufe einzuräumen und Essen vorzubereiten, wenn die anderen zurückkamen.

Als sie gerade entschieden hatte, nun den Laden zu schließen und das Schild umzudrehen, sah sie ein Auto vorfahren, bei dessen Anblick fast ihr Herz stehen blieb. Ein Kieler Kennzeichen an einem quietschgrünen Kleinwagen ließ Alea fassungslos jubeln. Sie riss die Ladentür auf und rannte auf das Fahrzeug zu. Es war noch nicht einmal richtig zum Stehen gekommen, da öffnete sich bereits die Autotür, und Laura sprang vom Beifahrersitz. Alea und sie rannten aufeinander zu und fielen sich in die Arme.

»Lauri«, quietschte Alea. »Warum hast du nichts gesagt?« Alea knuffte ihre tief gebräunte Freundin liebevoll in die Seite.

»Dann wäre es ja keine Überraschung mehr gewesen!« Laura hob die Handflächen. An ihrer Hand sah Alea einen Ring blitzen.

»Nein!«

Laura hob die Augenbrauen und strahlte übers ganze Gesicht. »Doch! Und wo lässt sich Weihnachten passender feiern als bei meiner zukünftigen Trauzeugin? Vorausgesetzt, sie möchte das ...«

»Du bist echt verrückt! Wie schön! Natürlich will ich! Ich fasse es nicht! Wie sehr ich mich freue, dass du hier bist. Ich kann es kaum glauben.«

Dann ging Lauras Blick verlegen in Richtung des Fahrersitzes des Wagens, der jetzt korrekt eingeparkt war.

»Darf ich dir Pablo vorstellen?« Laura griff nach Aleas Hand, und sie gingen auf das Auto zu. Die Fahrertür öffnete sich, und ein junger Typ mit dichtem braunem Haar und tiefdunkelbraunen Augen stieg aus.

»Alea, hi!«

»Hi! Ich freue mich, dass wir uns endlich kennenlernen! Laura hat ununterbrochen von dir erzählt. Und außerdem will sie mir den Ort zeigen, an dem wir heiraten werden.« Er zuckte lächelnd die Schultern.

»Oh, wow!« Alea sah ungläubig von einem zum andern. »Es tut mir leid, dass ich euch so beschäftigt habe«, erklärte Alea und lächelte zerknirscht. Dann fiel ihr Blick auf die Rückbank des Autos. Dort stapelten sich unzählige Kisten und Tüten. Erst bei näherem Hinsehen erkannte sie, dass es sich um ihre Sachen handelte. »Nein! Seid ihr etwa in Hamburg gewesen?«

Laura nickte stolz und zog einen Schlüssel aus ihrer Tasche. »Ich habe ausgenutzt, dass Pablo derzeit noch so frisch verliebt ist, dass er sogar nach einem fast fünfzehnstündigen Flug mit mir erst zu deinem Ex fährt und ein paar Sachen für dich von Chrissi abholt. Inklusive des Schlüssels. Ohne Staatsakt und lästigen Schreibkram, versteht sich.«

Alea schlug die Hand vor den Mund. »Ihr seid doch wahnsinnig«, presste sie hervor. Sie war nun endgültig fassungslos.

»Das auch! Vor allem sind wir aber in deinem Team!« Schulterzuckend grinste Laura. »Das Feintuning musst du vielleicht noch übernehmen. Das ist erst mal all das, was er schon so weit vorbereitet hatte. Ich hab dann auch noch mal kurz einen Blick in die Wohnung geworfen. Glaub mir, er wird dir den Rest auch zuschicken, falls dir was Wichtiges fehlt.« Sie grinste diabolisch.

Alea umarmte ihre beste Freundin. »So schön, dass du da bist! Dass ihr da seid. Und danke dafür.« Ihr Blick ging erneut staunend auf die Rückbank des Autos.

»Komm, wir tragen alles rein, und dann stoßen wir auf unser Wiedersehen an. Ich bin mir sicher, wir haben uns viel zu erzählen.« Lachend legte Laura den Arm um Alea.

»Ich mache das schon«, bot Pablo an und schulterte gleich zwei große Taschen.

»Kann ich helfen?« Felix war gerade mit Martje und Hedi vorgefahren und in diesem Moment ausgestiegen. Als er Pablo unter den überdimensionalen vollen Taschen entdeckte, eilte er ihm zu Hilfe.

»Oh, danke. Ich bin Pablo.«

»Hey, gerne. Felix.«

»Felix, hi!« Laura strahlte ihn an. »Ich bin Laura, Aleas beste Freundin, und das ist mein Freund – äh, ich meine natürlich Verlobter.« Sie grinste wie ein Honigkuchenpferd.

»Schön, euch kennenzulernen. Ich hatte gar nicht gewusst, dass ihr kommt.« Er blickte zu Martje und grinste. »Kann es sein, dass die zwei der Grund dafür sind, dass du so resolut auf die große Menge bestanden hast, als wir eben einkaufen waren?«

Martje hob unschuldig die Hände und trat auf Laura zu. Diese umarmte sie gleich. »Martje, wie schön, dich so fit zu sehen. Das klang schon am Telefon so.«

»Danke dir. Das mit dem Aufpäppeln hat Alea gut hingekriegt.« Sie nickte ihrer Nichte anerkennend zu.

»Du warst also eingeweiht, Tantchen?« Alea schüttelte staunend den Kopf.

»Sollte halt eine kleine Weihnachtsüberraschung werden«, entschuldigte sie sich.

»Die ist geglückt. Ich freue mich wahnsinnig!«

»Wir bringen kurz die Sachen ins Haus. Dann können wir bei uns doch zusammen was trinken?«, schlug Felix vor.

»Eine hervorragende Idee«, stimmte Laura zu. »Ich merke schon, wir verstehen uns.« Felix lachte, schnappte sich weitere Sachen aus dem Kofferraum und folgte Pablo.

»Wir tragen die Einkäufe mit rein«, bot Alea an, und Laura nahm gleich eine Tüte.

»Stellt einfach alles erst mal ins Wohnzimmer«, hörte sie Martje sagen, die vorausgegangen war und den Männern die Tür aufhielt, während Hubertus bereits am Eingang wartete und die Einkäufe in Empfang nahm, die Hedi, Alea und Laura aus Felix' Auto holten.

In der Küche stand eine Flasche Champagner in einem Kühler, dazu einige Gläser.

»Schön, dass ihr alle da seid«, freute sich Hubertus.

»Schön, dass es dir so gut geht.« Alea strich ihm über den Rücken. Sie stellte ihre Freundin vor und erklärte, dass sie an den Feiertagen nun zwei Personen mehr sein würden.

»Martje hat schon Bescheid gesagt, dass unsere Runde noch größer wird. Und das freut mich ganz besonders. Ich bin Hubertus«, stellte er sich Laura und Pablo vor.

»Laura, freut mich! Du hast es wundervoll hier!« Sie sah sich aufmerksam im Haus um.

Hubertus lachte. »Oh, danke! Ich liebe das Haus auch sehr. So sehr, dass sich auch mein Lebensmittelpunkt nun hierher verlegen wird.«

»Wir wagen sozusagen gemeinsam einen Neubeginn«, erklärte Alea, und Hubertus legte den Arm um ihre Schultern und drückte sie liebevoll väterlich an sich.

In dem Moment kamen Felix und Pablo auch durch die Tür.

»In so einer großen Runde haben wir hier noch nie Heiligabend verbracht, oder, mein Sohn?« Felix' Blick ging zu Alea.

»Nein, und ich kann noch immer kaum glauben, dass das gerade passiert.« Er trat zu Alea, legte ebenfalls den Arm um sie, und sie lehnte den Kopf an seine Schulter. »Ich auch nicht«, flüsterte sie.

»Dann wollen wir Alten mal darauf anstoßen, dass wir Weihnachten nicht im Krankenhaus verbringen müssen. Wenn auch in unserem Fall nur mit Orangensaft. Gerade noch mal gut gegangen, Hubertus, was?« Martje grinste.

Hubertus winkte ab und lachte. »Mit dem Saft kann ich gut leben. Es sollte genau so sein.« Er schaute Hedi an, die Arm in Arm mit Martje stand. Sie hielten ihr Glas in die Luft.

»Ihr beiden macht mir übrigens zusätzlich Mut«, gab Hubertus zu und erntete verblüffte Blicke. Noch ehe er antworten konnte, klingelte es an der Tür. Hubertus stellte sein Glas ab. »Entschuldigt mich bitte!«

Für einen Moment hatte Alea die diffuse Angst, es könne Ella sein, die dazukam. Ihr Herz raste, als sie hörte, wie die Tür ins Schloss fiel.

Sie schaute zu Felix, der auch ein wenig angespannt wirkte. Als dann jedoch Hubertus neben einer älteren Dame wieder in den Raum kam, war Alea erleichtert, während Felix überrascht guckte.

»Darf ich vorstellen?« Hubertus hatte liebevoll den Arm um die Dame gelegt, deren graue Haare im Zopf über einer dunkelgrünen Winterjacke und zu einer Jeans lässig wirkten.

»Birgit?« Martje erkannte die Frau an seiner Seite sofort. Birgit nickte, und Alea sah einen zarten Rotschimmer auf ihren Wangen.

»Du und Hubertus?« Martje hatte vor Staunen den Mund offen stehen. »Das ist ja fantastisch! Und auch, dass es dir wieder gut geht.«

»Oh ja!« Hubertus gab Birgit einen Kuss auf die Stirn. »Wir haben uns im Wartezimmer des Krankenhauses kennengelernt.«

»Dann sind Sie die Mutter von Sarah?«, erkundigte sich Alea.

»Genau, die bin ich, aber bitte gerne *Du*.« Ein freundliches Lächeln umspielte ihre Lippen. »Schön, euch alle kennenzulernen und wiederzusehen! Und an dieser Stelle ein riesengroßes Dankeschön für euren Einsatz bei unserer kleinen Weihnachtsaktion.«

Felix trat auf Birgit zu. »Herzlich willkommen!«

»Hallo, Felix.« Ein Blick ging zu Hubertus. Das Kribbeln zwischen den beiden war zu spüren, und auch Alea bekam ein warmwohliges Gefühl beim Anblick des verliebten Pärchens.

»Birgit und ich hatten einen Abend geplant, an dem ich dir Birgit vorstellen wollte«, erklärte Hubertus.

Alea erinnerte sich an den Tag, an dem schließlich sie mit Felix an dem für ein romantisches Dinner vorbereiteten Tisch gesessen hatte. Sie schüttelte ungläubig den Kopf.

»Ich wollte sie abholen. Sie musste dann aber doch länger als gedacht im Krankenhaus bleiben ... Ich hatte Sorge, dass du es mir übel nimmst, dass ich hier auf Sylt, an Mamas und meinem Ort, eine neue Liebe wage. Aber wir haben beide gemerkt, wie wenig Zeit im Leben man plötzlich hat, da war uns klar, dass wir diese Chance nutzen wollen.« Er schüttelte den Kopf. »Ich bin ein Idiot und hätte dir sofort davon erzählen sollen.« Felix antwortete nicht, bedachte seinen Vater jedoch mit einem vielsagenden Blick und nahm ihn in den Arm.

»Ich freue mich sehr für euch!«

Später am Abend, als sie alle gemütlich um den Baum herumsaßen, Geschenke verteilt und ausgepackt hatten und sich bei Kerzenschein, Wein und Klaviermusik angeregt unterhielten, fiel Aleas Blick auf das Armband an ihrem Handgelenk. Laura hatte es ihr geschenkt, als Zeichen, dass sie ihre Trauzeugin sein sollte. Es war in Regenbogenfarben gestaltet, und plötzlich musste Alea wieder an den Regenbogen denken, der bei ihrer Ankunft auf Sylt so verheißungsvoll erstrahlt war.

»Am Ende des Regenbogens wartet ja bekanntlich ein Schatz«, sagte sie leise zu sich selbst. »Wie wahr!«

Sie spürte die Liebe, die in diesem Moment in diesem Raum herrschte, und ein unglaubliches Glück durchfloss sie. Jeder von ihnen hatte auf unterschiedliche Weise und vor einem anderen Hintergrund eine neue Liebe gefunden, und alle wirkten so glücklich und blickten zuversichtlich in die nächste Zeit.

Alea schaute von einem zum anderen und dachte daran, dass jede Sicherheit im Leben nichts gegen das Wissen war, Herzensmenschen um sich zu haben, auf die man zu jeder Sekunde zählen konnte, wenn Pläne ins Schlingern gerieten. Diese Sicherheit war so viel größer als jedes finanzielle Polster.

Im Prinzip brauchte man nur die Liebe, Freiheit und viel Luft zum Leben, überlegte sie und dachte dabei an ihre Mutter. Jetzt endlich verstand sie, was diese ihr mit ihrem Freiheitsdenken schon immer mit auf den Weg hatte geben wollen. Im Dünenglanz und in ihrem neuen Zuhause hatte sie das gefunden, was sie zum Leben brauchte. Ausgerechnet auf diesem ganz neuen Weg, den sie noch vor Kurzem nie für möglich gehalten hatte! Vielleicht, weil zum ersten Mal der Ort, an dem sie mit ihren Lieben zusammen wohnte, auch der Ort war, an dem sie arbeiten durfte.

Das war wie der persönliche Bonus, der obendrauf kam und den sie sich immer gewünscht hatte. Auf ihr ganz unbekannte Weise fühlte sie sich ihren Eltern nah wie selten zuvor.

Sie war angekommen. Und das ließ sie schließlich verstehen und akzeptieren, dass sie ihr Leben und ihre Eltern ihr eigenes lebten.

Sie schmiegte sich an Felix, genoss den Moment der Gemeinsamkeit mit diesen Menschen und mit ihren Eltern im Geiste, und ein wohliges Kribbeln durchrieselte sie, als Felix ihre Stimmung erkannte und ihr einen Kuss auf den Scheitel drückte.

Heiße Getränke und gemütlicher Kerzenschein für die kalte Jahreszeit

Die wichtigste Zutat für jedes Rezept, Geschenk und jede kleine Bastelei zur gemütlichsten Zeit des Jahres ist immer die Liebe. Mit Liebe zubereitet, ausgesucht oder gefertigt, kann kaum noch etwas schiefgehen.

Hier findest du die Grundrezepte, mit denen du heiße Getränke und leckeres Gebäck für kuschelige Stunden im Herbst und Winter zubereiten kannst. Den für dich perfekten Geschmack deines *Wintertraums* oder des *Wattleuchten-Punsches* findest du bestimmt bei einer weihnachtlichen Kostprobe heraus.

Egal, ob nach einem Winterspaziergang, dem Weihnachtsmarktbesuch oder einfach für ein wenig Sylt-Roman-Gefühl für zwischendurch: Der *Wintertraum* und der *Wattleuchten-Punsch* wärmen von innen, schmeicheln der Seele und sorgen für winterliche Weihnachtsfreude und Wohlgefühl!

Wintertraum

Milch wird sanft sprudelnd aufgekocht. Mit viel Liebe wird weiße Schokolade untergerührt, bis diese sich cremig in der Milch auflöst. Mit ein wenig Fingerspitzengefühl wird die schokoladige Mischung nun mit einem Hauch Lebkuchengewürz und Zimt verfeinert. Abgerundet wird dieser Seelenwärmer von einer Haube aus cremiger Schlagsahne und durch das Mark einer Vanilleschote. Für das besondere Etwas gerne mit Zimt bestäuben oder mit Spekulatiuskrümeln verzieren. Der *Wintertraum* kann nach Lust und Laune auch mit einem Schuss Kaffee- oder Eierlikör verfeinert werden.

Wattleuchten-Punsch

Das winterliche Wohlfühlgetränk *Wattleuchten* schmeckt nach Gemütlichkeit, Wärme und Glück. Die fruchtige Note und dezente Schärfe machen den Punsch zu einem besonderen Seelenwärmer an kalten Tagen.

Orangensaft, Apfelsaft und frisch aufgebrühter Früchtetee werden unter Rühren mit ein wenig braunem Zucker, Gewürznelken, Zitronen- und Ingwerscheiben erhitzt. Um die Aromen und Vitamine zu erhalten, sollte die Mischung nicht kochen, sondern nur langsam erwärmt werden. Durch ein Sieb abgegossen, sorgen eine Prise Zimt und Vanillemark für den winterlichen Weihnachtsgeschmack des Punsches, der am besten heiß genossen wird. Nach Belieben darf noch Honig zum Nachsüßen hinzugegeben werden.

Orangenscheiben oder ausgestochene Apfelsterne, Zimtstangen und Sternanis verwandeln den Punschbecher in ein kleines, winterliches Kunstwerk und lassen ihn an kalten Winterabenden seine volle Wirkung entfalten.

Für den *Wattleuchten-Punsch* nach Felix' und Hubertus' Spezialrezept, kann zu dieser Mischung ein Schuss Rum hinzugegeben werden.

Fluffige Vanille-Friesenwaffeln

Von innen fluffig, von außen knusprig

(Für 4-6 Personen)

4 Eier
150g Zucker (je nach Geschmack mehr oder weniger)
200g weiche Butter
350g Mehl
250 ml Milch
2 Päckchen Vanillezucker
Mark einer Vanilleschote
1 Prise Salz
1/2 Päckchen Backpulver
Ein wenig sprudelndes Mineralwasser

Die weiche Butter, Zucker, Vanillezucker und Eigelb werden mit viel Liebe schaumig geschlagen. Nun die Milch leicht erwärmen und Mehl, Backpulver und eine Prise Salz langsam und unter ständigem Rühren hinzugeben und anschließend nach und nach mit der Ei-Zucker-Mischung vermengen. Das Eiweiß wird steif geschlagen und ebenfalls unter die cremige Masse gehoben.

Auf dem leicht gefetteten Waffeleisen werden die Waffeln goldbraun und knusprig gebacken und am besten noch warm verzehrt.

Dazu Kirschen und Sahne servieren und die Waffeln mit Puderzucker-Schnee bestäuben. Auch eine Kugel Vanilleeis passt wunderbar dazu, ebenso ein Klecks handgemachter Marmelade.

Bei Kerzenschein und einem guten Buch kann euch diese Vanille-Waffel jeden behaglichen Winternachmittag versüßen und schmeckt auch bei einem gemütlichen Frühstück mit den Lieben.

Martjes Friesenkekse

Aleas Kindheitserinnerungen in Plätzchenform

250g weiche Butter
150g Zucker (dazu noch 150g Zucker zum Garnieren)
2 Päckchen Vanillezucker
Mark einer Vanilleschote
2 Eier (Eigelb für das Gebäck, Eiweiß zum Bestreichen)
300 g Mehl
100g Speisestärke
200g gehackte Mandeln (zum Garnieren)
Ein Hauch Zimt dazu für die Weihnachtsgefühle

Die weiche Butter mit Zucker, Vanillezucker und Eigelb sanft schaumig schlagen. Mehl und Speisestärke vermischen und nach und nach unter die Butter-Ei-Mischung geben.

Alles miteinander verkneten und dann dem Teig im Kühlschrank ein wenig Zeit geben. Währenddessen eine Mischung aus gehackten Mandeln und Zucker auf einer Unterlage verteilen. Aus dem Teig werden nun kleine Rollen geformt, diese mit Eiweiß eingepinselt und behutsam über die Mandel-Zucker-Fläche gerollt. So sind die Plätzchen später mit einer zuckrig-knusprigen Kante garniert.

Die Rollen in ½- cm dicke Scheiben schneiden und die Plätzchen-Rohlinge auf Backpapier bei 225 Grad rund 9 Minuten backen, bis die Mandeln knusprig goldbraun sind.

Danksagung

Danke an den Ullstein Verlag, der meinen Geschichten ein Zuhause gibt. Danke an das Team und meine großartige Lektorin für das Vertrauen, die Wertschätzung, den Blick für Ideen und das Denken in Möglichkeiten. Es ist so wertvoll für mich, Teil der Ullstein-Familie sein zu dürfen.

Ein besonderer Dank geht diesmal an Christiane Branscheid. Mit viel Engagement, einem großen Herz für die Inselliebe und einem feinen Gespür für das geschriebene Wort, haben Sie, gemeinsam mit dem Ullstein-Team, aus meinem Manuskript ein Buch gezaubert. Danke für die tolle, wertschätzende und bereichernde Zusammenarbeit.

Danke an meine Familie. Ihr seid meine Herzensmenschen.

Danke dafür, dass Ihr immer an mich glaubt.

Danke an meinen lieben Mann für Dein unendliches Verständnis für meine Schreibleidenschaft und Deine Unterstützung in all meinen Plänen. Deine Art, Dich mit mir zu freuen, tut so gut. Danke, dass es für mich die große Liebe gibt.

Danke an meine wundervollen Kinder. Ihr zeigt mir jeden Tag, dass ein Traum gelebt werden kann, wenn man dem Kurs seines Herzens folgt. So geht Glück. Ihr seid mein Ein und Alles und meine Welt.

Danke an meine Eltern – für das gute Gefühl, dass Ihr mein

Heimathafen seid und immer an mich glaubt. Ihr habt mir beigebracht, die Segel zu setzen, egal welcher Wind mir begegnet. Ihr gebt mir Wurzeln und Flügel. Ihr seid die Besten!

Danke für jede Umarmung und dafür, dass Ihr immer da seid.

Danke an meine Schwester. Du gehst mit mir auf jede Reise, bist mit grenzenlosem Optimismus an meiner Seite, setzt mit mir die Segel und steuerst immer gen Sonnenschein. Danke für jedes Gespräch, jeden Spaziergang, die Zeit mit unseren Kindern, Deine Umarmungen, unser Lachen und unsere unersetzliche Seelenverwandtschaft. Danke, dass Du mehr als meine beste Freundin, und zu jeder Zeit für mich da bist.

Danke an meinen Schwager! Du hast uns mit einer unvergesslichen Reise nach Dänemark einen ganz besonderen Ort gezeigt, der mich unheimlich begeistert und zu diesem Roman inspiriert hat. Eine einmalige Zeit als große Familie. Ich freue mich auf den nächsten Urlaub mit Euch.

Danke an die weltbeste Schwiegermama. Du fehlst so sehr. Ich hätte so gerne noch unendlich viele Bücher von mir mit Dir besprochen und werde es im Herzen weiter tun. Dein Stolz und Deine Freude über meine Bücher waren mit die wertvollsten Komplimente für mich und werden mich für immer begleiten und motivieren.

Ich trage sie in meinem Herzen und bin unendlich dankbar dafür, dass es Dich für mich gab und immer auch weiter geben wird.

Danke an meine liebe Omi, die die Liebe zum Schreiben fest in meinem Herzen verankert hat und die bestimmt stolz wäre, dass ich ihren Traum lebe.

Ihre Kreativität, ihre Fantasie und ihre Liebe zum geschriebenen Wort sind Basis meines Schreibens, und ich bin unendlich dankbar dafür.

Danke an meine lieben Freunde. Euer Interesse an meinen Geschichten, Eure Freude und unsere Zeit sind tägliche Inspiration für mich. Ich weiß das sehr zu schätzen.

Danke an all die großartigen Menschen hinter den Instagram-Accounts, die mich mit ihren wundervollen Bildern, Storys und Beiträgen täglich mit nach Sylt nehmen – jede kleine Gedankenreise auf meine Herzensinsel tut so gut und ist Inspiration für mich.

Und dann geht mein Dank an Euch, meine lieben Leser. Danke für das Wertvollste: Eure Zeit, die Ihr Euch für meine Bücher, jedes Wort und jeden Gedanken dazu nehmt. Ihr seid Motivation, Antrieb, meine »Traumverwirklicher« und meine größten Kritiker. Dass Ihr mir schreibt, wenn Euch meine Bücher gefallen und meine Geschichten Euch berühren, ist ein großes Geschenk für mich.

Eure Julia Rogasch

Über dir Polarlichter, unter dir die schneebedeckte Weite Islands

Lauras Welt bricht zusammen: Ihr Mann verlässt sie – und das kurz vor Weihnachten! Die gemeinsame Reise nach Island, Lauras Sehnsuchtsziel schlechthin, fällt damit ins Wasser. Oder? Auf Drängen ihrer Freundin stürzt sie sich allein ins Abenteuer. Am Flughafen erwartet sie ein äußerst mürrischer Isländer. Als Laura erfährt, dass sie die kommenden Wochen an der Seite dieses Mannes verbringen wird, macht sie sich Sorgen um ihr Weihnachtsfest. Doch auf dem Rücken ihres Islandpferds findet sie unter den atemberaubenden Polarlichtern endlich wieder den Glauben an sich selbst. Und vielleicht auch an die Liebe?

Christiane Lind
Winterglück auf dem kleinen Pferdehof in Island
Roman

Taschenbuch
Auch als E-Book erhältlich
www.ullstein.de

ullstein